L'Élégie érotique romaine

Paul Veyne

L'Élégie érotique romaine

L'amour, la poésie
et l'Occident

La première édition de cet ouvrage
a paru dans la
collection « Pierres Vives ».

ISBN 2-02-062171-1
(ISBN 2-02-006555-X, 1re publication)

STELLAE CANDIDAE VENTVRI SACRVM

1

Avant-propos et petite anthologie

C'est une des formes d'art les plus sophistiquées de toute l'histoire des littératures ; il n'en est pas beaucoup non plus dont la nature ait été davantage méconnue. Deux ou trois décennies avant le début de notre ère, de jeunes poètes romains, Properce, Tibulle et, à la génération suivante, Ovide, entreprirent de chanter à la première personne, sous leur véritable nom, des épisodes amoureux et de rapporter ces divers épisodes à une seule et même héroïne, désignée par un nom mythologique ; l'imagination des lecteurs se peupla ainsi de couples de rêve : Properce et sa Cynthie, Tibulle et sa Délie, Ovide et sa Corinne. En Grèce et à Rome, on classait volontiers les genres poétiques d'après le mètre dans lequel ils étaient écrits, de même que nous classons les danses d'après leur rythme ; ces vers d'amour étaient en rythme élégiaque (qui avait été employé aussi à des poèmes de deuil, à des vers didactiques, à des satires, etc.) ; on parle donc de l'élégie érotique romaine.

Jusqu'ici, nous pouvons nous croire en pays de connaissance ; nous songeons à Dante ou Pétrarque racontant leurs amours platoniques pour Béatrice et Laure, aux troubadours chantant une noble dame sous un pseudonyme ou *senhal*, à Scève avec sa Délie, à Ronsard avec sa Cassandre. Et il est bien vrai que l'élégie romaine a eu en Occident une postérité qui, légitime ou non, durera jusqu'à Lamartine, ou Aragon. Il y a cependant une première différence qui ne sera pas la dernière ni la plus grande ; pour Délie, Cassandre ou Diane, Scève, Ronsard ou Aubigné soupirèrent en vain (c'était presque la loi du genre), tandis qu'en leurs héroïnes

nos Romains ne trouvaient pas de cruelles. Sauf dans des
élégies où on les voit mendier à leur héroïne des nuits
d'amour une par une : il était posé en principe qu'elle dis-
tribuait ses faveurs comme elle voulait et à tous ceux qu'elle
voulait. Cette héroïne, bien qu'adorée par de nobles poètes
(l'élégie est une poésie du beau monde), n'est pas une
noble dame, à la différence de sa postérité littéraire ;
qu'est-elle donc censée être ? Une irrégulière, une de celles
qu'on n'épouse pas : nos poètes ne précisent pas davantage
et on verra qu'ils n'ont pas besoin d'en dire plus pour que
le genre élégiaque soit ce qu'il est. Voilà donc des adora-
teurs qui sont prêts à tout pour leur belle, sauf à l'épouser.
Ce serait de la muflerie, si c'était vrai ; mais, comme tout
cela est en papier, nous commençons à entrevoir ce que fut
l'élégie romaine : une poésie qui ne plaide le réel que pour
glisser une imperceptible fêlure entre elle et lui ; une fiction
qui, au lieu d'être cohérente avec elle-même et de concur-
rencer ainsi l'état civil, se dément elle-même. Pour les
modernes, Gongora, ou bien le *Divan occidental* de Goethe,
avec ce qu'on appelle l'ironie goethéenne, en donne peut-
être l'analogie la moins éloignée. On devine combien les
sémiologues et tous les chimistes de la littérature s'en don-
neraient à cœur joie sur un composé aussi raffiné.

On devine aussi combien le contresens est inévitable.
L'héroïne est une impure : donc l'élégie sera une peinture
du demi-monde, ou plutôt elle fera songer à l'art des quartiers de plaisir du vieux Japon, avec leurs honorables
courtisanes, car un paganisme en vaut bien un autre. Le
poète et adorateur, lui, dit « je » et parle de lui-même sous
son vrai nom de Properce ou de Tibulle : nous croirons donc
retrouver ses traits dans ceux de sa postérité pétrarquiste et
romantique et nous ne douterons pas qu'il exprime sa passion, qu'il nous fait confidence de ses souffrances et qu'il
parcourt pour nous tous la voie royale du cœur humain. À
vrai dire, les commentateurs ont cultivé ce contresens
psychologiste beaucoup plus volontiers que le contresens
sociologiste ; ils ont préféré ne pas trop savoir ce que les
amours élégiaques avaient de peu édifiant. En 1957, il a
fallu qu'E. Pasoli explique que, dans son élégie I, 5, Properce

ne donnait pas un avertissement à un ami qui tenterait de le séparer de sa bien-aimée, mais que le poème se rapportait à une situation « infiniment plus délicate » : l'ami en question était un des nombreux amants épisodiques de Cynthie, Properce lui-même n'est que l'un de ceux-là et il se sent amical et fraternel avec ce rival qui n'exige pas l'exclusivité ; il le met en garde contre le danger de trop s'attacher à Cynthie, car une femme aussi attirante est dangereuse. Je crois, en effet, que Properce, ou plutôt l'Ego qu'il met en scène, souffre moins des aiguillons de la jalousie qu'il ne tient pour redoutables les chaînes de la passion, qui était considérée dans l'Antiquité comme une fatalité tragique, un esclavage, un illustre malheur.

Seulement Properce dit « je », comme l'ont fait depuis tant d'auteurs de romans policiers qui ont pris pour pseudonyme le nom de leur détective ou ont donné à ce dernier leur véritable nom ; on a donc pris cet ego pour la confession d'un poète romantique. On s'est penché sur son âme, étudié sa psychologie ; on a reconnu en lui un virtuose de la jalousie, une nature douloureuse et fière ; chez Tibulle, dont l'humour évoque une campagne qui est celle de Trianon ou de *l'Astrée*, on apprécie une nature rêveuse, frileuse, peut-être un peu faible, mais qui sait goûter la vie simple des champs. Et on a écrit tout un rayon de bibliothèque sur l'histoire de leur vie sentimentale, sur la chronologie de leur liaison avec les maîtresses hypothétiques qui auraient été chantées sous les noms poétiques de Délie ou Cynthie, sur les dates de leurs brouilles et réconciliations et sur les difficultés et contradictions de cette chronologie. La candeur philologique est allée si loin qu'on s'est rarement aperçu que la plaisanterie favorite de nos élégiaques est d'équivoquer en vingt endroits sur Cynthie, nom de leur héroïne, et *Cynthie*, qui désigne le livre où ils la chantent et qui pourrait légitimement avoir pour titre le nom de la belle ; car ils sont auteurs plus qu'amants et sont les premiers à s'amuser de leur fiction. Properce, fier de sa jeune célébrité, accuse plaisamment « Cynthie » d'avoir fait, des amours de son poète, la fable dont tout Rome parle (II, 20) ; lorsqu'il proclame, dans le poème final de son livre III : « J'ai été ton

esclave fidèle pendant cinq ans, ô Cynthie, mais maintenant
c'est fini », nous n'en conclurons pas que sa liaison avec le
modèle de Cynthie avait commencé cinq ans auparavant ;
mais seulement que la publication des trois livres placés
sous le nom de Cynthie s'était étendue sur cinq ans de la
vie du poète.

Que le lecteur se rassure : l'ironie élégiaque est d'ordinaire plus subtile que ces jeux « au second degré », comme
on dit. Ce que disent nos poètes semble être l'expression de
la plus vive passion ; c'est la façon de le dire qui dément
cette apparence : elle manque volontairement de naturel. La
question de leur ultime sincérité est loin d'être tranchée
pour autant, mais elle devient plus difficile. Il est plus difficile, en effet, de voir comment un tableau est peint que de
voir ce qu'il prétend représenter et qui saute d'abord aux
yeux. J'étais jeune professeur et le programme d'agrégation
m'amenait à expliquer Tibulle ; je le lis, je consulte tout ce
que je peux de la bibliographie et je commence à commenter
en chaire une de ses élégies et à analyser l'âme du poète. Et
voilà que, à mesure que l'heure avançait, un malaise me
gagnait au son de mes propres paroles : comment n'avait-on
pas vu que le roi était nu et que tout ce que je répétais,
après tant d'autres, sur notre poète tombait à côté ? En ses
vers tendres ou passionnés, il est difficile de penser que le
poète est insincère, mais il est non moins difficile de ne pas
le soupçonner de jouer ; les détails sont souvent vrais et
l'ensemble sonne faux. Ces cris de jalousie, de désespoir,
qui s'interrompent au bout de deux vers, pour faire place à
une voix sentencieuse, à laquelle succède bientôt une allusion de mythologie galante… L'élégie romaine ressemble à
un montage de citations et de cris du cœur[1] ; ces change-
ments de ton trop bien contrôlés n'essaient même pas de se
faire prendre pour des effusions lyriques ; le poète cherche
surtout la variété. Il ne se refuse aucun attrait, pas même

---

1. J.-P. Boucher, *Études sur Properce : problèmes d'inspiration et d'art*, Paris,
De Boccard, 1965, p. 443 : « Un fond assez lointain de sentiments personnels
s'exprime au travers de cadres littéraires sous une forme qui est en fait très impersonnelle malgré le récit à la première personne. »

celui de quelques vers brûlants, à condition que la brûlure reste à sa juste place et que, dans cette mosaïque, elle soit encadrée par d'autres matériaux qui la déréalisent ; le mouvement même du poème, très concerté, lui enlève jusqu'à l'apparence d'un épanchement.

Le poème qu'on va lire (Properce, II, 28) donnera une idée de cet art bizarre où la sincérité n'est pas où on l'attendrait. Properce est censé gémir sur une maladie mortelle de sa Cynthie ; on appréciera comme il convient ces vers humoristiques et pleins de mythologie galante, où le danger mortel que court la bien-aimée permet à son adorateur de plaisanter sur les faux serments d'amour, les rivalités des belles, qui disent du mal les unes des autres, les croyances naïves du peuple qui approuve ou critique la conduite des dieux sur le ton où l'on parle du gouvernement, la dévotion des femmes qui font vœu de consacrer à Io, leur déesse, un certain nombre de nuits de chasteté :

Jupiter, aie enfin pitié d'une fille malade : qu'une femme si belle meure, et on te critiquera. Car voici la saison où l'air est bouillant, c'est la canicule, la terre en est presque brûlée. Mais ne critiquons pas le ciel : la faute en est moins à la chaleur que d'avoir trop souvent manqué de respect pour les dieux vénérables ; c'est bien ce qui a perdu et perd encore tant de pauvrettes : leurs serments sont écrits sur l'eau et le vent. Ou alors c'est Vénus, ulcérée qu'on lui ait comparé ma belle ? Car elle est déesse à en vouloir aux belles qui le sont autant qu'elle. Ou bien tu auras parlé dédaigneusement de Junon, tu auras prétendu que les yeux de Minerve n'étaient pas si beaux. Belles, jamais vous ne savez retenir votre langue ; c'est ta langue qui te vaut tes malheurs et c'est ta beauté. Une heure plus clémente, en un jour décisif, n'en arrivera pas moins pour toi à travers tous les accidents d'une vie agitée. Io, qui changea de tête, a d'abord mugi pendant des années ; aujourd'hui, elle boit en déesse cette eau du Nil qu'elle a bue comme vache[2]. Et Ino ! En son premier âge, elle a erré de

---

2. Ce vers II, 28, 18, doit être construit ainsi : *nun (bibit) dea Nili flumina quae bibit vacca*. Exemple banal d'« ellipse inverse » (c'est le premier emploi du même mot qui est sous-entendu, et non le second) et d'inclusion de l'antécédent *(Nili flumina)* dans la relative.

terre en terre ; c'est elle qu'aujourd'hui les marins implorent dans
les dangers sous le nom de Leucothéa. Andromède avait été sacri-
fiée aux monstres marins : l'épouse de Persée n'en fut pas moins
elle, comme on sait. Callisto avait erré comme ourse dans les solitudes[3] de l'Arcadie : c'est elle qui, en astre nocturne, oriente nos
vaisseaux. Eh bien, s'il faut que la mort[4] avance l'heure de ton
repos, le tombeau fera, de toi aussi, une femme comblée ; tu
pourras expliquer sous terre à Sémélé combien il en coûte d'être
belle et elle t'en croira, en fille instruite par son propre malheur.
C'est toi qui auras le premier rang parmi toutes les héroïnes
d'Homère ; aucune ne te le refusera. Pour l'instant, accommode-
toi tant bien que mal du coup qui te frappe : les dieux peuvent
changer et l'heur de chaque jour change aussi ; même la conjugale
Junon pourra pardonner : quand une fille se meurt, Junon cesse
elle aussi de tenir bon.

On juge si c'est là le langage d'un homme épris. Je ne sais
si ces vers ont enthousiasmé le lecteur ; qu'il veuille bien lire
pourtant la suite, car elle offre des effets de clair-obscur puissants et est vraiment belle avec son air étrange ; il verra aussi
que Properce peut être aussi sincère que Villon :

Les rouets magiques qui tournaient à coup d'incantations
s'arrêtent, le laurier reste à demi brûlé sur un foyer éteint, la Lune
refuse de descendre du ciel une fois de plus et l'oiseau noir a
proféré le présage fatal. Un même navire de mort transportera nos
deux amours, sa voile en deuil[5] croisant vers le lac de l'enfer. De
grâce, aie pitié de deux existences, sinon d'une seule : si elle vit,
je vivrai, je périrai si elle périt. L'ex-voto que je te devrai, ce seront

---

3. Solitudes : *agros* ; sur ce sens du mot, voir H. Fränkel, *Ovid, ein Dichter zwischen zwei Welten*, Darmstadt, 1970, p. 215, n. 178.
4. La mort : tel est le sens de *fata* en poésie. Cf. un vers de Pedo Albinovanus (cité par Sénèque le Père) : des navigateurs bloqués par les glaces et le brouillard « *se feris credunt* per inertia fata *marinis/quam non felici laniandos* sorte *relinqui* » : « ils se croient abandonnés pour être déchirés par les monstres marins, en une mort *(fata)* passive ; destin *(sorte)* combien peu enviable ! » (l'ablatif *sorte* n'est pas un complé-ment d'agent ni de manière ; *quam non felici sorte* est en apposition à la phrase tout entière, or une apposition de phrase se met normalement à l'ablatif).
5. Ce sens de *caerulus*, « couleur de deuil », est bien dégagé dans l'*Oxford Latin Dictionary*. Et surtout chez J. André, *Étude sur les termes de couleur dans la langue latine*, Gap, Imprimerie Louis-Jean, 1949, p. 169.

des vers et j'y inscrirai : « Par l'indulgence du grand Jupiter, une fille est toujours vivante » ; elle, de son côté, viendra t'offrir un sacrifice et puis s'asseoir à tes pieds ; et, assise, elle te racontera ses longues épreuves.

Car la piété populaire voulait qu'on aime fréquenter les temples, rester assis auprès des images des dieux, leur faire des confidences. Enfin la santé de Cynthie s'améliore un peu, sa maladie connaît une rémission ; il nous faut du moins le supposer, puisque le poète, avec une de ces discontinuités dont l'élégie est coutumière, poursuit en ces termes :

Déesse des enfers, que ton présent radoucissement demeure, et toi, dieu son époux, veuille ne pas redevenir cruel. Il y a tant de millions de belles chez vous ! Avec votre permission, qu'il y ait au moins une belle femme sur terre. Jopé est chez vous, et la blanche Tyro ; Europe est chez vous, et la déshonnête Pasiphaé, et toutes les belles, celles qu'engendrèrent l'antique Troie, la Grèce, Thèbes ou le royaume détruit du vieillard Priam. Il n'est fille de Rome parmi elles qui ne soit une morte aussi : le rapace bûcher est leur possesseur à toutes. La beauté n'est pas chose éternelle et personne n'a non plus de prospérité perpétuelle ; chacun a sa mort qui l'attend plus ou moins loin. Mais toi, soleil de ma vie, puisque le danger de mort t'a fait grâce, acquitte-toi envers Diane de ce que tu lui dois : des danses ; acquitte aussi les nuits de prière dont tu as fait vœu à celle qui, déesse aujourd'hui, était génisse auparavant. Et à moi, de nuits, tu en dois dix.

Quand le poète passe, de son amante d'écritoire, à la condition humaine en général, l'humour fait place à une mélancolie vraie ; il n'en finit pas moins sur une note libertine, pour le plaisir de son lecteur.

Car notre poète et son héroïne font ménage à trois avec le lecteur (ou plus précisément avec le narrataire) ; très conscient de ses effets, le poète se met en scène devant ce lecteur qui le juge et il parle volontiers à la cantonade. La loi du genre voulait que l'élégie ait pour théâtre un milieu mondain tenu pour irrégulier et que le poète soit censé ne pas s'en rendre compte : tout entier à sa passion, l'Ego

semble ne pas s'étonner des mœurs de son monde ; ce qui
ne saurait surprendre le narrataire, c'est-à-dire le lecteur
idéal, tel que le postulait aussi la loi du genre ; le poète
parle de manière à le confirmer dans son jugement et, pour
le combler, il affecte le plus grand naturel et la passion la
plus vive dans un milieu aussi particulier. D'où ce badinage
que Properce est censé écrire à un ami peu loyal (II, 34 A) :

> Se peut-il que l'on confie encore à l'Amour la garde d'une
> beauté régnante ? Et voilà comment ma belle a failli m'être souf-
> flée ! Quand il s'agit d'amour, plus personne n'est loyal : j'en parle
> par expérience. Une belle, en général, tout un chacun la veut pour
> soi. Parents, amis, ce dieu souille et brouille tout ; ceux qui s'enten-
> daient bien, il les fait se battre. L'amant d'Hélène s'est présenté en
> hôte au foyer conjugal et un inconnu s'est bel et bien fait suivre de
> Médée. Perfide ! Tu as pu toucher à ma Cynthie ? Toi ! Et les bras
> ne t'en sont pas retombés ? Et si elle n'avait pas été aussi résolue,
> aussi ferme ? Tu aurais pu survivre à une pareille infamie ? Je me
> livre à toi pieds et poings liés : tout ce que je te demande est de ne
> plus toucher à elle. Mon corps, mes biens seront à toi autant qu'à
> moi ; ô mon ami, entre chez moi en propriétaire. Seulement, je t'en
> supplie, pas mon lit ! Je ne demande rien de plus. Quelqu'un
> comme moi ne pourrait pas supporter d'avoir pour rival Jupiter en
> personne[6]. Même quand je suis tout seul, je suis jaloux d'un néant,
> de mon ombre ; je suis le niais qui tremble pour des niaiseries[7].
> Enfin, à tout péché miséricorde : tu as l'excuse d'avoir beaucoup bu.
> Seulement, désormais, les grands airs austères ne m'abuseront plus ;
> c'est bon, l'amour, tout le monde le sait, sans aucune exception…
> Car voilà mon noble ami qui, à son tour, perd la tête. La seule chose
> qui me réjouisse en cette affaire est que tu viennes rendre hommage[8]
> à ce dieu qui est le mien.

---

6. Il arrivait qu'un dieu tombât amoureux d'une matrone et, en ce cas, le mari
professait, comme chez Molière, qu'« un partage avec Jupiter n'a rien au fond qui
déshonore » ; « salut, vieillard, toi dont Jupiter a daigné choisir l'épouse pour
épouse », dit Ménélas à Tyndare, pour lui faire honneur, dans l'*Oreste* d'Euripide.
Voir aussi Flavius Josèphe, *Antiquités Judaïques*, XVIII, 3, 73.

7. C'est probablement un dicton (inconnu par ailleurs, que je sache).

8. Il faut construire *(id) solum laetor, te adire deos nostros*, où *solum* est un
neutre. *Adire* se dit de l'entrevue qu'un homme du commun obtient d'un magistrat
ou d'un potentat, pour le saluer et lui présenter une supplique. Voir chap. VII, n. 19.

Ce dieu est l'Amour, bien entendu.

L'élégie traite les irrégulières en héroïnes de la Fable et les seigneurs en amoureux transis. À défaut d'une sincérité passionnelle que dément le maniérisme, l'élégie serait-elle la peinture d'une certaine société, d'un monde des plaisirs ? Un monde de cette espèce existait alors et nous le décrirons en détail. L'élégie n'est pourtant pas un tableau de ce demi-monde et les objections que m'a opposées René Martin[9] sont fondées. Elle ne peint rien du tout et n'impose pas à ses lecteurs de penser à la société réelle ; elle se passe dans un monde de fiction où les héroïnes sont aussi des femmes légères, où la réalité n'est évoquée que par éclairs, et par éclairs peu cohérents ; d'une page à l'autre, Délie, Cynthie pourraient être des courtisanes, des épouses adultères, des femmes libres ; le plus souvent, on ne sait ce qu'elles sont et on ne s'en soucie pas : ce sont des irrégulières, et voilà tout. Il n'en fallait pas davantage pour que s'établisse, entre l'Ego, l'héroïne et le narrataire, ces jeux de miroirs, de regards en coulisse et de faux naturel dont nous parlions. Cette irrégularité n'est pas une tranche de la vie de nos poètes et de leur maîtresse supposée, mais une pièce d'un système ; elle est appelée par la loi du genre, elle joue un rôle que nous appellerons sémiotique. Ce n'est qu'en un second temps, et s'il prenait la peine de s'interroger, que le lecteur pouvait rapporter cette fiction aux milieux un peu libres de cette époque ; cette attribution n'ajoutait d'ailleurs rien à la compréhension du poème. Tout au plus le lecteur s'amusait-il de voir combien la fiction avait embelli la réalité.

La fiction se passe de la réalité et la forme dément le contenu : mais une sincérité peut être maniérée ; à s'en tenir au texte, cette esthétique instituait un équilibre indécidable entre la vérité et le jeu. Properce avait des convictions, voire des théories. Mais il ne faisait pas de confessions ; il plaçait sa sincérité dans des idées générales et sa poésie culmine dans la sentence, comme fait une bonne moitié de la poésie

---

9. R. Martin et J. Gaillard, *Les Genres littéraires à Rome*, Paris, SCODEL, 1981, vol. II, p. 117.

antique. Il cesse alors d'être maniériste ; la pièce I, 14, qui chante en général la supériorité de l'amour, sans nommer personne, est une beauté aux traits réguliers ; le lecteur moderne la dira éloquente, s'il faut appeler éloquence la vigueur du mouvement et la sûreté qui proportionne la longueur de chaque membre à la conviction à imposer et, en même temps, à un rythme exigé par l'oreille ; les modernes trouveront ce style trop syntaxique ; en revanche, la composition a plus de précision que d'ordinaire chez Properce :

> Tu peux bien t'abandonner près de l'onde du fleuve, pour y boire un vin de grand prix dans une coupe ciselée, et contempler tantôt les cotres qui vont si vite et tantôt les chalands halés si lentement. Tout un parc vers le ciel peut aligner ses arbres, aussi hauts que sur la montagne une vraie forêt : tout cela ne saurait valoir mon seul amour. Jamais l'Amour n'a cédé le pas à tout l'or du monde. Car, qu'elle passe avec moi une de ces nuits de rêve ou la tendresse de toute une journée d'amour, et alors c'est chez moi que l'Eldorado déverse ses ondes, on pêche chez moi des perles au fond des mers et ma félicité me met à mon rang avant les potentats. Que désirer de plus jusqu'à ma fin dernière ? Car, quand l'Amour dit non, qui se plaît aux richesses ? Je n'ai plus goût à rien si Vénus est maussade, elle qui est de force à briser l'énergie d'un héros et à faire souffrir un cœur de fer. Il n'est de porte de marbre qu'elle ne franchisse ni de lit de parade où elle n'ose se glisser, pour y faire se tourmenter un malheureux d'un bord à l'autre, et ce ne sont pas ses draps de soie qui le guériront. Pour moi, que sa faveur me protège toujours, et je regarderai de très haut le royaume des fables[10] avec tous ses présents.

Nous traduirons plus loin une pièce (II, 15) où Properce a dit le mieux sa théorie de l'amour libre et qui a fait peut-être le plus pour sa réputation auprès de la postérité, à cause de

---

10. Il s'agit du royaume des Phéaciens, dont parle *l'Odyssée*, et des cadeaux que le roi Alcinoos fit à Ulysse ; par ellipse inverse, le génitif *Alcinoi* porte sur *regna* non moins que sur *munera* et le pluriel *regna* est l'équivalent poétique du singulier. Faut-il rappeler qu'on ne dit guère *regnum* ni *vinum* en poésie élevée, mais bien *regna* ou *vina* ? Voilà pourquoi, dans les traductions d'Horace, tant de buveurs semblent boire « des vins » ou « de doux vins », plusieurs vins à la fois, et non pas « du bon vin »…

son vif érotisme (Ezra Pound l'a magnifiquement adaptée en son anglais)[11]. Ce sont toutefois d'autres poèmes qui caractériseront plus exactement l'art de Properce, avec tout ce qu'il comporte d'irrégularité ; par exemple la pièce III, 15, qu'on va lire en son entier, par fragments successifs. Notre lecteur risque de la trouver ennuyeuse à partir du dixième vers ; s'il veut bien la parcourir jusqu'au bout, il y découvrira plusieurs curiosités esthétiques : des déformations bizarres, un peu gratuites… Qu'on imagine un tableau de mythologie galante qui aurait été peint par le Greco. Il suffira que mon lecteur, tel le maréchal Foch, se demande : « Avant tout, de quoi s'agit-il ? », jusqu'au terme de sa lecture.

Il s'agit d'abord d'apaiser par un serment la jalousie d'une amante qui s'imagine que son poète continue à voir celle qui fit de lui un homme :

> Qu'au prix de ce serment je connaisse désormais un amour sans drames et qu'il n'y ait plus jamais de nuit d'insomnie à passer sans toi ! Lorsqu'on m'ôta l'honnêteté de mes costumes d'enfant et que licence me fut donnée de découvrir le chemin de l'amour, eh bien oui, elle fut ma complice pendant les premières nuits et marqua mon cœur de novice. Lycinna ! Conquise sans qu'il ait été besoin de ces cadeaux, hélas… Il y a bien trois ans de cela, ou peu s'en faut, et, depuis, je ne crois pas qu'elle et moi ayons échangé dix phrases : tout cela est mort, bien mort, parce que je t'ai aimée, et plus aucune femme après toi ne m'a tendrement enchaîné de ses bras.

Nous voilà au vers dix, et tout à coup l'horizon se dérobe. Oubliant sa dame, sa querelle et son Ego, le poète se lance dans le récit d'un mythe, celui d'Antiope, que mes lecteurs ignorent peut-être ; il n'importe : les lecteurs de Properce ne le connaissaient pas davantage et le poète le leur apprendra allusivement, tout en feignant de le supposer connu. Ce sera une quasi-narration, un récit par prétérition, très savant, très *doctus*, comme on disait alors et comme le voulait l'esthétique hellénistique. Changement gratuit de

---

11. *Quia pauper amavi : Homage to Sextus Propertius* (1919), in *Selected Poems of Ezra Pound*, New Directions Books, p. 88.

sujet ; en obéissant à la pente de la rêverie ? Non, mais à un
diktat esthétique : l'essentiel est que le lecteur soit décentré.
Le glissement sera si brutal que certains éditeurs ont supposé
que les manuscrits offraient une lacune entre ce qu'on vient
de lire et la suite :

> À preuve, Dircé, qui avait une excellente raison de se
> montrer atroce : Antiope couchée aux côtés de Lycos. Ah, quelle
> existence ce fut alors ! La reine lui arrachait ses beaux cheveux
> et lui imprimait ses cinq doigts sur ses tendres joues, la reine
> faisait retomber sur son esclave les travaux les plus pénibles et
> lui donnait le sol dur pour seul oreiller. Souvent elle trouvait bon
> de la faire habiter dans l'obscurité d'un galetas et, quand
> Antiope avait faim, elle lui refusait un verre d'eau qui lui aurait
> coûté peu.

On a deviné que Lycos était le mari, la reine Dircé,
l'épouse et Antiope, la maîtresse-servante. Mais pourquoi
raconter tout cela ? La dame avait donc Lycinna pour
esclave et pouvait la traiter comme la reine traite Antiope ?
Les contemporains et égaux de Properce vivaient au milieu
d'un harem potentiel d'esclaves et les histoires d'épouses
jalouses et de servantes battues étaient quotidiennes. Ce
mélange de pédantisme désinvolte, de commisération à froid,
ce misérabilisme qui réduit tout à la taille des chagrins
d'enfant, cet art hautain... On va apprendre maintenant
qu'avant de devenir esclave la princesse Antiope avait eu
pour amant Jupiter en personne :

> Eh bien, Jupiter, tu ne bougeras donc pas pour aider Antiope
> qui souffre tant ? Le métal de sa chaîne lui gâte les poignets. C'est
> une honte pour toi que ta belle soit esclave, si tu es dieu. À qui donc
> Antiope dans les fers irait-elle demander du secours, plutôt qu'à
> Jupiter ? Elle n'en dut pas moins casser toute seule les menottes
> royales, du peu ou prou de force qu'avaient ses deux bras. Ensuite
> son pied hésitant va parcourir les arêtes du Cithéron et c'était la
> nuit, avec le sol enneigé en guise de lit. À plusieurs reprises elle
> sursauta au bruit irrégulier du torrent ; elle s'imaginait que les pas
> de sa maîtresse survenaient derrière elle.

Comme on vient de le voir et comme on le verra encore, l'animation de l'héroïne est trop allusive pour que ses gestes ne soient pas à demi énigmatiques ; tout cela a l'élégance grêle d'un ballet. Procédé connu : au lieu de découper des figures nettes sur un fond uni, le poète multiplie les modalisations ; au lieu de l'indicatif et du nominatif, ce ne sont qu'impératifs, interrogations, invocations, exclamations. Le poème n'a pas plus de destinataire défini qu'il n'a de centre : il s'adresse à Jupiter, il s'adressera à un vieillard, à Antiope elle-même, à une montagne, à tout le monde, si ce n'est à la dame ; la fausse émotion s'éparpille. Parcourons rapidement la suite, où on devinera qu'Amphion et Zéthos sont deux enfants qu'Antiope avait eus de Jupiter ; abandonnés, ils avaient été recueillis par un vieux berger ; ils viennent sauver leur mère :

> Zéthos avait le cœur sec et Amphion, lui, était sensible aux larmes ; leur mère le reconnut, à se voir tirée de son bivouac. Alors ce fut comme lorsque la mer agitée se laisse retomber, que les vents finissent de se heurter, que le bruit du ressac s'espace paisiblement au pied des récifs : la belle sentit ses genoux se dérober et elle s'écroula. Mieux vaut tard que jamais[12] : ils comprirent qu'ils avaient été de mauvais fils. O vieillard, tu étais bien digne de t'occuper des fils de Jupiter, toi qui redonnes une mère à des enfants. Et ces enfants firent traîner Dircé attelée au cou d'un taureau. Reconnais là ton Jupiter, ô Antiope : pour que tu sois en gloire, Dircé ainsi traînée va multiplier sa mort en cent endroits. Les pâturages de Zéthos sont pleins de sang et Amphion vainqueur chante victoire sur vos hauteurs, ô pics de l'Aracynthe !

Alors, inopinément, Properce se retourne, comme pour faire mieux sentir la fuite de l'horizon, et interpelle quelqu'un qui ne peut être que sa dame :

> Quant à toi, évite de maltraiter Lycinna qui ne t'a rien fait ; votre colère une fois déchaînée est incapable de revenir en arrière.

---

12. Sur ce sens très particulier de *sera tamen*, voir F. Klingner dans *Hermes*, LXII, 1927, p. 131 *sq.*, à propos de Virgile, *Bucoliques*, I, 27 : *libertas sera tamen*.

Que jamais les on-dit sur elle et moi n'échauffent tes oreilles : je
n'aimerai jamais que toi, même une fois mort et dans les flammes
de mon bûcher.

C'est la fin ; car Properce a coutume de plaquer à la fin
de chaque poème une déclaration de fidélité exclusive et on
voit mal si ces déclarations de principe sont le serment d'un
amant à sa maîtresse ou la plaisanterie d'un auteur qui veut
montrer qu'il finit par revenir ponctuellement à celle qui est
le sujet de son livre. Malgré cette pirouette finale, l'équilibre de la pièce n'est pas rétabli pour autant : c'est un
esthétisme de la dissymétrie.

Finissons sur une pièce très réussie, charmante (I, 18),
où l'on trouvera un pathétique qui n'est pas de la sincérité
ni de la simplicité, mais qui est encore moins insincère ;
c'est une haute et grave fiction, comme l'époque savait en
élaborer. L'élégie y suit sans le dire les conventions de la
bucolique, si bien qu'on a pris parfois cette pastorale à la
première personne pour une effusion romantique au sein
de la nature[13] ; comme le berger de Virgile, l'Ego de Properce
exhale son chagrin « dans la solitude des monts et des
bois[14] » et... promet à l'aimée de ne pas la battre, au cas
où elle lui rouvrirait sa porte.

> Ces lieux au moins sont solitaires, muets pour qui y pleure, et
> sur le bois vacant ne règne que le vent ; on peut ici sans risque
> étaler son chagrin, puisque seuls les rochers savent garder un
> secret. Où faire remonter, ô ma Cynthie, la lointaine mémoire de
> tes premiers refus ? Où veux-tu, Cynthie, que je place le début de
> mes larmes ? On me recensait naguère parmi les amoureux heu-
> reux ; maintenant, au service de ton amour, on me dégrade de ce
> rang. Ai-je mérité cela ? Qu'ai-je donc commis, pour que tu
> changes avec moi ? Pourquoi tes froideurs ? Une femme serait-elle
> entrée dans ma vie ? Je te le jure sur l'espoir de ton retour, ô capri-
> cieuse : aucune autre que toi n'a posé ses beaux pieds en ma

---

13. M. Rothstein dans *Philologus*, LIX, 1900, p. 451 ; E. Norden, *Kleine
Schriften zum klassischen Altertum* (publié par Bernhard Kylzler), de Gruyter,
1966, p. 381.
14. Virgile, *Bucoliques*, II, 4 : *solus, montibus et silvis.*

demeure. Oui, ma souffrance pourrait te revaloir bien des duretés ;
jamais pourtant mon ressentiment n'en viendra à des rigueurs qui
mériteraient que je demeure ta bête noire, qui te feraient verser des
larmes et te feraient les yeux vilains d'avoir pleuré.

Peut-être n'ai-je pas eu l'air assez bouleversé et ma bouche n'a-
t-elle pas assez crié ma bonne foi ? Témoignez pour moi, si
l'amour, ô arbres, existe chez vous, yeuse[15], pin qu'a chéris le
dieu de l'Arcadie : ma voix résonne si souvent sous vos souples
feuillages, le nom de Cynthie s'inscrit si souvent sur votre
écorce ! Peut-être aussi mes chagrins ont-ils une origine peu flatteuse pour toi ? Cela, seule le sait ton alcôve discrète[16].
[Comprenons qu'il a fait fiasco.]

Mon habitude a toujours été de supporter humblement toutes
ses tyrannies, sans manifester bruyamment mon amertume. Ce
qui me vaut, pour tout salaire, des sources de pèlerinage[17], des
rocs trop froids et un dur sommeil sur le sol nu[18] d'un sentier.
Tout ce que mes plaintes peuvent raconter, je n'ai en cette solitude que les oiseaux bruyants pour l'entendre. Mais, que tu sois
bonne ou méchante[19], je veux que l'écho, sur les hauteurs[20], me

---

15. Properce a confondu la *fagus* latin et le *phêgos* ou *phâgos* grec, arbre cher
à Pan : Gordon Williams, *Tradition and Originality in Roman Poetry*, Oxford
University Press, 1968, p. 318.

16. Tel me semble être le sens de ces deux vers obscurs. La Corinne d'Ovide
(*Amores*, III, 7, 84) considère le fiasco de son amant comme une injure *(dedecus)*
faite à sa beauté et, dans le *Satiricon* (129, 11), un fiasco s'appelle *injuria*,
comme ici. On m'objectera que, si telle était la raison de la défaveur de Properce, il
était bien placé pour le savoir et ne s'interrogerait pas si longuement sur l'origine de ses malheurs. Certes, mais il fallait bien qu'il l'apprenne aussi au lecteur.
Et puis Properce raconte moins un malheur individuel qu'il n'énumère différents
cas de brouille.

17. Le texte est douteux et ma traduction est encore plus douteuse. Si vraiment
Properce a écrit *divini fontes*, c'est, soit une épithète de nature, soit une allusion
à ces sources sacrées, dans la campagne ou les forêts, qui étaient des buts de
chasse, de pique-nique, de pèlerinage. Peut-être…

18. *Inculto tramite* ; sur ce sens d'*incultus*, voir la note de Jacques André à
Tibulle, I, 2, 74 : *solo inculto*.

19. *Qualiscumque est* veut dire « bon ou méchant » ; *quantuscumque est*, qu'il
soit grand ou petit.

20. Nous sommes en pays méditerranéen ; il y a plus de montagnes que de
plaines, les cultures se cantonnent dans la plaine et les hauteurs sont couvertes de
forêts. *Silvae* désigne les forêts, mais, aussi bien, les monts qu'elles couvrent ;
c'est pourquoi les *silvae* font si souvent écho chez les poètes (*Bucoliques*, I, 5 :
« Tu apprends aux *silvae* à répéter en écho : "Belle est Amaryllis" »).

répète « Cynthie » et que les solitudes rocheuses ne soient pas vides
de ton nom.

Haute fiction, disions-nous. Il est convenu de distinguer
le « monde réel », cher à Aragon, de l'imaginaire, ainsi que
de l'idéologie ; de distinguer la *mimésis*, qui imite la réalité,
de la *sémiosis*, où l'artiste crée un monde en paroles. Mauvaise convention. Toute œuvre d'art, serait-elle féerique,
nous fait « perdre le nord » et l'irréalité (mais qu'est-ce que
la réalité ?) n'a jamais été un argument à charge. Tout passe
pour mimésis, même *Alice au pays des merveilles*, mais il y
a un nombre infini de vérités à imiter. La gamme de vérités,
chez Properce, est largement étendue. Il y a chez lui de la
galanterie libertine, comme dans les *Amours* et le *Manuel
d'amour* (ou *Art d'aimer*) d'Ovide, comme chez Parny ou
dans les *Élégies* du jeune Chénier. Il y a des madrigaux, des
tableaux de vie mondaine, de fausses alarmes : « À quoi bon,
ô mon autre moi-même, sortir si bien coiffée, faire ondoyer à
chaque pas la soie légère de ta robe ? Pourquoi lisser tes
cheveux avec les baumes de la Syrie ? Crois-tu élever ton
prix grâce à ces attraits importés ? Pourquoi sacrifier ton
charme naturel à des avantages de boutique ? Il n'existe pas
de produits de beauté pour un visage comme le tien, tu peux
m'en croire. L'Amour est nu et n'aime pas les artisans de
leur beauté » (I, 2). Cynthie est en villégiature sur la côte
napolitaine ; est-elle encore fidèle à son amant ? Car la vie de
plage est fatale aux vertus les plus éprouvées (I, 11).
   On trouvera une acuité douloureuse dans les vers que
voici (I, 19), et on aura raison :

> Ce n'est plus moi, ma Cynthie, qui irais craindre encore la
> mort et refuser de payer ma dette au tombeau. Mais quelque
> chose m'est plus dur que la mort elle-même ; c'est la crainte de
> n'avoir plus ton amour au moment où je mourrai.

L'accent est si sincère que Catulle aurait pu écrire ces
quatre vers ; mais lisons la suite, et la noble fiction rétablira
son équilibre :

Le dieu enfant dont je suis l'esclave n'a point pénétré si peu
profondément dans mon cœur que ma passion oubliée ne se
retrouve au milieu de mes cendres. Sous terre, au séjour ténébreux,
Protésilas n'a pu oublier les attraits de son épouse et le fantôme de
ce héros revint dans la maison d'autrefois pour toucher de ses mains
l'objet de son désir abusé. Sous terre, je ne serai plus rien, mais ce
fantôme aura un nom : « esclave de Cynthie », car une grande
passion passe le fleuve qui borde la mort. Sous terre, la troupe des
belles héroïnes du temps jadis peut bien venir : aucune d'entre elles,
ô Cynthie, ne me plaira davantage que ta beauté.

Catulle n'aurait pas écrit cela. La sincérité personnelle de
l'homme qui a écrit ces vers n'est ni exclue ni improbable
(je ne songe pas à « Cynthie », mais à une sensibilité générale à la mort et au macabre, comme chez Villon) ; ce qui
est exclu est qu'il s'agisse ici d'une poétique consistant à
produire l'impression de la sincérité, comme chez Catulle.
La fiction va d'une mythologie trop jolie et glaciale,
comme dans la pièce qui se décentre sur Antiope, d'une
fantaisie cruellement froide, comme dans la pièce sur
Cynthie malade, jusqu'à la macabre fiction, impression-
nante et douloureuse, qu'on vient de lire ; Villon avait peur
de l'Enfer ; les compatriotes de Properce, eux, depuis belle
lurette, ne croyaient plus à un monde souterrain des morts.
Mais ils pouvaient croire à la passion et ils avaient peur de
la mort.

Peut-être que l'irréalité de toute la gamme propercienne
sera plus sensible si nous quittons la poésie pour la peinture : la différence entre une photographie et une illustration
pour contes de fées saute aux yeux ; au temps de nos élégiaques, l'art figuré se mouvait dans les mêmes fictions que
ces poètes ; aussi bien est-il, non pas néo-classique, comme
on l'a cru longtemps, mais néo-hellénistique[21], ce que nos
poètes sont aussi, comme on verra.

Stucs de la Farnésine : de grêles figures, minces comme
des images de mode, accomplissent allusivement des rites

---

21. G. Richter, « Was Roman Art of the First Centuries B.C. and A.C. Classi-
cizing ? », dans *Journal of Roman Studies*, XLVIII, 1958, p. 15.

incertains dans un espace inarticulé où des architectures
sans pesanteur semblent flotter dans les airs à une distance
indéterminée les unes des autres[22]. Peintures de la Villa des
Mystères à Pompéi : de nobles figures féminines, sensuelles
et pathétiques, exécutent intensément un pot pourri fanta-
siste de rites empruntés à la réalité, en compagnie d'un
fabuleux Silène au visage sublime et inspiré ; une religiosité
ludique confère à ce pastiche[23] de liturgie la gravité d'une
réalité plus élevée que la nôtre. Trompe-l'œil de la villa
récemment découverte à Oplontis[24], près de Pompéi : sur de
vertigineuses architectures peintes, dont les colonnes sont si
grêles qu'un souffle suffirait à les emporter, sont perchés
des sphinx ou des griffons dont le visage est tendu en une
gravité presque douloureuse ; comme des phares, ils émettent
là-haut le solennel avertissement de respecter un on-ne-sait-
quoi nostalgique ; mais comment ces visages énigmatiques
et naïfs, qui regardent dans le vide et n'expriment leur
conviction que pour eux-mêmes, prennent-ils tant au sérieux
les trompe-l'œil dont ils ont la garde ? Ici la gravité est un
haut plaisir de plus.

---

22. On ne peut même pas dire s'il s'agit d'un ensemble d'architectures dans un
même espace, la perspective demeurant très vague, ou de scènes et d'architectures
différentes qui seraient juxtaposées sur la même surface. Même inarticulation de
l'espace dans l'élégie de Properce sur Antiope, qu'on a vue plus haut. Le Cithéron,
où se réfugie Antiope, et l'Aracynthe, où Dircé est suppliciée, flottent à une distance inappréciable l'un de l'autre et du lieu où Antiope fut esclave – et que le
poète ne nomme même pas ; quand Antiope gagne le Cithéron, le poète ne prend
même pas la peine de susciter une fausse liaison spatiale, en précisant, par
exemple : « elle s'enfuit, *non loin de là*, sur le Cithéron ». Il se contente de faire
qu'à l'improviste la nouvelle scène se situe sur le Cithéron ; ou plutôt, il men-
tionne le Cithéron pour indiquer que le lieu de la scène a changé et pour que le
lecteur en conclue que, par conséquent, la scène précédente, où Antiope était
esclave, n'avait pas pour théâtre le Cithéron, mais… un autre lieu. Lequel ? loin ?
près ? on ne sait.

23. Voir surtout M. Nilsson, *The Dionysiac Mysteries of the Hellenistic and
Roman Age*, C.W.K., Gleerup, Lund, 1957, p. 74 ; cf., plus récemment, *Die Phoi-
nikika des Lollianos*, publié par Albert Henrichs, Habelt, 1972, p. 127 et 128.
R. Turcan, dans *Latomus*, 1965, p. 109 : « une vision d'art où l'esthétique et
l'allégorie interfèrent largement avec la psychologie religieuse. »

24. A. De Franciscis, *Gli Affreschi pompeiani nella villa di Oplonti*, 1975 ; cf. La
Rocca-De Vos-Coarelli, *Guida archeologica di Pompei*, Mondadori, 1981, p. 46
et 346.

Ils font flotter dans les airs une gravité délestée de tout objet. À la Villa des Mystères, une fantaisie religieuse presque libertine n'en laisse pas moins dans notre souvenir des valeurs que nous appliquerons à notre gré sur des événements du monde réel. Quand Properce se voit aux enfers en compagnie de Cynthie et des héroïnes d'Homère, le rapport entre la fantaisie et les valeurs est le même ; la célèbre liaison entre le poète et « Cynthie » a à peu près autant d'authenticité que la liturgie imaginaire des Mystères. Il existe bien quelque part de la religion, de la passion, qui pèsent lourd, mais elles sont ailleurs, loin de ces poèmes ou de ces peintures qui n'évoquent la réalité que pour en lester des jeux, à moins qu'elles ne jouent que pour alléger et élever la réalité, comme on voudra. On voit l'abîme entre ce sérieux ludique et la sincérité moderne.

La vie des hommes repose sur leur croyance en la Vérité, la vraie, la seule, mais, en fait, nous pratiquons à notre insu des principes de vérité qui sont divers, incompatibles, mais semblent analogiques : toutes ces mesures de vérité, si différentes, n'en font qu'une à nos yeux. Nous passons, sans même sentir le déplacement, des recettes techniques aux vérités de principe, aux souhaits, aux fictions, aux vérités de consentement général ou aux dogmes. Les vérités d'autrefois, les anciennes unités de mesure, nous semblent, elles aussi, analogues aux nôtres, ce qui permet la « compréhension » historique. La nature plurielle et analogique de la vérité fonde également l'esthétique : nous ouvrons un livre, et un tapis magique nous transporte endormis dans la vérité de Balzac ou dans celle d'*Alice* ; quand nous y rouvrons les yeux, nous nous croyons toujours dans le même monde. Tout nous paraît plausible, rien ne nous gêne et nous entrons dans les féeries comme dans la vérité : l'irréalité ne tue jamais l'effet ; tout passe pour mimésis, on l'a vu.

Que toute fiction soit vérité, et inversement, c'est une chose. Mais le cas des élégiaques romains en est une autre : ils sont à cheval sur deux vérités à la fois, à dessein, et les démentent l'une par l'autre ; nous verrons plus loin les procédés qui empêchent le lecteur de savoir que penser ; la pièce décentrée sur Antiope en a donné une première idée,

ou les équivoques sur Cynthie, cette héroïne, et *Cynthie*,
titre de son livre ; sans parler de l'humour, qui n'est jamais
très loin. Rêver de bergers amoureux en les prenant pour
vrais, tout le temps de la lecture, c'est normal ; il est moins
banal de donner pour fausse une vérité à laquelle tout lecteur
était prêt à croire et de semer le doute sur une autobiographie passionnelle qui, chez des pétrarquistes, aurait aussi bien
pu passer pour authentique. Nos Romains, moins gauches
que la moyenne de leurs compatriotes[25], ont le sourire en
coin de Valéry ou de Jean Paulhan.

  Disons plutôt : le sourire de Callimaque. L'art de nos élégiaques s'explique par la gravitation d'un astre situé à deux
siècles et demi d'eux ; ils ont été obsédés par l'esthétique
savante de ce grand poète hellénistique (ou, comme on
disait naguère, alexandrin). On peut placer, en effet, sous le
nom de Callimaque tout un massif littéraire dont il demeure
le pic le plus élevé et qui a eu en ces siècles-là autant
d'importance que le pétrarquisme à travers des siècles de
littératures européennes.

---

25. J'espère ne pas trop les calomnier en disant cela. Leur malheur est celui de
manquer de goût, d'avoir un art composite : cette idée de Bianchi Bandinelli
(*Rome : le centre du pouvoir*, Paris, Gallimard, 1969, coll. « L'Univers des
formes ») n'est que trop convaincante ; ils sont comme ces gens qui ne savent pas
apparier les couleurs et mettent un beau tailleur et une belle cravate qui jurent
ensemble ; voici une statue de sénateur en nu héroïque, trouvée à Tivoli (*ibid.*,
p. 86, fig. 93) : le visage est un portrait réaliste, qui tient davantage de la photo
d'identité ou du dessin trop buriné que de la recréation artistique, et le corps est
un nu conventionnel ; on dirait donc qu'un monsieur vient de se déshabiller ; le
résultat est comique et un peu indécent. De même en poésie. *Bucoliques* et *Géor-
giques* sont des réussites à peu près parfaites, *l'Énéide* ne l'est pas ; non qu'elle
soit « inégale », au contraire : elle est faite de morceaux à peu près tous admirables ;
mais l'ensemble ne tient pas et, à côté de *l'Iliade* ou de Dante, s'écroule. Manque
de goût ou de puissance créatrice, comme on voudra ; ils ne savent pas tracer
l'œuvre entière d'un seul geste autoritaire. Callimaque a la stature d'un Gongora,
Virgile dans les *Bucoliques* et le Théocrite des *Thalysies* ont celle de Shelley ;
nos élégiaques ont celle des poètes secondaires de la Pléiade.

2

Callimaque et l'humour lyrique

Properce était un Ombrien ; il appartenait à une puissante famille d'Assise, où l'on a retrouvé des inscriptions qui portent les noms d'autres Properce, apparentés au poète. Lui-même nous parle de sa « patrie, où le brouillard mouille Mévania dans le creux de la vallée, où le lac de l'Ombrie tiédit en ses eaux estivales, où grandit vers le ciel le rempart d'Assise l'abrupte, rempart que mon talent a rendu plus notoire » (IV, 1, 125) ; Mévania est aujourd'hui Bevagna, qu'on aperçoit en bas, au milieu de la plaine, quand on est à Assise, à l'Eremo dei Carceri, où saint François allait prier.

Or, en 1979, une épigraphiste de grande réputation, Margherita Guarducci, a rendu publique une curieuse découverte faite à Assise même, sous l'église Sainte-Marie-Majeure[1] ; on y a déblayé en partie une maison romaine, où un large couloir était décoré de peintures mythologiques. Sous chaque tableau, on lit, gravé dans le revêtement du mur, une épigramme grecque en style savant ; par exemple, l'image de Narcisse porte la légende que voici : « C'est un mal très inédit, ô Amour, que tu as pensé à susciter : cet homme, malgré qu'il en ait, est amoureux de son propre portrait, d'un peu d'eau. » Tableaux et épigrammes de ce genre se voyaient dans plus d'une maison romaine[2], quand un homme de

---

1. M. Guarducci, « *Domus Musae* : epigrafi greche e latine in un'antica casa di Assisi », dans *Atti della Accademia naz. dei Lincei, Memorie*, XXIII, 1979, fasc. 3.
2. Atticus, l'ami de Cicéron, avait ainsi une villa à épigrammes (Cicéron, *Ad Atticum*, I, 16, 15 ; Cornélius Népos, *Atticus*, XVIII, 6) ; à Pompéi, la Maison des Épigrammes a pareillement des inscriptions en grec qui commentent des scènes mythologiques : M. Gigante, *Civiltà delle forme letterarie nell'antica Pompei*, Naples, 1979, p. 71-75.

culture en était le propriétaire ; mais, à Assise, on a découvert quelque chose de plus ; à côté d'un des tableaux, quelqu'un avait écrit sur le mur les mots suivants : « Le 23 février, l'année du consulat de… vinus, j'ai adoré la maison de la Muse *(domum oscilavi Musae)*. » Ce graffito est ce qu'on appelle un proscynème ; les pèlerins en gravaient de pareils sur les murs des sanctuaires, pour commémorer la date à laquelle ils étaient venus saluer le dieu du temple. Mme Guarducci en a conclu que cette maison, qui avait été habitée par un amoureux de poésie grecque, était devenue un lieu de pèlerinage culturel parce que celui qui l'avait habitée était Properce lui-même. Cette hypothèse me semble, pour ma part, plausible et même probable[3].

Ces épigrammes grecques en pleine Ombrie sont un témoignage de plus sur la culture grecque de Properce et, en tout cas, sur l'hellénisme dans lequel les Romains baignaient naturellement. Rome a toujours été au nombre de ces peuples barbares qui, sur les franges de la grécité, étaient largement grécisés dans tous les domaines, à la langue près : Carie, Lycie, Chypre, Macédoine, Syrie, Carthage peut-être ; ville longtemps étrusque, Rome fait partie de ces peuples marginaux, « Étrusques et Chypriotes », avec lesquels Platon admettait que les Grecs eussent un

---

3. On ne peut se prononcer avant une publication complète et la continuation éventuelle de la fouille. Cependant le scepticisme qui a souvent accueilli l'hypothèse propercienne de Mme Guarducci surprend un peu ; les épigraphistes, il est vrai, sont moins sceptiques (J. et L. Robert dans *Revue des études grecques*, p. 482, n° 578). Dans les *Guide archeologiche Laterza*, vol. IV, *Umbria, Marche*, 1980, p. 163, on lit qu'une objection serait que les peintures sont du quatrième style, c'est-à-dire des années 60 de notre ère. Le *viridarium* que publie Mme Guarducci (planche 1) semble rappeler plutôt le jardin en trompe l'œil de la Maison dite de Livie, à Rome, qui est contemporaine de Properce. L'existence du proscynème semble un argument favorable plus difficile à écarter. En revanche, on ne tirera pas argument de la découverte, dans la maison, d'une inscription avec le nom de famille des Properce : cette inscription était un remploi et ne provient pas de la maison même (Guarducci, p. 271n). Il est question de cette maison de Properce chez Pline, *Lettres*, IX, 22, 1 : les descendants du poète l'habitaient encore un siècle plus tard et l'un d'eux, qui écrivait des élégies dans le style de son ancêtre, les écrivit *plane in Properti domo.*.

commerce de piété[4]. Ce n'est pas assez de dire que l'Hellade a exercé des influences sur Rome, qui lui aura fait des emprunts ; je ne veux même pas dire que l'empire romain est un creuset où la Grèce et l'Italie se sont unies en un mélange qu'on ne manquera pas de déclarer original et savoureux ; ce qu'il faut dire est que Rome est un peuple qui a pour culture celle d'un autre peuple, la Grèce[5]. Il semble que le cas ne soit pas unique dans l'histoire, ne serait-ce que le Japon de l'époque du *Roman du Genji*, avec sa culture chinoise, et le Japon d'aujourd'hui, avec sa culture occidentale.

La conquête romaine du bassin méditerranéen, la soumission des royaumes macédoniens et la « finlandisation » des cités grecques, un siècle et demi avant l'époque où vécut Properce, ne firent qu'accélérer les choses en faisant de l'hellénisation une mode : la culture écrite de Rome, poésie, prose et aussi bien lettres officielles et décrets du Sénat, fut tout entière une culture grecque en langue latine. Il faut lire Lucrèce pour voir avec quel naturel un intellectuel romain vit dans une culture entièrement hellénique ; pour lui, elle est la culture tout court : il n'y en a qu'une et il n'en était pas d'autre. Nous ne pouvons croire d'abord au naturel de Lucrèce, nous voulons absolument qu'il ait mis son grain de sel romain dans le dogme d'Épicure, nous souffrons pour lui de le voir privé de sa « nationalité culturelle » ; lui n'en souffrait pas. Il n'en est pas moins patriote, en bon Romain ; non qu'il s'intéresse à la politique (peu de Romains ont eu l'âme plus apolitique que lui, qui vit dans les idées) : son patriotisme n'en est pas moins entier, à la façon de la foi du charbonnier. Nous avons devant lui

4. Platon, *Lois*, 738 C, texte impressionnant par sa date ancienne ; on est non moins impressionné de lire chez Thucydide (VI, 88, 6) que, devant l'attaque athénienne, Syracuse envoya des ambassadeurs dans les cités étrusques ; si donc l'Étrurie fait partie du concert international à la fin du vᵉ siècle, ainsi que Carthage (à qui Syracuse fait aussi appel), pourquoi trouver invraisemblable qu'une aussi grande cité étrusque que Rome ait pu, dès l'aube du même vᵉ siècle, conclure avec Carthage un traité (Polybe, III, 22) ?
5. Cf. nos remarques sur les hellénisations successives de Rome dans *Diogène*, 1979, n° 106.

l'étonnement d'un intellectuel européen d'aujourd'hui devant
un intellectuel soviétique ou japonais : chez ceux-ci, les
opinions les plus avancées ou les attitudes les plus sophistiquées font bon ménage avec un patriotisme indéracinable et
naïf. Patriote hellénisé, Lucrèce écrit pour son peuple avec
le zèle d'un réformateur et son universalisme culturel fait
bon ménage avec son ethnocentrisme romain ; il recom-
mande la doctrine d'Épicure aux citoyens romains parce
que cette doctrine est vraie et salutaire. Nul besoin qu'il
l'ait adaptée aux besoins romains ; il n'a certainement pas
touché aux dogmes d'Épicure : tel qu'il est, l'épicurisme est
parfait aux yeux de Lucrèce, qui se hâte d'introduire en
Italie cette plante utile ; puisque l'épicurisme est excellent,
il sera excellent pour Rome. Épicure est digne de Rome :
aux yeux de Lucrèce, il n'est pas de plus grand éloge.
L'originalité n'est pas le reste d'une soustraction entre ce
que chacun est et ce qui lui est venu d'autrui ; comme disait
P. Boyancé, quand on assimile aussi profondément Épicure,
quand on s'assimile aussi exactement à lui, on est soi-même.

Le seul triomphe dont Rome se vantait était d'avoir battu
les Grecs sur un terrain dont elle ne se rendait pas compte
qu'il avait été constitué par eux ; « en poésie élégiaque,
nous avons dépassé les Grecs », écrit un critique romain[6],
qui s'imagine manifestement que l'élégie existe aussi naturellement et universellement que la faune et la flore ; c'est
en un même sens que, selon Horace, « en poésie satirique,
tout est pour nous » : en ces jeux olympiques de la culture,
les Romains se sont imposés. La civilisation hellénique est
la civilisation tout court, dont les Grecs ne sont que les
premiers possesseurs, et Rome entend bien ne pas leur
abandonner ce monopole. La vraie originalité se mesure
au naturel d'un geste d'appropriation ; une personnalité
assez forte pour saisir aussi hardiment aura aussi la force

---

6. Quintilien, X, 1, 93. La supériorité romaine en matière d'élégie vient de ce
que Tibulle et Properce ont, tous deux, une écriture nette et élégante ; reste à
savoir lequel d'entre eux l'a davantage : la majorité tient pour Tibulle et d'autres
tiennent pour Properce ; tel est le sens de ce passage, d'après M. Hubbard, *Propertius*, Londres, 1974, p. 2.

d'assimiler et ne se réfugiera pas dans sa spécificité nationale. Nietzsche admirait l'audace impérialiste avec laquelle Rome considérait les valeurs étrangères comme son butin.

Ce qui n'empêche pas les poètes romains d'être originaux au sens moderne du mot, car comment un poète ne le serait-il pas ? Properce est original, par rapport à tel poète grec qu'il salue comme son modèle, tout autant que deux poètes grecs quelconques le sont l'un par rapport à l'autre, ni plus ni moins. La question de l'originalité romaine perd sa signification et son intérêt dès qu'on cesse de croire aux génies nationaux et à une universelle jalousie pour chaque « patrimoine culturel » ; la culture s'acclimate comme les plantes utiles et n'a pas plus de patrie que celles-ci. Les Romains sont évidemment originaux quand ils ajoutent quelque chose à la Grèce, quand ils perfectionnent les recettes connues d'abord d'elle[7] (car, à leurs yeux, il n'est pas d'arbitraire culturel : la civilisation est faite de techniques qui ont l'universalité de la nature, de la raison) ; mais ils ne sont pas moins originaux quand ils cultivent pour leur compte un bien d'origine grecque. Le problème de l'originalité n'étant pas celui des origines[8], ils sont eux-mêmes, sans complexe d'infériorité, dans tout ce qu'ils font. Cela dit, il demeure que les neuf dixièmes de leur civilisation sont d'origine hellénique.

Si Lucrèce a traduit ou plutôt adapté Épicure, les élégiaques romains, pour leur part, se recommandaient de

---

7. Cicéron, fier d'avoir surpassé Démosthène et prouvé aux Grecs qu'ils n'étaient pas imbattables, professe, dans la première page des *Tusculanes*, que les Romains n'ont rien emprunté aux Grecs qu'ils ne l'aient perfectionné ; il ne s'agit pas, à ses yeux, de cultiver un génie national, mais de poursuivre plus loin sur une route commune à tous les hommes. Voir aussi la lettre *ad Quintum fratrem*, I, 1, IX, 27-28.

8. On pourrait raisonner de même sur la romanisation des provinces barbares de l'Empire : l'originalité gauloise est un problème qui n'a guère de sens (cf. C. Goudineau, *Les Fouilles de la Maison du Dauphin, Recherches sur la romanisation de Vaison-la-Romaine*, CNRS, 1979, vol. I, P. 313) ; dans l'*Histoire de la France urbaine* (Duby, éd.), le même auteur parle pareillement d'une « stimulation » des cultures indigènes. Si Rome avait évacué la Gaule un siècle après l'avoir conquise, la Gaule aurait continué à se romaniser, toute seule et à sa manière, comme elle l'a fait en effet.

Callimaque ; c'est le grand nom dont ils se couvrent, c'est
la recette qu'ils croient continuer ; ils invoquent aussi
d'autres noms de poètes hellénistiques, dont un certain Phi-
létas, qui est pour nous un inconnu. Properce, qui avait une
conscience aiguë de son génie et n'était pas tendre pour ses
rivaux, s'était décerné lui-même le titre de nouveau Callimaque : « Que l'Ombrie soit fière de mes livres ! Elle peut
se rengorger d'avoir donné le jour au Callimaque romain »
(IV, 1, 63). Le poète Horace avait le même protecteur que
lui, Mécène, mais son propre lyrisme était aux antipodes du
maniérisme ; de plus, une simplicité non conformiste et une
honnêteté intellectuelle absolue faisaient que la mégalomanie et la complication de Properce avaient le don de
l'agacer. Quand les deux hommes se rencontraient, à la
Bibliothèque de Rome ou dans la rue, Properce passait de
force la casse à Horace, qu'il traitait de nouvel Alcée (cet
antique poète grec était le père du lyrisme) ; Horace n'en
demandait pas tant (il lui aurait suffi d'être un nouveau
Simonide), mais la politesse l'obligeait à repasser à Properce le séné, en lui déclarant qu'il était, de son côté, le
nouveau Callimaque, tout en espérant que les passants
n'entendraient pas ce qu'il disait là[9].

Si Callimaque fascinait ainsi ces jeunes poètes latins, ce
n'était pas parce qu'il avait été le père fondateur du genre
élégiaque, mais parce qu'il dominait le genre, et il le dominait par l'exceptionnelle subtilité de son art ; Callimaque
est aux antipodes de l'enflure, dit Properce : *non inflatus
Callimachus* (II, 34, 32) ; pour Ovide, le chef-d'œuvre

---

9. Horace, *Épîtres*, II, 2, 91. Horace est le poète latin le plus étranger à l'esprit
de Callimaque : J. K. Newman, *Augustus and the New Poetry*, Bruxelles, 1967,
p. 128. Sur la mégalomanie de Properce, qui, dans l'élégie III, 1, écrit à peu près
« Homère et moi » (on songe au « Napoléon et moi » de Chateaubriand), cf.
F. Solmsen, « Propertius and Horace », dans *Classical Philology*, XLIII, 1948,
p. 105-109. Les relations d'Horace et de Properce sont commentées aussi par
W. Wili, « Die literarischen Bezichungen des Properz zu Horaz », dans *Festschrift für Edouard Tièche*. Berne, 1947, p. 179 ; et par W. Eisenhut, « *Deducere
carmen* : ein Beitrag zum Problem der literar. Beziehungen zw. Horaz und Pr. »,
dans *Gedenkschrift für Georg Rohde*, Tübingen, 1961, p. 91. Sur Horace comme
Simonide romain, H. Fränkel, *Early Greek Poetry and Philosophy*. Oxford, 1975,
p. 323, n. 39.

insurpassable serait le livre en comparaison duquel Callimaque se mettrait à paraître rustique[10]. Bref, dans le
moment littéraire de cette époque, Callimaque était l'avant-
garde, l'anti-académisme ; la subtilité était d'actualité, ou le
redevenait après deux siècles ; la mode littéraire était d'être
insaisissable.

Et il est bien vrai que Callimaque fascine par l'aisance
très poétique avec laquelle il se dispense de préciser le
rapport entre ce qu'il écrit et ce qu'il en pense. Non qu'il
s'exprime « au second degré » : la poésie est à ses yeux
chose trop souveraine pour condescendre davantage à pasticher l'erreur qu'à dire la vérité ; à le lire, on est cent fois
tenté de prononcer le mot de parodie, pour le retirer aussitôt[11]. Cette humour n'est pas défensif, il est à la fois
condescendant et bienveillant. On n'est jamais certain que
Callimaque soit sérieux et attendri, mais ce n'est jamais
exclu non plus, si bien que le lecteur éprouve le sentiment
plus ou moins agréable qu'il a affaire à un interlocuteur
plus intelligent que lui. Il serait impossible de pasticher
Callimaque : il se pastiche sans cesse lui-même. Il a la
supériorité d'un vieillard subtil qui se fait olympien pour
faire croire qu'il a conservé la puissance de ses jeunes
années, celles où il s'appelait Homère ou Thucydide. Homère
ne blâmait ni n'approuvait Achille et sa colère, n'était par-
tisan ni des Grecs ni des Troyens ; entre Athènes et Sparte,
l'Athénien Thucydide, quoique patriote en son cœur, restait
olympien entre les deux camps, sans planer au-dessus de la
mêlée, sans prendre le point de vue de Sirius et sans parler
non plus des hommes sur le ton où l'entomologiste parle
des insectes. L'esthétisme hellénistique continue à sa façon
cette tradition de grandeur et c'est ce qui rend toujours atti-
rants la poésie et l'art de cette grande époque ; s'il n'est pas
helléniste de profession, le lecteur en sera réduit à me croire
sur parole, car Callimaque n'est plus guère lisible ; les
Anciens eux-mêmes ne le lisaient pas sans un commentaire
explicatif. Sa langue, ses allusions, ses intentions sont trop

---

10. Ovide, *Amores*, II, 4, 19.
11. H. Herter, *Kleine Schriften, op. cit.*, p. 387.

loin de nous ; il nous faut tant d'efforts pour le comprendre que cela tue la sensation. Les grands poètes ne sont pas impérissables, ils s'effacent (les uns plus vite, les autres plus lentement, car leurs chances sont inégales), mais ils ne commencent pas par rapetisser.

D'où vient l'*irony* de Callimaque, au sens anglais de ce mot ? De dire ou d'insinuer des choses contradictoires[12] à la lettre et de réduire sa responsabilité à ce qu'il a dit littéralement : c'est au lecteur de décider (mais comment ?) ce que Callimaque pense au fond, jusqu'à ce que le lecteur comprenne que Callimaque, loin de penser, est un artiste qui joue sur cette particularité d'un texte de pouvoir se réduire à sa signification littérale, qui, comme dit Oswald Ducrot, peut toujours se présenter comme indépendante[13]. Les uns « verront la plaisanterie » (mais y avait-il plaisanterie ?) et les autres prendront le texte au pied de la lettre ; le poète, lui, plaisantait-il ou était-il sérieux ? Ni l'un ni l'autre : il écrivait des vers tels qu'on ne puisse savoir s'ils sont sérieux ou non et qui se suffisent quand même. Callimaque a fondé une esthétique sur un fait sémiotique : l'indépendance de la signification littérale ; un exercice d'équilibrisme et, donc, de grâce ; un texte qui, loin d'être miroir de la réalité, est équivoque jusqu'au vertige ; une écriture qui se suffit puisqu'elle n'exprime rien… Comment ne serait-ce pas de l'art ?

Puisque le sens ultime d'un texte n'est pas dans le texte et que tout l'art est là, Callimaque avait un sujet tout désigné : les mythes, les antiquités religieuses et nationales, car on n'y croyait plus trop, tout en continuant de les respecter ; sur cette matière, il ne fallait être ni naïf ni incrédule. Callimaque chantera donc ce dont les augures essayaient de ne pas sourire. En voltairien ? Non, mais, tout au contraire, en folkloriste ; Callimaque aimait ces

---

12. Dans *Augustus and the New Poetry* (*op. cit.*), J. K. Newman a bien exprimé la « contradiction » interne à l'œuvre de Callimaque, et son sens biaisé de la réalité.

13. O. Ducrot, *Dire et ne pas dire : principes de sémantique linguistique*, Paris, Hermann, 1980, 2ᵉ éd., p. 11-12.

traditions nationales, ces légendes naïves et subtiles ; le roi
grec d'Égypte qui le protégeait l'avait nommé bibliothécaire ; passionné de vieux livres et de textes rares,
Callimaque a recueilli les traditions nationales aussi passionnément que d'autres érudits le feront chez nous sous
Napoléon III. Quand il fait état d'un mythe peu connu, il a
soin de préciser : « Je ne chante rien dont je ne pourrais
produire des témoignages », ce qui veut dire à la fois : « je
n'invente rien », et : « voyez combien tout cela est peu
connu ». Car, au temps de Callimaque et, en partie, de son
fait, on passe des mythes, qui étaient une croyance, à la
mythologie, qui est une science plaisante, un jeu d'érudits,
où l'on se borne à savoir ce qui se croit, sans se prononcer
sur le fond. Plaisant, le mythe l'avait toujours été. Dans
l'*Iliade*, Zeus, éprouvant pour son épouse un retour de
flamme dont il est le premier étonné, lui récite la liste de
ses bonnes fortunes et ajoute galamment qu'il n'a jamais
désiré une de ses maîtresses autant qu'il désire aujourd'hui
sa femme ; là aussi, le poète s'amuse ; il se livre à un
vertige d'érudition mythique. Seulement il le fait pour son
propre compte. Callimaque, lui, ne parle pas en son propre
nom : il relate des légendes populaires.

Il le fait sans la moindre intention satirique, avec une
jouissance d'artiste et un humour attendri[14]. L'humour
l'emporte dans les textes les plus courts, les épigrammes,
tel ce pastiche d'ex-voto : « Tu reçois là, ô Esculape, ce que
ton fidèle te doit pour le vœu qu'il avait fait pour sa guérison ; entendu ! Si donc tu l'oubliais et réclamais ton dû, le
présent ex-voto vaudrait quittance. » Car les Anciens, nous
l'avons vu, traitaient parfois leurs dieux comme des protecteurs compréhensifs auprès desquels ils allaient s'asseoir
pour leur raconter leurs malheurs ; ils les considéraient
d'autres fois comme des maîtres puissants et capricieux
dont ils critiquaient la politique ; mais il leur arrivait aussi
de les tenir pour des individus intéressés, comme nous le
sommes tous, avec lesquels les affaires sont les affaires :

---

14. A. Rostagni, *Poeti alessandrini*, Turin, Bocca, 1916, p. 259.

Callimaque pastiche en cette épigramme cette idée naïve du peuple. Avec amusement plus qu'avec dédain. Car il y a, chez ce bibliothécaire courtisan, une veine populaire ; il y en a une aussi dans les chansons de Gongora ou chez cet autre élitiste que fut Vélasquez. Dans un petit chef-d'œuvre, l'*Hécalé*, Callimaque racontait comment le héros Thésée avait reçu l'hospitalité chez une bonne vieille et il s'attardait à son caprice pour raconter cette scène gentille et familière ; c'est le grand humour de *Bacchus et les Buveurs*, au musée du Prado : le dieu, très humainement ivre, portant ses vêtements de dieu comme un déguisement, est attablé en compagnie de trognes paysannes dont la vraie noblesse populaire se sent à l'aise en pareille société et respire la même bienveillance que le dieu qui a fait aux hommes le bienfait du vin ; il n'y a pas un atome de condescendance là-dedans et le vieux Justi avait commenté le tableau avec sa pénétration ordinaire : « Cette bacchanale, où certains ont cru voir une parodie, est encore plus grecque, peut-être, que Vélasquez ne l'a pensé. »

Dans ses grands moments, Callimaque va encore plus loin ; il ne se borne pas à prendre sur quelque chose un recul plaisant : son texte se met à papilloter aux yeux du spectateur, sans utilité pour la compréhension, mais, au contraire, pour prouver que c'est de l'art, puisque ce n'est plus un miroir du monde. Il me faut demander ici un double effort au lecteur, celui de n'être ni rebuté par la difficulté, ni déçu par du non-figuratif vieux de vingt-deux siècles et plus ; voici le texte :

> Comme il s'est mis à trembler, le feuillage du laurier d'Apollon ! Quel ébranlement dans tout l'édifice ! Loin d'ici tous les impurs ! Oui, voilà que, de son noble pied, Apollon frappe à la porte. Ne le vois-tu pas ? La palme apollinienne vient de s'incliner délicatement et le cygne chante bellement dans le ciel. Maintenant ouvrez-vous tout seuls, verrous du temple, ouvrez-vous, serrures, car le dieu n'est plus bien loin. Soyez prêts, les enfants, à chanter et à danser. Apollon ne se fait pas voir à tous, mais rien qu'aux bons ; honneur à qui le voit, honte à qui ne le voit pas. Nous te verrons, dieu archer, nous n'aurons pas cette honte… Bravo, les

enfants, car leur lyre ne se tait plus. Recueillez-vous et écoutez le
chant apollinien. La mer elle-même se tait lorsque les trouvères
chantent le dieu archer, Thétis cesse de gémir et Niobé, de pleurer.

Voici ce que cela veut dire. Ces vers sont un simili-
hymne religieux, déformé si subtilement qu'il aurait pu
avoir quand même un usage liturgique et l'a peut-être eu.
Lors des fêtes religieuses, une procession se rendait devant
le temple et des chœurs d'enfants chantaient et jouaient un
hymne dont les paroles commentaient les moments successifs de la liturgie. Les temples, qui étaient des résidences
privées de la divinité, étaient fermés toute l'année et leurs
portes ne s'entrouvraient que le jour de la fête, à la grande
émotion des spectateurs, qui apercevaient ce jour-là l'image
du dieu assise en son sanctuaire. Dès le commencement de
la cérémonie, seuls avaient le droit de rester ceux qui rem-
plissaient certaines conditions de pureté rituelle (telles que
d'avoir été continents la veille) et les autres devaient s'en
aller. L'émotion croissait et les fidèles sentaient que leur
cœur n'était plus loin du dieu ; on croyait donc qu'attiré par
l'hommage qu'on lui rendait, le dieu venait assister à sa
fête et choisir le temple pour sa résidence du jour, dont les
portes s'ouvraient devant ce divin propriétaire comme s'il y
avait frappé (dans l'Antiquité, on frappait aux portes du
bout du pied) ; on espérait toujours que la porte, au lieu
d'être manœuvrée par les prêtres, s'ouvrirait miraculeuse-
ment d'elle-même à son maître. On croyait aussi sentir
approcher le dieu et on voulait croire que des miracles mar-
queraient son arrivée ; le laurier, arbre du dieu, et le cygne,
qui était son animal, salueraient à leur manière la venue de
leur maître. Heureux qui sentait et croyait tout cela ! Le
dieu n'accordait qu'aux bons, aux vrais dévots, de le sentir
et de le croire ; gloire à eux. Devant cette descente miraculeuse du dieu parmi ses fidèles, devant cette « épiphanie »,
car tel était le mot, la nature tout entière semblait suspendre
son souffle ; Thétis et Niobé, la mer et les rochers, se
taisent et se réjouissent, cependant que l'édifice du temple
tremble sur ses fondements sous les pas du géant invisible
qui s'y installe. Toute cette émotivité était sincère ; elle

donne la vraie mesure de cette ferveur païenne qui avait beaucoup moins à envier au christianisme qu'on ne le prétend quelquefois.

Que Callimaque lui-même ait senti cette émotion, ou qu'il l'ait au moins comprise et ait sympathisé, comment en douter, après ce qu'il vient d'écrire ? Seulement sa poésie ne se propose pas de noter des émotions pour les rendre communicatives, mais de les transformer en œuvres autonomes. De même que les historiens font de l'histoire avec ; à sa manière, Callimaque est aussi objectif qu'eux. Il a l'attitude d'un ethnographe devant des indigènes. Parle-t-il ici en son propre nom ? Cherche-t-il à exprimer l'émotion générale ? Il semble plutôt citer, voire pasticher, les propos d'un fidèle. À vrai dire, qui parle, au juste ? Bien malin qui le dira. Dans les hymnes authentiques de l'ancienne Grèce, bien avant le temps de Callimaque, le « je » était employé et ce « je » renvoyait indifféremment au chœur, qui chantait l'hymne, au chef du chœur et aussi au poète ; il arrivait donc que le chœur, par la bouche de son chef, semble se donner à lui-même[15] l'ordre de chanter ou qu'il exprime les vues personnelles du poète ; aucune équivoque n'en résultait ni n'était recherchée. Seuls les philologues modernes se demandent si ce « je » n'exprime pas parfois des idées personnelles au poète qui a écrit l'hymne, plutôt que les vues plus courantes qui devaient être celles des choreutes ; ce qui complique les choses est précisément qu'en ces temps lointains l'opinion courante attendait des poètes des idées qui, pour leur être personnelles, n'en seraient pas moins reçues pour vraies, car un poète avait le devoir d'enrichir les connaissances religieuses de tous les hommes...[16]. Le moins qu'on puisse dire est que Callimaque n'en est plus là ; il profite de la plurivalence apparente du « je » hymnique

---

15. F. Cairns, _Tibullus : A Hellenistic Poet at Rome_, Cambridge, 1979, p. 121 ; A. Hoekstra, _The Absence of the Aeginetans : On the Interpretation of Pindar's Sixth Paean_, dans _Mnemosyne_, XV, 1962, p. 11.

16. Quand Eschyle, en un chœur, dit : « Sur ce point, je ne pense pas comme tout le monde » (_Agamemnon_, 757), il ne se met pas à part de la foule : il lui annonce qu'il va enseigner du nouveau, et on n'en attendait pas moins d'un poète.

pour en tirer un procédé littéraire qui lui permettra de se mettre, comme artiste, à l'écart du reste des hommes. Il se fait ventriloque ; le chœur, son chef, la foule, tout le monde parle, la réalité s'éparpille en exclamations, ordres et interrogations (nous avons vu que Properce imitera le procédé) ; l'absence de point de vue cohérent déréalise ce que le texte dit.

Ce n'est pas tout : le lecteur ne peut pas savoir s'il lit le texte même de l'hymne, ou bien un métatexte où l'hymne serait cité, et nous retrouverons chez Tibulle un procédé comparable. L'hymne invite à commencer l'hymne, mais était-il déjà un hymne quand il le fait ? En d'autres termes, à quel moment la liturgie, que l'hymne accompagnait, commence-t-elle à se dérouler[17] ? Les philologues en discuteront sans fin, et pour cause : c'était cela, l'art, pour Callimaque, et c'est pourquoi cet hymne peut se terminer sur huit vers où le poète, redevenu homme de lettres, se flatte d'être protégé par les dieux contre les critiques jalouses de ses ennemis littéraires.

Disons que l'art de Callimaque est maniériste. Toute la littérature hellénistique ne l'est pas ; Callimaque a son anti-thèse en un écrivain aussi raffiné que lui, Ménandre, qui, en ses comédies de mœurs, peint sans illusion une humanité médiocre, mais la peint avec une justesse, une vérité, une qualité du détail parfois si grandes que le nom de Tolstoï ne l'écrase pas ; ce nom s'impose même quand quelques vers isolés[18] (car le texte de Ménandre nous est parvenu en loques) ont sur la condition humaine un accent profond de désillusion sans amertume et sans morale à tirer : la défaite devient triomphe et c'est du grand classicisme. Mais, s'il

---

17. Quand la liturgie est-elle censé commencer ? Voir H. Erbse dans *Hermes*, LXXXIII, 1955, partic. p. 418 ; sur l'ouverture miraculeuse des portes du temple, voir O. Weinreich, « Gebet und Wunder, II : Türöffnung in Wunder », dans *Genethliakon Wilhelm Schmid*, 1929.

18. C'est le fragment 481 (*Comicorum fragmenta* Kock) ; on croirait volon-tiers que Goethe pensait à ces vers, quand il faisait à Eckermann un éloge dithyrambique de Ménandre : au temps de Goethe, les papyrus n'avaient pas encore rendu des vers de Ménandre et peu de textes de lui étaient connus ; ce fragment, lui, l'était déjà.

faut parler humanité, il n'est pas évident que Callimaque,
plus retors, soit plus sec ; sa poésie ne défend et n'illustre
pas les « valeurs », il faut l'avouer, mais elle n'est pas
désintéressée pour autant ; c'est une œuvre hellénistique
par excellence que la Vénus de Milo et il serait difficile
d'allier plus de sensualité directe, naïve, populaire, à un
modelé aussi complexe, aussi raffiné, aussi roublard.
L'esthétique de Callimaque est triomphale ; elle triomphe
du vrai et du faux, elle repose sur une intelligence supérieure qui comprend tout, ne croit à rien et ne dédaigne rien
pour autant. Goethe, lisant Firdousi sur son divan, ne se
demandait pas comment on pouvait être persan ; les vieux
mythes sont pour Callimaque ce que la Perse fut pour
Goethe : la découverte de l'universelle non-vérité.

Ce maniérisme est donc l'instrument rêvé pour exprimer
les demi-croyances, le *wishful thinking* ou, tout simplement,
les fausses positions sentimentales. Preuve de ces ambiguïtés,
preuve aussi de l'immense influence de Callimaque et de son
humanité paradoxale : le texte le plus émouvant peut-être de
la poésie latine est aussi le plus callimachéen[19] ; il n'est pas
dû à nos élégiaques, mais à Virgile ; c'est l'Annonce faite à
Pollion, autrement dit la Quatrième Bucolique. On sera peut-
être bien étonné de la voir mêlée à cette affaire ; nous
croyons pourtant que la clé de ce texte énigmatique est là.
Quand une énigme a été aussi discutée, il est plus poli et plus
rapide de se borner à exposer son avis personnel, en préve-
nant le lecteur qu'il en est beaucoup d'autres.

Le temps n'a pas encore mordu sur ces vers inspirés où
les premiers chrétiens croyaient voir Virgile pressentir quarante ans à l'avance la naissance du Sauveur ; le poème est
soulevé, en effet, par un souffle de messianisme politico-
religieux. Jamais la situation n'avait été aussi sombre qu'en
ces années où une moitié de l'Empire, avec le talentueux et
actif Antoine et la géniale Cléopâtre, avait failli se ruer
sur l'autre, tenue par l'âpre et machiavélique Octave, à

---

19. Voir les pages très neuves où J. K. Newman montre qu'un des poètes
latins qui soient les plus proches de Callimaque est précisément Virgile, avec sa
fausse simplicité émouvante (*Augustus and the New Poetry, op. cit.*, p. 128).

qui la victoire vaudra un jour le nom d'Auguste. En cette
année 40, on espérait que le pire était évité, sans trop y
croire ; et que nous dit le poème ? Virgile s'adresse à un de
ses protecteurs, Pollion, qui avait au même moment l'honneur d'être consul et de donner par conséquent son propre
nom à l'année ; il lui annonce que la fin des temps est
arrivée, conformément à la prophétie de la Sibylle, et qu'en
cette année du consulat de Pollion venait de naître un
enfant, un petit Romain, dont il ne dit rien, pas même le
nom : le poète nous apprend seulement qu'avec cet enfant
l'âge d'or refleurira sur terre, avec l'abondance et la paix
perpétuelle. Le paradis terrestre s'établira graduellement, en
concomitance avec les étapes de la vie de l'enfant, et, par
conséquent, grâce à lui (le peuple imputait à mérite, aux
maîtres de l'heure, les heureuses années et les bonnes
récoltes) ; quand le mystérieux enfant sera devenu grand, il
sera le roi de cette terre de félicité, où lions et moutons
coexisteront pacifiquement, où l'on ne travaillera plus, où
l'on n'aura plus à fausser, peu écologiquement, la nature ;
on ne teindra même plus la laine : les agneaux naîtront en
couleur !

Quel rapport entre Pollion et cet enfant mystérieux ?
Aucun, sauf que Pollion a l'honneur qu'il soit né sous son
consulat (le peuple imputait pareillement à honneur à
Cicéron qu'Octave Auguste soit né sous son consulat[20]).

---

20. D'après un représentant des idées populaires en politique, l'historien Vel-
léius Paterculus, II, 36. Sur ce thème et sur la concomitance entre un règne (ou un
consulat) et l'année politique heureuse ou les bonnes récoltes, j'ai réuni quelques
références dans *le Pain et le Cirque* Paris, Éd. du Seuil, 1976, coll. « Univers historique », p. 735-736, n. 46-48. On a dit que l'Enfant n'était pas roi tout de suite
et qu'il ne faisait pas arriver l'âge d'or : il y avait simple concomitance ; c'est
vrai, mais un roi ne fait rien : il se contente d'être là, et sa présence suffit à faire
que le bonheur arrive de lui-même. Concluons donc que, *puisque* l'âge d'or se
développe en concomitance avec la croissance de l'Enfant, c'est donc que cet
Enfant est déjà le maître désigné, le Messie en train de grandir, mais déjà promis
à la royauté. – Inutile d'ajouter que, pour Virgile, Pollion et les autres lecteurs,
tout cela était fiction littéraire. Virgile ne songeait à aucun enfant réel et n'atta-
chait pas non plus de signification particulière à l'année 40, où Pollion était
consul : son seul point de départ était de dédier un poème à Pollion, en l'année de
son consulat ; il a donc feint de croire à la naissance, sous ce consulat, d'un
enfant sauveur.

Mais alors, quel est cet enfant ? À qui le poète songeait-il ?
On en discute depuis deux millénaires et l'on a songé naturellement à un rejeton des maîtres de l'heure. Un fils
d'Octave ? L'enfant qui lui naquit fut une fille ; l'enfant à
naître d'un mariage qu'Antoine, en gage de paix, venait de
contracter avec une sœur d'Octave[21] ? Ou un enfant imaginaire, un rêve de poète, comme plus d'un commentateur l'a
supposé ? Nous le pensons aussi, mais alors deux difficultés
s'élèvent, me semble-t-il. Si l'enfant n'est qu'une fantaisie de
poète et que le retour du paradis sur terre en soit une autre,
comment concilier cette imagination avec le sérieux, la ferveur, la passion messianique, historique, patriotique qui
animent Virgile ? Et comment Virgile est-il censé prévoir que
ce bébé inconnu et anonyme, que rien dans ses origines ne
semble désigner parmi des millions d'autres pour un destin
aussi prodigieux, sera un jour maître et sauveur du monde ?

L'explication est très simple : l'Annonce faite à Pollion
est le *pastiche sérieux* de toute une littérature politique à
demi clandestine[22] qui a couru dans le peuple pendant des

---

21. W. W. Tarn, « Alexander Helios and the Golden Age », dans *Journal of
Roman Studies*, XXII, 1932, p. 135 ; R. Syme, *The Roman Revolution*, Oxford
University Press, 1980, p. 219.

22. Les prophéties sur la fin des temps se multipliaient, en cette décennie de
guerres civiles et d'angoisse (Appien, *Guerres civiles*, IV, 4, 15, cité avec
d'autres références par R. Syme, *Sallust*, University of California Press, 1974,
p. 231). Voir aussi Cicéron, *Catilina*, III, 9 ; Salluste, *Catilina*, XLVII, 2 ; Dion
Cassius, LVII, 18, 4. Auguste fit rechercher et brûler toutes ces « fausses » prophéties de la Sibylle (Suétone, *Auguste*, 31 ; Tacite, *Annales*, VI, 12). Le rapport
entre cette littérature politique clandestine et les « vraies » prophéties officielles
de la Sibylle est parfaitement clair et ne devrait pas faire problème : d'une part,
l'État romain possédait de vieux livres prophétiques, attribués à la Sibylle, qui
étaient conservés dans le plus grand secret et que les prêtres consultaient et inter-
prétaient dans les crises politiques graves. Cela avait donné le branle à
l'imagination populaire et donné lieu à une littérature d'opposition politique, mise
« faussement » sous le nom de la Sibylle et qui était censée être ces fameux livres
officiels secrets : quel triomphe pour les opposants de lire, dans les livres officiels
de Rome, l'annonce de la chute même de Rome ! Il se fabriqua ainsi une masse
de faux oracles sibyllins, que les particuliers conservaient précieusement (Tacite,
Annales, VI, 12) et dont une partie est parvenue jusqu'à nous. Voir sur tout cela
B. Gatz, *Weltalter, goldene Zeit und sinnverwandte Vorstellungen*, Hildesheim,
1967, particulièrement p. 89. Cette littérature politique pseudo-sibylline était prise
en compte même par des consulaires : voir Cicéron, *Ad familiares*, I, 7, 4.

siècles, celle des Oracles de la Sibylle ; cette poésie messianique se donnait pour une prophétie et annonçait pour
demain la fin des temps et le retour de l'âge d'or ; il faut
nous replacer en pensée dans l'univers mental des vieilles
eschatologies politiques, des « primitifs de la Révolte ». Or,
en cet extrémisme archaïque, je crois deviner que personne
ne s'étonnait, lorsque, saisi d'une inspiration (l'esprit souffle
où il veut), un homme quelconque se levait et désignait un
bébé non moins quelconque comme futur Sauveur[23] : la
divinité se plaît à prendre des humbles pour messagers et
aime que les derniers deviennent les premiers. Les annonces
de cette espèce étaient toujours les bienvenues, car elles
permettaient à tous de se dire que, pendant que les puissants
croient triompher, celui qui mettra fin à leur règne grandit
dans l'ombre de son anonymat. La prophétie relative à
l'enfant se réaliserait-elle vraiment ? On ne s'en souciait
guère : l'important était que, dès aujourd'hui, l'annonce avait
dévalorisé le triomphe provisoire du mal et que l'espérance
refleurissait.

C'est ce rôle d'annonciateur que Virgile fait semblant de
prendre en ce poème. Il ne le fait pas pour dévaloriser les
maîtres de l'heure, comme le faisaient les Oracles Sibyllins,
d'inspiration juive ou chrétienne, dont le texte est parvenu

---

23. Car on trouve ailleurs de tels exemples d'inspiration, où un homme est
saisi à la vue d'un enfant et annonce en lui un futur grand homme ; où « un personnage surhumain est, dès sa naissance, reconnu pour tel par un inspiré »
(Martin Dibelius, *Die Formgeschichte des Evangeliums, Mohr*, 1971, p. 124) :
ainsi en fut-il du Bouddha et de Jésus : Syméon, averti par l'Esprit qu'il verrait de
ses yeux le Messie et rencontrant Marie et Joseph qui amenaient leur enfant au
Temple, reconnut le Messie en cet enfant (Luc, II, 25). La vocation future de
l'adolescent Mahomet fut pareillement prédite par le moine Bahira. – Même chez
nos poètes on trouve çà et là des ébauches très romaines de cette idée d'un
consulat marquant le début d'une ère de bonheur : c'était un lieu commun ; pour
Tibulle, II, 5, « Messalinus, protecteur du poète, est un jeune homme semblable à
l'enfant de la Quatrième Bucolique, et l'Auguste-Mercure de l'ode I, 2 d'Horace
en est un autre ; le quindécimvirat de Messalinus trace la limite entre les désastres
et les guerres du passé, et l'avenir paradisiaque » (F. Cairns, *Tibullus... op. cit.,*
p. 85) ; Ovide promet à un consul que son année sera heureuse (*Pontiques*, IV, 4).
– Sur la nature à demi divine de son jeune héros, qui sera reçu à la table des dieux
et dans le lit des déesses, voir la fine appréciation d'O. Weinreich, *Hermes*,
LXVII, 1932, p. 363.

jusqu'à nous et qui prophétisent la fin prochaine de tyrans
étrangers ou d'empereurs persécuteurs[24]. Mais, si Virgile ne
fait pas d'opposition, il n'en dit pas moins son exigence et
son espoir de voir la patrie sortir de l'enfer des guerres
civiles et connaître à nouveau la paix et la prospérité ; il est
prêt, à ce prix, à faire confiance à un maître et il se représente l'avenir sous des traits monarchiques ; ce qui n'était
pas pour déplaire au maître du moment. En somme, Virgile
fabrique un modèle de « bonne » littérature messianique ;
il dégage ce qu'il y a de légitime et de sain dans cet
extrémisme populaire que d'autres étaient trop prompts à
condamner. Et surtout Virgile profite de l'ambiguïté à demi
sérieuse de tout pastiche pour s'abandonner à son propre
désir de croire et d'espérer ; et aussi pour offrir à Pollion
un poème qui, à travers la fiction de l'Enfant sauveur, le
complimente de l'honneur de son consulat.

Il s'y abandonne de toute son âme, si bien qu'on pourrait, qu'on a pu prendre ses vers à la lettre, n'étaient, çà et
là, certains sourires du poète ; ces agneaux qui naissent en
couleur[25] sont un démenti souriant que Virgile se donne à
lui-même… Le poète ne voulait pas avoir le ridicule de
jouer les prophètes et n'écrivait pas un texte d'actualité,
destiné à mourir le lendemain ; l'Enfant n'existe pas, ou
bien il est tous les enfants à la fois, car nous désirons croire
que l'avenir n'est pas grevé du passé et que tout homme
naît sain et sauf et invente. Ce pastiche d'annonce, dès
qu'on ne le prend plus à la lettre, demeure éternellement
vrai ; il reste aussi monarchiste.

L'Annonce faite à Pollion est le chef-d'œuvre de l'art
callimachéen. Cet art du non-vrai a pu satisfaire impunément un besoin de ferveur qui cherchait en vain son objet.

---

24. A. Kurfess, *Sibyllinische Weissagungen*, Heimeran, 1951 (choix d'oracles
sibyllins, avec texte, traduction allemande et commentaires).

25. Ce n'est pas que ce soit un gros travail que de devoir teindre la laine, mais
c'est une faute : on falsifie la nature. Sous l'âge d'or, on n'aura plus à commettre
cette faute, puisque les agneaux naîtront jaunes ou pourpres : les couleurs seront
sans péché, étant « naturelles ». Certains chrétiens condamneront l'usage des
vêtements teints comme diabolique ; car le diable est le falsificateur de la nature
(interpolator naturae), écrit Tertullien dans le *De cultu feminarum*, I, 8, 2.

Virgile a pu exprimer, sans y croire lui-même et sans la démentir brutalement, une crédulité populaire dont le fond l'émouvait profondément et qu'il n'aurait pas été fâché de pouvoir partager. Attirance amusée et rêveuse pour les légendes naïves, pastiche nostalgique.

Une vingtaine d'années plus tard, quand Octave Auguste aura, par sa victoire, fait régner une paix monarchique, il arrivera aux élégiaques romains d'éprouver la même attirance pour les croyances populaires et les antiquités nationales ; ils en feront des poèmes où ils équivoqueront, eux aussi, de diverses manières, sur ces thèmes où la vérité dogmatique ne s'imposait plus aux esprits cultivés. Mais ils seront attirés encore davantage par un autre thème, l'amour, qui est une matière « douteuse » et subalterne, quand il ne s'agit pas d'amour conjugal et que l'héroïne est une irrégulière plutôt qu'une matrone. Callimaque chantait les mythes parce qu'on n'y croyait plus qu'à moitié ; les élégiaques situeront leur fiction amoureuse dans le demi-monde, afin que le narrataire ne la prenne au sérieux qu'à moitié.

Mais il leur est arrivé de chanter aussi les antiquités romaines ; le dernier livre des élégies de Properce, où le poète essaie de renouveler ses thèmes, contient plusieurs pièces sur l'histoire et les cultes de Rome primitive ; Ovide a écrit un long poème en vers élégiaques, les *Fastes*, qui décrit agréablement les fêtes religieuses du calendrier romain et raconte leurs origines, dans la tradition du grand poème élégiaque de Callimaque, les *Aitia* ou Origines. En matière de religion, Ovide était aussi sceptique que Cicéron : « Il est utile qu'il y ait des dieux et, puisque c'est utile, pensons qu'il y en a[26] » ; il n'en aime pas moins les coutumes populaires, le spectacle des fêtes[27], et il s'amuse gentiment des

26. Ovide, *Ars amatoria*, I, 637.
27. Ovide, *Amores*, III, 13 (la procession à Faléries). Pièce très différente des autres élégies des *Amours* : Ovide y raconte un souvenir réel et son Ego y est son véritable « je » ; il montre sans démenti ni fausse naïveté une scène de la vie réelle ; aussi bien, cessant de parler de son héroïne de fiction, Corinne, se peint-il très conjugalement, en cette élégie, en train d'assister à la fête en compagnie de son épouse, qui était précisément originaire de Faléries. Le changement de ton est saisissant.

naïvetés de la mythologie, dans la meilleure tradition hellénistique. Properce, de son côté, était sûrement trop patriote
pour plaisanter sur les antiquités nationales ; mais, comme
poète, il pensait avoir à les transformer en objet d'art ; il
cisèle des vers précieux, fait de l'art gratuit. Le patriotisme
de l'homme n'est pas plus arrivé à s'exprimer dans l'élégie
que la conception non conformiste de la vie dont il s'était
fait une doctrine. L'esthétisme des poèmes nationaux en a
fait des tours de force alambiqués que relève une imagination sentimentale. Properce invente que Tarpéia, une vestale
légendaire qui était restée le type de la traîtresse à la patrie,
avait trahi Rome pour l'amour d'un général ennemi ; elle
exprime longuement sa flamme en vers d'opéra. Dans une
autre élégie, le dieu Vertumne (divinité populaire que la religion officielle, la seule qui fût à respecter, ignorait) témoigne
en personne de l'étrangeté des métamorphoses que lui attri-
buait sa légende et semble se trouver lui-même pittoresque.

   L'élégie érotique en gardera la tradition de sourire des
croyances populaires, de pasticher le texte des lois sacrées et
des ex-voto. « Que nul ne soit si hardi que d'oser aller en
voyage en dépit de son amour ; sinon, il est prévenu qu'il est
parti en désobéissant à un dieu[28] », qui le punira : c'est le pastiche de ces lois sacrées qu'on lisait à l'entrée des sanctuaires
et qui menaçaient d'une punition divine ceux qui ne respecte-
raient pas les observances sacrées : car le bras séculier laissait
à la divinité le soin de punir elle-même les torts qu'on lui faisait, si elle pouvait[29]. Étant parti en voyage malgré Amour, le

_____

   28. Tibulle, I, 3, 21. Plaisanterie sur *amor*, nom commun, et *Amor*, nom d'un
dieu (M. Schuster, *Tibull-Studien*, Vienne, 1930, p. 128).
   29. L'État romain avait pour principe de « laisser les dieux s'occuper eux-
mêmes des torts qu'on leur faisait » (Tacite, *Annales*, I, 73) et de ne pas s'en mêler ;
voir P. Moreau, *Clodiana religio*. Paris, Les Belles Lettres, 1982, p. 55. Quand
Cicéron, dans une sorte d'utopie politique (*De legibus*, II, 8, 19 ; 9, 22 ; 10, 25),
rédige des lois sacrées, il y met, comme sanction : « Le dieu, en cas de violation, se
fera justice lui-même. » Quand on établit le culte de César, on décida que ceux qui
se refuseraient à adorer en leur maison le dictateur assassiné paieraient une amende,
s'ils étaient sénateurs, et, s'ils étaient simples citoyens, seraient « voués à Jupiter et
à César » (Dion Cassius, XLVII, 10) ; ce qui ne veut pas dire qu'ils seraient punis de
mort, en une sorte de sacrifice à Jupiter, comme l'a cru Mommsen, mais qu'on lais-
serait Jupiter et le dieu César se venger eux-mêmes à leur manière, s'ils voulaient

poète Tibulle en fut châtié : il tomba malade ; il ne lui resta
plus qu'à appeler à son aide une autre divinité : « Viens,
Isis, à mon secours ; en effet, tu peux me guérir, comme
l'enseigne maint tableau qu'on voit dans ton sanctuaire[30] » ;
il faut convenir que les peintures des ex-voto constituent des
preuves auxquelles on ne peut que rendre les armes[31]. Et les
mots : « en effet, tu le peux », sont une parodie ; le grand
argument des prières était de rappeler à la divinité qu'elle
pouvait bien faire, qu'elle ne devait pas faire moins pour son
fidèle qu'elle n'avait fait pour d'autres, qu'elle devait se
délecter de sa réputation de puissance et ne pas donner lieu
d'en douter[32]. Les hommes se représentaient leurs relations
avec les dieux sur le modèle des relations qu'ils avaient avec
les riches et les puissants, ou avec les nations étrangères.

Le « je » élégiaque permet donc un humour de plus : le
poète prend à son compte la foi du charbonnier[33]. Tibulle

(cf. Mommsen, *Römisches Strafrecht*, Beck, 1982, p. 568, n. 3). Même chose en
Grèce, bien entendu ; à Magnésie du Méandre, la cité institue une fête publique
d'Artémis et veut obliger chaque citoyen à élever devant sa maison un autel privé
à la déesse ; la loi conclut : « Si on ne le fait pas, cela vous retombera sur la
tête ! » ; ce qui veut dire qu'aucune punition humaine n'est instituée (O. Kern,
Die Inschriften von Magnesia am Maeander n° 100, p. 87, l. B 42). L'idée si
romaine, si sénatoriale, que le dieu vengera lui-même les torts qu'on lui fait
(Cicéron) est d'origine grecque : Xénophon, *Anabase*, V, 3, 13.

30. Tibulle, I, 3, 27.

31. Dans le sanctuaire d'Épidaure, un impie regardait un jour les ex-voto, qui
relataient des guérisons miraculeuses, et en riait ; le dieu l'en punit à sa manière
(Dittenberger, *Sylloge*, n° 1168, III).

32. Ce tour des prières explique la plus belle page peut-être de la poésie
latine : la prière à Vénus par quoi commence le poème de Lucrèce ; le schéma
est le suivant : ô Vénus, toi qui es assez puissante pour tout animer sur terre
(et le poète développe cette puissance en vers admirables), apporte-nous la
paix. Sur ce tour, voir E. Norden, *Agnostos Theos*, Teubner, 1929, p. 252 ;
H. Kleinknecht, *Die Gebetsparodie in der Antike*, Kohlhammer, 1937, p. 202,
n. 1. Le tour est d'origine grecque, bien entendu (*Iliade*, XVI, 515 ; Callimaque, *Hymnes*, II, 29 et IV, 226). Comparer Horace, *Odes*, III, 11 ; *Énéide*,
VI, 117.

33. On opposera cette fausse naïveté à l'attitude de l'élégie II, 1, du même
Tibulle, dont nous allons parler dans un instant ; de celle d'Ovide, *Amores*, III,
13, dont nous parlions plus haut : mais, là, le poète reste extérieur à la religion ;
il ne la partage pas : il est spectateur attendri, voire touriste. Même position de
spectateur dans une ode d'Horace (III, 23), méditation admirable et grave sur la
foi naïve d'une femme du peuple.

désire ne pas faire carrière et vivre sur ses terres et il
compte sur de bonnes récoltes, « car, dit-il, je vénère tous
les arbres morts, dans les champs, et toutes les pierres
antiques, dans les carrefours, qu'on pare de guirlandes de
fleurs[34] » ; les campagnes étaient pleines de petits monuments sacrés de ce genre, comparables aux oratoires de la
Provence d'hier et de la Grèce d'aujourd'hui, et on les
« vénérait », quand on passait devant l'un d'eux, en les
saluant de la main ou en leur envoyant un baiser[35]. Notre
noble et riche poète se dépeint complaisamment dans son
rôle de paysan dévot ; il se voit de l'extérieur pour
amuser le lecteur. La fausse naïveté en matière de religion est traditionnelle dans l'élégie ; une plaisanterie
consacrée était de demander à une belle une de ces
prouesses pieuses qu'était une *pannychis*, une nuit où
l'on se privait complètement de sommeil en gage de
piété, le poète lui-même devenant le dieu que la belle,
très éveillée, fêtera au lit. Le seul Jupiter que connaisse
l'élégie est le dieu donjuanesque aux innombrables maîtresses dont parlait la mythologie[36]. Bref, l'élégie érotique
était un genre tel qu'on pouvait y plaisanter des choses
saintes et aussi de la morale et du devoir de faire carrière
publique pour servir la patrie, sans que la plaisanterie y
tire à conséquence. « L'élégie, œuvre trompeuse », *fallax
opus*, écrit quelque part Properce[37] ; on donnerait cher pour
savoir ce qu'il mettait précisément derrière cet adjectif.
Le « mensonge » poétique, qui a bien des degrés, a permis
à Tibulle d'écrire ce qu'on peut tenir pour ses meilleurs
vers et qui n'est pas une élégie d'amour ; c'est un simili-
hymne, très comparable à celui de Callimaque, où le
poète se fait homme-orchestre et parle par toutes les
bouches, mais sans qu'il en résulte l'éparpillement fati-

34. Tibulle, I, 1, 11 ; voir O. Weinreich, dans *Hermes*, LVI, 1921, p. 337 (*Ausgewählte Schriften*, I, p. 559). Et aussi F. J. Dölger dans *Antike und Christentum*,
VI, 4, 1950, p. 302.
35. Nous étudierons ailleurs ces gestes de vénération, qu'on reconnaît sur
quelques monuments figurés.
36. Properce, I, 13, 29 ; II, 2, 4 ; II, 16, 47.
37. Properce, IV, 1, 135.

gant du poète grec ; au contraire, Tibulle raconte avec
charme, gravité douce et allégresse une fête religieuse du
calendrier rustique[38].

L'élégie érotique, elle aussi, qu'elle soit mensonge plaisant ou qu'elle transforme la réalité en objet d'art, est
d'origine hellénistique[39]. Les Romains savaient depuis
deux siècles que les amants écrivaient des élégies sur la
maison de leur aimée[40]. Cela faisait six ou sept siècles que
les Grecs chantaient l'amour, sur les mètres les plus
variés, à la première ou à la troisième personne ; savoir
s'ils avaient omis de le chanter aussi, à la première personne, sur le rythme élégiaque et ont laissé aux Romains
l'honneur d'y penser les premiers est une question qui,
pour avoir été très discutée, n'en est pas moins d'un
intérêt limité et dont la réponse la plus probable est non :
il y a déjà eu des élégies hellénistiques où l'amour était
chanté sous la fiction de l'ego, ne seraient-ce que ces
élégies qu'on appelle à tort épigrammes sous le faux prétexte qu'elles sont trop brèves[41]. Une question plus
intéressante serait de savoir si, dans l'élégie hellénistique,
le poète se bornait à évoquer brièvement les problèmes
sentimentaux de son Ego, pour raconter longuement des
mythes où le même problème amoureux se trouvait posé
(nous nous souvenons qu'une fois Properce a glissé ainsi
de son propre cas à la légende d'Antiope) ; ou si le récit
mythique se réduisait à quelques allusions mythologiques,

---

38. Tibulle, II, 1 ; voir Wilamowitz-Moellendorff, *Hellenistiche Dichtung*.
Weidmann, Zurich, 1973, II, p. 286 ; Wissowa, *Religion und Kultus der Römer*,
Beck, 1971, p. 143, n. 5 ; F. Cairns, *Tibullus...*, *op. cit.*, p. 126 *sq.*

39. Sur cette question très discutée, voir A. Day, *The Origins of Latin Love-
Elegy*, Oxford, 1938 ; mais la question vient d'être renouvelée par F. Cairns,
Tibullus..., *op. cit.*, chap. IX.

40. D'après une heureuse correction au vers 409 du *Mercator* de Plaute
(Elegia).

41. Comme l'écrit Cairns, p. 216, la thèse de Day se heurte à une grosse
objection : il y a des épigrammes élégiaques hellénistiques à la première personne. Ajoutons que... ce ne sont pas des épigrammes, mais des élégies, de
courtes élégies, ni plus ni moins ; au sens antique du mot, l'épigramme n'est
pas un poème court, mais un texte d'inscription, votive ou funéraire, ou un
pastiche d'inscription votive ou funéraire ; un ex-voto ou une épitaphe en vers.

la plus grande partie du poème étant consacrée au cas personnel du poète[42].

En tout cas, les Romains n'ont jamais revendiqué la moindre originalité en matière d'élégie. Et les problèmes d'esthétique semblent avoir été plus importants que ceux du genre littéraire dans la perception qu'ils avaient de Callimaque : ils ne le louent pas d'avoir écrit à la première ou à la troisième personne, mais d'avoir un art raffiné *(doctus)*, compliment qu'au reste ils font aussi à Ménandre[43] ; un art délicat *(lenis)*, par contraste avec la musculeuse épopée[44], un art subtil, aux antipodes de l'enflure[45]. Une courte élégie qui a dû naître dans un des cercles littéraires de l'époque[46] finit sur cette déclaration de principe : « Je ne veux rien avoir de commun avec les gens épais. »

Pour que les gens épais s'essoufflent à courir derrière eux, les élégiaques font un art pur qui est piégé de telle sorte qu'on ne le croie pas pur ; qu'on le croie sensuel, sentimental, passionné. Démentir sa propre fiction n'est pas

---

42. Il y a chez Properce (I, 20) un bel exemple d'élégie où l'Ego occupe une place beaucoup plus réduite que le récit mythique. – Une chose intrigue : Hermésianax avait composé un poème, *Léontion*, où il chantait une Léontion qu'il aimait, en mètre élégiaque ; or Athénée nous dit qu'en son livre III Hermésianax dressait un catalogue de mythologie amoureuse ; la façon de parler d'Athénée montre que le poète ne l'avait pas fait dans ses deux premiers livres ; qu'y faisait-il donc ? De l'élégie érotique en son nom personnel ? Nous en sommes ramené au seul problème intéressant : la marque personnelle de chaque auteur, qui n'a rien à voir avec l'opposition Grèce-Rome, avec la prétendue originalité romaine (c'est Properce qui est original, pas Rome), ni avec l'évolution d'un genre qui est bel et bien grec d'origine ; tout est grec à Rome.

43. Sur *doctus*, voir W. Kroll, *Studien zum Verständnis der röm. Literatur*, Stuttgart, Metzler, 1924, p. 37 ; Gordon Williams, *Tradition and Originality...*, *op. cit.*, p. 49 ; F. Cairns, *Tibullus..., op. cit.*, p. 11. Sur le « docte Ménandre », dont l'art est plus délicat, faut-il croire, que celui d'Aristophane, voir Properce, III, 21, 28.

44. *Carmina lenia, mollia* : Properce, I, 9, 12 ; II, 1, 41.

45. Properce, II, 1, 40 : *angusto pectore Callimachus* ; II, 34, 32 : *non inflatus Callimachus* ; cf. IV, 1, 58, où Properce s'attribue la même gracilité. Sur l'expression *deductum carmen*, « un poème filé menu », voir W. Einsenhut, « *Deducere carmen* », dans *Gedenkschrift für Georg Rohde, op. cit.*, p. 91. J.-P. Boucher, *Études sur Properce, op. cit.*, 1965, p. 187 : « Il y a chez Properce un art du discontinu, un art allusif, qui prolonge directement l'art de Callimaque. »

46. *Appendix Vergiliana, Catalecta*, IX : *pingui nil mihi cum populo*.

ressusciter la réalité ; c'est créer un vide d'affirmation, ce qui est plus esthétique. Si un poète (supposons-le authentiquement amoureux), au lieu de se soulager en rendant son émotion communicative à ses lecteurs, compose une sorte de pastiche de lui-même, un tableautin complaisant, en se faisant une idée fort précise de l'idée que le lecteur se fera de lui, il sera callimachéen.

Et il se trouvera ainsi aux antipodes d'un phénomène familier aux modernes : l'ironie lyrique. Ce mélange déconcertant d'amour et d'humour qu'est l'élégie romaine serait-il dû à la pudeur d'un poète qui affecte de rire pour ne pas pleurer ? L'inverse serait plutôt vrai. Nous avons vu Tibulle ou Properce pasticher les ex-voto ou les prières des humbles, tout en les aimant bien. Mais Tristan Corbière en fait autant, dans ce *Pardon de Sainte-Anne* qui permet à l'historien de mieux comprendre par analogie ce que fut la religiosité païenne, dont les Bretons de Corbière ne sont pas loin :

> Trois jours, trois nuits, la palud grogne,
> Selon l'antique rituel,
> Chœur séraphique et chant d'ivrogne,
> Le CANTIQUE SPIRITUEL :
> « Mère taillée à coups de hache,
> Tout cœur de chêne dur et bon,
> Sous l'or de ta robe se cache
> L'âme en pièce d'un franc Breton.
> Servante-maîtresse altière,
> Très-haute devant le Très-Haut,
> Au pauvre monde pas fière,
> Dame pleine de comme-il-faut !
> Dame bonne en mer et sur terre,
> Montre-nous le ciel et le port
> Dans la tempête ou dans la guerre,
> Ô fanal de la bonne mort.
> À l'an prochain. Voici ton cierge.
> C'est deux livres qu'il a coûté.
> Respects à Madame la Vierge,
> Sans oublier la Trinité. »

L'ironie lyrique, disent les formalistes russes[47], naît du choc de deux évaluations : ces pouilleux sont tes frères malheureux et tu les aimes farouchement ; leur foi, comme tu la comprends, mais tu ne peux la partager. Cette ironie est faite d'impuissance : les choses ont tort, mais sont les plus fortes ; au siècle dernier, l'ironie lyrique, chez Heine ou Laforgue, naissait des conflits politiques et religieux ou du malaise de l'artiste dans le monde bourgeois.

Dans l'élégie aussi il y a de l'impuissance, mais elle est jouée. Le poète affecte d'être l'esclave d'une passion, de rêver vainement de pureté rustique, mais n'entre pas vraiment en conflit avec les choses ; il ne donne pas tort au monde et ne milite pas auprès de ses lecteurs pour modifier leurs idées sur les superstitions religieuses ou les femmes dites trop aisément faciles. L'élégie ne fait appel à la réalité qu'à titre de repoussoir ; une parodie de prière démentira la sincérité des supplications d'un amant qui joue les désespérés. Mais, pour que le lecteur voie la parodie, il faut qu'il soit lui-même sceptique en matière de religion ; il ne s'agit donc pas d'un lecteur réel, mais d'un narrataire : les vrais lecteurs peuvent continuer à penser ce qu'ils veulent, le poète leur demande seulement de voir la religion avec les yeux voulus, le temps de la lecture. L'élégie fait appel aux choses pour un effet, ne cherche pas à les changer, et c'est pourquoi nous parlerons de sémiotique, plutôt que de sociologie ou d'idéologie de l'élégie.

En partant de la fausse évidence selon laquelle Properce aurait le dessein d'exprimer ses sentiments, Brooks Otis a dit combien sa poésie semblait alors étrange : « Properce est le plus énigmatique des poètes latins ; il y a chez lui assez d'artifice pour que nous puissions douter de la réalité de presque toute son expérience amoureuse et assez de vérité déconcertante pour que nous doutions de l'artifice ; on le trouve ironique là où on se serait attendu à le trouver sérieux et inversement ; il y a même de l'émotion

47. T. Todorov, *Mikhaïl Bakhtine le principe dialogique*, Éd. du Seuil, 1981, p. 210.

chez lui, mais elle défie l'analyse et l'explication[48]. »
L'impression est bien rendue et l'on peut conserver les
termes en les inversant ; au lieu de trouver cette sincérité
un peu étrange, on se demandera où cet humour recouvre
une sincérité.

Est-ce un grand poète ? La poésie élégiaque a longtemps
représenté pour l'Occident la poésie amoureuse, et son
prestige lui venait surtout d'être consacrée à ce sujet
exclusif ; on ne saurait jurer que l'invention et l'exécution
élèvent Properce et Tibulle au-dessus des poètes mineurs, le
talent d'Ovide étant celui d'un conteur spirituel et sympa-
thique. En revanche, Properce a une conception puissante
et, en cela, l'originalité de ce poète hellénisant est
complète, malgré son manque de netteté, de grâce, de précision dans la composition. Originalité complète, en cela
que Properce reprend entièrement la conception de Callimaque : il l'a restituée avec toute sa cohérence. Préférerait-
on qu'il se soit borné à le prendre comme prétexte d'une
œuvre plus composite, à y faire de petits emprunts pittoresques ? Tel est le paradoxe de l'originalité, qui n'est pas
ce que plus d'un latiniste pense ; il n'y a pas ici imitation
épisodique de motifs, mais émulation dans la même carrière.
Properce, plus que Tibulle, a eu la vigueur de s'emparer de
l'art de Callimaque comme si c'était le sien propre, en toute
sa subtilité et son étrangeté.

---

48. B. Otis dans *Harvard studies in classical philology*, LXX, 1965, p. 1.

3

Les confidences fausses : maniérisme et humour

D'où vient cette impression d'étrangeté ? Deux élégies choisies presque au hasard (II, 8 et 9) suffiront à le montrer.

Cynthie vient de prendre un autre amant et Ego en est au désespoir, comme bien on pense : « Ainsi donc, Properce, tu agonises à la fleur de l'âge ? Meurs donc, et grand bien lui fasse de ton trépas ! Qu'elle tourmente mon âme, injurie mon ombre, marche sur ma cendre ! Eh quoi ? Hémon le Béotien s'est bien écroulé, lui aussi, sur le tombeau d'Antigone, s'ouvrant le corps de sa propre épée ! Il mêla ainsi sa cendre à celle de la pauvre fille, car sans elle il ne voulait plus retourner dans son palais thébain. » Nous voilà donc renseignés sur cet Hémon. À ce bruyant désespoir docte succède encore plus de mythologie : « Ce que cet autre homme est aujourd'hui, je l'avais été moi-même bien des fois ; peut-être bien qu'au bout d'une heure il sera éjecté au profit d'un nouveau favori. Pénélope, elle, avait su conserver sa vertu pendant vingt ans » (détails) ; « Briséis, elle, gardait Achille sur son sein » (détails). Puis viennent des raisonnements et des sentences : « Ah, vous n'avez pas de peine à faire des phrases, à inventer des mensonges : c'est le seul travail qu'une femme ait jamais su faire. » Le tout constitue une petite dissertation sur la jalousie, sous fiction d'événement autobiographique.

Plus exactement, le tout est un *tableau de genre* en costume mythologique : « La Jalousie » ; un tableautin calculé, divertissant, sûr de ses effets. Il en est de même de tous les autres poèmes. Qu'on ait cru voir en cette œuvre un drame authentique et l'épanchement d'une âme passionnée

laisse pantois ; pour qu'un tel contresens ait été possible, il
a fallu la tradition philologique, pour laquelle expliquer une
œuvre consiste à lui trouver un référent dans la réalité[1], et la
tradition de critique psychologique, sans parler de la rhétorique de la chaire[2]. Des vers aussi glaciaux n'ont pu être
écrits qu'à froid, à un moment où, dans sa vie privée, le
chevalier romain Properce n'avait justement pas de drames
sentimentaux avec la ou les maîtresses inconnues qu'on lui
souhaite d'avoir eues ; sinon, pareille dissertation, en un
pareil moment, lui aurait paru amère à rédiger. En fin de
morceau, le poète revient au leitmotiv de son recueil : fidélité à Cynthie jusqu'à la mort et au-delà. « Pour un trône,
les héros thébains sont morts les armes à la main, non sans
le fait de leur mère ; tout autant qu'eux, j'affronterai moi-
même une mort qui accompagnerait la tienne, s'il m'était
donné de combattre avec une fille dans la mêlée. » Littéralement : « avec une fille au milieu », *media puella*, ce qui
veut dire aussi « au milieu d'une fille » ; les Romains assi-
milaient les gestes de l'amour à un combat[3] et on mourait
de plaisir chez eux comme chez nous[4]. Le lecteur décidera
si j'ai l'esprit mal tourné quand je vois, dans ce trait final,
une équivoque obscène.

---

1. Un texte s'explique soit par son référent, par ce dont il parle, soit par sa cause
efficiente, à savoir son auteur, avec sa biographie ou avec son caractère. Si le texte
est autobiographique, on fait coup double : le référent se confond avec la cause.
C'est pourquoi il est si tentant de croire que les élégiaques font de l'autobiographie :
ce serait le moyen d'expliquer l'œuvre pleinement et économiquement, rien qu'avec
l'expérience psychologique que nous nous flattons tous d'avoir.

2. La tradition scolaire veut qu'on dise du bien des auteurs qu'on étudie ou des
grands hommes dont on écrit l'histoire : l'exposé a toujours les caractères d'un
éloge, par commission ou omission. Convention ? Pragmatique, plutôt : tant qu'on
croit à l'éternité du beau et du bien, on les tient pour intéressants ; or quel intérêt
y aurait-il à parler d'une chose, si elle n'était intéressante, c'est-à-dire belle ou
bonne ? L'historien se fait donc l'avocat de ses héros et je sais un assyriologue et
un historien de Tamerlan qui disent du bien de leurs héros ; Hitler, un jour, aura
ses panégyristes innocents, si cette façon d'écrire l'histoire se maintenait.

3. Le mot *arma* avait alors un sens érotique (caresses, considérées comme des
coups portés à la résistance de la belle ennemie ; ou même le mot désignait les
armes de chair usitées en ces doux combats) ; voir Properce, I, 3, 16, et Ovide,
Amores, I, 9, 25, cf. 30.

4. Properce, I, 10, 5 : *te complexa morientem puella*.

Équivoque ou pas, le poète fait donc remarquer, à la fin de son morceau, qu'il reste fidèle à son sujet, qui n'est pas le « roman » de Cynthie, mais bien le cycle de Cynthie : une galerie de scènes de genre. Mais qu'on jette un coup d'œil sur cette galerie et aussitôt se produit quelque chose qui explique bien des contresens et qui est la marque caractéristique de l'esthétique de Properce : çà et là, au milieu de cette peinture au coloris aigre et peu harmonieux, le regard est attiré par des morceaux pleins d'une humanité charmante où il se repose. « Non, ma Cynthie, maintenant ce n'est plus le sombre au-delà que je redoute et je ne refuse plus de payer ma dette au jour suprême ; mais que je n'aie plus ton amour quand le moment sera venu d'aller sous terre, voilà qui me serait plus amer que le tombeau lui-même » (I, 19) ; « beauté, mon seul et mon plus beau souci, toi qui naquis pour ma douleur, puisque ma destinée exclut les mots *Viens souvent…* » (II, 25). Il y a même des morceaux gracieux, comme cette aube, encore qu'elle ait pour messagères des déesses d'écritoire[5] : « Je me demandais ce qu'étaient venues me dire les muses, debout à mon chevet à l'heure où rougit le soleil ; elles me donnaient signal de l'anniversaire de mon amie et frappèrent trois fois des mains en gage de bonheur » (III, 10). Ces moments de fraîcheur ne sont d'ailleurs pas aussi fréquents qu'on pourrait le supposer et ceux qui pensent que les poètes ne peuvent chanter que ce qu'ils ont vécu ont tout loisir d'y saluer des moments de sincérité.

Mais qu'on recule de trois pas, de manière à saisir l'ensemble du tableau, et aussitôt il arrive quelque chose d'ironique : quand ces morceaux simplement humains se retrouvent à côté de tout le reste, qui est si différent, le contraste est si improbable que nos yeux ne savent plus comment le lire et cette incertitude confère rétrospectivement

---

5. L'anniversaire de l'aimée peut donc n'être en réalité que le jour, quel qu'il soit, où la muse a inspiré au poète le motif d'une élégie sur le thème de l'anniversaire. Un poète a bien le droit de confondre l'art et la vie ; il demeure que l'art de Properce se plaît à démentir ses fictions et à empêcher qu'on les prenne pour de la vie.

aux morceaux une intention humoristique. Le parti de cet
art n'est pas la chaleur humaine, mais une fiction d'humour
hautain. Tout Properce est là et la faute n'en est pas à
quelque sienne maladresse ; plutôt que de regretter que ses
meilleurs moments soient gâtés par des bizarreries, des
fautes de goût ou l'abus de la mythologie, mieux vaut
reconnaître qu'il a fait ce qu'il a voulu et qu'au surplus les
autres élégiaques, chacun à sa manière, ont suivi le même
parti que lui. Il y a plus d'esthétiques différentes, dans le
passé et l'avenir, que ne veut le savoir notre dogmatisme
spontané et il faut nous résigner à l'idée que bien des
formes de beauté sont momentanément mortes à nos yeux :
pour ma part, je m'imagine comprendre ce que ces poètes
ont voulu faire, mais j'avoue m'ennuyer à les lire.

Au lieu d'aigreur, de contrastes trop rudes et d'effets
parfois puissants, Tibulle offre une harmonie un peu lâche,
des passages insensibles, une égale froideur et un humour
encore plus hautain ; dans l'Antiquité, les connaisseurs se
partageaient entre les deux poètes[6]. L'art de Tibulle est de
rendre insensibles à ses lecteurs ses dissonances et ses transitions ; mais tous deux sont des maniéristes, si l'on désigne
par ce mot des œuvres où le centre de gravité est décalé ou
fuyant, où il y a des dissonances et des transitions arbi-
traires, où les points de vue sont multiples, où le ton va du
sublime au terre-à-terre, où le poète s'avance masqué, iro-
nise, se moque, et où tout est irrégulier et dissymétrique[7].

L'étrangeté des élégiaques, le soupçon de poésie ludique
viennent donc de ce maniérisme, mais pas exclusivement ;
car le maniérisme n'a pas, à lui seul, de signification définie
et l'on ne soupçonnera pas le maniériste Shakespeare d'être
un plaisantin. Il n'y a pas d'écriture neutre, de même que
toute voix a un ton de voix et que tout scripteur a une certaine graphie. Assurément une voix affectée ou une graphie
tarabiscotée indiquent quelque chose ou le révèlent involontairement ; mais ce quelque chose n'est pas nécessairement
en accord avec la partie la plus importante du message. Il y

6. Quintilien, X, 1, 93 : « Il en est aussi qui mettent Properce avant Tibulle. »
7. Max Lüthi, *Shakespeares Dramen*, Berlin, 1957, p. 385.

a beaucoup de maniérisme chez Virgile, ce qui n'ajoute rien
et ne contredit en rien à la vibrante pureté de ses vers : le
maniérisme y ajoute une saveur de plus, celle de la bizarrerie et parfois du morbide. Le macabre (nous songeons
aux têtes de mort, chères à l'art populaire mexicain), la
caricature, l'auto-ironie (chez les gauchistes et les taoïstes)
peuvent n'être que des conventions, des façons de parler
qui n'entament pas un sérieux absolu : elles y ajoutent la
surprise et l'attrait d'une dissonance ; chez Shakespeare,
loin d'être un démenti, le maniérisme ajoute au malaise et
fait du monde entier le cauchemar de ce qu'on appelait en
ce temps-là un mélancolique. Si donc, chez les élégiaques,
le maniérisme prend le sens d'un démenti, au lieu de se
borner à diversifier la saveur de leurs vers, c'est parce qu'il
converge avec une autre particularité qui, elle, est décisive,
à savoir l'humour perpétuel de leur poésie. Cet humour et
la déformation gratuite ou la dissymétrie disent avec redondance la même chose, à savoir que le poète reste sans cesse
en retrait sur ses affirmations. Considérons la première élégie
du premier livre de Tibulle ; c'est un poème d'amour, nous
en tombons d'accord, et le poète finit en se promettant de
n'aimer que sa Délie et d'être aimé d'elle jusqu'à son heure
dernière, laquelle vient trop vite : aussi faut-il cueillir sa
jeunesse, tant qu'on est à l'âge d'aimer et d'enfoncer avec
l'aide d'autres jouvenceaux la porte d'une courtisane.
Passion de toute une vie ou jeunesse dorée ? Et comment
accorder cette fin contradictoire avec le début du poème, où
Tibulle a bien autre chose que l'amour en tête, car l'élégie
commence sur le pied d'une poésie rustique et gnomique,
avant de se rééquilibrer sur l'amour en une transition
rêveuse qui est moins sensuelle qu'éprise de confort rustique : « Quel plaisir d'entendre de son lit le vent inclément,
en tenant sa maîtresse tendrement embrassée ! » Ce n'est
qu'avec ce vers 45 que Tibulle se souvient qu'il y a une
grande passion dans sa vie[8]. Où est le sérieux ? Et où est le
centre de gravité ?

---

8. F. Cairns, *Tibullus...*, *op. cit.*, p. 145, à propos de ce vers I, 1, 45, parle d'un
effet de surprise par « *delayed information* ».

À lire les élégiaques, il est difficile de ne pas soupçonner
chez eux quelque artifice et encore plus difficile de dire
pourquoi. On peut leur reconnaître mille mérites, une seule
chose manque, l'émotion. Mais comment la faute n'en
serait-elle pas à nous-mêmes ! Ils ont prononcé tous les cris
d'amour et de jalousie qu'on attendait d'eux ; nous ne nous
sentons pas le droit de rester de glace. Et sur quels textes
fonder notre suspicion ? Tout ce que le poète dit, vers après
vers, pourrait être sincère et seul le mouvement qui fait se
succéder ses vers manque de naturel ; nous n'y reconnais-
sons pas la passion que chacun de nous met à lui-même,
mais comment leur adresser un reproche aussi vague, sauf à
leur faire un procès de tendance ?

Il demeure que ni un pétrarquiste, ni un romantique
n'enchaînerait ses phrases comme eux, et Catulle, pas
davantage. Catulle a une sincérité de théâtre classique ; le
Jaloux est en scène et nous surprenons son monologue,
l'explosion de sa colère impuissante ou son bougonne-
ment : « Mon pauvre Catulle, cesse tes sottises et passe aux
profits et pertes ce qui est évidemment perdu ; oui, autrefois, tu as connu de grands jours, quand tu étais prêt à
retrouver[9] n'importe où une fille, une fille que j'aimais
comme je n'en aimerai jamais une autre… » Le poème est
en temps réel, il est prononcé en même temps qu'il est
vécu ; ce n'est pas une récollection du souvenir, une méditation lyrique sur les tempêtes du cœur, comme chez les

---

9. Le verbe *ventitare*, « aller retrouver ordinairement », appartenait au vocabulaire amoureux, puisqu'on le trouve non seulement en ce vers VIII, 4 de Catulle,
mais aussi chez Tacite, *Annales*, XI, 12, à propos de la liaison de Messaline et de
Silius ; il revenait à dire : « avoir une liaison amoureuse ». En effet, la difficulté,
pour les amants appartenant tous deux à la bonne société, était de trouver un lieu
sans témoin où se retrouver ; il était exclu que les amants aillent l'un chez l'autre,
pour ne pas perdre la face devant leur domesticité ; le seul remède était qu'un
tiers ami prête sa propre maison et ce service appartenait aux devoirs de l'amitié ;
Catulle se souvient avec émotion d'amis qui lui permirent de voir chez eux sa
Lesbie. La loi d'Auguste contre l'adultère prévoira cela et punira comme un délit
ce prêt, quand il aura favorisé un adultère. Parfois les amants se retrouvaient aussi
dans la chambre d'un sacristain *(aedituus)*, car la vocation sacrée des sacristains
des temples faisait d'eux des personnes de confiance, à qui on pouvait confier des
secrets, ou encore des dépôts d'argent.

romantiques. C'est pourquoi cet art magistral donne une
telle impression de naturel ; un chef-d'œuvre aussi élaboré
a pu passer pour un cri du cœur. Croce a su mettre les
choses au point : « Là est la beauté de la poésie de Catulle :
il traduit un état encore sommaire et presque enfantin du
sentiment, sans l'altérer, sans le modifier, sans l'enjoliver,
sans y mêler de complaisance pour sa propre naïveté, ni
même cette complaisance pour sa propre sincérité qui fait
qu'on veut tout dire, ce qui gâche ce genre d'art chez les
poètes dont le goût est moins sûr et la trempe moins
ferme[10]. » Il va sans dire que la sincérité en question n'est
pas celle de l'individu Catulle ; pour fabriquer une œuvre
d'art, il faut se soumettre à des lois artistiques et pragmatiques impérieuses, sans parler des conventions du genre ;
les éventuels matériaux autobiographiques en sortent tellement métamorphosés, en règle générale, que l'œil même de
leur père les méconnaîtrait ; et quand même les matériaux
seraient restés identiques à la lettre, l'usage qui en est fait
n'est plus sincère : entreprendre de fabriquer des vers avec
ses émotions, c'est cesser de réagir en homme qui souffre
pour agir en poète et le commun des mortels appelle cela du
cabotinage plutôt que de la sincérité. C'est l'art de Catulle
qui est sincère[11] : c'est un art classique, cohérent avec lui-
même, qui élague et resserre la nature sans la fausser. On
devine quelle élaboration est nécessaire pour transformer en
costumes de scène, sans un faux pli, les haillons de langage
de nos lettres d'amour, de nos scènes de rupture et de nos
journaux intimes. Comme dit Iouri Lotman, un art classique
et sincère sait résoudre le problème de la construction d'un
texte artistique, c'est-à-dire organisé, qui imite le non-artis-
tique, le non-organisé ; « il crée une structure telle, qu'elle
est perçue comme absence de structure[12] ». Pour donner
au lecteur une impression de simplicité, de spontanéité,

---

10. Benedetto Croce, *Poesia antica e moderna*, Bari, G. Laterza, 1950, p. 68.

11. Comme le dit A.W. Allen, « Sincerity and the Roman Elegist », dans *Classical Philology*, XLV, 1950, p. 145, la sincérité d'un écrivain n'est pas autre
chose que l'accord de son art avec lui-même, l'absence d'autodémenti.

12. Iouri Lotman, *La Structure du texte artistique*, Gallimard, 1973, p. 372.

d'absence d'artifice et de langue parlée, il faut une construction d'une complexité exceptionnelle. Cet art théâtral est sincère comme du Racine : le personnage qui est mis en scène sous le propre nom de l'auteur exprime sincèrement des sentiments, sans qu'une fausse note vienne troubler la conviction des spectateurs[13].

Chez Catulle, la passion elle-même parle et nous entendons le monologue intérieur d'un jaloux. Il est une autre espèce de poésie sincère, surtout chez les romantiques : on parle de la passion, après coup, mais de manière à en réveiller l'émotion. La poésie de Wordsworth ou de Hugo n'est pas une mimésis où nous surprenons un monologue de l'auteur : c'est une méditation après coup, à la fois sincère et communicative, où le poète, loin d'ignorer la présence du lecteur, s'adresse à lui en intention, pour lui faire loyalement partager l'émotion d'un moment sur laquelle il médite. Méditation mélancolique, plutôt qu'explosion de chagrin ; mais, dans l'un et l'autre cas, le mouvement du poème est affectif, que l'émotion soit en direct ou en différé : il faut rendre communicative l'affectivité présente ou passée ; que la présence du lecteur soit ignorée ou au contraire visée, tout l'art sera d'établir entre le poète et lui une contagion de l'émotion.

En faisant partager son émotion à ses lecteurs, le poète se justifie, comme l'exige la pragmatique, de les entretenir de sa modeste personne. Car un pacte implicite, différent pour chaque sorte de poésie, relie l'auteur au lecteur et ce pacte doit être exécuté : pour que l'affectivité soit contagieuse, la poésie catullienne ou romantique doit respecter la vraisemblance des mouvements d'un cœur agité ou d'une âme méditative ; cœur et âme doivent être pleins d'eux-mêmes, être tout à leur sentiment. Le poème se terminera de manière à remplir son contrat ; une effusion douloureuse, par exemple, s'achèvera sur un apaisement, pour rester fidèle à elle-même, ou au contraire sur un contre-ut où la

---

13. Sur l'extrême élaboration artistique de cette pièce VIII de Catulle, avec tout son naturel, voir Gordon Williams, *Tradition and Originality...*, *op. cit.*, p. 460 *sq.*

voix du poète se brise de chagrin. Or ni le mouvement de
l'élégie ni sa résolution ou apodose ne sont conformes à ces
lois de la sincérité ; chez elle, un beau désordre est un effet
d'art.

L'élégie romaine juxtapose en un même poème des idées
ou des scènes dans une durée aussi conventionnelle que
l'espace où sont juxtaposées les figures sur les stucs de la
Farnésine ; juxtaposition qui ne doit certes rien au mouvement d'un cœur plein de lui-même. Ces scènes de genre
tendent souvent au typique, à la comédie de mœurs (le
jaloux, les ruses de la femme adultère) et l'ego n'est qu'un
procédé. L'élégie est un photomontage de sentiments et
de situations typiques de la vie passionnelle irrégulière,
exposés à la première personne. Les procédés de mise en
pages varient de poète à poète. Properce traite de préférence
un seul thème par pièce, mais le fait avec des raccourcis,
des discontinuités de narration, dans le goût hellénistique,
qui lui ont valu une réputation de poète obscur et rocailleux ;
Tibulle, dont les pièces sont plus longues, affirme autrement son arbitraire de metteur en scène ; il glisse de thème
en thème sur de simples associations d'idées ou de mots et
ces transitions affectivement peu engagées lui ont valu sa
réputation de douceur, de mollesse. L'apodose répond au
commencement : Tibulle termine sur l'idée où son glissement s'est arrêté de lui-même en fin de course, tandis que
Properce jette un coup d'œil rétrospectif sur le thème qu'il
a développé ; si ce thème l'a écarté de son sujet affiché, qui
est l'attachement servile à Cynthie, il rappellera ponctuellement en fin de poème sa profession de foi cynthienne,
même si rien n'est moins psychologiquement préparé que
ce retournement final, par lequel l'auteur proclame, contre
toute évidence, sa fidélité à la femme qu'il a prise pour
sujet ; c'est un trait d'humour éditorial de plus. Ces
pirouettes finales sont aussi fréquentes que symptomatiques
du maniérisme de Properce ; Ego maintient énergiquement
qu'il n'aimera que son égérie, mais cette forte affirmation
ne soutient pas le poème : elle est à vide ; c'est un effet
d'architecture maniériste, à la manière des puissantes
colonnes que Michel-Ange a inscrites dans le vestibule de

la Laurentienne : « mises en boîte » dans des renfoncements du mur, elles n'y supportent rien et scandalisaient le *Cice-rone* de Burckhardt, qui trouvait ces manières peu sérieuses.

Les élégiaques ne sont pas sérieux ; ils se comportent comme s'ils étaient metteurs en scène de sentiments qu'ils affectent de vivre en leur propre nom ; chez Tibulle les tirades d'amoureux transi sont plaisamment démenties par la mollesse des transitions, où d'aucuns croient apercevoir l'âme rêveuse et distraite du poète. Si distraite, assurément, que Tibulle a dû écrire ses vers en état de demi-sommeil, tant les thèmes s'y succèdent de manière imprévisible, par des associations d'idées ou de mots comme il en vient à un esprit qui somnole. On se demande comment cette somno-lence a pu être compatible avec l'intensité et les souffrances d'une passion… Bref, l'attitude génératrice de ces poèmes est humoristique en elle-même ; mais l'humour ne s'en tient pas là ; le poète affecte en principe d'épouser les sentiments qu'il développe, le démenti ne venant que du mouvement d'ensemble ; mais, fréquemment, le poète manie aussi des traits d'humour plus explicites et ses propres paroles font entendre qu'il s'amuse avec son lecteur et qu'il ne parti-cipe pas à ce qu'il met en scène. C'est bien ainsi que les lecteurs antiques ont compris l'art élégiaque, cette « créa-tion trompeuse » dont parle Properce ; Tibulle et Properce, selon eux, sont des poètes élégants et raffinés[14] ; l'art de Properce est agréable, *jucundum*, comme l'écrira Pline à un arrière-neveu du poète, qui habitait toujours la maison de son illustre ancêtre à Assise et continuait à y cultiver lui-même l'art « jocond » de l'élégie comme héritage fami-lial[15] ; comme dit excellemment J.-P. Boucher, « l'épithète *jucundum* indique ce que le public attendait de l'élégie : non pas quelque confidence, quelque participation à une aven-ture spirituelle, mais un plaisir esthétique : la plaisanterie est un trait de la poésie personnelle à Rome ».

---

14. *Tersus atque elegans* (Quintilien, X, 1, 93) ; pour l'application de ces mots à Properce tout comme à Tibulle, cf. Cairns, *Tibullus…, op. cit.*, p. 4.

15. Pline le Jeune, IX, 22, cité par Boucher, *Études sur Properce, op. cit.*, p. 431.

À qui sait entendre la plaisanterie, l'élégie I, 3, de Tibulle n'aura pas de mystère. Il y reconnaîtra une succession de monologues dont le seul lien est l'attitude qu'y maintient le poète et qui n'est autre que le sujet même de l'élégie érotique romaine : le poète est un monomane de l'amour et ramène tout à sa passion, par un biais souvent inattendu ; ce Don Quichotte qui prend tous les moulins à vent pour des Vénus a pour Dulcinée une irrégulière et il semble plus désireux de laisser apparaître sa monomanie que de réserver ses pensées à sa maîtresse ; sauf le respect de cette loi générale du genre, la pièce de Tibulle n'obéit à aucune suite des idées ou des sentiments ; elle erre selon le bon plaisir de son créateur. Seulement, à chaque virage, elle nous réserve une surprise, plaisante, parce que c'est toujours la même.

Le point de départ lui-même, certainement autobiographique (car, comme fiction, il serait anecdote insipide), est traité sur le mode léger et donne aussitôt lieu à la dérive de la fantaisie. Tibulle a suivi un noble protecteur en une mission politique lointaine ; il tombe gravement malade au cours du voyage, à Corfou, et renonce à suivre plus loin son patron[16]. Le poète souffrant supplie la mort de l'épargner ; il ne veut pas mourir loin de sa mère, loin de sa sœur (il semble donc que, comme Rimbaud, Tibulle ne conçoive d'entourage familial qu'exclusivement féminin[17]). Ce n'est pas tout : « il n'y a pas de Délie[18] ici » ; l'aimée est demeurée à Rome. À vrai dire, le poète ne s'attardera pas un instant sur ses sentiments pour l'absente ; il préfère nous raconter longuement que

---

16. Ce patron est Valérius Messala Corvinus, sur la chronologie duquel on ne suivra pas Carcopino, *Revue de philologie*, 1946, mais R. Syme, *History in Ovid*, Oxford University Press, 1979, particulièrement p. 116-120.

17. Ces vers sur la mère et la sœur avaient frappé les lecteurs antiques : Ovide représente allégoriquement Tibulle, sur son lit de mort, entouré de sa mère, de sa sœur et des créatures de son imagination dont il avait souhaité en ses vers être entouré à sa mort, Délie et Némésis (*Amores*, III, 9, 51 ; cf. Tibulle, I, 1, 60). C'est d'autant plus évidemment une allégorie que Tibulle n'est pas mort de cette maladie, sujet de son poème, mais bien une douzaine d'années plus tard.

18. Tel est le sens de *nusquam esse*, « ne pas être, ne pas exister » ; cf. Horace, *Satires*, II, 5, 101 ; *Digeste*, XLVII, 2, 38 (39), I ; Cicéron, *Tusculanes*, I, 6, 11 ; Sénèque, *Troyennes*, 393 ; Stace, *Silves*, II, 4, 16 ; *Achilléide*, II, 182 ; Silius Italicus, IX, 186 ; Plaute, *Miles*, 1199.

Délie avait consulté tous les oracles, à son départ, avant de le
laisser partir, et qu'il n'aurait jamais dû la quitter. Quoi de
plus naturel, en apparence ? En réalité, rien de plus
compliqué que ces quelques vers qui coulent si facilement
(Properce n'aurait pas su se tirer avec cette aisance d'un
pareil exercice de virtuosité) ; ce que ces vers disent au fond
est la convention de base de l'élégie : il existe un monde imaginaire élégiaque, sorte de monde bucolique en costume de
ville et non en vêtements de berger, où le seul souci est
d'aimer ; mais, pour que ces imaginations soient plus plaisantes que rêveuses, on en écartera tout sérieux au moyen
d'un humour léger. Ce qu'on chasse, c'est l'émotion vraie.

Délie a donc consulté tous les devins ; sans doute se sont-
ils opposés au départ du poète ? Pas si simple ! Ils ont
répondu au contraire que le poète reviendrait sain et sauf.
Voilà de bons présages qui sont peu galants et Délie a beaucoup pleuré à cette heureuse réponse ; Tibulle a compris que
les larmes d'une amie étaient un oracle plus impérieux que
ceux des dieux ; il ne nous le dit pas expressément, mais sa
conduite le prouve : il n'a plus cessé de remettre son départ à
plus tard et il a inventé de faux présages qui lui décon-
seillaient de s'en aller : « Que de fois, au moment de prendre
la route, ai-je déclaré que mon pied avait bronché sur le seuil
et donné un mauvais signe ! » Monde mièvre, puéril, où
simagrées et réalités pèsent le même poids d'attendrissement.
Mais sans doute Tibulle n'inventait-il ces présages que parce
qu'il n'ignorait pas qu'il leur faisait dire la vérité ; aussi bien
conclut-il en énonçant la loi sacrée que nous avons vue :
« Que nul ne soit si hardi que d'oser aller en voyage en dépit
de son amour. » Et nous-mêmes en conclurons que la
maladie du poète est le châtiment qu'Amour lui a envoyé
pour n'avoir pas su dire non et être finalement parti.

Quelle a été sa faute ? De partir pour faire carrière, pour
servir la République et s'enrichir, au lieu de se souvenir que
le seul militantisme d'un vrai amant est de servir l'aimée.
Sans doute ne le dit-il pas en propres termes, mais il n'en
avait guère besoin : la « milice d'amour », clé de voûte de
la fiction élégiaque, se lit en toutes lettres en cent endroits
des élégies. Tout poète étant présumé vivre comme il

chante, un poète élégiaque ne doit vivre que pour l'amour, puisque l'élégie a l'amour pour sujet ; en suivant son protecteur à la guerre, Tibulle a fait plus que de désobéir à l'Amour, son vrai dieu : il a manqué à la loi du genre et à sa définition de poète. Voilà ce que disent entre les lignes ces vers faciles qui laissent tout à deviner sans être obscurs pour autant et voilà ce que le lecteur antique appréciait hautement chez un poète ; notre XVIIIe aimait qu'un poète ait de l'esprit ; les Gréco-Romains, qu'il ait de l'ingéniosité.

Puisque le poète ne vit ou ne doit vivre que pour son amie, on pourrait croire qu'il place cette amie sur un piédestal pour l'adorer. Il le prétend, sans doute, mais l'image qu'il donne de Délie est d'une femme touchante par ses superstitions naïves et dont il convient de parler avec un dédain attendri ; car ce que ces mêmes vers disent tout au long, sans faire grâce d'aucun détail, c'est comment Délie, voyant que son amant allait partir en voyage, « consulta, dit-on, tous les dieux ». Tibulle sait dire beaucoup en peu de mots : ce « dit-on » signifie que Tibulle n'a pas appris ces dévotions de la propre bouche de Délie. On le devine, Délie n'ignorait pas que, dans l'aristocratie romaine, la religion était bonne surtout pour les femmes ; elle s'est gardée de parler de ses pieuses consultations à son amant, de peur d'être incomprise ou moquée. Il n'est que de voir la condescendance avec laquelle Cicéron[19] laisse à sa propre épouse le soin de remercier les dieux, « comme elle fait toujours », d'une guérison de son mari, lequel attribue pour sa part son retour à la santé à une cause moins surnaturelle… Délie, donc, n'a reculé devant rien pour attendrir le ciel, pas même devant des nuits de chasteté.

Et le poète, se pliant de bonne grâce à son rôle humoristique, prie la déesse à son tour ; usant de sa toute-puissance d'éditeur de lui-même, il insère sans guillemets, pour ainsi dire, sa prière dans son texte, comme s'il était en train de la prononcer : secours-moi, déesse, car tu en as la puissance, comme le prouvent les ex-voto naïfs qu'on peut voir dans ton sanctuaire. Tibulle peint ici tout un tableautin de piété

---

19. *Ad familiares*, XIV, 7.

populaire, qui devait sembler non moins exotique à ses
nobles lecteurs qu'il l'est aujourd'hui à nos yeux. Les élégiaques aiment bien décrire des façons de faire générales,
sous la fiction de la première personne du singulier. Et surtout
Tibulle nous avertit de ne pas prendre ses vers d'amour plus
au sérieux que lui-même, ou plutôt son Ego, ne prend au
sérieux Délie et ses dévotions. Professer une vive passion et
se moquer un peu de l'aimée : la loi du genre prescrivait
d'écarter d'une main l'objet qu'on embrassait de l'autre bras.

   Puissé-je guérir et revoir ma patrie, conclut Ego, qui
ajoute inopinément, par association de mots et contraste
d'idées : comme on était plus heureux pendant l'âge d'or,
quand les voyages outre-mer étaient chose inconnue ! Et,
distraitement, il se met à raconter l'âge d'or. L'évocation de
cette époque irréelle fait bon ménage avec la fiction élégiaque : l'Ego qui aime Délie est aussi fictif qu'un Ego
capable de désirer cet âge d'or qu'un humain réel ne peut
pas plus regretter qu'il ne désirerait la lune. Pendant les
seize vers d'une élégance régulière et sans surprise où elle
s'arrête à l'âge d'or, l'élégie n'avance plus, mais s'allège,
comme elle le fera d'autres fois, chez Properce, en affectant
de croire aux fables mythologiques ou, chez Tibulle lui-
même, à un rêve de vie campagnarde aussi conventionnel
que les bergeries de Versailles.

   Le poète malade est ramené à sa triste condition par les
vers où il énonce que l'âge d'or ignorait la violence ; à
ces mots, il semble se réveiller en sursaut et s'écrie : « Je
ne veux pas mourir, moi non plus[20] », pour ajouter qu'il y

   20. Tibulle, I, 3, 51 ; comparer I, 2, 79. Tibulle procède à une « confession négative », du reste fort intéressante pour l'histoire des religions : épargne-moi, Jupiter,
car je n'ai rien fait de mal, ou du moins je ne me suis pas parjuré et n'ai pas critiqué
les dieux. On voit que les dieux sont comme des potentats, qui punissent les atten-
tats contre leur nom et leur gouvernement. Sur ces vers, voir aussi Properce, II, 28,
2 (critiquer les dieux) et 28 (les dieux châtient les faux serments où on a invoqué
leur nom en vain). La « confession négative » est commentée par Merkelbach dans
la *Zeitschrift für Papyrologie und Epigraphik*, 1968, p. 35. Pour le fait capital que
les relations entre la société humaine et la société divine sont conçues sur le modèle
des différentes relations que les hommes de diverses conditions ont entre eux, voir
le beau livre de F. Heiler, *La Prière* (*Das Gebet*, 5ᵉ éd., 1929).

consent, si son temps est venu ; mais on écrira sur sa tombe qu'il est mort en protégé du puissant Messala et, aux champs Élysées, la déesse de l'Amour en personne accueillera son militant en son paradis souterrain. Comprenons qu'en ces vers le Tibulle véritable, le chevalier Albius Tibullus, fait acte public d'allégeance à son protecteur, de même que Virgile a écrit la Quatrième Bucolique pour célébrer l'accession de Pollion à la dignité de consul ; cependant que le Tibulle poétique, l'Ego, fait allégeance à Vénus, dont il est l'initié. Notre chevalier de la triste figure en revient donc à son idée fixe de ne vivre et mourir que pour l'amour et nous peint un séjour infernal qui n'est peuplé que d'amants et d'amantes.

La fin du poème réserve au lecteur les plaisantes surprises de cette monomanie. La transition est assurée par une association d'idées par contraste dont la platitude[21] frise le sans-gêne : « Mais il existe aussi sous terre un séjour réservé aux méchants » ; suit la description, banale à souhait, de cet enfer, avec les noms très attendus des grands scélérats de la Fable ; trop banale pour ne pas être intentionnelle : quand Tibulle répète ce que le moindre écolier savait sur l'enfer ou sur les champs Élyséens, il s'amuse de souvenirs aussi scolaires que chez nous la table de multiplication ou la liste des départements français avec leurs chefs-lieux. Au moment où nous allions commencer à nous ennuyer, notre chevalier souhaite à l'improviste que cet horrible enfer accueille au plus tôt l'inconnu qui lui a jeté un sort[22], pour que son service militaire[23] se déroule si lentement.

---

21. Sur cette platitude intentionnelle (« *triviality of links* »), voir Cairns, *Tibullus...*, *op. cit.*, p. 118 et 192*sq.* Cela s'oppose aux « transitions déguisées » d'Horace ; voir U. Knoche dans *Philologus*, XC, 1936, p. 373.

22. C'est la peur des *defixiones* : en Grèce et à Rome, quand on veut du mal à quelqu'un, on le voue aux méchants démons en enterrant un objet maléfique ou une tablette de malédiction près de sa maison ou près des tombeaux. Tout malheureux pouvait donc supposer qu'un ennemi l'avait ensorcelé. Les mauvais rêves prouvaient qu'au moment même où se déroulait le cauchemar quelque ennemi était en train de vous ensorceler de la sorte : cela explique Properce, I, 3, 29, qu'on rapprochera d'Apulée, *Métamorphoses*, I, 13-20.

23. Tibulle, I, 3, 82 : il s'agit des *militiae equestres*.

Et, ce méchant lui rappelant par contraste un autre être qu'il
souhaite meilleur et qu'il semblait avoir un peu oublié, il
déclare à Délie : « Mais toi, je t'en supplie, reste-moi fidèle et
que ta vieille mère ne te quitte pas un instant », car deux pré-
cautions valent mieux qu'une. Que Délie passe chastement ses
soirées à filer à la lampe ; son amant lui promet du reste une
surprise qui ne peut qu'être réjouissante : il surviendra « à
l'improviste, sans s'être fait annoncer » ; « tu croiras que je te
suis tombé du ciel ! », lui assure-t-il joyeusement, différent en
cela du mari galant homme de *la Belle Hélène*, qui sait se
faire annoncer pour éviter certains désagréments. Notre poète
joue ici à son lecteur une vraie scène de comédie où il affecte
d'ignorer la drôlerie de son personnage et le double sens de
ses paroles. Nous voilà loin de Callimaque, dont la puissance
créatrice maintenait l'autonomie du sens littéral jusqu'à rendre
indécidables ses intentions ; chez Tibulle, cette autonomie
n'est plus que l'intervalle entre la lettre d'un texte et son évidente intention, qui engendre l'humour.

   Art humoristique, l'élégie romaine ne se soumet pas au
mouvement du cœur et l'arbitraire de l'artiste l'emporte. Les
transitions de Tibulle, imprévisibles à force de platitude
voulue et parfois d'incongruité, interdisent au lecteur de supposer que le poème a un sujet[24] ; il faut le lire sans avoir
d'attente, en épousant sa voie à chaque virage. La réalité ne
doit pas anticiper sur l'art. Cette discontinuité d'écriture était
probablement la reprise, en plus raffiné, d'une tradition qui
remontait à la Grèce archaïque, au vieil élégiaque Théognis[25].
Une élégie est composée de la répétition *ad libitum* d'un

---

24. L'art hellénistique consiste précisément à ne pas se donner de sujet et à
errer au hasard ; les méritoires efforts de D.F. Bright, *Haec mihi fingebam*,
Leyde, 1978, p. 16-37, expliquant le plan sinueux de l'élégie I, 3 par un pastiche
des aventures d'Ulysse, nous semblent donc efforts inutiles, ainsi que tous les
efforts qu'on a faits pour trouver le plan du poème 64 de Catulle.

25. Selon la date où le recueil des élégies mises sous le nom de Théognis a été
constitué, on songera à des discontinuités telles que celle qui suit une belle strophe
à Cyrnos (Théognis, I, 237-252), avec le distique juxtaposé (253-254) ; je me rencontre ici (*Annuaire du Collège de France*, 1980) avec Cairns, *Tibullus...*, *op. cit.*,
p. 156, sur Théognis, et avec la récente découverte de papyrus de Gallus : on a
retrouvé la fin d'une pièce de longueur inconnue, deux courts poèmes élégiaques de
quatre vers chacun, le début d'une autre pièce de longueur inconnue. Chaque pièce

élément rythmique complet, le distique, et ce distique était la vraie unité de base de l'élégie ; chez les Romains encore, il offre ordinairement un sens complet et sa fin coïncide avec celle de la phrase. Le poète égrène ses distiques un par un ; deux ou trois distiques seront une élégie complète, qu'on appellera épigramme, et un seul distique peut même être un poème complet. En termes typographiques et anachroniques, on pourrait dire que, pour le lecteur antique, chaque distique était séparé du suivant comme par un blanc, si bien qu'à l'intérieur d'une même pièce élégiaque les discontinuités dans la suite des idées ou dans la narration le choquaient moins que nous. Un Properce met si peu de soin à négocier les virages que les modernes ne savent si telle élégie n'est pas le conglomérat de deux ou trois pièces distinctes qui n'ont été réunies au cours des siècles que par une erreur des copistes de manuscrits[26] ; il est parfois aussi inutile qu'impossible de répondre à cette question, car telle élégie aura pu indifféremment être une ou plusieurs, selon ce que le caprice du poète avait décidé[27].

---

est séparée des autres par un espacement et par un signe spécial, semblable à un M (*paragraphos* ou *coronis*). Ces papyrus, qui sont antérieurs à 25 de notre ère, permettent de nous représenter la disposition des premières éditions de Tibulle ou de Properce. L'existence de très courtes élégies confirme une intuition de G. Pasquali : « L'élégie romaine continue et développe l'épigramme hellénistique et réduit des cycles d'épigrammes autobiographiques, tels que l'art hellénistique en connaissait, à l'unité d'un *canzoniere* » (*Orazio lirico*, réimp. 1966, p. 359). Sur les papyrus de Gallus, voir Anderson, Parsons et Nisbet, « Elegicas by Gallus from Qasr Ibrîm », dans *Journal of Roman Studies*, LXIX, 1979, 125.

26. Le problème se pose sans cesse pour les éditeurs et est insoluble en général. Voir le cas de l'élégie I, 8, de Properce, très bien discuté par Boucher, *Properce*, p. 362. Dans les élégies I, 8 ou II, 28, où le poète envisage successivement Cynthie malade, puis guérie, et Cynthie partant avec un autre amant, puis décidant de rester, un éditeur moderne mettrait tout simplement des astérisques ou une ligne de points entre les deux parties de l'élégie ; mais quelle était la disposition des éditions antiques ? Autre problème, celui des titres : la pièce III, 18, de Properce, épitaphe de Marcellus, serait peu compréhensible si, dans les éditions antiques, elle n'avait eu un titre qui en expliquait le sujet ; au cours des siècles, les copistes ont pu négliger des titres (G. Williams, *Change and Decline : Roman Literature in the Early Empire*, University of California Press, 1978, p. 130).

27. Comme dit H. Haffter, le livre d'amour avait une unité fluente (« Das Gedichtbuch als dichterische Aussage », dans *Festschrift Karl Vretska*, Heidelberg, 1970, p. 65).

Que l'on dise s'il y a une, deux ou bien trois pièces différentes dans l'élégie qu'on va lire (II, 18) et que je ne cite
certes pas pour son mérite, mais pour donner une idée de ce
que vaut l'inspiration de Properce en ses jours de semaine :

À se plaindre sans cesse, beaucoup se sont fait détester ; avec[28]
un homme qui reste muet, souvent femme rend les armes. Tu t'es
aperçu de quelque chose ? Dis que tu n'a rien vu ; quelque chose t'a
fait mal ? Alors[29] dis que cela ne fait pas mal. Que serait-ce donc,
j'avais l'âge où les cheveux deviennent gris et où des rides fatiguées
sillonnent le visage ? L'Aurore, elle, respectait la vieillesse de Tithon
et ne l'a pas laissé à l'abandon en sa demeure orientale ; lui qu'elle a
souvent réchauffé dans ses bras en partant pour sa tâche, avant même
de baigner et d'atteler ses chevaux[30] ; lui qu'elle étreignait dans son
sommeil chez les Indiens, ses voisins, en se plaignant toujours du
retour des matins trop précoces, elle qui, montant en char, critiquait
l'injustice des dieux et rechignait à rendre ses services à la terre. La
vie du vieux Tithon lui a procuré plus de joies que la mort de
Memnon ne lui a pesé. Une fille pareille n'a pas rougi de dormir
avec un vieux et de ne jamais refuser les baisers d'une tête grise. Toi
qui ne veux pas de moi malgré ta parole, tu repousses un homme
encore jeune[31], quand ce sera bientôt ton tour[32] de devenir une petite
vieille ; mais n'y pensons plus : en amour on n'a pas toujours de la
chance. Ta dernière lubie[33] est de ressembler aux Britanniques roux

28. « Avec un homme », *in viro*, avec le *in*, cher à Properce… et à toute la
latinité, qui veut dire « dans le cas de, quand il s'agit de… ».
29. Ne pas comprendre *forte* comme le fait Rothstein, mais lui donner le sens habituel de « justement, précisément, par une coïncidence frappante » : c'est justement
lorsque quelque chose est douloureux qu'il faut prétendre que cela ne fait pas mal.
30. Texte très douteux.
31. Un *juvenis* n'est pas un jeune homme, mais un homme jeune, qui n'est pas
un vieillard, ce qui recouvre la jeunesse et la maturité.
32. *Ipse* veut dire « à son tour » ou « de son côté », voire « à lui tout seul ».
33. J'interprète, je « devine » le sens : notre poème est écrit dans une langue familière, où les expressions ont une valeur expressive ou une signification qui était
consacrée par l'usage quotidien et la convention, et qui allait plus loin que le sens
littéral, qui semble très plat à la lettre. Même usage fréquent des expressions consa-
crées de la langue parlée dans les proses de Sénèque. Malheureusement, cette langue
parlée nous demeure à peu près inconnue, si bien que le traducteur en est réduit à
deviner, sous une apparente platitude, un trait de langue parlée, et à en deviner le
sens. Faut-il répéter que le latin est une langue mal connue, car peu de textes ont sur-
vécu ? Son cas n'est pas différent du hittite ou du babylonien…

et d'user des artifices de leur teinture étrangère. Pour être bien, l'apparence doit être comme le veut la nature et la teinte des Nordiques est hideuse sur une tête romaine. Mort et damnation à une fille assez sotte pour changer et falsifier la couleur de ses cheveux ! Fais-moi le plaisir d'ôter cela[34] et je te trouverai jolie ; je te trouverai toujours bien jolie, si tu viens me voir souvent. Suffirait-il donc qu'une ait l'idée de se teindre en bleu pour que la beauté bleue soit la vraie ? Puisque tu n'as frère ni fils, je te servirai à la fois de frère et de fils[35]. Seulement ton lit devra te garder aussi pure qu'un chevalier servant[36] et tu ne devras plus t'exhiber en ton plus bel appareil. J'en croirai tout ce qu'on m'en dira, comptes-y bien, et tu sais que les cancans voyagent jusqu'au bout du monde.

Ces vers ennuyeux ont dû être brillants. Ego fait des propositions à une de ces femmes qu'on n'épouse pas ; il est prêt à l'aimer, à l'aider, car une femme a besoin d'un bras masculin. Elle commence par le repousser en termes vifs, puis elle cède probablement, car, à la fin de la pièce, il en est à lui prescrire ses nouveaux devoirs de fidélité, qui lui seront indubitablement difficiles, et à la quereller sur son mauvais goût et ses cheveux teints. On dirait un Swann romain, agacé par la vulgarité d'Odette, qui veut bien d'une maîtresse du demi-monde, à la condition qu'elle ait une distinction qui ne soit pas du demi-monde. Les lecteurs

---

34. Texte incertain, sens douteux.

35. Une femme a besoin d'un bras masculin pour diriger sa domesticité ou ses biens : ce sera le grand argument que les veuves opposeront aux Pères de l'Église, ennemis des secondes noces.

36. Sur *custodia*, c'est-à-dire *custos*, nous reviendrons longuement ailleurs. Les élégiaques mentionnent souvent ce noble gardien que toute dame devait avoir pour la défendre contre les entreprises d'autrui, contre les tentations aussi, et pour sauvegarder sa réputation ; le rôle élevé de ce chevalier servant ressort de Tacite, *Annales*, XI, 35 (Titius Proculus, chevalier servant de Messaline, qui trahit sa noble mission). C'est ce *custos* qu'il faut reconnaître chez Catulle, LXII, 33, comme nous verrons ailleurs. Il est encore mentionné par Tertullien, *De pudicitia*, V, 11, et saint Jérôme, lettre CXVII, 6 fin. Les enfants ont un *custos*, eux aussi (Quintilien, I, 3, 17). Plus généralement, toute dame était accompagnée de *comites* (l'épouse d'Ovide en exil était dame de compagnie de l'épouse de Fabius Maximus) ; pour aborder dans la rue une honnête femme, il fallait commencer par écarter sa *comes*, ce que la législation d'Auguste punissait comme crime d'*injuria* (*Digeste*, XLVII, 10, 15, 20) ; tout cela fait comprendre Properce, III, 14, 29.

contemporains trouvaient peut-être cela criant de vérité,
saisi sur le vif, bien observé ; oui, cette mode actuelle des
cheveux teints, qui fait reconnaître de loin cette sorte de
femmes, cette énergique vulgarité de langage, dès qu'elles
ont à se défendre de propositions masculines, en femmes
trop habituées à ces agressions… C'est un dialogue entre
Ego et quelque irrégulière anonyme, mais un dialogue abrégé
et réduit aux répliques d'un seul des deux partenaires[37].
Autobiographie ? Non, mais tableau de mœurs typique ;
seul le recours à la mythologie atteste l'ambition du poète
d'avoir fait là de la poésie et pas seulement un croquis de
mœurs contemporaines (ou, comme on aurait dit en ce
temps-là, un « mime »).

Nous sommes bien au théâtre, car Ego et sa nouvelle
conquête anonyme ont été surpris par le lecteur en pleine
conversation : quand le rideau se lève, Ego a déjà présenté
ses offres de service et s'est fait rabrouer sans aménité. Reste
au lecteur à comprendre peu à peu qui sont ces gens et quelle
intrigue les oppose, en écoutant ce que se disent sur scène
ces personnages si occupés de leurs affaires : Properce ou
Tibulle[38] emploient souvent ce procédé d'exposition[39] qui
nous semble plus fait pour le théâtre que pour la poésie,
mais que la bucolique[40] pratiquait autant que l'élégie : le
lecteur est jeté *in medias res*, le poète ne lui explique rien, ne
lui fait pas la moindre confidence ; à lui de reconstruire peu à
peu, au fil des vers, le petit drame dont il est le témoin. Au
début du poème, le lecteur en apprend seulement assez pour
comprendre les premiers vers ; il recevra parfois très tard une

---

37. Il en est d'autres exemples. L'élégie II, 5 est comparable à la nôtre : même
monologue qui est un dialogue, même souci du qu'en-dira-t-on. Voir aussi III, 6,
bien commentée par Boucher, p. 435 ; scène I ; l'esclave messager et la belle ;
scène II : l'esclave fait son rapport à son maître. Voir aussi II, 33 B. Sur d'autres
procédés analogues, cf. W. Kroll, *Studien zum Verständnis der röm. Literatur, op.
cit.*, p. 221 (le pseudo-dialogue).

38. Voir chez Cairns, *Tibullus…, op. cit.*, p. 176-177, le tableau comparatif de
l'ordre des événements de Tibulle, I, 5, et de l'ordre dans lequel le poète les relate
en laissant au lecteur le soin de reconstruire en pensée l'ordre des faits.

39. Procédé que Gordon Williams a appelé « appel à la collaboration du lecteur » (*Tradition and Originality… op. cit.*, chap. IV).

40. Cf. Veyne, *Revue de philologie*, 1980, p. 238.

information capitale qui complétera, voire modifiera profondément, ce qu'il avait d'abord cru[41].

Chez un Tibulle, dont on sait la virtuosité, ce théâtre est un théâtre de rêve, mais le lecteur s'en aperçoit à peine ; le lieu de la scène change sans cesse, mais le lecteur y est transporté très souplement. L'élégie I, 2 commence par fouetter son attention, en le jetant en pleine action[42] : « Force la dose[43] et noie dans le vin ce surcroît de douleur, que le sommeil vainqueur tombe enfin sur des yeux las ! Et qu'on ne me tire pas de mon ivresse, aussi longtemps que le chagrin d'amour restera endormi. » C'est que Délie est désormais commise à la garde d'un portier ou d'un chevalier servant, on ne sait (ces deux personnages inégaux en dignité étaient désignés l'un et l'autre du nom de *custos* ou « gardien ») ; une barre de bois[44] bloque de surcroît la porte du logis conjugal. À ce mot de porte, le poète oublie la beuverie et son verre plein ; il est devant la porte bien close et il maudit cette trop fidèle esclave qui a un maître[45] peu traitable. Dix vers plus loin, c'est à la

---

41. Cairns, *Tibullus…, op. cit.*, p. 144.

42. Les élégiaques aiment jeter le lecteur *in medias res*, comme si une confession pathétique ou lyrique commençait (G. Williams, *Tradition and Originality, op. cit.*, p. 767 et 775) ; cela ne dure pas et le lecteur est vite tiré de cette illusion : ce qui est à mettre au compte de l'humour élégiaque.

43. Tel nous semble être le sens d'*adde merum*, par rapprochement avec Tibulle, I, 6, 27 (*mero… aqua*), et Ovide, *Amores*, I, 4, 52 (*dum bibit, adde merum*) ; littéralement : ajoute du vin pur (au mélange de vin et d'eau préparé dans le cratère).

44. Barre transversale, et non serrure ni verrou ; H. Blümner, *Die römischen Privataltertümer*, Beck, 1911, p. 22-23.

45. Tibulle, I, 2, 7 : *janua difficilis domini* ; tel est le vrai sens de ces mots. Ce *dominus* n'est pas proprement le propriétaire de la demeure, ni le mari de Délie : il est littéralement le maître ou propriétaire de la porte, qui est traitée métaphoriquement comme un esclave portier qui sert son maître. Car c'est là une façon plaisante de parler qui est courante en latin : un objet ou une faculté de l'âme est traité d'esclave de celui qui possède cet objet ou cette faculté. Par exemple, Ulysse plaidant sa propre cause déclare que son éloquence, qui a souvent secouru des tiers, vient aujourd'hui au secours de son propre maître (le maître de cette éloquence étant Ulysse lui-même : Ovide, *Métamorphoses*, XIII, 138 : *facundia quae nunc pro domino loquitur*) ; même emploi plaisant de *dominus* dans les *Métamorphoses*, I, 524, et surtout dans l'élégie I, 16, de Properce, qui est un parallèle lumineux : aux vers 9 et 47, la porte elle-même parle de sa maîtresse et emploie un langage d'esclave ; si bien que, par une plaisanterie de plus, quand la porte nous rapporte les propos que lui tient un amant repoussé, on ne peut savoir si la *domina* dont parle cet amant au vers 28 est la maîtresse de la porte esclave ou l'amante du malheureux lui-même. Voir aussi Horace, *Odes*, II, 13, 12.

belle prisonnière, à Délie en personne, qu'il s'adressera, en
réalité ou en pensée, on ne sait : en ce monde souple jusqu'à
la mièvrerie, la veille et le rêve ne se distinguent guère[46],
non plus que le dialogue et le monologue ; c'est tout un
que d'ordonner à un esclave[47] de vous verser à boire et de
s'ordonner à soi-même d'oublier sa douleur[48]. Il demeure
que ce n'est pas au lecteur que Tibulle a fait part de sa douleur ; il ne se confesse pas, ne fait pas de confidence : il se
met lui-même en scène. C'est du spectacle et non de
l'effusion.

Le poète élégiaque est parfois le premier à rire de sa
convention. L'élégie III, 25, de Properce, qui se réclame
nommément de la fiction de Cynthie, est une scène de
ménage et commence par une explosion de colère : « J'étais
la risée des convives, dès le début d'un dîner, et le dernier
des hommes pouvait critiquer ma conduite ; j'ai bien été ton
esclave dévoué pendant cinq années, mais maintenant tes
larmes ne me font plus rien : je m'y suis déjà laissé
prendre… » Donc Cynthie était en scène et vient d'éclater
en sanglots bien imités. Le décor représente alors la porte
de Cynthie et notre poète va lui aussi faire un petit discours : « Adieu, seuil qui verses des larmes à mes plaintes[49],
porte qu'en toute sa colère mon bras n'a point brisée. » Ce
désespéré fait des phrases, et que dire de ce seuil qui pleure
de toutes les larmes dont le poète l'arrose ? Aucun traducteur français n'a osé comprendre cette emphase humoristique
et tous ont traduit : « seuil que j'arrose de mes larmes »,
tant la légende de la sincérité élégiaque est tenace. Pour
finir, Ego maudit Cynthie : « Un jour viendra où tu arra-

---

46. Aussi est-il bien vain de se demander si c'est là un *paraklausithyron* ou
non ; voir R. Reitzenstein, *Hellenistische Wundererzählungen*, Teubner, 1906,
p. 156 ; D.F. Bright, *Haec mihi fingebam, op. cit.*, p. 133-149 ; F.O. Copley,
Exclusus amator, J.H. Furst Co, 1956, p. 92-107 ; K. Vretska, « Tibull's Paraklausithyron », dans *Wiener Studien*, Baltimore, LXVIII, 1955, p. 20-46.

47. À un esclave ou à un compagnon de beuverie, comme on voudra : R.J.
Ball, *The structure of Tibullus'Elegies*, New York, 1971.

48. G. Williams, *Tradition and Originality…, op. cit.*, p. 499.

49. G. Williams, *ibid.*, p. 475, traduit exactement « *treshold that weeps at my
words* » les mots *limina nostris lacrimantia verbis* (Properce, III, 25, 9).

cheras presque tes cheveux grisonnants et où ton miroir te fera honte de tes rides ; ce sera alors ton tour d'embourser des refus. Te voilà ensorcelée par la malédiction que cette page vient de faire résonner à tes oreilles. Ta beauté aura une fin, sache-le et tremble. » Paroles énergiques, mais paroles d'écritoire plus que de vive voix, où le poète a avec son interlocutrice des relations par référence paginale interposée. Et pour cause : en ce poème terminal, Properce maudit Cynthie pour faire savoir à son public qu'il va changer de sujet et qu'il veut renouveler son inspiration, comme le prouvera son prochain livre.

L'élégie est une poésie pseudo-autobiographique où le poète est de mèche avec ses lecteurs aux dépens de son propre Ego. On a souvent remarqué[50] qu'il arrivait aux élégiaques de plaisanter et on a eu raison de le remarquer, car ils ne font que cela ; humour du Persan qui ne sait pas qu'il est drôle d'être persan, humour du menteur qui dit « je mens » en faisant un clin d'œil au lecteur. L'humour qui affecte de s'ignorer est celui de Properce, qui est drôle parce qu'il souffre ; il semble ne pas voir quelle existence il mène et ce qu'en pensent les honnêtes gens. Cynthie n'a jamais tort ; Ego s'incline devant ses royaux caprices, même s'il n'en pense pas moins (IV, 8) ; ce naïf, ce résigné, entretient l'honnête lecteur de ses souffrances, juste fruit de son existence irrégulière, et ne pense pas un instant qu'il ne tombe peut-être pas sur une oreille complice. Toutefois, comment le narrataire saurait-il quelle existence peu édifiante mène cet Ego, si le poète, qui essuie ses larmes d'une main, ne vendait la mèche de l'autre ? Comment saurions-nous où Cynthie passe ses nuits, s'il ne nous l'apprenait ?

Tibulle est humoriste pour les mêmes raisons que Properce et pour quelques autres. Properce trompe Cynthie plus souvent qu'à son tour, mais il l'adore exclusivement, puisqu'il le répète. Tibulle, lui, adore Délie, mais il le

---

50. G. Williams, *Tradition and Originality..., op. cit.*, p. 561 ; W. Wimmel, *Tibull und Delia*, Hermes, Einzelschr., 1976, p. 23 et 66 ; S. Lilja, *The Roman Elegists'Attitude to Women*, Helsinki, 1965, p. 27 ; D.F. Bright, *Haec mihi fingebam, op. cit.*, p. 134 et 142...

répète si mollement qu'on ne sait que penser. Sa poésie
affecte un ton à moitié endormi et, jusqu'à : « je vous
aime », tout s'y dit du bout des lèvres. Cette mollesse n'est
pas l'expression d'un tempérament rêveur, mais bien le plus
rusé des procédés de distanciation à la Callimaque. Car elle
n'est pas dans les sentiments, comme on le répète, mais
dans le style et la composition ; ne songeons pas ici à la
mélancolie lamartinienne, au deuil perpétuel, fait de torpeur
et de désirs vagues, où se complaisent les trouvères germa-
niques[51]. *Secundo*, cette mollesse sonne faux et n'est qu'une
affectation de voix négligente. Il a suffi que deux millénaires négligent cet humour et imputent la négligence du
style à l'homme lui-même pour que cette mollesse devienne
tout un genre littéraire, promis à un succès multiséculaire.

Cette mollesse est l'élégie même, du moins chez Tibulle,
dont la poétique, très différente de celle de Properce, a passé
pendant des siècles pour l'art élégiaque incarné ; art insi-
nuant, qui vient ou semble venir du cœur et qui s'adresse au
cœur ? Art de la confidence, qui gagne les cœurs en faisant
sentir les affinités interhumaines ? Ne serait-ce pas plutôt un
art de ne pas heurter, de ne pas mettre en défiance ?

Le ton de voix élégiaque a cette vertu de gagner les
sympathies, que l'on impute faussement au contenu humain
de l'élégie ; là est l'art de Tibulle, plus simple et adroit
que celui de Properce, si bien qu'on peut le ramasser en
quelques phrases. Jusqu'au temps de Lamartine, il sera
entendu que l'élégie réside dans une mollesse et une mélancolie qui sont le ton convenable pour parler d'amour, bercer
les rêves ; si l'on parle de quelque chose sur ce ton, de ce
simple fait, on en parle poétiquement. Tibulle n'ouvrira pas
son cœur, n'exprimera pas ses idées : son art sera de tout
dire sur le mode mineur ; ce ton commandera le choix des
sujets à traiter. La mélancolie de Tibulle n'est que la suite

---

51. Nous pensons au *Minnesang*. Nous songeons à l'analyse du *Manteau* de
Gogol par B. Eichenbaum, chez T. Todorov, *Théorie de la littérature : textes des
formalistes russes*, Paris, Éd. du Seuil, 1966, coll. « Tel Quel » p. 212, ou chez
Striedter et Kosny, *Texte der russischen Formalisten*, édition bilingue, vol. I,
p. 123.

de ce parti esthétique. Nous songeons à l'analyse qu'un des formalistes russes a faite d'un récit de Gogol, pour montrer que le ton faisait la véritable unité du récit et que l'erreur de la critique avait été de chercher le « message » de Gogol dans les thèmes. De même, Tibulle prend pour thème ce qu'il peut chanter sur une certaine gamme et sa voix fait penser à celle du pathétique amoureux de la *Belle Dame sans mercy* :

> Car toujours un relais d'étreinte[52]
> S'enlaçait au son de sa voix,
> Et revenait à son atteinte[53]
> Comme l'oisel au chant du bois.

Qu'on se représente une peinture sans perspective, sans espace organisé ni unifié, dépourvue d'accent, de traits plus intenses, de contours nets et achevés ; ce vague en fait l'atmosphère poétique. L'Ego de Tibulle n'affirme rien fortement ; nous lui verrons, au chapitre IX, un sensationnel effet d'indétermination au moyen de l'optatif. Ego lui-même n'a rien de tranché, il n'est ni riche ni pauvre, il n'est pas vraiment triste. Rien n'est au premier plan ; une suite d'idées défilent devant le lecteur dont aucune n'est plus importante que les autres, même l'idée de l'amour ou de la mort. Ces idées sont liées comme au hasard, la transition n'est ni adroite ni heurtée, mais gratuite ; espace de juxta-position. Ces idées sont souvent modalisées, ce sont des souhaits ou des regrets. Notre âge classique a goûté la déli-catesse de ces effets de sourdine, trouvant poétiques les valeurs mineures et de n'être jamais heurté.

Ce mélange unique d'humour et de flou est dû à un auteur trop malin pour mériter qu'on parle de grâce. Omni-présence de cet humour, disproportion entre l'errance des idées en grands aplats et les vrais mouvements de l'âme avec leurs vraies intensités, sûreté des effets de sourdine, cela nous montre que nous n'entendons pas la vraie voix de

---

52. Un reste d'angoisse ; il a la gorge serrée.
53. Et il en revenait à sa maladie, à la folie dont il est atteint.

Tibulle en ses vers, mais celle d'un poète ventriloque qui
fait parler Ego.

Aussi bien Tibulle laisse-t-il parfois tomber ses airs négli-
gemment naïfs pour faire des clins d'œil au lecteur. Laissons
les amateurs d'âme s'émouvoir (car ils se sont émus[54]) de
l'exquise bonté avec laquelle Ego garde une pieuse reconnaissance pour la mère de Délie, cette vénérable maquerelle qui
lui amenait sa fille, lui ouvrait nuitamment la porte et favori-
sait leurs amours. Plus loin, l'humour est encore plus gros.
Délie me trompe sûrement, moi qui suis son amant, déclare en
substance Ego, puisqu'elle trompe son mari avec moi. Or
c'est moi qui lui ai enseigné à le tromper ; me voilà pris à
mon propre piège. Alors, ô mari, sois mon sauveur, surveille-
la pour moi. Je t'enseignerai à déceler ses ruses ; ne les lui ai-
je pas montrées moi-même contre toi ? Tu ne douteras pas
que je puisse te conseiller utilement, quand tu sauras que,
lorsque ton chien aboyait la nuit, c'était parce que je m'intro-
duisais sous ton toit. Je t'en demande d'ailleurs pardon. Mais
ne gaffé-je point, moi qui te révèle cela ? Ce qui ne ferait que
confirmer que tu ne sais pas surveiller une femme. Alors, dans
ton intérêt même, tu ne saurais mieux faire que de me confier
ta Délie, que je surveillerai moi-même mieux que tu ne fais.
Le conseil était bon, car Tibulle, dans son rôle de gardien de
la vertu d'autrui, n'hésitait pas à recourir aux grands moyens ;
il avait ainsi recouru aux services d'une vieille, à la fois entremetteuse et sorcière, comme de règle, qui lui avait procuré un
charme qui rendrait le mari de Délie aveugle aux évidences :
quand il surprendrait Délie au lit avec le poète, il n'en croirait
pas au témoignage de ses yeux (I, 2, 57). Toutefois, ajoute le
bon apôtre, l'incantation n'est efficace qu'à mon propre
endroit : si Délie s'avisait de se trouver dans d'autres bras que
ceux de son poète, en ce cas le mari verrait tout.

Chez Properce non plus les clins d'œil ne manquent pas
(quand, par exemple, il exige de Cynthie la clause de la nation
la plus favorisée : paie à Isis, en guise d'ex-voto, les nuits de
chasteté que tu lui as promises, mais paie-moi dix autres nuits,

54. Ainsi Bright, *Haec mihi fingebam, op. cit.*, p. 175.

à moi aussi[55] !) ; les polissonneries ne manquent pas davantage. Mais, d'ordinaire, il a moins d'esprit que Tibulle et davantage de verve. Qu'on lise l'élégie II, 6, vraie tirade à mi-chemin entre la réflexion solitaire et le sarcasme ; Ego s'adresse à Cynthie elle-même pour l'injurier presque joyeusement : elle a trop d'amants et il y a foule à sa porte ; Laïs, Phryné, Thaïs et autres courtisanes fameuses n'ont jamais eu autant de succès. Heureux de sa colère, ce jaloux est le premier à s'amuser de ses outrances : « Je suis jaloux de tout, d'un gaillard en peinture, d'un poupon au berceau. » Sur quoi il passe sans transition au rôle du père noble, car ce viveur est sévère pour la moralité d'autrui ; il déplore que la pudeur se perde un peu plus chaque jour. Il lui arrivera d'autres fois encore de jouer la comédie du jaloux moralisateur[56].

Il lui arrivera même de se voir et de se faire voir comme son lecteur le voit ; la chose se passera, il est vrai, au livre IV, où la fiction de l'adorable Cynthie n'est plus une religion d'État. Il y trousse l'anecdote avec verve, se moque de lui-même de bonne grâce et a pour Cynthie une indulgence dépourvue d'illusions (IV, 8). Or donc Cynthie était partie en pèlerinage pour adorer une chaste divinité de banlieue, mais elle n'était pas partie seule ; un homme riche l'emmenait sur sa belle et rapide voiture, la lui laissait conduire ; Properce, qui le trouve quelque peu efféminé (car, à cette époque, il était peu viril de trop faire l'amour), lui souhaite charitablement de se ruiner bientôt et de n'avoir plus d'autre ressource que de se vendre comme gladiateur pour engraisser de sa chair[57] les lions de l'arène. Et il cherche de son côté les consolations de la vengeance ; deux

---

55. Properce, II, 28, 61 ; nous suivons la ponctuation de Reitzenstein dans *Philologus*, Supplementsband XXIX, 2, 1936, p. 55.

56. Selon l'expression de Boucher, *Études sur Properce, op. cit.*, p. 429, qui s'amuse des proverbes de jaloux moralisateurs que dévide Ego en II, 16, 47-56.

57. Car tel est le sens du vers IV, 8, 25 : il ne s'agit pas de ce que les imprésarios donnaient à manger aux gladiateurs et bestiaires, mais des lions qui mangeaient souvent ces gladiateurs. La plaisanterie était classique (Apulée, *Métamorphoses*, IV, 13), remontait à Gorgias et se lira encore chez Ammien Marcellin, XXIX, 3. Voir G. Ville, *La Gladiature en Occident des origines à la mort de Domitien*, École française de Rome, 1982, p. 245, n. 44, et p. 249, n. 54.

dévoreuses d'hommes lui étant connues, il les invite à dîner
toutes deux. Les dames déploient tous leurs charmes, ôtent
même leur soutien-gorge (geste peu usité en ces temps très
pudibonds, même dans la plus tendre intimité[58]), en vain :
Properce est très absent, sa pensée est en banlieue. Quand
l'inattendu arrive : Cynthie est revenue, elle est à la porte,
belle de fureur, car elle s'estime trompée plutôt qu'infidèle ; s'ensuit une bataille de dames où les deux dévoreuses
n'ont pas le dessus ; mises en déroute par la seule Cynthie,
dont le poète est fier malgré tout, elles crient au feu et
ameutent tout le quartier.

   Telle est la dernière image que Properce nous donnera de
Cynthie et le changement de ton est saisissant. Cynthie est
dépouillée de l'auréole faussement naïve dont Ego l'avait
jusqu'ici entourée ; cette élégie est l'envers de tout ce qui
précédait : pour clore le cycle de Cynthie, Properce nous
dit : « Cessons de feindre, la plaisanterie est terminée » ; au
lieu de jouer encore son rôle tragique, il passe à l'autre fiction, celle de la poésie légère, et confirme *in fine* le lecteur
dans son soupçon que tout ce qui avait précédé était bien
fiction humoristiquement grave. D'où un autre fait non
moins saisissant : cette élégie, où le créateur va tout à coup
de l'autre côté de sa propre fiction, succède à une autre
pièce (IV, 7) qui allait moins loin dans le dépassement, car
le poète se contentait d'y aller… au-delà de la mort et de la
résurrection fictives de sa créature. En effet, notre élégie
légère où Cynthie n'est que trop vivante est précédée immédiatement d'une pièce où Cynthie derechef apparaît aussi,
mais morte et enterrée : son fantôme revient hanter Ego et
lui rappeler qu'elle avait régné longtemps sur ses vers, avec
un humour grave et même macabre (Properce sait chanter la
mort en sa généralité). Tout cela devrait donner à réfléchir

---

58. Car ils tombent les derniers ou ne tombent pas du tout, comme le remarque
Gilbert-Charles Picard à propos des peintures érotiques de Pompéi ; ce que
confirme Apulée, *Métamorphoses*, X, 21 début. On aurait grand tort de croire que
l'Antiquité païenne était très libérée ; elle était au contraire excessivement pudi-
bonde et les deux dames invitées par Properce lui ont consenti une faveur extrême
et impudique : une courtisane ne déposait tous ses voiles que dans des cas
extrêmes et blâmables.

aux biographes qui croient à Cynthie et racontent candide-
ment sa liaison avec le poète en suivant comme un fil
d'Ariane l'ordre dans lequel le poète a rangé ses pièces au
moment de les publier en recueil. En IV, 7, Properce « tue »
Cynthie ; en IV, 8, il la décrypte. Voilà donc ce qu'était
l'élégie : de la poésie divertissante ; elle faisait une peinture
amusante, quoique fantaisiste, de la vie de Messieurs les
Galants ; c'était de la poésie pour rire ; l'élégie est une amie
légère, une *levis amica*, dit Ovide dans ses *Remèdes d'amour*.

Malheureusement, la coutume est de la lire comme une
poésie faite pour pleurer ; on s'attendrit avec gravité sur les
tourments de Properce, la mélancolie de Tibulle. On prend
à la lettre les quelques accents pathétiques qu'on peut
relever chez Properce (je dois les avoir déjà tous cités), sans
voir que ce sont des citations par lesquelles Properce
illustre un côté de la vie galante et des tourments que les
inénarrables galants se donnent comme à plaisir. L'élégie
était plaisante en cela qu'elle n'était pas à *prendre au mot*.
Nous allons voir maintenant que ce prétendu lyrisme personnel était, non seulement humoristique, mais général. À
la différence d'un Catulle, qui poursuivait un effet d'illusion, les élégiaques poursuivent, en guise de vérité, la
définition d'un type.

4

Les fausses confidences : le typique

Pour croire que nos élégiaques racontent l'histoire de
leur liaison, il faut ne les avoir pas lus. Le « roman de
Tibulle et de Délie » ! Il se réduit à cinq poèmes, qui
seraient les cinq premiers du livre I, si une pièce sur
l'amour des garçons n'était insérée entre le troisième et le
quatrième. Nous connaissons déjà deux de ces élégies : une
où le poète malade rêve de Délie filant chastement sous le
chaperon de sa mère et une autre où il gémit à la porte de
l'aimée, qu'un mari[1] jaloux garde sous clé. Délie se serait-
elle mariée entre-temps ? Non, car cette élégie-ci précède
l'autre dans le recueil. Elle aurait donc plutôt divorcé ?
Non, car Délie a son mari dans la dernière de ces cinq élégies... Ne reprochons pas pour autant aux biographes de ne
pas s'être posé l'élémentaire question de savoir si Tibulle
avait rangé ses pièces dans l'ordre chronologique ; ces
poèmes ne témoignent pas d'une chronologie bouleversée :
ils n'ont pas de chronologie du tout et chaque élégie traite
ses thèmes indépendamment des autres ; seul le nom de
Délie crée la fiction d'une série. On n'y voit pas les épisodes d'un amour, débuts, déclaration, séduction, brouille :
le temps ne passe pas. Chaque poème expose des situations
de la vie amoureuse la plus figée dans son essence. Quelquefois Tibulle ou Properce choisissent d'illustrer la situation
des amants brouillés ; l'élégie qui précède montrant naturellement les amants en bons termes, n'en concluons pas
qu'ils se sont brouillés dans l'intervalle des deux poèmes ;

---

1. Sur ce mari jaloux *(conjux tuus)*, voir Tibulle, I, 2, 41.

d'autant plus que le poète ne nous montre pas la brouille se produisant. Car ces poèmes ne sont pas articulés entre eux. Comme l'écrit Fränkel, qui a su mieux que tout autre voir l'élégie telle qu'elle est, « il y a peu de continuité d'une pièce à l'autre dans les recueils élégiaques ; quand les érudits tentent de reconstruire l'histoire d'une liaison déterminée à partir de ces morceaux sans lien, ils perdent leur temps[2] ». Et, comme dit Boucher, le livre I de Properce n'est pas l'histoire d'une passion « il ne comporte ni début, ni fin analogue à celle d'un roman ». Le livre II est, lui aussi, « tout à fait indépendant de toute chronologie romanesque[3] ». Quant au livre III, le nom de Cynthie y est à peine prononcé, Properce y chantant l'amour, et aussi bien d'autres choses, sans plus s'encombrer de son amoureuse.

Il faut laisser les légendes mourir d'elles-mêmes ; mieux vaut tenter de dire ce qu'est positivement l'élégie. D'abord, elle est une poésie sans action, sans intrigue menant à un dénouement ou maintenant une tension[4], et c'est pourquoi le temps n'y a aucune réalité. Tibulle gémira éternellement de n'être pas à la campagne, ce qui montre bien qu'il n'y est pas, qu'il reste où il est. Properce souffre d'être l'esclave d'une femme dès le premier vers de la première pièce de son premier livre et ne cessera d'en souffrir qu'en « tuant » sa créature ; ils répètent leur convention initiale ou font des variations sur elle. Un événement, par exemple une année de brouille (le fameux *discidium* des biographes de Properce), n'y est pas un événement : il n'est pas précédé d'une rupture, ni suivi d'une réconciliation ; l'avant et l'après n'existent pas, et la durée, pas davantage.

Un an, c'est bien long, croirait-on ; erreur : c'est une tranche de vie qui flotte sans propriétaire et qui est une espèce d'intensif. « Je l'avais trompée une seule fois et elle m'a chassé pour une année entière », écrit quelque part

---

2. H. Fränkel, *Ovid, ein Dichter zwischen zwei Welten, op. cit.*, p. 26.

3. J.-P. Boucher, *Études sur Properce, op. cit.*, p. 401.

4. Pour parler comme Iouri Lotman, *La Structure du texte artistique, op. cit.*, p. 323-333, les recueils élégiaques sont des textes sans « sujet ».

Properce[5], et nous n'en conclurons pas que, sur les cinq ans qu'il a passés à aimer sa Cynthie ou à publier sa *Cynthie*, il y a eu une année de brouille. Chaque élégie illustre une scène typique des amours irrégulières ; rassembler tous ces morceaux d'égotisme fictif en la vie cohérente d'un seul et même Ego nommé Properce reviendrait à écrire la vie de James Bond ou de Sherlock Holmes et à poser le problème chronologique délicat de savoir si l'ordre où James Bond a vécu ses aventures est bien le même que l'ordre de publication des romans où elles sont racontées. Un an, ce n'est pas trois cent soixante-cinq jours de souffrance qu'un individu en chair et en os a perdu sur les cinquante ou soixante-dix années qui sont son seul capital : c'est une certaine intensité verbale, sur la vie sempiternelle d'un Ego qui ne grandit, ne vieillit et ne meurt pas davantage que l'invariable James Bond qui est le même au bout d'un an et de vingt. Rupture d'un an veut dire rupture grave, de même que, chez Homère, « il pleura à trois reprises » est la manière chiffrée de traduire l'intensité d'une grande douleur. Une autre élégie, la II, 29, raconte un malentendu entre Properce et la belle, qu'il a trompée et qui se fâche ; « à partir de ce jour », conclut le poète, « elle ne m'a plus accordé une seule nuit » ; péripétie ? Non, mais situation exemplaire : « le Malentendu ou l'Amour puni ». Inutile d'ajouter qu'il n'est plus question de rien dans la pièce qui suit et dans le reste du recueil, où les deux amants sont amants autant que l'exige la convention de base. Ce n'est pas le roman d'un seul et même Ego et ce n'est pas un roman du tout.

On connaît la différence entre les œuvres qui illustrent une situation répétitive et celles qui résolvent une déchirure initiale ; les recueils élégiaques appartiennent au premier genre ; il arrive que leur immobilisme paralyse même chaque élégie une par une et que le poète y hésite entre l'anecdote et le

---

5. Properce, III, 16, 9, devenu base de la biologie de Properce, en combinaison avec III, 25, 3 (les cinq années de liaison). Cette naïveté dans le traitement des fictions date du début du XIXe siècle (la chronologie de Properce est due au grand philologue Lachmann, dont on connaît les théories sur les poèmes homériques comme produits de l'âme populaire). Voir plus loin, chap. IX, n. 14.

tableau. C'est peut-être l'explication de l'énigmatique poème I,
3 de Properce, dont le mystère n'est peut-être fait que de
maladresse : le poète semble d'abord vouloir raconter un inci-
dent, dont le lecteur attend l'épilogue, qui ne vient pas, parce
qu'en réalité le poète décrivait une relation typique entre deux
amants, l'Infidèle et la belle Délaissée ; malheureusement, au
lieu de l'imparfait répétitif, cet état est décrit au passé événe-
mentiel : un jour Ego, beaucoup moins transi et dolent en cette
élégie que dans d'autres, passa la nuit à boire et au reste, et il
rentra au petit matin, pour trouver que la délaissée était jolie
en son sommeil. Il la contemple, elle se réveille et… rien : au
lieu que l'écart initialement établi soit résolu par une réconciliation ou une brouille complète, l'abandonnée prononce une
tirade plaintive qui prouve que l'écart établi par le poète était
en réalité l'état habituel des amants : telle était notre vie ; pour
lui, les plaisirs nocturnes et, pour moi, la chasteté et la solitude… Mais l'anecdote est si mal racontée qu'on s'est
demandé s'il ne fallait pas y lire une péripétie entre les lignes[6].
Le manque de netteté, trop fréquent chez Properce, est ici à
son comble.

L'élégie, production d'esthètes, n'est pas l'expression
d'une affectivité, à la manière des sonnets de Shakespeare ;
elle n'est pas davantage une fiction cohérente, car devenue
une seconde vie, comme chez Pétrarque. Nos poètes décrivent
un genre de vie plus qu'ils ne racontent leur vie et ils sont
davantage hommes de lettres qu'hommes tout court ; leur
poésie est composite et typique ; Délie ou Cynthie ne les
passionnent pas assez pour qu'ils ne consacrent pas des
poèmes entiers à des polémiques littéraires, à des hommages
patriotiques ou à des dissertations galantes ; les amitiés littéraires et les mécènes ne sont pas oubliés. Car l'amour lui-
même n'est que littérature. Chacun des recueils de Properce
se partage ainsi entre la vie littéraire et la fiction amoureuse ; chacun s'ouvre sur une pièce liminaire qui repose la

---

6. G. Williams, *Tradition and Originality…*, *op. cit.*, p. 493, semble se
demander si la tirade répétitive de Cynthie ne cache pas un épisode qui équilibre-
rait l'écart initial : pendant que Properce découchait, Cynthie recevait elle-même
un amant en secret. Je ne pense pas.

convention de la bohème amoureuse et qui affirme la dignité de l'élégie en face des autres genres et, éminemment, du genre épique[7]. Le livre I a d'abord paru isolément, car il se termine sur un poème formant cul-de-lampe où Properce « scelle » *(sphragis)* le recueil de son nom, à la manière des poètes grecs. Et, comme tout poète hellénistique et romain se devait de chanter les deux amours[8], pour traiter son sujet en entier et intéresser tous ses lecteurs, Properce a réservé la dernière élégie du corps de son recueil à l'amour des garçons, par ami et mythe interposés (I, 20), son goût pour eux étant beaucoup moins prononcé que celui de Tibulle.

Car, pour citer encore le sagace Fränkel[9],

> quand nous ouvrons un recueil de poésies amoureuses, nous nous attendons à y trouver l'expression des expériences personnelles de l'auteur. À Rome, en revanche, un recueil d'élégies érotiques embrassait un domaine plus large et n'était pas aussi étroitement lié à la réalité. Un poète romain était sans aucun doute réellement amoureux de quelqu'un, au moment où il écrivait des vers d'amour[10], et il

---

7. C'est ce qu'on appelle la *recusatio* (voir surtout l'index de *Tradition and Originality…* de Gordon Williams [*op. cit.*], sous ce mot) ; c'est une invention de Callimaque, dont ses successeurs ont changé le sens. Chez Properce, cela consiste à se refuser d'écrire de plus longs poèmes, à s'excuser de ne pas écrire d'épopées et, en particulier, à s'excuser de ne pas chanter les conquêtes de l'empereur, faute d'assez de talent. Pareille récusation avait deux usages : *(1)* célébrer par prétérition les exploits de l'empereur, en disant qu'on ne saurait les célébrer convenablement ; *(2)* s'excuser, avec fausse modestie, de ne pas écrire d'épopées, en se déclarant très satisfait d'être simple élégiaque.

8. Même Ovide n'exclut pas de chanter « soit un garçon, soit une fille » (*Amores*, I, 1, 20, avec la note de l'admirable édition Brandt) ; et, dans *l'Art d'aimer*, il traitera un thème de discussions galantes cher à toute son époque : la comparaison des deux amours, pour savoir lequel est le plus agréable.

9. H. Fränkel, *Ovid…, op. cit.*, p. 11.

10. Le rapport entre le temps de l'expérience et le temps de l'écriture pourrait être moins simple que ne le dit pieusement Fränkel ; tout n'est que cas individuel en ce domaine ; voir, chez Hugo, le retard constant entre le moment de l'émotion, douloureuse ou sensuelle, et le moment, bien plus tardif, où le poème est composé (on sait que les dates inscrites par Hugo dans ses éditions ne sont pas les vraies dates de composition). Le rapport entre la sincérité et l'imagination poétique est également moins simpliste, surtout dans une poésie aussi peu réaliste que l'élégie. À lire les vers glaciaux de Tibulle sur l'inconsistante Délie, on a peine à croire qu'il lui ait été nécessaire d'être amoureux pour écrire cela ; mieux valait au contraire n'être occupé par aucun sentiment envahissant, à ce moment-là.

parlait comme s'il se trouvait, au moment où il écrivait, dans la situation qu'il dépeignait. Mais son ambition n'en était pas moins de s'évader des limites que le hasard avait imposées à son aventure personnelle. Il ne cherchait pas à se représenter les sentiments d'un individu, mais la passion de tout véritable amant ; son vrai sujet était l'amour et c'est finalement cela que signifiait le titre même de son recueil : *Amores*. Le poète raconte son histoire d'amour sous la forme de certaines expériences diverses, qu'il a faites réellement ou en imagination ; il n'avait pas seulement le droit d'embellir la simple vérité : il aurait même été saugrenu de lui demander ce qui était potentiellement vrai. On n'exigeait même pas une stricte cohérence des faits à l'intérieur du recueil : au moyen d'une série d'exemples concrets, le poète cherchait à dessiner l'image d'ensemble de l'existence d'un homme jeune qui est en proie à une inclinaison passionnelle ; il esquissait le tableau idéal d'une existence amoureuse et il l'opposait vigoureusement au genre de vie de ceux qui n'étaient pas des amoureux.

En somme, les élégiaques peignent une bohème dorée où la convention est de « vivre au jour le jour[11] » en ne se souciant que d'aimer. Ego et Cynthie sont des types. Properce décrit la Nuit d'amour en deux pièces jumelles (II, 14 et 15) et sa peinture est si peu un portrait que, Cynthie n'y étant pas nommée, il ne serait ni vrai ni faux d'estimer que le poète n'en a pas moins passé ces nuits dans ses bras ; il demeure que ces deux pièces se rapportent à la toute première fois où une inconnue, très courtisée et vivant en femme qui choisit ses amants, a jeté le mouchoir à Ego triomphant. Ce sont deux versions d'un même type intemporel d'événement premier. Après s'être plaint de la porte derrière laquelle le mari emprisonne sa Délie, Tibulle ajoute : « Il fallait qu'il soit de bois[12], celui qui est allé faire la guerre au bout du monde, au lieu de te garder pour lui[13]. » On s'en

---

11. Properce, I, 1, 6 : *nullo vivere consilio.* Cf. Pétrone, 125, 4, posant une convention un peu semblable : *extra legem viventibus.*

12. Allons plus loin : ce singulier est en réalité impersonnel, à la façon des vers d'Horace : « Il fallait qu'il ait un cœur cuirassé de bronze, celui qui a pu, le premier, risquer sur la mer un navire. »

13. Tibulle, I, 2, 65.

est étonné et on s'est demandé comment Délie pouvait être
à la fois nantie d'un époux et entretenue par un grand
seigneur, gouverneur de provinces et homme de guerre ; on
avait cru comprendre aussi que Délie n'avait trompé Tibulle
avec un autre amant que dans l'élégie suivante… La vérité
est que notre poète, au gré de son humeur, interprète diffé-
remment la convention de base selon laquelle son héroïne
est irrégulière : tantôt elle l'est sous les espèces d'une matrone
adultère et tantôt d'une femme facile.

Quelques vers plus haut[14], il lui avait enseigné, « à elle
aussi », à se glisser nuitamment hors du domicile conjugal
et ses conseils étaient bons pour toute femme : les élégiaques
ont l'âme didactique, car il n'y a pas loin du type à la
norme, et ils feraient volontiers cours à toute une classe ;
c'est ce que les latinistes appellent le thème du monitorat
d'amour[15], où l'impératif singulier n'est qu'un pluriel. Ils
dissertent sur le maquillage, sur le rôle trop grand de
l'argent dans les mœurs du siècle, ils sont ratiocinateurs et
sentencieux[16], encore que leur morale soit l'inverse de la
vraie et qu'ils étaient plaisamment ce que Boileau appellera
des lieux communs de morale lubrique. Ils se donnent en
exemple[17] : « Évitez un malheur comme le mien, je vous le
répète », « je meurs, pour rappeler aux amoureux de ne
jamais se fier à aucune caresse[18] ». Outre Délie, outre la
virago Némésis, dont nous reparlerons, Tibulle a aimé un
garçon et cet amour a consisté à écrire trois pièces où il
expose, *primo*, comment séduire les garçons et les payer,
soit avec des vers, soit avec des cadeaux plus substantiels ;
secundo, quelle est la complaisance de l'amant, quand l'aimé

---

14. En I, 2, 15 : *tu quoque.*

15. Voir A.L. Wheeler, « Propertius as Praeceptor Amoris » et « Erotic Tea-
ching in Roman Elegy », dans *Classical Philology*, 1910, p. 28 et 440, et 1911,
p. 56.

16. Voir Boucher, *Études sur Properce, op. cit.*, p. 354 et 356.

17. Gordon Williams, *Tradition and Originality…, op. cit.*, p. 535, 581-584 et
627 ; D.F. Bright, *Haec mihi fingebam, op. cit.*, p. 139, 149.

18. Properce, I, 15, et I, 1. Comme dit Brooks Otis, « in these poems Propertius is maintaining his amatory *pose* or *rôle* before an audience » (*Harvard
Studies in Classical Philology*, 1965, p. 29).

s'intéresse à une fille ; *tertio*, que l'amant se révèle beaucoup moins complaisant, lorsque l'aimé se fait faire la cour
par un homme, et un homme riche[19]. Tibulle a fait le tour
du sujet, a exploré tous les cas de figure. Ovide a écrit une
élégie dont Shakespeare se souviendra et où il montre le
chagrin de l'amant qui voit revenir l'aube et l'alouette
chanter ; Fränkel a voulu faire honneur à Ovide de sa postérité plus directe, à savoir les *aubes* des troubadours[20] ; je
crains que la comparaison ne soit écrasante pour Ovide,
chez qui l'amant maudit l'Aurore parce qu'elle est odieuse
à toutes les catégories de la population, travailleurs, militaires, écoliers et plaideurs[21]. Mais Ovide était moins porté
à maintenir une haute fiction qu'à peindre les mœurs sous
couleur d'enseigner la morale et il a écrit tout un poème
pour enseigner, par l'exemple de sa Corinne, comment une
épouse pouvait échanger des signes convenus avec son
amant, pendant un dîner, sans être aperçue de son mari[22].

Ovide ne s'intéresse pas aux mêmes choses que nous.
Messieurs les Amants ne sont pas des oisifs, semble-t-il
nous dire, ils sont très occupés ; aussi leur amoureuse milice
redoute-t-elle le retour de l'aube autant que le craignent
soldats et travailleurs ; il lui paraît plus intéressant de
s'amuser de ce paradoxe et de décrire les diverses occupations matinales des hommes que de laisser la parole à Roméo.
Nous nous imaginons que, lorsqu'il s'agit d'amoureux, une

---

19. Tibulle, I, 4 ; I, 8 ; I, 9.

20. Nelli et Lavaud, *Les Troubadours* (Desclée De Brouwer, coll. « Bibliothèque européenne »), vol, II, p. 30 (aube anonyme), 92 (aube célèbre de Giraut
de Borneil), 106 (aube de Rimbaud de Vacqueyras). « En dépit du jaloux, faisons
tout ! » dit l'aimée à son jeune ami *(tot o fassam)* ; et l'ami refuse de la quitter ;
il répond, à son complice qui fait le guet et le rappelle : « Beau doux ami, je suis
en si plantureux pâturage que je voudrais qu'il n'y ait plus aube ni jour ; car la
plus somptueuse fille de sa mère, je la tiens, je l'étreins, si bien que je me moque
du sot jaloux et de l'aube » ; le *fol gelos* en question étant, bien entendu, l'époux.
*Car la gensor que anc nasques de maire/tenc e abras, per qu'eu non prezi
guaire/lo fol gelos ni l'alba.*

21. Ovide, *Amores*, I, 13.

22. *Amores*, I, 4, où Ovide développe deux vers de Tibulle, I, 2, 21-22.
Gordon Williams (*Tradition and Originality..., op. cit.*, p. 548) oppose Ovide, qui
développe des généralités comme telles, et Properce, qui les met en scène en un
cas individuel et les anime de toute son empathie.

chose est tout indiquée : dire quels sont leurs sentiments, laisser parler le cœur humain. Erreur. Les Anciens qui le laissent parler, à la manière de Catulle, ne le font pas parce que le cœur humain aurait une vérité supérieure et une valeur littéraire éminente, mais parce qu'ils ont choisi d'imiter le langage et les pensées des amoureux. Ce choix n'était pas le seul qui fût possible, car ce qu'il y avait à dire sur l'amour ne passait pas pour contenu principalement dans le cœur des amoureux, qui n'était que l'aspect le plus théâtral de l'affaire ; pour dire ce qu'était l'amour, l'objectivité valait bien l'intériorité.

Les élégiaques, eux, n'ont pas choisi de faire parler des amoureux, d'imiter l'amour, mais de le chanter sous tous ses aspects, sous la fiction humoristique d'une première personne, qui camoufle mal l'objectivité de la troisième du pluriel. La seconde élégie des *Amours* d'Ovide en sera la preuve. Elle commence par imiter l'homme qui tombe amoureux :

> Mais qu'y a-t-il donc, ma foi, pour que mon matelas me paraisse si dur ? Pourquoi mes couvertures ne restent-elles pas sur mon lit ? Pourquoi ai-je passé sans fermer l'œil cette nuit interminable ? Pourquoi mes membres sont-ils brisés, à force de m'être retourné dans mon lit ? Si c'était une attaque d'amour, je le saurais, tout de même ! Faut-il croire qu'Amour vient sans être vu et qu'il se cache pour blesser sans qu'on le sache ?

Mais Ovide est davantage qu'un imitateur et il va le prouver en dissertant par allégories. Il prend d'abord la parole à travers le masque d'Ego et fait tenir à ce dernier des propos qui révèlent comment un Ego se dupe lui-même et invente des sophismes pour se prouver ce qu'il désire ; c'est ainsi que les Ego deviennent esclaves d'Amour. Et l'exposé des conséquences sera fait à la seconde personne : « Tu peux maintenant célébrer ton triomphe », dit à l'Amour Ego, à moins que ce ne soit le poète qui parle, ou la conscience collective ; tu peux triompher de la Lucidité, continue à peu près la voix, du Sens moral, et tu auras pour alliés la Séduction, l'Illusion et l'Égarement, sans parler de la contagion de l'exemple. La voix inconnue nous a appris ce qu'on pensait généralement de la passion et de ses effets sur les cœurs ; le monologue intérieur du nouvel amoureux a donc très vite laissé la place à un exposé objectif.

Catulle lui-même passe, trop vite à nos yeux, de l'imitation d'un amoureux à l'objectivité des idées reçues. En des vers célèbres qui se donnent pour variations sur un thème de Sappho, il fait dire à un nouvel amant, ou plutôt à lui-même, quel coup de foudre et de jalousie mêlées fut la première vision qu'il eut de sa Lesbie : « Ma gorge est bloquée, les oreilles me tintent, un feu rapide court dans mes veines, une double nuit couvre mes yeux » ; et tout à coup le ton change, devient réfléchi, raisonneur : c'est le loisir qui ne te vaut rien, Catulle, se dit à peu près le poète ; il te fait perdre tout contrôle, toute mesure, lui qui a pu détruire aussi les plus grandes nations. Cette rupture de ton a toujours surpris ; maladresse ? Invraisemblance psychologique (à supposer que Catulle se soit soucié de psychologie) ? Juxtaposition brutale de thèmes empruntés à deux sources ? Retour à un contrôle de soi qu'on dira bien romain ? Je crois plutôt à une incapacité à soutenir longtemps le rôle d'Ego ; sous le couvert de la première personne, Catulle en vient très vite à dire ce que l'opinion pensait de la passion, exactement comme dans l'élégie d'Ovide : l'amour est objectivement un fléau, fruit du loisir (nous dirions à peu près : de l'apolitisme), et sa mollesse tue l'esprit civique et ruine les cités les plus solides.

Aux yeux des Anciens, que pouvait-on bien dire à la première personne qu'on n'eût pu dire encore plus amplement à la troisième ? L'ego ne livrait pas de confessions et n'était qu'un procédé littéraire, une convention (par un paradoxe, cette convention, que nous prenons pour sincérité, nous choque moins que d'autres conventions de cette époque) ; les monologues les plus brûlants ne seront qu'un document parmi bien d'autres à verser au dossier de la passion ; Properce les donne comme des citations, bien qu'il nous semble alors parler en amoureux, et ailleurs il parlera plutôt en poète de l'amour qui, sous la convention de l'ego, en fait un exposé typique.

Le caractère typique des différents traits entraîne l'incohérence du portrait. Cynthie est tout un sérail : tantôt femme libre qui choisit ses amants et accorde ses nuits une à une, vénales ou pas, tantôt amante dolente qu'Ego délaisse et trompe ; à l'occasion, Ego devient un Don Juan (II, 22). Ego cherche en vain l'attachement de sa belle en I, 1, mais, en II, 20, on apprend que c'est elle qui avait fait les premiers pas et l'avait recherché. Parfois Délie ou Cynthie (I, 3) devient une amante de légende, dont on ne saurait dire si elle est épouse ou concubine : pareille question serait trop prosaïque pour cette tendre amoureuse qui file, le soir, en attendant en vain son volage amant[23]. En II, 6, nous sommes loin des courtisanes cruelles et des amoureuses : c'est maintenant une comédie d'adultère bourgeois où Cynthie présente ses amants comme de prétendus « cousins de province[24] ». En II, 12, la belle a les yeux noirs ; elle est blonde en II, 2, mais, en II, 18, elle a le tort de se faire teindre.

Le poète sait tout cela et s'en amuse ; il s'amuse de ses propres conventions. Il était convenu qu'il ne chanterait que Cynthie et qu'il serait son adorateur servile ; il ne manque pas de rappeler son engagement de façon ponctuelle, mais cette ponctualité est si automatique et resurgit en fin de poème si mécaniquement qu'il en résulte un comique voulu ; Ego maudit Cynthie, la poursuit de sarcasmes, puis conclut soudainement : « Néanmoins je t'adore et n'adorerai que toi » (I, 8 A ; II, 6, II, 17). La longue pièce II, 32 finit sur une palinodie : Properce met en garde Cynthie contre sa mauvaise réputation et son inconduite, puis déclare sans transition qu'il ne faut pas croire les cancans et conseille à Cynthie de vivre libre, avec autant de chaleur qu'il vient de lui interdire de le faire. On reconnaîtra là une variation originale sur le procédé hellénistique qui consistait à terminer un poème en « prenant la tangente[25] », au prix de la vraisemblance et au profit de la désinvolture.

---

23. Sur cette vision presque matronale de l'aimée, voir Lilja, *The Roman Elegist'Attitude to Women, op. cit.*, p. 69 et 172.

24. Voir ce qu'en dit Boucher, *Études sur Properce, op. cit.*, p. 430.

25. Sur cet art du « tangential ending », voir Cairns, *Tibullus..., op. cit.*, p. 125.

L'incohérence va plus loin encore. Properce, qui est loin
de ne chanter que l'amour, malgré ses promesses, ne le
chante pas toujours au compte de Cynthie ; d'autres figures
féminines apparaissent au fil des élégies ; elles sont aussi
impersonnelles que Cynthie, mais présentent parfois un trait
qui rentre mal dans la fiction cynthienne et qui empêche de
leur imposer le nom de Cynthie en abusant de leur anonymat.
En II, 14 et 15, ce sont deux premières nuits d'amour où la
partenaire n'est personne et pourrait être tout le monde ; on
se souvient aussi qu'en II, 18, Ego fait des propositions à
une demi-mondaine qui n'était pas encore sa maîtresse. Une
autre exception, éclatante celle-là, et soupçonnée depuis
longtemps, est l'élégie III, 20, où Properce, de son propre
aveu, est censé avoir un « amour nouveau » ; il y fait une
déclaration d'amour et presque une demande en mariage à
une jeune femme qui, loin d'être une irrégulière, est épousable, est de son monde. Le mari de cette dame est allé
gouverner une lointaine province. Un détail attire l'attention : la dame a un ancêtre célèbre dans les lettres[26] ; notre
élégie est assurément une fiction (en III, 12, Properce a
développé le thème inverse : la femme du magistrat en
mission qui reste fidèle à l'absent), mais il n'est pas impossible que Properce y ait glissé un *private joke* destiné à
flatter l'oreille d'une dame très réelle.

Ma lectrice sera peut-être bien aise de savoir comment
tirer profit, dans l'ancienne Rome, de l'absence d'un mari
parti gouverner la Tunisie et s'y remplir les poches de bak-
chiches et rapines. Les mœurs de l'aristocratie étaient aussi
libres qu'en notre XVIIIe siècle et les dames n'hésitaient
guère à divorcer ; elles gardaient alors leur dot avec elles,
ce qui explique bien des choses. « Valéria Paulla a divorcé
sans raison, le jour même où son mari devait revenir de son
gouvernement », écrit à Cicéron un de ses correspondants ;
« elle va se remarier avec Brutus[27] ». La fiction de Properce
n'avait donc rien d'absurde et elle prépare peut-être l'avenir,

---

26. Voir R. Syme, *History in Ovid, op. cit.*, p. 202.
27. Caelius à Cicéron, *Ad familiares*, VIII, 7.

quand elle parle d'un pacte entre amants comme s'il s'agissait plutôt d'un contrat de mariage :

> Un homme que tu as vu quitter ton lit à pleines voiles, crois-
> tu qu'il puisse encore penser à ton visage ? Un sans-cœur, qui a pu
> échanger sa mie pour de l'argent ! Toute la Tunisie vaut-elle donc
> de te faire pleurer ? Et tu vas naïvement t'imaginer que les
> dieux… Radotages ! Qui sait si lui ne se ronge pas pour l'amour
> d'une autre ? Tu as pour toi ta beauté de reine, tu as des talents de
> bonne société[28] et l'éclat du renom de ton savant aïeul rejaillit
> jusqu'à toi. Maison fortunée que la tienne, si tu pouvais compter
> sur un ami : cet ami sera moi ! Accours, ma mie, dans ma couche
> et toi, Soleil dont l'éclat estival s'étend sur trop d'espace, abrège
> ta course lumineuse et ne nous fais plus perdre de temps. Pour moi
> arrive la première nuit, la première nuit m'a accordé ses heures[29].
> Ô Lune, fais durer notre première fois. Mais d'abord il me faut
> faire le pacte de cet amour neuf, signer sa convention, rédiger sa
> loi ; nul autre que l'Amour ne scellera ces garanties, dont le
> témoin sera la nuit, déesse constellée aux torsades d'étoiles…

La proposition est faite sur un ton pressant, comme on
voit, car, à Rome, les femmes étaient de grands enfants que
l'on traitait avec une autorité enveloppée de familiarité
bienveillante.

On s'est trop longtemps aveuglé en s'imaginant que
Properce ne parlait que de Cynthie et que sa Cynthie avait

---

28. Le plus simple est de comprendre que la dame faisait de la tapisserie, de la
broderie (le texte dit mot à mot : « les arts de la pudique Minerve »). Peut-on
comprendre aussi qu'elle avait des talents de musicienne, chanteuse et danseuse (ces
trois arts n'en faisaient qu'un), comme la femme de Stace, *Silves*, III, 5, 65 ? Je ne sais
pas. En tout cas, la mention de la pudeur n'oblige pas à songer aux seuls arts textiles,
devoir de la chaste matrone : chaque fois qu'ils parlaient d'une chanteuse ou d'une
intellectuelle, les Romains, effrayés, se hâtaient d'ajouter qu'elle n'était pas moins
pudique pour autant (Stace ; Martial, VII, 69 ; X, 35 et 38 ; Ovide, *Tristes*, III, 7, 13).
Filer pouvait être une occupation du beau monde et même les courtisanes filaient, par
snobisme ; J.F. Crome, « Spinnende Hetairen », dans *Gymnasium*. 1966, p. 245. –
Voir maintenant C. Dobias-Lalou, *Revue des études grecques*, 1982, p. 47-50.
29. Si Properce attend la nuit si impatiemment, ce n'est pas seulement parce
que la nuit d'amour est une façon de parler : on tenait pour très impudique de
faire l'amour en plein jour (Plutarque, *Quomodo adulescens poetas*, *Moralia*
18 F-19 A ; cf. Pausanias, VIII, 6, 5 ; saint Augustin, *Contra Julianum*, XIV, 28).

la consistance d'une personnalité en chair et en os et ne se
réduisait pas aux traits que son créateur lui confère
expressément. On lit chez tel éditeur qu'en vertu du
poème II, 23, Cynthie doit avoir eu un mari. Mais où a-
t-on vu que cette élégie se rapporte à Cynthie ? Elle n'y
est pas nommée, ni aucune autre, et le poète s'y exprime
en termes généraux ; il y institue une comparaison entre
les amours adultères et les amours vénales (pareils débats
étaient à la mode) et a choisi de développer cette fois les
avantages de celles-ci sur celles-là. Et que dire de III, 19 !
Properce s'y adresse à une interlocutrice anonyme qui est
toutes les femmes : tu me reproches notre libido mascu-
line, mais la vôtre est bien plus impérieuse, car vous ne
connaissez plus de limite, une fois que vous avez brisé le
frein de la pudeur.

Cynthie, Délie ne sont que des noms et, comme l'écrit
Gordon Williams, « rien de leur confère de traits individuels ou une identité ; en outre, l'image que le poète
donne de ces filles tend à varier d'une pièce à l'autre[30] ».
Le second livre de Properce a été publié quelque temps
après le premier[31] ; à la préface littéraire en vers et à
l'hommage de rigueur au prince succède immédiatement
un portrait de Cynthie (II, 2), dont il faudra nous
contenter :

> J'étais un homme libre et je cultivais l'art[32] de vivre en un lit
> vide ; mais l'Amour n'avait fait sa paix que pour mieux me
> tromper. Pourquoi faut-il que la beauté de cette mortelle ne soit
> pas encore montée aux cieux ? Oublions charitablement, ô Jupiter,

---

30. G. Williams, *Tradition and Originality...*, *op. cit.*, p. 560.
31. Je pense que le premier livre a paru isolément, parce qu'il se clôt d'un
double « sceau » *(sphragis)* et parce qu'au début du livre II Properce rappelle au
lecteur le sujet de son activité poétique : chanter une certaine Cynthie. En
revanche, je ne tirerai pas argument du mot de *monobiblos* (Martial, XIV, 189,
d'où le titre du livre I dans les manuscrits), qui ne doit pas signifier « qui forme
un livre complet à lui tout seul » (ainsi que l'ont compris les copistes des manuscrits, qui ont dû tirer ce titre de Martial, à contresens), mais plutôt « en un seul
volume » : Martial offre à un ami un Properce « complet en un seul volume » ; cf.
édition Butler et Barber, p. LXXXIV.
32. *Meditari* se dit de l'athlète ou du rhéteur qui s'entraînent.

tes conquêtes d'antan[33]. Blonds cheveux, longues mains, une stature de déesse, la démarche de la sœur-épouse de Jupiter, ou de Minerve (détails) ; telle était Ischomaque (détails), telle était Brimo[34] (détails). Rendez les armes, déesses que jadis, sur le sommet de l'Ida, le berger Pâris a pu voir ôter leurs robes. Que jamais l'âge ne vienne altérer sa beauté, quand elle vivrait autant de siècles que la prophétesse de la légende.

Properce a voulu rappeler, en cette pièce liminaire, le sujet de ses vers ; il affecte de commencer à aimer sa belle (ou de recommencer : il laisse soigneusement ce point dans le vague), à l'intention de ses lecteurs qui ont oublié son livre précédent ou qui ne l'ont pas lu. Il lui suffit pour cela d'ériger, en guise de portrait, une image idéale ; il ne lui faut pas davantage de précisions. Fiction littéraire ; si nous nous imaginions que Properce nous parle de son cœur et non pas de son nouveau livre, nous serions tirés d'illusion par le début de la pièce qui suit immédiatement (II, 3) : « À t'entendre », se dit le poète à lui-même, « personne au monde ne pouvait plus blesser ton cœur[35]. Eh bien, te voilà

---

33. Probablement une expression de la langue familière (en italien, aujourd'hui, *ignoro* est la manière de dire ce que le français familier exprime par : « je ferme les yeux » ou plutôt : « je ne veux pas le savoir »). Je comprends : « Cynthie est bien plus belle que les amantes de Jupiter elles-mêmes, qu'il sera charitable d'oublier. » Mais l'interprétation de Butler et Barber est différente (« Je te pardonne, ô Jupiter, d'avoir péché, car mon expérience m'enseigne qu'on résiste difficilement à la beauté ») et celle de Rothstein, aussi (« Jupiter, je ne te connaissais donc pas, je t'ignorais, je ne te reconnais plus : comment se fait-il que tu n'aies pas encore tenté de me prendre ma Cynthie ? »).

34. Texte douteux. Cette Brimo est, comme Ischomaque, une héroïne de la Fable, pas très connue : Properce se donne, plus souvent qu'on ne l'a dit, l'élégance d'une érudition fascinante en cette science amusante qu'était la mythologie, sorte de jeu de société. Sur cette Brimo, antique déesse thessalienne, voir Wilamowitz, *Der Glaube der Hellenen*, vol. I, p. 172. Les touristes qui parcourent vers Athènes l'autoroute de Thessalie pourront avoir une pensée pour Brimo, après Larissa, une dizaine de kilomètres avant la sortie vers Volo et son admirable musée : à quelques kilomètres sur la gauche de l'autoroute est le lac Boibeis, site du culte et de la légende de Brimo.

35. Le verbe *nocere*, « faire du mal », se dit des flèches de la beauté qui blessent un homme et le transforment en esclave. Voir la note de Heyne et Wunderlich à Tibulle, 1, 8, 25 ; R. Pichon, *De sermone amatorio apud elegiarum scriptores*, Hachette, 1902, p. 214.

pris ; à peine, pauvret, peux-tu rester tranquille un mois ou deux, que tu te donnes le ridicule d'un deuxième livre où il sera question de toi. »

À défaut d'une physionomie identifiable, les héroïnes des élégiaques ne sont reconnaissables qu'à leur nom et, du moins chez Properce, le nom de Cynthie prend presque la valeur d'un titre courant en haut de page : il infuse dans toute la page et crée la présomption que toute pièce du recueil doit être rapportée à Cynthie ; tant le poète a répété qu'il ne chante que cette Cynthie et qu'il n'aimera jamais qu'elle. Cette parole d'amoureux est aussi un engagement d'écrivain. Telle est la puissance d'illusion d'un titre, ou plus précisément de la passion que suggère le titre : nous sommes persuadés que seule la passion rend poète et qu'un poète ne parle, par conséquent, que de sa passion. Properce ou, aussi bien, Catulle n'ont chanté que parce qu'ils ont aimé ; si grande est la force des images d'Épinal : nous avons peine à admettre que le recueil de Properce puisse contenir des poèmes adressés à d'autres qu'à Cynthie et que les inconnues que le poète laisse dans l'anonymat doivent y rester. Même chose pour Catulle. Il est de fait qu'il a aimé une certaine Clodia[36] et qu'il l'a chantée, sous le nom de Lesbie, en vers inoubliables ; on n'a donc pas hésité un instant à saluer Lesbie en d'autres femmes, qu'il a laissées dans l'anonymat et dont la figure est si vague qu'elles ne peuvent pas plus repousser cette identification qu'elles ne l'imposent. Voilà plus de dix-neuf siècles qu'un charmant petit poème de Catulle s'appelle le « Moineau de Lesbie », alors que rien n'y désigne la mondaine hardie aux beaux yeux que fut cette dame, que Cicéron admirait avec une hargne apeurée et humiliée ; ce petit poème si joli et un peu petit en sa réussite n'est d'ailleurs pas l'échelle de la passion de notre poète : il n'y a aucune raison, sauf l'habitude, de rapporter à Lesbie ce poétique moineau. Passe encore, si Catulle, comme Properce, avait fait, au début de

36. Sur l'identification d'une des sœurs Clodia à Lesbie, voir maintenant C. Deroux dans *Aufstieg und Niedergang der Römischer Welt*, de Gruyter, 1972, I, 3, p. 416 ; P. Moreau, *Clodiana religio, op. cit.*, p. 169.

son recueil, le serment d'ivrogne de ne chanter que sa belle ; il n'en a rien fait et on ne peut même pas prétendre qu'un poème, écrit en songeant à une inconnue ou, plus probablement, en ne songeant à personne (mais seulement à faire de jolis vers), a reçu ensuite, dans l'intention du poète ordonnant son recueil pour publication, une affectation à Lesbie : Catulle n'a pas prétendu composer un *canzoniere* de Lesbie et aucun titre courant ne fait infuser de nom de femme sur les poèmes qui composent son recueil[37].

Le titre ou le nom propre suffisent à créer un fantôme qui fatigue le lecteur ainsi qu'un tympanon. Si *les Fleurs du Mal* s'intitulaient *Jeanne* ou bien *La Fanfarlo*, nous rapporterions à ces femmes, dont l'une est imaginaire et l'autre bien réelle, tous les poèmes d'amour de Baudelaire qui ne comprennent pas le nom de leur inspiratrice : nous serions sûrs que Jeanne est la « mère des souvenirs, maîtresse des

37. Ce poème sur le moineau dit « de Lesbie » est la pièce 2 de Catulle. Il est une autre pièce de Catulle qu'il faut peut-être ne pas rapporter à Lesbie (qui n'y est pas nommée), c'est la 70. Catulle y déclare que « Madame » *(mulier mea)* se dit prête à l'épouser, mais ce que femme dit est écrit sur l'onde. Cette femme pourrait être Lesbie, comme le parallèle du poème 72 semble obliger à le croire. Seulement nous heurtons ici au fait que le latin est mal connu : comment sentait-on *mulier mea ?* Chez les poètes, *mulier* tout court désigne couramment l'aimée, épouse ou simple maîtresse (R. Pichon, *Index verborum amatorius*, G. Olms, 1966, p. 209) ; en est-il de même de *mulier mea ?* Deux choses font concevoir comme possible (rien de plus, rien de moins) une autre interprétation. D'abord, on voit sur un relief de Narbonne un marchand ambulant qui crie sa marchandise : *mala, mulieres meae*, « des pommes, Mesdames » (Espérandieu, *Reliefs*, Paris, PUF, 1966 et 1981, 616). Ensuite plusieurs pièces d'un élève de Catulle, Martial (voir en effet l'édition Friedländer, p. 24), commencent par *mulier mea* ou parlent d'*uxor mea* (II, 102 ; III, 92 ; IV, 24 ; XI, 43 et 104). Martial n'était pas marié. Non seulement il joue en ces vers le rôle du mari mécontent de son épouse et, à travers celle-ci, de toute la gent féminine, mais encore la répétition de ces vocatifs *mulier* ou *uxor* semble avoir caractérisé comme un refrain un certain type de poésie populaire antiféminine : c'était un jeu populaire que d'écrire au masculin des petits vers où l'auteur, marié ou non, heureux ou non, jouait le rôle du conjoint mécontent et apprenait à tous quelle était la conduite de sa compagne. Il me semble que la pièce 70 de Catulle se rattache à ce type de poésie populaire antiféminine, et à la première personne, où un Ego misogyne dit du mal de sa *mulier* ou *uxor*. Quant à la pièce jumelle, la 72, où Lesbie est nommée, nous verrons plus loin qu'elle appartient au même type de fiction des élégiaques : le poète *joue le rôle* d'un amant et chante une femme au nom grec de convention. Catulle a eu beau avoir vécu ce qu'il chantait : nous verrons qu'il *était présumé* jouer un rôle et ne pas raconter sa propre vie quand il disait « je ».

maîtresses » et que le poète la frappe « sans colère et sans
haine, comme un boucher ». Cela serait capital pour les biographes du poète, car cela les abuserait capitalement, mais,
pour les simples lecteurs, l'erreur serait sans conséquence et
n'ajouterait ni n'ôterait un iota à la « vérité » des *Fleurs du
Mal* ; cela ferait croire seulement que le poète avait voulu
faire monter un fantôme féminin au-dessus de son livre, à la
manière de Scève élevant *Délie objet de plus haute vertu* au
rang des archétypes.

   Il suffit, bien entendu, de poser ce genre de fiction ; point
n'est besoin d'y être fidèle à chaque page. Properce répète
plus ou moins souvent le nom de Cynthie, mais le cœur n'y
est pas, la vraie inspiratrice de ses vers n'étant qu'un type,
ou même plusieurs. Lui-même ne se pique pas de constance ;
sinon, sa peinture de genre serait incomplète. Il court les
filles de bas étage (II, 23) et cent passantes, chaque soir,
attirent ses regards (II, 22). Comme Ovide n'est pas plus
fidèle et qu'il est encore moins méthodique, les trois quarts
de ses *Amours* ne portent aucun nom ; pour y lire celui de
Corinne entre les lignes, il faudrait être plus ovidien
qu'Ovide et l'embarras deviendrait extrême en II, 10, où
Ovide nous apprend qu'un malheur lui est arrivé : il est
devenu amoureux de deux femmes à la fois (voilà une
situation bien typique, ou je ne m'y connais pas) ; à laquelle
de ces deux jumelles donner le nom de Corinne ?

   « Corinne » ou « Cynthie » sont des fictions aussi mal
soutenues que le « je » des romans à la première personne.
Jean Molino me disait que ces romans ont été pensés à la
troisième par leur auteur, qui se borne à rappeler sa convention de temps à autre, en plaçant un « je » au milieu d'un
paysage ou de considérations générales qui sont les siennes.
Tibulle fait de même avec les noms propres. Il a composé
un petit *Art d'aimer les garçons* (ainsi peut-on intituler son
élégie I, 4) ; il y développe des généralités, comme il
convient à un *magister*, mais, quatre vers avant la fin, se
souvenant qu'il est par métier poète à la première personne,
il « prend la tangente » en ajoutant, d'une manière très inattendue : « Ah, Marathus me consume à petit feu ! » ; nous
apprenons, un peu tard, l'existence et le nom de cet inconnu

et pourquoi le poète s'était tant intéressé à l'amour masculin. Pour se moquer de nous, Tibulle transforme donc, *in
fine*, son Art en élégie personnelle. Ce Marathus reparaît en
I, 8, où il a pris goût à une femme faite dont Ego ne paraît
pas excessivement jaloux ; dix vers avant la fin, Tibulle,
pour le principe, décline le nom de cette indifférente : elle
s'appelle Pholoé et il n'en sera plus jamais question.

Si le poète ne soutient pas assez la fiction personnelle
établie en commençant, le lecteur l'oubliera, s'il n'est pas philologue, et les figures retomberont dans l'anonymat. C'est ce
qui se passe au livre III de Properce, où le nom de Cynthie
n'est plus prononcé que trois fois en tout et où sa présence
innommée n'est plus parmi nous : on a vu qu'en III, 20, Ego
faisait une déclaration à une femme de son monde ; en III, 6,
il s'agit encore de galanterie dans la bonne société[38]. D'autres
pièces sont des instantanés anonymes. La III, 8 vante le plaisir
qu'il y a à posséder une fille qui aime les batailles d'ongles et
les morsures, la III, 10, célèbre typiquement l'anniversaire de
l'Amie. On a lu plus haut la III, 15, où une inconnue maltraite
sa servante parce qu'elle a été la première maîtresse de son
amant : situation classique de l'adultère en une aristocratie
esclavagiste, qui n'est pas le monde de Cynthie.

Properce ne se décide à écrire le nom de Cynthie que
sept pages avant la fin de son livre ; en III, 21, il annonce
son départ pour la savante Athènes, où les différentes sectes
philosophiques avaient leur siège et où on allait écouter
leurs leçons ; il espère y oublier Cynthie : « Loin des yeux,
loin du cœur… Une fois là-bas, je me mettrai à émonder
mon caractère dans l'Académie de Platon ou bien dans ton
Jardin, docte Épicure. » Car Properce avait de hautes ambitions, lui qui souhaitait, après avoir chanté l'amour, consacrer
ses vieux jours à l'étude de la physique ou métaphysique
(III, 5) ; Properce aspire à s'élever, à traiter de plus hauts
sujets et, qui sait, à finir par un poème philosophique :
l'amour n'aura été que le thème de ses premiers vers et, dès
son quatrième livre, il chante plus les antiquités romaines

---

38. Galanterie de la bonne société, où l'en envoie un laquais s'informer de
l'humeur d'une belle dame : comparer III, 14, 25 *(nullo praemisso)*.

que Cynthie. Cette dernière est nommée encore dans les deux pièces qui concluent le livre III : le poète lui reproche de ne devoir qu'à lui-même sa célébrité empruntée, la maudit et, on s'en souvient, la « tue » après les cinq années de « liaison » sur lesquelles s'est étendue, de 28 à 22 avant notre ère, environ, la publication des trois premiers livres.

Nous savons que les élégiaques s'amusent eux-mêmes de leur fiction, et aussi de celle de leurs confrères. Dans la première pièce de son premier livre, Tibulle avait promis à sa Délie de ne jamais la « tuer » ; « c'est ta main que je tiendrai, mourant, dans ma main défaillante », lui promet-il[39]. Il tint mal sa promesse de fidélité poétique, puisqu'il chanta aussi Marathus, et la noire Némésis en son second livre. Ovide s'amusera donc, après la mort de Tibulle, à montrer Némésis qui, devant le bûcher de son poète, prend une revanche implicite sur sa rivale en déclarant : « C'est ma main qu'il a tenue, mourant, de sa main défaillante[40] ! » Des biographes en ont conclu qu'Albius Tibullus était effectivement mort dans les bras de la femme qu'il a chantée sous le pseudonyme de Némésis ; à D.F. Bright revient le mérite d'avoir compris la plaisanterie : « Quand Ovide affirme que Némésis était la maîtresse de Tibulle au moment de sa mort, il veut dire simplement que le dernier livre de Tibulle chante une Némésis[41]. » À sa propre mort, il suffira à Properce que ses funérailles soient suivies de Cynthie en larmes, rendant hommage à celui qui n'aura chanté qu'elle, et des trois livres qui la chantent (II, 13) : à ces funérailles, il y aura donc Cynthie et *Cynthie*. En chantant sa Cynthie, il s'immortalise comme auteur de *Cynthie*. Et Properce s'amuse : il explique, en II, 5, que la mauvaise réputation que Cynthie s'est acquise par son inconduite a fait l'excellente réputation littéraire de *Cynthie* et de son auteur ; en II, 24, que la *Cynthie* a fait sans doute à son auteur une répu-

39. Tibulle, I, 1, 60.
40. Ovide, *Amores*, III, 9, 58 ; cf. 32. Sur une autre équivoque du même genre (présence de la mère et de la sœur de Tibulle à son lit de mort), voir plus haut, chap. III, n. 17.
41. *Haec mihi fingebam, op. cit.*, p. 268, n. 13.

tation, mais c'est malheureusement la réputation d'homme débauché… Chassés-croisés entre l'homme et l'œuvre. « Et tu oses encore ouvrir la bouche, alors que le succès d'un livre fait de toi le sujet de toutes les conversations et que le tout-Rome lit ta *Cynthie* ? » (II, 24.) La poésie amoureuse valait à ses auteurs des succès légèrement scandaleux, car Rome, ville cancanière, distinguait mal l'homme de l'œuvre (nous-mêmes avons bien cru aux amours d'Aragon et d'Elsa) et cherchait les modèles, ce dont Ovide s'amuse : « Ma vraie richesse, dit-il, c'est le succès de mes vers : beaucoup de femmes voudraient avoir un nom grâce à moi et j'en connais au moins une qui va répétant que Corinne, c'est elle[42]. »

Puisque Corinne ou Cynthie sont des créatures imaginaires qui se distinguent mal du succès de leur créateur et des vers où il les célèbre, on comprend la plaisanterie favorite de Properce : il affecte de croire que le plus beau madrigal qu'il puisse adresser à Cynthie est de vanter sa culture, et la menace la plus redoutable, de lui dénier ce mérite (II, 11) ; cette création littéraire est elle-même une fille lettrée, une *docta puella*, aussi docte que le *doctus poeta* qu'est Properce ; le poète n'a d'autre plaisir que de « lire entre ses bras » (II, 13 A) ; elle récite les vers de son poète et les préfère aux plus riches cadeaux (II, 26 B). Properce lui promet que, si elle se conduit bien, son nom vivra dans la postérité comme celui des héroïnes de la Fable grecque (II, 28 A) ; sinon, non (I, 15).

Pour achever la plaisanterie, il ne reste plus au créateur qu'à menacer sa créature ; Properce, qui a tiré Cynthie du néant, peut l'y replonger : « J'ai comparé ton teint aux roses de l'aurore, alors que tu n'avais sur le visage qu'un éclat emprunté » (III, 24) : Cynthie se farde trop, sans doute, et *Cynthie* est une fiction qui doit son éclat à l'imagination du poète, qui est prêt à la tromper avec un autre livre : « Parmi tant de femmes légères, j'en trouverai bien une qui acceptera de te supplanter, pour que mes vers la rendent célèbre » (II, 5). Sur ce thème, Ovide a exécuté un tour de force ; j'ai trop chanté ma Corinne, écrit-il (III, 12) et l'on m'a trop lu. Au

---

42. Ovide, *Amores*, II, 17, 28.

début, j'étais son seul amant ; maintenant, je crains de
devoir la partager avec beaucoup de soupirants, attirés par
le bien que j'ai dit d'elle. C'est pourquoi la jalousie me
dévore. Et pourtant, ajoute-t-il, seule la crédulité publique a
pu multiplier ainsi le nombre de mes rivaux : on a oublié
que nous autres, poètes, mentons immensément. Ovide ne
dit pas s'il a vanté mensongèrement une femme réelle ou si
des amants s'empressent autour d'une femme inexistante...
À force d'esprit, il frôle une poésie de l'absurdité.

La seule existence de Cynthie, Délie ou Corinne est celle
de succès de librairie et le livre IV de Properce comporte un
retour à un succès de librairie, mais en s'amusant de ce
succès. Cynthie a pris, aux yeux des lecteurs, la consistance
des personnages classiques ; or c'est le privilège des objets
que de pouvoir être vus ou montrés sous un angle différent.
Puisque Cynthie est morte pour lui, et bien morte, Properce
fait reparaître son fantôme, qui revient converser avec le
poète et lui reproche d'avoir oublié « la longue domination
qu'elle a exercée » sur son inspiration (IV, 7). Puisque
Cynthie a si longtemps été pour lui celle dont on ne devait
jamais sourire et qu'on ne pouvait qu'adorer, Properce va la
faire voir avec une indulgence dépourvue d'illusion (IV, 8).
Puisque le poète ne devait jamais apercevoir ce que les narrataires voyaient fort bien, à savoir qu'il menait la mauvaise
vie, Properce va maintenant le montrer et même frôler la vulgarité réaliste ; le fantôme de l'héroïne rappelle au poète que
leurs amours eurent pour théâtre le quartier de Suburre, dont
le seul nom évoquait toutes les débauches, et que « souvent
nous nous sommes étreints en plein carrefour[43], nos corps

___

43. Properce, IV, 7, 19. « En plein carrefour », c'est-à-dire « dans un recoin
discret ». Les rues et carrefours des villes antiques ne sont pas éclairés ; les carrefours offrent une large surface obscure avec des recoins : ce sont des plages
d'obscurité où s'éloigne la proximité rassurante des murs de la rue étroite. Aussi
les carrefours sont-ils le siège de toutes les terreurs nocturnes : fantômes, chiens
errants et bandits. Et prostituées. Il en était de même dans le Japon des estampes :
les carrefours d'Edo, l'actuelle Tôkyô, avaient leurs brigands, leurs samurais qui
venaient y faire sur les passants l'essai d'un nouveau sabre *(tsuji-giri)* et leurs
« dames des carrefours » *(tsuji-kimi)*, prostituées de bas étage ; une estampe
d'Utamaro représente une *tsujigimi* portant sous le bras la natte sur laquelle elle
s'allongeait avec son client (British Museum).

enlacés réchauffant le sol de la rue à travers nos manteaux »
(IV, 7). Une autre pièce met en scène une entremetteuse qui
enseigne à une jeune beauté comment rendre généreux ses
amants (IV, 5) ; la beauté en question n'est pas nommée et il
est inutile d'y reconnaître Cynthie, que son poète ferait voir
au négatif : c'est plutôt *Cynthie* qu'il récrit à l'envers ; quand
il fait voir les sordides réalités de la vie irrégulière, il passe
du ton élégiaque au ton satirique, à celui des *Satires* et des
Épodes d'Horace, dont le *Parnasse satyrique* ou Mathurin
Régnier donnent quelque idée. Et, pour souligner qu'il
renverse sa propre poésie, Properce se cite lui-même parodi-
quement : il met dans la bouche de son entremetteuse, qui ne
les cite que pour s'en moquer, quelques vers du début de son
premier livre.

Telle fut donc la véritable histoire des amours de Properce et de Cynthie.

Il faut renoncer entièrement à connaître la biographie
sentimentale de Properce ou de Tibulle à travers leurs vers ;
quant au trop plaisant Ovide, nul n'y a jamais songé. Il faut
y renoncer pour deux raisons.

D'abord, Cynthie ou Délie sont des figures typiques, si
vagues et si incohérentes qu'on n'en peut rien tirer ; matrones
adultères, courtisanes affranchies, femmes de théâtre, femmes
entretenues, on ne sait et on ne peut le savoir, puisque le
poète ne s'est pas proposé de peindre une femme qu'il a
connue et de raconter ses amours ; il peint un genre de vie
et un certain milieu.

Ensuite, on ne peut remonter, des vers de nos poètes, à
leur biographie, parce que ces vers ne découlent pas de leur
vie comme d'une source sous pression ; le mode de création
de cette poésie insincère n'est pas le soulagement des émotions de ses auteurs. La *Chanson du mal-aimé* est un poème
bohème, fantaisiste, maniériste au possible ; cependant,
quand Apollinaire nous parle

> De la femme que j'ai perdue
> L'année dernière en Allemagne
> Et que je ne reverrai plus,

aucun lecteur n'a jamais douté, à juste raison, que le sourire
était là pour cacher des larmes, qui sourdent ici ; la précision, le ton ne trompent pas (et aussi la convention tacite,
dont nous n'avons guère conscience, qui autorise les poètes
modernes à parler d'eux-mêmes et à être réputé le faire) ;
de fait, cette femme a existé, un savant américain l'a retrouvée
et lui a parlé de son amour avec Apollinaire (qu'elle ne
connaissait que sous son nom de Kostrowitzky). Un poète
élégiaque, lui, ne se propose pas d'avoir l'émotion communicative, mais bien de nous donner l'agrément de peintures
humoristiques et faussement vraies.

Properce ne chante pas Cynthie afin de soulager son
affectivité. Je ne dis pas que ce chevalier romain n'ait pas
eu de passion en sa vie : ce redoutable bonheur est assez
répandu pour qu'il lui soit échu en partage. Je dis seulement
qu'entre la femme qu'on lui souhaite d'avoir aimée et
Cynthie, toute ressemblance ne peut être que le fait du
hasard ; elle sera étrangère et même contraire aux intentions
du poète. Nul n'a jamais cru, nous l'avons dit, qu'Ovide ait
le moins du monde raconté sa vie en ses *Amours* : sa poésie
sent trop l'humour et le tableau de mœurs ; Ovide est pourtant le seul de nos trois poètes dont nous sachions qu'il a eu
des passions en sa vie[44] : lui-même nous le dit, bien malgré
lui, dans ses poèmes d'exil où, pour faire la part du feu, il
avoue ce qu'il pouvait difficilement nier[45]. Comme l'a bien

---

44. Ovide, *Tristes*, IV, 10, 65 : « Mon cœur sensible n'était pas inexpugnable
aux traits du désir ; pourtant, tel que j'étais, inflammable à la moindre étincelle,
on n'a jamais pu raconter de cancans sur mon compte » (sur ce dernier détail, cf.
Tristes, II, 349), ce qui veut dire qu'outre ses trois mariages (mais Cicéron et
César aussi se sont mariés trois fois) Ovide a eu des liaisons, mais plébéiennes :
on ne peut lui reprocher d'adultère avec une matrone.

45. Outre cet aveu d'Ovide, ce que nous savons de la biographie de nos poètes se
réduit à un texte célèbre d'Apulée : « La Lesbie de Catulle s'appelait Clodia, la
Cynthie de Properce, Hostia, et la Délie de Tibulle, Plania » (*Apologie*, X, 3). La
notice a un fond d'historicité : la biographie des grands hommes était un genre
cultivé depuis longtemps. Bien entendu, l'auteur de cette notice biographique
applique le schéma connu : tout poète raconte sa vie et on se représentera cette vie
sur le modèle de son œuvre (Rabelais était donc un ivrogne, et Paul Nizan, un mou-
chard) ; le biographe savait qu'une certaine Hostia avait compté pour Properce et en
conclut que Cynthie, c'est elle. La vérité est que nous ne saurons jamais si Properce
a aimé cette Hostia un peu, beaucoup ou passionnément ; il n'importe pour l'œuvre.

dit Boucher, l'élégie n'est pas autobiographique ; le poète y joue le rôle de l'amoureux-poète, ou plutôt donne de ce rôle une interprétation personnelle, conforme à son genre de talent[46]. Nous verrons plus loin qu'il s'agit moins là d'une insincérité que d'une autre conception de l'individu, comme on dit ; mieux vaudrait dire : du droit qu'à un simple individu à prendre la parole pour parler de lui.

À quoi s'ajoute chez nos auteurs le maniérisme hellénistique. Tant qu'il s'agit de poésie légère, le résultat est amusant ; il devient grinçant là où ces poètes sont dans l'obligation d'être sérieux. Properce a consacré une élégie (III, 18) à la mort d'un jeune prince très aimé, Marcellus, sur qui Virgile a su verser des larmes toujours bouleversantes et admirables ; les sentiments de Properce étaient non moins sincères et ne pouvaient pas ne pas l'être, sous peine de lèse-majesté ; le résultat n'en fut pas moins un poème bizarre, glacial, plutôt laid. Froideur, car Properce a préféré être trop maniéré plutôt qu'ampoulé ; « Callimaque est sans enflure », comme il aime à le dire. Rien n'est plus contraire au maniérisme que le pathos et le baroque. Œuvre d'esthète, l'élégie ne prétend pas être une confession ; œuvre

---

On ne peut, des vers sur Cynthie, conclure que Properce a eu une passion pour Hostia : le propos du poète n'était pas de raconter sa vie (et nous verrons même que, pragmatiquement, il n'en avait pas le droit) ; quand même il aurait voulu la raconter, sa peinture est si vague et peu cohérente que le portrait serait manqué : sa Cynthie est vague et anonyme et sa peinture de la passion est peu émouvante.

46. J.-P. Boucher, *Caius Cornelius Gallus*, Les Belles Lettres, 1966, p. 215. On trouvera une critique de bon sens des reconstitutions de la biographie amoureuse de Properce et de sa chronologie chez A.W. Allen, « Sunt qui Propertium malint », dans les *Critical Essays on Roman Literature : Elegy and Lyrics* publiés par J.P. Sullivan, 2 vol., Routledge, 1962-1963, p. 113-118, et chez D.F. Bright, *Haec mihi fingebam, op. cit.*, qui croit aussi inutile qu'impossible de reconstruire celle de Tibulle, p. 1, n. 1, et p. 99-124. Voir aussi une page brillante de D.O. Ross, *Backgrounds of Augustan Poetry*. Cambridge, 1975, p. 52 et 110. Avec toute sa conviction, A.M. Guillemin croit, et croit devoir croire, à la sincérité de Properce : « Avant tout, la sincérité de Properce, de ses accents tragiques, de ses joies, de ses tristesses, est hors de cause : rien ne fait soupçonner en lui une feinte ou une aventure purement littéraire : il a vraiment joui ardemment et cruellement souffert de l'amour » (*Revue des études latines*, XXVIII, 1950, p. 183). Comment le savoir ? Nous n'avons que son œuvre et, dès que l'optique qui faisait voir Properce à travers Pétrarque tombe, l'œuvre apparaît pleine de feintes et de littérature.

froide, elle n'en est pas une et ne jaillit pas d'un cœur
oppressé. La moindre expérience révèle aussi que, de nos
jours encore, la crédulité des lecteurs est infinie ; publiez le
moindre articulet fantaisiste, tarabiscoté, mais à la première
personne, et, de Paris à Tokyo, tous vos amis et connaissances y verront votre autobiographie ; ça prend à tout coup.

Cela a pris aussi avec les élégiaques : on a eu la naïveté
de croire que ces nobles poètes prenaient le bon public pour
témoin de leurs vraies larmes. La biographie authentique
des élégiaques ne ressemble guère à la fiction. Tibulle, qui
joue les endormis, commença par être un général et il fut
décoré pour son rôle dans la répression d'une révolte dans
le sud-ouest de la Gaule. Et leur vie sentimentale a dû être
la suivante. Il y avait à Rome des complicités de salon, un
ésotérisme mondain et aussi une publicité de la *dolce vita* ;
flattés de faire parler d'eux, les nobles ne dédaignaient pas
d'avoir une maîtresse connue, si elle était leur inférieure, si
elle n'était pas une de ces matrones qu'il fallait officielle-
ment respecter ; ils s'en faisaient une publicité auprès de
leurs pairs, voire, s'ils étaient des personnages publics,
auprès du bon peuple. Nous allons explorer ce monde où
l'on s'encanaillait et nous verrons une comédienne, sortie
du ruisseau, passer d'un des maîtres du jour à l'autre, au su
et au vu de tous. Les érudits antiques savaient les noms des
maîtresses de nos élégiaques et nous les ont transmis. Mais
ne prenons pas cet exhibitionnisme mondain, très bien toléré,
pour des confidences du cœur, qui n'étaient pas du goût de
l'époque : le temps de l'amour courtois et des soupirs platoniques n'était pas encore arrivé ; dans la Rome païenne,
le monde où l'on s'amusait n'était pas celui où l'on soupirait et, si d'aventure on y soupirait, on se gardait de s'en
vanter : il ne convient pas à un seigneur de soupirer en vain
pour une affranchie. Il était digne d'un chevalier d'avoir
des bonnes fortunes, digne aussi d'écrire des vers langou-
reux ; mais, quand il gémissait en ces vers, nul ne prenait
à la lettre le détail de ces plaintives amours : on savait que
ce n'était là qu'un jeu et qu'un seigneur n'allait pas déli-
bérément livrer au public ses ridicules intimes. Mais, par
ailleurs, en cette ville où l'on jasait, les gens savaient que

tel noble avait telle ou telle maîtresse. On pensait donc que la cruelle qu'il chantait en ses vers et la maîtresse réelle étaient nécessairement une seule et même personne et que le nom de la seconde était la clé du pseudonyme littéraire de la première. Car on a toujours cru à la fois que les poètes mentent et que la poésie parle *de quelque chose* : devant un poème, on cherche instinctivement quel est son référent dans la réalité. Beaucoup de personnes ont eu ainsi de la peine à comprendre que la peinture abstraite ne représentait *rien*...

5

La mauvaise société

Il est historiquement impossible et esthétiquement absurde d'identifier les aimées des élégiaques ; il serait même nuisible à la compréhension de leur œuvre de le faire, car ils ne chantent pas telle liaison amoureuse particulière, mais la vie amoureuse en elle-même. À la différence de certains romantiques, Properce fait comme les troubadours et les pétrarquistes ; il ne célèbre pas cette Hostia qui fut très vraisemblablement une de ses maîtresses, mais il a créé une mythologie érotique[1]. Dire qu'il a, ce faisant, sublimé ou stylisé son « expérience », c'est se payer de mots : Properce a pu inventer autant qu'éprouver et surtout, dans ses vers, cette émotion amoureuse, les rares fois où elle existe, vient de cette sienne mythologie et non pas du souvenir de ses chagrins possibles de mal-aimé. Mythologie de l'amour libre idéalisé, où les courtisanes deviennent des égéries qui aiment les poètes pour leurs vers, où leur dureté de femmes vénales devient cruauté de femme fatale, où le choix qu'elles font chaque nuit parmi les postulants devient caprice d'une souveraine. Parler de la sincérité de notre poète a eu son utilité, à l'époque encore proche où la recherche des sources ou l'identification des lieux communs l'emportaient sur l'étude de l'originalité littéraire ; cela devient inutile, lorsque « sincérité » n'est plus un à-peu-près pour « originalité »,

---

1. Sur le rôle nul de l'autobiographie dans la poésie des troubadours (qui ont eu, eux aussi, leur légende autobiographique, avec les noms de leurs amantes), voir les propres termes de Leo Spitzer, *Études de style*, Paris, Gallimard, 1980, trad. fr., p. 104 et 107-108, qu'on aimerait citer en entier.

et cela aboutit à forcer une création à faire du rase-
mottes. Où a-t-on vu que la sincérité était une qualité
esthétique ? Pour le croire, il faut avoir plus de goût pour
les potins, disons : pour la psychologie, que de sens
littéraire.

Seulement « sincérité » a aussi le mérite d'être un à-peu-
près pour une idée plus intéressante, celle du sérieux de
l'imaginaire, et traduit, sous des plumes autorisées, le sentiment que l'élégie n'était pas jeu futile ; mais l'élégie n'a
pas besoin de reposer sur un fond de réalité pour peser
lourd et l'océan des mots a sa vérité, aussi fortement que le
plancher des vaches en a une autre. Malheureusement,
quelque chose vient tout compliquer : il a bel et bien existé
à Rome un demi-monde aux mœurs galantes, une vie de
plaisir dont l'élégie semble la représentation ; Griffin a
cent fois raison d'avoir réaffirmé la réalité de cette mauvaise société[2], nous l'allons montrer tout à l'heure. Nos
poètes y ont probablement vécu (Ovide l'avoue pour sa
part), leurs vers en font indirectement l'éloge, qui traitent
comme plaisanteries des choses dont s'offusquerait un
grave moraliste ; et Properce ira jusqu'à en faire expressément l'apologie, sans trace d'humour, cette fois. Mais c'est
une autre question que de savoir si l'élégie, où cette
société se peint, en est pour autant la représentation : ce
qui en décide n'est pas ce qui est peint, mais comment et
pourquoi c'est peint ; sinon, une pastorale et un roman de
mœurs pourraient être littérairement la même chose. Les
élégiaques ne font pas une mimésis du demi-monde, ils en
créent un doublet fantaisiste et humoristique, à des fins
esthétiques qui ne sont pas le plaisir de la mimésis. Nous
nous en persuaderons, si nous commençons par jeter un

---

2. J. Griffin « Augustan Poetry and the Life of Luxury », dans *Journal of
Roman Studies*, LXVI, 1976, p. 87, qui certainement raison d'affirmer contre
G. Williams *(Tradition and Originality..., op. cit.)* la réalité historique d'une vie
de plaisirs, de la pédérastie, etc. Mais peut-être G. Williams a-t-il eu le seul tort
de prendre pour intervalle réel l'intervalle purement sémiotique entre cette vie de
plaisir et la peinture non réaliste qu'en font les élégiaques. Toutefois, de ce
qu'une peinture n'est pas une mimésis, il ne s'ensuit pas que ce qu'elle ne représente pas n'a pas existé réellement.

coup d'œil sur la réalité[3], en faisant le tour de toutes les jolies « déviantes » d'il y a deux millénaires : y découvrirons-nous les sœurs mortelles de Délie ou Cynthie ? Nous y découvrirons, en tout cas, combien le paganisme était pudibond et combien les vieux Romains avaient des mœurs peu sévères pourtant.

Un jour, Cicéron fut invité chez un bon vivant de ses relations et s'y retrouva en compagnie telle qu'il ne put prendre patience jusqu'à la fin du dîner ; il tenait une grande nouvelle et, saisissant ses tablettes, il l'écrivit à chaud à un de ses correspondants, propre à l'apprécier :

> Je suis à table, le dîner commence à peine[4] et je te griffonne ce mot. Où je suis ? Chez Volumnius Eutrapélus, mais attends la suite : à côté de lui, il y a Volumnia Cythéris ! Tu vas penser : Cicéron en pareille société, ce Cicéron sur qui tout le monde a les yeux fixés... Je jure bien que je n'avais pas pensé un instant qu'elle serait là. Un autre que moi pourrait te répondre aussi, comme un des amants de Laïs : « Laïs est à moi, je ne suis pas à elle » ; mais moi, ce genre de choses ne m'a jamais attiré, même quand j'étais plus jeune ; maintenant que je suis un vieillard[5]...

Cette Cythéris, si compromettante pour un sénateur, était une actrice célèbre et, comme beaucoup de ses pareilles, une ancienne esclave ; elle faisait les délices d'un milieu mondain, viveur, cultivé ; elle sera un jour la maîtresse

---

3. Sur ce sujet très étudié, voir S. Lilja, *The Roman Elegists' Attitude to Women, op. cit.*, Helsinki, 1965 ; J.-P. Boucher, *Études sur Properce, op. cit.*, p. 447-451 ; J. Griffin, « Augustan Poetry and the Life of Luxury », art. cité, p. 87-105 (cf. R. Syme, *History in Ovid, op. cit.*, p. 203) ; J.-M. André, « Les élégiques romains et le statut de la femme », dans *l'Élégie romaine : Actes du colloque international (Bulletin de la faculté des lettres de Mulhouse*, X, 1979, p. 51-62). « L'élément humain dans l'élégie latine » d'A.-M. Guillemin, dans *Revue des études latines*, XVIII, 1940, p. 95-111 (cf. P. Boyancé dans *Entretiens sur l'Antiquité classique. Fondation Hardt*, II, 1956, p. 194). Les sources littéraires et juridiques, et aussi l'épigraphie, laissaient encore la place à une nouvelle enquête.

4. Littéralement : « il est neuf heures », c'est-à-dire environ seize heures pour nous (Blümner, *Die römischen Privataltertümer, op. cit.*, p. 384, n. 9).

5. Sur Volumnia Cythéris, cf. R. Syme, *History in Ovid, op. cit.*, p. 200 ; nous citons ici des passages de la lettre de Cicéron, *Ad familiares*, IX, 26.

d'Antoine en sa première grandeur, avant de devenir celle d'un autre maître de l'Égypte, Cornélius Gallus, lui-même poète élégiaque, qui chantera une Lycoris à qui tout lecteur pouvait donner pour clé Cythéris[6] ; les sables d'Égypte viennent de nous rendre quelques lambeaux des élégies de Gallus sur sa Lycoris de rêve. On aura remarqué que Cicéron semble considérer cette comédienne comme une courtisane et que ceci plus encore que cela rend sa société compromettante ; ce que nous expliquerons en son lieu.

Une courtisane, une ancienne esclave. Pendant longtemps, on s'est demandé, de Cynthie, Délie ou Corinne, si elles étaient des courtisanes ou si elles étaient plutôt des affranchies. Nous savons aujourd'hui que la mauvaise société ne se cantonnait pas à ces catégories d'exutoire ; il y a plus : les critères de marginalité n'étaient pas ceux de notre morale et sont assez compliqués. L'intérêt historique de ce chapitre de petite histoire est là. Des vers d'Ovide exilé sont à l'origine de l'erreur et donnent aussi la clé du problème.

La propre petite-fille de l'empereur régnant, Julie, était d'une inconduite insupportable en une famille qui voulait prendre des airs de dynastie ; elle ne faisait d'ailleurs qu'imiter modestement l'inconduite de sa mère et, comme cette dernière, elle connut les rigueurs de l'empereur. Ovide, un de ses familiers, fut enveloppé dans sa disgrâce et exilé sur le littoral de la mer Noire. Jérôme Carcopino, né malin et dont on ne compte plus les malices, fabulait qu'Ovide aurait été pythagoricien et que c'était grave ; en vérité, Ovide avait été mêlé, à titre subalterne, à quelque scandale de cour (on peut imaginer, pour donner l'échelle du crime, que Julie avait organisé dans ses appartements une espèce de carnaval folklorique où elle ridiculisait la figure de son auguste aïeul[7]). Ovide en exil ne cessera de

---

6. Gallus a chanté une Lycoris ; il a aimé Cythéris ; mais, pour que Lycoris soit Cythéris et que les clés aient un sens, il faudrait que l'image de Lycoris soit assez précise et assez réaliste pour être le portrait d'une femme réelle et déterminée ; or les femmes, dans la poésie élégiaque, sont imprécises et idéalisées.

7. Je le suggère à titre d'exemple ; voir Tacite, *Histoires*, IV, 45, et Flavius Josèphe, *Autobiographie*, LXII, 323, qui donnent l'idée de mascarades assez comparables.

répéter en vers qu'il n'avait rien fait, mais que ses yeux étaient coupables d'avoir vu ce qu'il est impardonnable de voir ; il essaiera jusqu'à sa mort d'obtenir son rappel et, pour cela, il feindra de croire que son vrai crime, plus pardonnable, était d'avoir chanté l'amour léger ; il plaidera, pour son absolution, que cet amour léger n'était pas illégal pour autant.

Quelles amours ne sont pas illégales ? Le gouvernement impérial venait de décréter en la matière des normes révolutionnaires : l'adultère de l'épouse, ainsi que de son complice, serait sévèrement châtié et les relations hors mariage avec une *vidua*[8] (une femme sans homme : veuve ou divorcée) le seraient également, à titre de « stupre ». Car, dans l'Antiquité, le législateur était prêt à changer la société par décret[9] : la loi n'était pas faite pour n'être ni trop en avant ni trop en arrière des mœurs. Le législateur pouvait bien changer une société, puisqu'il constituait aussi les sociétés : il y avait une vie sociale parce qu'un législateur avait fondé une cité. La société ne subsistait pas d'elle-même, par une sociabilité naturelle ou une main invisible harmonisant des égoïsmes : l'homme, qui tombe dans la décadence dès que la loi ne fait

---

8. Si je ne m'abuse, aux termes de la législation augustéenne, seules les relations avec les prostituées et avec les esclaves ne sont ni stupre, ni adultère (laissons de côté la relation sexuelle d'une femme libre avec l'esclave d'autrui et l'attentat d'un homme sur l'esclave d'autrui). Et avec les affranchies ? Seule est intouchable l'affranchie qui est la concubine de son propre patron ou l'épouse légitime d'un homme, quel qu'il soit (*Digeste*, XXXIV, 9, 16, 1 ; XLVIII, 5, 34 pr. ; XLVIII, 5, 13 pr. ; XXXVIII, 1, 46, et tout le titre *De concubinis* ; XXXVII, 14, 6, 4). Pour le stupre avec la *vidua*, XLVIII, 5, 13, 2 ; XLVIII, 5, 10 pr., cf. 6, 1. Car la *vidua* est une matrone (ajouter L, 16, 46, 1) : seule exception, la *vidua* qui se prostitue : il n'y a pas stupre avec elle. Ce respect de la *vidua* non moins que de la matrone et de la vierge (libre, non esclave, bien entendu) appartient à la vieille morale (théorique) de Rome : voir Plaute, *Curculio*, 37 ; la loi d'Auguste parlait indifféremment d'adultère ou de stupre, à l'endroit des *viduae*, et des écrivains parlent d'adultère avec ces femmes sans mari (Tacite, *Annales*, VI, 47 et 25 ; Quintilien, V, 13).

9. Gordon Williams a bien vu ce caractère très particulier de la législation augustéenne (*Tradition and Originality..., op. cit.*, p. 632) ; rien n'est plus révélateur du « non-dit », du « discours », des « présupposés tacites » de la politique et de la pensée politique dans l'Antiquité ; cf. Veyne dans *Annales, Économies, Sociétés*, 1982, n° 4-5, à propos des *Lois* de Platon.

pas la discipline[10], est un cancre qui ne suit la classe que
sous la férule du maître. De temps à autre, une loi venait
faire remonter la pente à une cité tombée bien bas et n'hésitait pas à agir drastiquement, puisqu'elle n'était pas censée
innover, mais seulement remettre dans le droit chemin ; et
les citoyens commençaient par la suivre docilement, de
même qu'on applique d'abord les bonnes résolutions que
l'on prend ; il faut voir Cicéron[11] obéir pieusement à une loi
très propre à sauver Rome de la décadence : elle interdisait
de trop dépenser d'argent pour la bonne chère. Et puis,
comme les meilleures résolutions, la loi était oubliée, sauf
lorsqu'un maladroit en reparlait, au lieu de la violer en
silence[12]. Ovide avait à prouver qu'il n'avait pas parlé
contre les nouvelles lois en ses poèmes érotiques.

   Il devait donc protester que les conseils en vers qu'il
avait donnés aux séducteurs n'étaient pas destinés, dans sa
pensée, à être utilisés contre la vertu de matrones, mariées
ou sans mari, mais seulement à l'endroit de femmes
vénales, qui ne tombaient pas sous le coup de la loi. Car,
somme toute, aux termes de la nouvelle législation, l'amour
libre, hors du cercle de la famille, celui qu'on ne faisait pas

---

   10. Je relève presque au hasard une phrase qui, pour l'Antiquité, est un lieu
commun : « Comme personne ne les réprimait, le fait de se croire tout permis et
de ne rien se refuser *(luxuria)* et l'arbitraire des désirs *(libido)* n'avaient fait que
croître » (Suétone, *Vespasien*, XII).
   11. *Ad familiares*, VII, 26, et encore, dix ans plus tard, IX, 26, où l'on voit
qu'il ne plaisante pas avec cette autodiscipline ; cf. J. André, *L'Alimentation et la
Cuisine à Rome*, Belles Lettres, 1981, p. 29 et 224.
   12. Tel le naïf dont Pline le Jeune, VI, 31, 4-6, raconte la mésaventure ; la loi
fut appliquée : il avait eu le tort de l'invoquer ; Pline, en cette lettre destinée à la
publication, raconte l'histoire pour excuser les juges et pour mettre en garde le
public. On hésitait en général entre la sévérité « révolutionnaire » et l'alignement
sur l'état réel des mœurs ; l'hésitation est sensible dans la législation augustéenne
elle-même : sans entrer dans les détails, disons qu'elle est moins redoutable en
son application effective qu'à première vue et que Dion Cassius la caractérise
avec justesse, quand il fait conseiller ceci à Auguste : « Surveille les mœurs des
citoyens, sans cependant les examiner d'une manière importune ; juge tous les cas
qui seront portés devant toi par des tiers ; mais ferme les yeux sur les cas où
aucun accusateur ne se présente » (52-34). Par exemple, seuls le mari (sous certaines conditions, par-dessus le marché) et le père pouvaient faire punir une
épouse pour adultère.

avec son épouse ou avec ses propres esclaves ou affranchies, n'était toléré qu'avec des prostituées ou encore, sauf
exception, avec des affranchies non mariées ; tout ce qui
n'était pas catin ou ancienne esclave non mariée devait être
respecté et s'appelait matrone ; femmes mariées, veuves et
divorcées étaient des matrones et étaient présumées porter
la robe longue ou *stola* qui signalait qu'elles étaient intouchables ; je n'ose même pas faire allusion aux vierges de
naissance libre, encore plus intouchables, s'il est possible.
L'amour est impossible avec toute femme née libre et avec
toute femme mariée, née libre ou non.

L'exilé va donc jurer que les vers osés qu'il avait
commis ne visaient pas les robes matronales :

> Jamais je n'ai pris pour cibles les couches légitimes ; je n'ai
> écrit que[13] sur les femmes dont les cheveux ne sont pas ceints
> pudiquement du bandeau et dont la robe longue ne descend pas
> jusqu'aux pieds ; je n'ai jamais voulu qu'on séduise des accor-
> dées, qu'on donne des bâtards à un mari ; je n'ai parlé que de
> celles dont la loi ne s'occupe pas.

À l'appui de ses dires, l'exilé cite à sa manière[14] quelques
vers de son *Manuel d'amour* où il avait pris la précaution
de spécifier : « Loin de moi, fin bandeau, marque de
vertu, robe longue jusqu'aux pieds ; je ne chanterai rien
qui ne soit légal, rien que des faveurs autorisées ; il n'y

---

13. « *Scripsimus istis, quarum...* », écrit Ovide ; « je *n'ai* écrit *que* pour
celles... », traduisons-nous ; l'absence ou la rareté d'un équivalent latin du français *ne... que...* fait qu'une des choses auxquelles tout traducteur français doit
songer est d'ajouter des *ne... que...*, quand il traduit du latin ou du grec. Sinon, le
résultat est parfois fâcheux. *Énéide*, XII, 382 : *abstulit ense caput truncumque
reliquit harenae* ; « il lui tranche la tête et laisse le tronc sur le sable » ; cette traduction doit être due à quelque boucher ou écuyer tranchant ; comprendre : « il
emporte la tête coupée et *ne* laisse au sable *que* le tronc ».

14. Le vrai texte du *Manuel* était : « Je chanterai une Vénus sans risques et
rien que des faveurs autorisées » (*Ars*, I, 33) ; c'est plus qu'une nuance : la Vénus
sans risques était celle où, en droit, l'accusation d'adultère était exclue et où, en
fait, on ne risquait pas d'être surpris par un mari et de connaître le même destin
qu'Abélard. Autrement dit, Ovide entendait se garder, en son *Manuel*, de chanter
les adultères dans la bonne société : il permettait tout le reste. Dans ses poèmes
d'exil, il prétend avoir été moins laxiste.

aura rien de répréhensible en mes vers » ; à vrai dire, le
texte original, que nous lisons encore, portait : « Je ne
chanterai que le plaisir sans peur », et non pas « rien qui
ne soit légal », ce qui est plus qu'une nuance. Ovide n'en
conclut pas moins intrépidement[15] : « N'avais-je donc pas
inflexiblement écarté du champ d'application de mon
Manuel toutes celles que la robe longue et le bandeau
rendent intouchables ? » Tibulle avait pris d'avance la
même précaution[16] ; faisant au passage, de sa Délie, pour
les besoins de la cause, une courtisane ou encore une plébéienne, il écrivait : « Le bandeau n'enserre pas ses
cheveux ni la robe longue ses jambes » et il trouvait
bonne cette liberté de gestes. Conclusion d'Ovide : « Dès
la première page de mon *Manuel*, les femmes de naissance
libre étaient exclues et je ne parlais que des courtisanes[17]. » Il veut confondre la courtisane avec l'humble
plébéienne.

On pourrait se demander s'il était bien nécessaire d'écrire
un *Manuel* de séduction des femmes à vendre[18] et pourquoi ces femmes sont apparemment supposées être nées
esclaves. N'importe : pour l'exilé, la matrone s'oppose à
la courtisane, ce qui n'a « rien qui ne soit légal », certes ;
mais, quand il écrivait son *Manuel*, la matrone avec sa
robe s'opposait simplement au « plaisir sans peur »,
c'est-à-dire aux plébéiennes. Mariée ou bien née libre,
riche ou pauvre, c'est la matrone aux termes de la loi ; non
plébéienne, c'est la matrone selon les mœurs, la dame de
la bonne société, avec sa belle robe traditionnelle ; le

---

15. Ovide, *Pontiques*, III, 3, 49 ; *Tristes*, II, 244 ; *Ars amatoria*, I, 32.
16. Tibulle, I, 6, 67.
17. Ovide, *Tristes*, II, 303 : *scripta solis meretricibus Arte*.
18. S. Lilja, *The Roman Elegists'Attitude to Women, op. cit.*, p. 41. Toutefois,
Ovide, qui joue sur les mots, n'en abuse pas : l'emploi du mot de courtisane était
très large et les femmes que, selon les mœurs courantes, on nommait ainsi
lorsqu'on parlait sévèrement n'étaient pas seulement celles qui avaient fait leur
déclaration de prostituées aux censeurs et étaient marquées d'infamie ; c'étaient
aussi toutes les femmes de conduite libre, dont beaucoup étaient des affranchies
(ou étaient censées l'être, selon un stéréotype répandu alors) et dont d'autres
appartenaient à la meilleure société, comme on verra plus loin.

« plaisir » n'est pas « sans peur » avec elle, car son seigneur de mari ou de père n'hésitera pas à exercer sur les galants les vengeances privées que lui concédaient la loi et la coutume. Pas de risques à courir, en revanche, avec une plébéienne, quel que soit le sens de ce mot : quand elle aurait un époux, cet homme du peuple n'oserait porter la main sur un seigneur. Avec les plébéiennes, l'adultère même n'est qu'une peccadille.

Mais pas avec les dames, ce qui mettait dans le charme de la vie mondaine le piment d'un danger sordide. Surpris nuitamment au domicile conjugal où il était venu rejoindre l'épouse, l'amant, fût-il sénateur comme l'historien Salluste, apprenait cette nuit-là ce que c'était que d'être roué de coups par les esclaves du mari, compissé par la valetaille, sodomisé par la même ou par le mari en personne, défiguré, châtré comme Abélard ou, au mieux, libéré contre paiement d'une rançon[19] ; je soupçonne que l'épouse infidèle était moins maltraitée[20] : ces petites créatures n'étaient guère plus responsables que des enfants. Voilà ce qu'était l'adultère mondain et il ne pouvait guère être autre chose, puisque les épouses ne sortaient pas seules et n'allaient pas où elles voulaient ; une dame avec sa belle robe se reconnaissait dans la rue à son chevalier servant et à ses *comites* ou dames de

---

19. Pseudo-Quintilien, *Decl. minores*, CCLXXIX, p. 135, 21 Ritter ; Aulu-Gelle, XVII, 18 (Salluste) ; Valère-Maxime, VI, 1, Rom. 13 ; Martial, II, 47, 60, 84 ; Horace, *Satires*, I, 2, 37 et 127 ; *Digeste*, XLVIII, 5, 2,2 ; 2 ; 6 ; 14 pr. ; 29, pr. et 2. Aristophane, *Ploutos*, 168. C'est toujours autorisé sous l'Empire : *Digeste*, XLVII, 5, 22, 3.

20. La loi d'Auguste sur l'adultère interdisait bel et bien au mari de tuer sa femme infidèle, même surprise en flagrant délit (*Digeste*, XLVIII, 5, 38, 8, et 8, 1, 5) ; cf. P.E. Corbett. *The Roman Law of Marriage*. Clarendon Press, Oxford, 1930, p. 135. Le mari qui la tuait était exilé ou, si c'était un plébéien, condamné aux travaux forcés à perpétuité. Il était également interdit de tuer l'amant ; ou plutôt seul pouvait le tuer impunément non le mari, mais le père de la fille adultère, mais à la condition de les tuer tous deux, fille et amant, de les tuer tout de suite et de les avoir surpris dans son domicile paternel ou au domicile conjugal, plus d'autres conditions encore, qui font de tout cela une hypothèse d'école (*Digeste*, XLVIII, 5, 20 *sq.*). À cet égard, le Code Napoléon est très peu romain. À Rome, une fille appartient surtout à son père, qui la prête au mari.

compagnie[21] et cette surveillance valait bien le gynécée
où les Grecs enfermaient leur femme. L'aborder pour lui
« dire des mots doux » *(blanda oratio)* était un délit qua-
lifié, le même que celui de calomnier publiquement
quelqu'un ou de le battre en pleine rue[22] ; écarter de force
les cerbères[23] ou user de persuasion[24] ne valait pas mieux.
Properce en gémissait et vantait les coutumes bien plus
indulgentes de Sparte (III, 14) ; ce que les lois si vantées
de cette cité avaient de plus admirable à ses yeux était
l'éducation garçonnière des filles, à qui on pouvait
adresser la parole dans la rue, alors qu'à Rome leur
escorte décourage les galants de leur conter fleurette ; les
galants étaient encore plus découragés de chercher
quelque part la solitude à deux. Ils ne pouvaient retrouver
la matrone infidèle qu'au domicile même du mari, où ils
s'introduisaient en trompant la vigilance des esclaves,
prompts à défendre l'honneur de leur maître et seigneur.
Horace nous montre un amant qui a ôté ses insignes de
chevalier romain et qui s'introduit chez sa belle, la peur
au ventre, pour s'y tenir caché dans un bahut, la tête entre
les genoux[25]. Horace en conclut, avec sa modération pro-
verbiale, que mieux vaut ne pas s'intéresser aux « matrones
en robe longue » ; parlant comme parlera Ovide, il dit
que l'amour n'est « sans peur » qu'avec celles qui ne sont
pas des matrones. Ces femmes du second rang, ces

21. Nous avons déjà dit un mot du *custos*, que nous étudierons ailleurs, de
Catulle, LXII, 33, à Tertullien, *De pudicitia*, V, 11, et saint Jérôme, fin de la
lettre CXVII, 6. Il est significatif, tant pour la condition féminine que pour la
pédérastie, que le *custos* (Quintilien, I, 2, 5) et les *comites* (*Digeste*, XLVII, 10,
15, 16 : *inter comites paedagogi erunt* : Quintilien, I, 3, 17) soient communs aux
dames et aux adolescents de bonne famille, lorsqu'ils sortaient : bien des textes
prouvent qu'un adolescent était aussi menacé qu'une femme par les galants. Sur
cette *liberalis custodia*, qui n'est pas celle des esclaves (qu'on tenait volontiers
sous clé : Galien, *Opera*, vol. VIII, p. 132 Kühn), voir Cicéron, *Brutus*, XCVI,
330. Sur le *comitatus* de Livie et de Julie, Macrobe, *Saturnales*. II, 5, 6 ;
l'Ogulnia de Juvénal, VI, 353, se procure des *comites* et des *amicae* pour aller
voir les Jeux ; sur le *comitatus* de Plotine, Pline, *Panégyrique*, 83, 7.
22. *Digeste* XLVII, 10, 15, 20. P. Moreau, *Clodiana religio, op. cit.*, p. 28.
23. XLVII, 10, 1, 2 ; 9 pr. ; 15, 15 ; 15, 16 ; XLVII, 11, 1, 2.
24. XLVII, 10, 15, 18.
25. Horace, *Satires*, II, 7, 46.

plébéiennes, il les appelle d'anciennes esclaves, des affranchies[26]. A-t-il raison de confondre ?

Éclairons vite notre lanterne : ce qui complique inutilement un tableau de la galanterie qui est au fond très simple est la tendance des Romains et de tous les hommes à prendre les normes pour la réalité et à cantonner la déviance en des fictions rassurantes. Le fin mot de l'affaire est qu'Ovide, dans ses *Amours* et son *Manuel*, songeait avec prédilection à une espèce de galanterie dont nous n'avons pas eu encore l'occasion de parler : des femmes sans mari, des oisives qui appartenaient à la bonne société et qui, non contentes de vivre librement, ne s'en cachaient même pas ; avec elles, l'amour était « sans risques », assurément, et les séducteurs ne pouvaient dévoyer des dames qui l'étaient déjà : voilà ce que nous dirions et qu'un Romain n'aurait pas dit, car, lorsqu'il parlait d'amour sans peur, il pensait aux femmes non mariées, aux plébéiennes, aux affranchies, aux courtisanes, à toutes celles dont les amants avaient l'indulgence de la coutume ou même de la loi ; bref, notre Romain pensait par stéréotypes[27]. Par chance, ceux-ci étaient nombreux et, comme ils se superposaient mal, ils laissaient filtrer un peu de vérité[28].

---

26. *Satires*, I, 2, 47 : *tutior... in classe secunda, libertinarum dico* ; ce ne sont pas des matrones et l'on n'est pas adultère (49 et 54). Même dédain prudent des amours dangereuses dans la Comédie Nouvelle, où les tranquilles avantages des prostituées sont soulignés (Athénée, XIII, 568 F-569 D, d'où Kock, *Comicorum fragmenta*, II, 187, 468, 479).

27. Martial, III, 33 : « Je préfère une femme née libre ; si ce n'est pas possible, ce sera une affranchie ; en dernier lieu, une esclave. » Classement selon le statut civique.

28. Car ces stéréotypes se recouvrent en partie, avec l'habituelle complication des institutions romaines : *(1) Statut personnel*, lui-même compliqué : les matrones, qu'elles soient mariées ou *viduae* (divorcées ou veuves), s'opposent aux affranchies non mariées en justes noces et aux filles de famille (car la fille libre et non mariée, si elle cesse d'être fille « de famille », par exemple du fait du décès de son père, devient, aux yeux de la loi, une « mère de famille », serait-elle vierge : elle est maîtresse de ses actes et c'est un des sens de la notion de matrone ; voir Tertullien, *De virginibus velandis*, XI, 6). *(2) Statut civique* : affranchies, femmes de naissance libre. *(3) Niveau social* : les matrones, au sens de « belles dames », s'opposent aux affranchies pauvres et aussi aux femmes libres pauvres. Ce sont toutes de pauvres « plébéiennes », mais on préférait penser que les plébéiennes étaient toutes des affranchies... *(4) Moralité personnelle* : les « courtisanes » au sens le plus vague du

On préférait ne pas penser que de belles dames pouvaient avoir des mœurs libres, que des plébéiennes de naissance libre pouvaient tromper leur mari avec un seigneur généreux ; on préférait avoir deux boucs-émissaires, admis par la loi et la morale : les courtisanes, les affranchies. Stéréotype social : avec les plébéiennes, le péché est sans importance ; stéréotype moral : une femme trop libre de mœurs était *donc* une courtisane ; stéréotype civique : la catégorie des affranchies a statutairement une morale particulière. C'est là une forme archaïque de déviance : la morale était différente, selon le statut de chacun ; mais, on le verra, il y avait un autre archaïsme encore : un rapport avec la vénalité, chez les femmes les plus honnêtes, déroutant à nos yeux.

Premier conflit entre stéréotypes : une plébéienne, quoique citoyenne, est-elle vraiment une matrone ? À la fiction d'un corps civique où tous sont égaux s'oppose celle d'une société où certains sont plus égaux que d'autres : seules les belles dames sont vraiment citoyennes et Pline le Naturaliste opposera bientôt la « robe longue » à la « plèbe[29] ». Comme pour symboliser le glissement, cette robe changeait de signification précisément à l'époque où écrivait Ovide ; la *stola*, cet uniforme des citoyennes mariées, n'était plus guère portée que par les belles dames et devenait, comme la toge elle-même, un habit de cérémonie et un signe de supériorité sociale[30] ;

mot, avec tous les degrés concevables, s'opposent aux honnêtes matrones ; qu'une veuve de la haute société ait un amant, et certains censeurs n'auraient pas hésité à parler de mœurs de courtisane. *(5) Vie professionnelle* de style élevé : une courtisane au sens propre du mot, qui n'est pas au bordel et ne fait pas le trottoir. *(6) Police* : la prostituée qui s'est déclarée comme telle aux censeurs et qui est frappée d'infamie ; voir Tacite, *Annales*. II, 85, pour voir un abus réjouissant de cette institution ; cf. Suétone. *Tibère*, 35 ; à interpréter désormais à la lumière du nouveau sénatus-consulte de Larinum (*Année épigraphique*, 1978, n° 145).

29. Pline, *Histoire naturelle*, XXXIII, 12, 2.

30. Sur la *stola*, Marquardt, *Das Privatleben der Römer*, Wissenschaftliche Buchges, Darmstadt, 1980, II, 573 et 575 ; Blümner, *Die römischen Privataltertümer. op. cit.*, 232 ; Paul Brandt, dans sa remarquable édition de l'*Ars amatoria* (Leipzig, 1902), p. 7. Le port de cette robe distinguait les citoyennes des esclaves et des courtisanes (*Digeste*, XLVII, 10, 15, 15). Un texte important de Tertullien rapporte un discours de Caecina Sévérus se plaignant au Sénat que les femmes, maintenant, sortaient en public sans *stola* ; ce discours a été daté par Marquardt du règne de Tibère (*De pallio*, IV, 9 ; Marquardt, II, p. 581, n. 8).

désormais, l'expression de « dame en robe », *stolata matrona*, sera une sorte de titre d'honneur, désignant les femmes d'un rang supérieur à la plèbe[31]. Au lieu de marquer la commune appartenance au corps civique au moyen d'un vêtement collectivement convenu, on laisse désormais chaque femme s'habiller selon ses moyens et étaler sa richesse sur ses vêtements : les faits parleront d'eux-mêmes pour marquer les rangs. La robe n'est plus le vêtement qui distingue les citoyennes mariées des femmes esclaves et des prostituées, déclarées comme telles, à qui la loi interdisait le port de la *stola*[32] ; quand Ovide oppose la matrone en robe aux courtisanes, dont seules se serait occupé son *Manuel*, il essaie de faire croire que ces courtisanes sont des prostituées en carte, déchues du droit de porter la robe ; alors qu'il songe à des femmes libres de mœurs, que chacun était libre de ne pas tenir pour des « dames bien », d'honnêtes femmes au sens moral et social. En outre, il prononce le nom de cette robe ancestrale pour manifester son attachement d'honnête citoyen à la tradition nationale.

Jouant sur l'équivoque de la robe, il veut nous persuader qu'il respectait toutes les matrones, riches ou pauvres ; « il

---

31. C'est probablement une erreur que de rapporter le titre de *matrona stolata* aux matrones ayant le *jus trium liberorum* : cela veut dire simplement « femme non plébéienne » ; voir Friedländer, *Sittengeschichte*, Leipzig, Hirzel, 1919, 9e éd., I, p. 281 ; les *mulieres stolatae* de Pétrone (XLIV, 18) sont des matrones, qui prennent part comme telles à une liturgie, mais ces matrones ont été choisies parmi l'élite : ce sont des « dames de la haute ». Le titre est attesté en épigraphie latine (*C.I.L.*, V, 5892 ; X, 5918 et 6009 ; XIII, index VI, s.v. *Matrona stolata ; Année épigraphique*, 1930, n° 53 ; 1956, n° 77 ; 1974, n° 618) ; en épigraphie grecque (*Inscr. Graecae ad res Rom. pert.*, I, 1097 ; III, 116 ; IV, 595 avec les références) ; chez Jouguet, *Dédicaces grecques de Médamoud*, dans le *Bulletin de l'Institut d'archéologie orientale*, XXXI, 1930, p. 1-29, deux *matrone stolatae* ont des navires et font du commerce sur la mer Rouge ; en 298 de notre ère, *matrona stolata* se lit encore au début du papyrus d'Oxyrhynchus n° 1705. – Voir maintenant B. Holtheide, *Zeitschrift für Papyrologie und Epigraphik*, XXXVIII, 1980, p. 127.

32. Sur ce fait bien connu, cf. Horace, *Satires*, I, 2, 63 ; Juvénal, II, 70 ; et les références de l'avant-dernière note. À l'époque d'Afranius, il semble y avoir existé des *cortigiane oneste*, comme à Venise, qui portaient un robe longue comme des matrones (fr. 153 Daviault, 133 Ribbeck : *meretrix cum veste longa* ; la scène se passe à Naples et ce peut être une courtisane grecque).

n'est pas de mari appartenant à une plèbe si médiocre qu'il puisse douter, par ma faute, d'être le père de ses enfants[33] ». L'aurait-il fait que l'opinion et la loi n'auraient sans doute pas pris cet adultère au tragique ; l'une et l'autre opposaient déjà les personnes « honnêtes » aux citoyens qui n'avaient d'autre qualité que d'être « seulement nés libres[34] », ce qui semble devenir un minimum plutôt qu'une définition... Pour les matrones minimales, la loi elle-même se relâche de sa rigueur théorique ; le concubinat ne sera pas stupre avec une femme née libre, si elle est née « tout en bas de la société », *obscuro loco nata*[35].

Tout cela n'en laissait pas moins un malaise ; on ne savait comment concilier les critères sociaux et civiques de classement et on voulait profiter de tous ; les riches voulaient pouvoir dédaigner toute la plèbe, née libre ou affranchie, mais ne voulait pas non plus dévaloriser le titre de citoyen ou humilier les hommes libres devant les anciens esclaves, puisqu'eux-mêmes étaient libres et citoyens. La solution fut un stéréotype : entre les matrones et les esclaves, sans parler des courtisanes, il n'existe que des affranchies[36] ; on ne parle plus de citoyennes de naissance trop obscure ; on fait comme si la plèbe n'était composée que d'affranchis et d'affranchies. Il va en résulter le second conflit entre stéréotypes, entre le statut civico-social et le statut individuel.

En d'autres termes, une affranchie, même mariée en justes noces, est-elle vraiment une matrone ? Oui, aux termes de la loi ; si une affranchie est épousée en justes noces, son mari

---

33. Ovide, *Tristes*, II, 351.

34. Sénèque le Père, *Controverses*, VII, 6 (21), 1, oppose les *honesti* au *tantum ingenuus*.

35. *Digeste*, XXV, 7, 3 pr. (« *in concubinatu potest esse et aliena liberta et ingenua, et maxime ea quae obscuro loco nata est* ») ; combiner avec XXXIV, 9, 16, 1 ; XXIII, 2, 41 ; XXV, 7, 1 ; ce qui contredit le principe qu'il y a stupre à être l'amant d'une *vidua* (XLVIII, 5, 34 pr. ; XLVIII, 18, 5 ; L, 16, 101 pr.), sauf si elle s'est prostituée (XLVIII, 5, 13, 2).

36. Dans la satire I, 2, Horace ne veut connaître que trois catégories : les matrones avec leur robe longue, les affranchies (où l'on trouve des femmes de théâtre et des *meretrices*) et les prostituées au sens étroit du mot ; en III, 33, que nous avons cité plus haut, Martial distingue les femmes nées libres, les affranchies et les esclaves.

lui « vaudra l'honneur de la robe[37] ». Aussi distinguait-on une
variété particulière d'anciennes esclaves, celle des « affranchies portant la robe[38] », et je crois bien que cette distinction
était reconnue par l'état-civil[39], du moins au temps de nos
poètes. La Délie de Tibulle, elle, n'avait pas droit à la robe[40].
Seules la portent les affranchies qui se sont fait épouser, ainsi
que celles que leur propre patron, et nul autre, s'est réservées
comme concubines[41] : ce sont là des affranchies matrones
aux yeux de la législation.

Mais aux yeux de l'opinion ? Le ton d'esclavagisme
désinvolte avec lequel Ovide parle des mariages d'anciennes
esclaves en dit long. Il vient de poser en règle qu'il faut respecter les femmes mariées, que la morale le veut ainsi et que
l'empereur vient de le rappeler par ses lois ; mais il ajoute
aussitôt qu'il y a des limites même à cela :

> J'étais décidé à ne pas enseigner l'art de tromper la pénétra-
> tion d'un époux, la vigilance d'un gardien, car une femme mariée
> doit craindre et respecter son mari, et la surveillance qui l'entoure
> ne doit pas pouvoir être percée. Mais comment serait-il tolérable
> qu'on te mette hors circuit, toi aussi, toi qui viens à peine d'être
> affranchie ? Initie-toi à ma méthode pour tromper ton homme[42].

Et il arrive qu'un juriste, au fil de la plume, oppose
l'affranchie à la matrone, comme si ces catégories
s'excluaient[43]. Comment considérer comme de véritables

---

37. *Hic me decorat stola*, dit de son mari, un citoyen fils de citoyens, une
affranchie épousée en justes noces (*C.I.L.*, I, 2ᵉ éd., 1570 ; Buecheler, *Carmina
epigraphica*, n° 56).

38. Macrobe, *Saturnales*, citant un texte de notre période, I, 6, 13 : « *libertinae
quae longa veste uterentur* ».

39. Valère-Maxime, VI, 1 praef., dit à l'empereur : « *te custode, matronalis
stola censetur* » ; ce qui veut dire que les recensements, au moins ceux
d'Auguste, enregistraient la condition des femmes, selon qu'elles étaient pleinement citoyennes et mariées, ou non. On sait, par ailleurs, que les recensements
augustéens sont les premiers où les femmes aient été recensées.

40. Tibulle, I, 6, 67.

41. *Digeste*, XVIII, 5, 13 pr. ; L. 16, 46, 1 ; etc.

42. Ovide, *Ars amatoria*, III, 611.

43. En XXV, 7, 1, 1, le *Digeste* oppose les affranchies aux mères de famille.

matrones d'anciennes esclaves, qui n'ont pas été élevées
et gardées vierges pour devenir des épouses et qui ne
revêtent la robe que si leur chance leur fait rencontrer un
citoyen qui les épouse, plutôt que de les traiter en
concubines ?

Nul ne s'étonnera que les anciennes esclaves n'aient pas
été plus estimées à Rome qu'au Sud des États-Unis autrefois ; ce qui est plus curieux est qu'à la différence des États-
Unis chrétiens on n'imposait pas aux affranchies les règles
générales de vertu : la morale variait selon les catégories
civiques et pouvait se permettre de n'être pas universelle
sans perdre sa crédibilité. Si l'on a souvent pensé que Délie
ou Cynthie devaient être des affranchies, c'est parce que les
anciennes esclaves semblaient nées pour vivre en femmes
peu honnêtes ou, comme on aimait dire, en courtisanes.
Nouveau stéréotype, certes, mais d'où sort-il ?

Quand un Romain pense à une affranchie, il la voit
d'emblée comme une femme qui ne vit pas en justes noces,
sauf preuve du contraire, et pour qui le mariage serait la
voie qui la ferait sortir du « plus bas des ordres » civiques[44].
Deux siècles avant Ovide, Plaute mettait déjà des affranchies à la place de courtisanes ; Rome, en ce temps-là, non
contente d'appartenir sans effort aux franges de l'hellénisme, prétendait s'helléniser volontairement, relever le défi
de cette prestigieuse civilisation qui servait alors de norme
universelle ; adaptant des comédies grecques dans l'esprit
des artistes étrusques qui peignaient ou ciselaient les mythes
grecs, Plaute se met parfois dans le cas de donner, des courtisanes grecques, un équivalent plus familier aux spectateurs
romains ; il les déguise alors en affranchies.

Une de ses comédies contient une scène remarquable à
cet égard[45] ; la scène est en Grèce, comme toujours, et l'on
y voit les mœurs des prestigieuses courtisanes de là-bas :
elles ne sont pas de celles qui attendent le client dans la rue,

---

44. Sur une inscription d'Aquilée (*C.I.L.*, V, 1071), une affranchie dit dans son
épitaphe : *satis fui probata, quae viro placui bono, qui me ab imo ordine ad
summum perduxit honorem.*
45. Plaute, *Cistellaria*, 22-41.

comme les prostituées à Rome[46]. On leur fait la cour, on les invite à dîner, on organise un festin dans leur belle salle à manger ; leurs clients sont leurs amants, elles les pillent, se font racheter par eux au maître qui exploite leurs charmes serviles, laissent leurs amants pleurer à leur porte, redoutent de voir leur salle à manger envahie par les fêtards[47]. Ce qui promet tout un art de vivre ; rien à voir avec une passe à la demande et le public romain devait être frappé du contraste, car, au début de la représentation, précisément, le meneur de jeu ne manquait pas d'annoncer aux spectateurs que la jolie actrice qu'ils vont voir ne se fera pas prier, si on lui propose l'argent à la sortie[48]. Les courtisanes grecques, elles, tout esclaves qu'elles sont, ont l'indépendance et le niveau social des affranchies romaines, ces citoyennes de seconde zone ; mais, d'un autre côté, les courtisanes se savent des professionnelles, particularisées par leur métier, tandis qu'une affranchie romaine, serait-elle légère et inté-ressée, se considérait seulement comme une affranchie en général.

Entre une affranchie et les courtisanes de là-bas, l'équiva-lence était boîteuse et Plaute va danser d'un pied sur l'autre. Les deux courtisanes qu'on va voir en scène ne parleront pas en consœurs du plus vieux des métiers, comme dans le reste de la pièce, mais en collègues du même « ordre » des affran-chies (au sens où l'on parlera des trois ordres en 1789) et elles exprimeront les déchirements moraux de cet ordre ;

46. Cf. Eduard Fraenkel, *Elementí plautini in Plauto*, Florence, La Nuova Italia, 1960, p. 140 et 143-145.

47. Le maître de ces courtisanes esclaves, quand il veut être obéi, les menace de les « prostituer », c'est-à-dire de les mettre sur le trottoir (Plaute, *Pseudolus*, 178 et 231). Dans le *Stichus*, 764, un amant dit à une courtisane qu'il rencontre : « Donne-moi un baiser », et elle répond : « Un baiser ? Debout ? Comme avec les prostituées, alors ! » Dans la *Cistellaria* même, 332, une courtisane dit : « Je rentre, car, si une courtisane se tient seule dans la rue, c'est là de la prostitution de trottoir » (si l'on peut dire, car les « trottoirs », ce raffinement de l'urbanisme hellénistique, comme nous l'avons appris récemment des archéologues, n'étaient pas encore très répandus en Italie). Les courtisanes ont pour arène leur salle de festin, pas la rue.

48. Plaute, *Casina*, 81-86 ; cf. encore Stace, *Silves*, I, 6, 67 : « *Intrant (in scaenam) facïles emi puellae* » (entrent en scène des filles à vendre).

Plaute n'adapte plus son modèle grec, il fabrique du romain :
« Il faut bien, ma chère Sélénion », déclare donc l'une des
courtisanes à sa collègue, « que, dans notre ordre, nous nous
aidions les unes les autres et que nous vivions. Car ces dames
de la haute, ces matrones aristos, elles, cultivent leur amitié,
et comment, et elles sont toutes très liées. Nous essayons de
faire comme elles, nous aussi, nous les imitons exactement et
pourtant nous avons bien du mal à nous en tirer, tant nous
sommes détestées. » On pourrait croire que ces dames de la
haute sont celles qui voient leur mari courir chez les courtisanes, leurs ennemies ; ce sont en réalité les propres
patronnes et les protectrices attitrées de nos affranchies, qui
leur reprochent précisément d'être hyperprotectrices et de se
croire encore indispensables à leurs anciennes esclaves :

> Elles veulent absolument que nous ne puissions rien faire sans
> leur protection, elles s'imaginent que, de nous-mêmes, nous ne
> pourrions arriver à rien, que nous avons besoin d'elles pour tout,
> que nous sommes à leurs genoux. Et, si tu vas les voir, tu donne-
> rais vite cher pour être ailleurs : devant les gens, elles ont l'air
> d'être tout miel pour notre ordre, mais, à la première occasion,
> elles nous traînent dans la boue en douce.

Ces propos revendicatifs et organisés ont dû être tenus
des millions de fois à Rome, tant ils répondent exactement
au drame de tous les affranchis, qui ont les moyens d'être
indépendants, de former entre eux un groupe spécifique,
mais que la loi et la coutume forcent à rester fidèles chacun
à leur ancien maître ; peu de pages sont historiquement
aussi suggestives. Et tout à coup nos deux affranchies
reparlent en courtisanes et leurs protectrices abusives
deviennent des rivales :

« Ces dames crient sur les toits que nous passons notre
temps avec leurs maris, que nous sommes les maîtresses de
leurs maris », ce qui se conçoit ; mais voici la suite : « C'est
parce que nous sommes des affranchies que ta mère et moi
nous sommes faites courtisanes ; vos pères étaient de rencontre et nous vous avons élevées seules ; je n'ai pas
tyrannisé ma fille pour qu'elle se fasse courtisane : il fallait

bien que nous gagnions notre pain. » Ce ne sont pas des courtisanes esclaves que leurs maîtres ont affranchies un beau jour, selon le schéma grec, mais d'anciennes esclaves qui se sont faites courtisanes pour vivre, le jour où leurs maîtres les ont affranchies, selon le stéréotype romain. Et elles sont exaspérées contre la classe des patrons en bloc, qui veut continuer à se croire nécessaire.

L'Antiquité fait rarement preuve d'une intuition aussi moderne des mentalités comme reflet des contradictions internes à un groupe social et de la dialectique des groupes entre eux ; mais les affranchis romains avaient un statut si contradictoire que leur groupe social en devenait un musée des bizarreries psychologiques, des relations ambivalentes d'amour haineux et de surcompensation du mépris. Ces affranchis sont indépendants et sous la coupe de leur maître, citoyens, mais de second ordre, riches, mais méprisés par de plus pauvres, et haïs ; leur relation est non moins contradictoire avec les groupes sociaux voisins, qui les épient avec une curiosité méchante et malheureuse. En mettant des affranchies en scène, Plaute était assuré d'assouvir une hargne lucide dans une grosse partie de son public ; de plus sa propre curiosité de littérateur devait considérer ce groupe social comme un spectacle fascinant. Deux ou trois siècles plus tard, le même groupe donnera lieu au « miracle » du *Satiricon* de Pétrone[49].

---

49. Miracle, parce que le *Satiricon*, à première vue, semble écrit à l'occasion de quelque voyage dans le temps : on dirait un roman réaliste bourgeois surgi en pleine Antiquité esclavagiste. Biographie quasiment balzacienne du parvenu Trimalcion, négociant enrichi, psychologie nietzschéenne du groupe des affranchis, avec leur ressentiment, leur surcompensation du mépris de classe, leur dédain jaloux pour les autres groupes sociaux… Le miracle n'en est pas un et le *Satiricon* n'est pas un roman : c'est une satire ménippée (cf. Auerbach, *Mimésis*, Paris, Gallimard, 1969, p. 35, et N. Frye, *Anatomie de la critique*, trad. Durand, Gallimard, 1969, p. 376). Pétrone ne construit pas de personnages avec une consistance balzacienne : il saisit au vol, au fil de la vie quotidienne, une pellicule superficielle, celle des conversations, des propos ridicules et révélateurs, des intonations et expressions qui révèlent tout un monde en une phrase ; c'est de l'art de comédie de mœurs ou de « revue » de boulevard ; cet art s'intéresse aux types sociaux et en recense les travers, tout comme aux types « moraux », l'Avare, le Distrait, le Soldat Fanfaron. C'est un art mimétique, un art du « rôle de composition », et il n'y a pas loin de Pétrone à Plaute. Cet art de caricaturiste décevrait, si on le jugeait à l'échelle du roman moderne : le *Satiricon* donnerait une impression

Groupe méprisé, jalousé et inclassable ; on s'en tirait au moyen de stéréotypes. La courtisane grecque ne ressemble à la prostituée des rues de Rome que parce que l'une et l'autre sont définies par un métier ; elle ressemble à sa pareille en moindre indignité sociale, l'affranchie romaine, parce que celle-ci passait pour très libre de mœurs, même si on n'y voyait pas un métier. L'affranchie avait si bien la promiscuité sexuelle pour destinée, que la législation décidera qu'il n'y a pas stupre à coucher avec elle : *strupum non committitur*[50]. L'amour libre se faisait à Rome avec les affranchies et elles seules, du moins en théorie ; cela avait au moins le mérite, aux yeux de l'opinion, de détourner les hommes d'attenter aux matrones[51]. Il va sans dire que cette indulgence ne bénéficiait qu'aux relations avec une affranchie ; celles d'une femme de naissance libre avec un affranchi étaient au contraire tenues pour honteuses[52].

---

de négligence, de répétition (le repas chez Trimalcion est interminable), de décousu ; mais *Ubu Roi* aussi. L'évident dédain que Pétrone a pour les affranchis qu'il met en scène n'est pas un mépris social que Pétrone avait pour eux quand il écrivait ; certes, il devait les tenir pour des personnages aussi outrecuidants que subalternes, mais, si le *Satiricon* est satirique, ce n'est pas parce que Pétrone pense cela d'eux, mais parce qu'il écrit une satire. Le roman bourgeois n'est pas satirique : il est *sérieux*, c'est-à-dire ni épique ou tragique, ni comique ou satirique ; mais, comme dit Auerbach, l'Antiquité ignore le sérieux : pour parler de sujets « réalistes », elle ne connaît que le ton satirique, et non le ton sérieux et neutre du roman bourgeois ; elle ne peut parler des sujets « bas » qu'en se moquant d'eux. Ce qui a attiré l'écrivain Pétrone, ce n'est pas les affranchis dans la relation qu'ils avaient avec le groupe social auquel lui-même appartenait avec ses lecteurs choisis : c'est cette psychologie si particulière qui était la leur, riche pâture pour un caricaturiste. Ce qui demeure unique est le talent qu'à Pétrone de discerner et de traduire cette psychologie si moderne et si étrangère aux catégories mentales de l'Antiquité ; si Pétrone n'annonce en rien Balzac et Zola, il annonce en tout petit la vision psychologique de l'humiliation et du ressentiment chez Nietzsche ou Dostoïevski.

50. *Digeste*, XXV, 7, 1, pr. et 1 ; à la seule exception de l'affranchie qui est concubine de son propre patron ; XXXIV, 9, 16, 1 ; XLVIII, 5, 13 pr.

51. Nous citerons plus loin des textes ; ajouter Tacite, *Annales*, XIII, 12-13.

52. Ovide, *Amores*, I, 8, 64 ; chez Tibulle, II, 3, l'exécrable Némésis, noire chipie, prend pour amant un affranchi. César et Auguste font knouter ou mettre à mort certains de leurs affranchis, pour relations sexuelles avec des matrones (Suétone, *César*, 48 ; *Auguste*, 45 et 67). Une femme libre qui a des relations avec l'esclave d'autrui sera l'esclave du maître de cet esclave (Paul, *Sentences*, II, 21 A). Quand les moralistes stoïcisants voudront prouver qu'il est immoral pour un homme de coucher avec une esclave, ils lui feront remarquer que l'inverse est

   La réelle liberté de mœurs de beaucoup d'affranchies (sans parler des courtisanes et comédiennes parmi elles) était de ces cas individuels qui confirment ce qu'on pensait déjà de leur groupe tout entier ; il y a stéréotype quand on est sûr d'avance de ce qui se passera et l'on sait comment s'analysent les stéréotypes ; au début est l'idéologie, mieux nommée valorisation : tel groupe est inférieur, méprisé ; ce que feront les membres du groupe confirmera le mépris : on ne pouvait attendre mieux de pareilles gens ; et, puisqu'ils sont comme cela, on leur fait obligation de l'être : ils ne méritent pas mieux ; ils sont ainsi, ils ont envie d'être ainsi et ils ne sont pas dignes d'autre chose : le fait confirme et fonde la norme ; sinon il ne compte pas. La fréquence relative des cas individuels devient l'universalité d'une essence.

   Cette fréquence s'explique[53]. Les jeunes esclaves n'étaient pas précisément élevées pour devenir des matrones ; une fois affranchies, leur éventuelle inconduite ne dérangeait pas l'ordre civique, où elles comptaient bien peu. Elles avaient grandi dans la promiscuité servile ou en avaient au moins la réputation ; les Romains aimaient penser que leurs troupeaux d'esclaves vivaient dans la promiscuité ; ils les dédaignaient pour cela, leur enviaient aussi cette liberté bucolique et les en excusaient : ces êtres étaient si subalternes qu'ils en devenaient innocents. Si les esclaves sont affranchies, c'est rarement avant l'âge de trente ans (ainsi le voulait la législation impériale) et, même en l'absence d'interdiction des intermariages, c'était trop tard[54].

---

honteux (Musonius, XII, 6-7 ; Quintilien, V, 11, 24 ; cf. saint Jérôme, lettre LXXVII, 3) ; Tertullien nous apprendra « qu'il y a des femmes qui se donnent à leurs affranchis ou à leurs esclaves, en bravant le mépris général » (*Ad uxorem*, II, 8, 4).
   53. Sur la vie amoureuse des esclaves, étude fondamentale de René Martin, dans *Varron : grammaire antique et stylistique latine*, J. Collart, éd., 1978, p. 113-126.
   54. Le *conubium* entre ingénus et affranchis existe dès la République : Max Kaser, *Römisches Privatrecht*, Beck, 1981, vol. I, p. 315, n. 39 ; sur le *conubium* des Latins Juniens (Ulpien, *Regulae*, V, 4 et V, 9), voir H. Lemonnier, *Condition privée des affranchis*, Hachette, 1887, p. 208 ; A. Wilinski, « Zur Frage der Latinern ex lege Aelia Sentia », dans *Zeitschrift der Savigny-Stiftung*. LXXX, 1963, p. 387. Du reste, qu'une affranchie ne soit pas mariée en justes noces, son fils n'en sera pas moins citoyen et de naissance libre (*Code Justinien*, VI, 3, 11, et VII, 14, 9), quoique *spurius* : mais cette bâtardise était si courante que cela n'était pas grave pour l'enfant.

Non pas que les anciens esclaves, une fois libres, aient
préféré par principe vivre en concubins au lieu de se marier,
comme on l'a cru longtemps[55] : plutôt qu'un mariage pour
petites gens, le concubinat était le refus des justes noces et
ce refus, explicable de la part d'un patron qui ne veut pas
reconnaître son égale en son ancienne esclave, devenue sa
concubine, serait moins compréhensible entre un affranchi
et une affranchie. Mais ce mariage était nécessairement
tardif, puisque l'institution du mariage ne sera pas acces-
sible aux esclaves avant le IIIe siècle de notre ère[56] ; la
stabilité des couples serviles était donc très improbable. En
outre, l'esclavage n'est pas précisément une matrice à
familles conjugales ; en droit romain, le bébé d'une esclave
était l'esclave du maître de sa mère ; si donc ce maître laissait sa succession à cette esclave (le cas était fréquent), la
mère avait pour esclave son propre fils. À partir de là, les
configurations les plus saugrenues peuvent être imaginées
et se sont trouvées réalisées. Il était courant qu'un fils
affranchisse son propre père, devenu son esclave, ou qu'un
frère soit l'esclave de son frère[57]. Ces rapports institution-
nels semblent avoir compté davantage que ceux de parenté

---

55. La documentation juridique, considérable, mais équivoque, a donné lieu à
deux excellents travaux qui concluent en sens opposé : Jean Plassard, *Le Concubinat romain*, Sirey, 1921, et B. Rawson, « Roman Concubinage and Other De
Facto Marriages », dans *Transactions of the American Philosophical Association*,
CIV, 1974, p. 279, qui ne croit pas au concubinat fréquent. Pour l'époque répu-
blicaine, G. Fabre, *Libertus : Recherches sur les rapports patron-affranchi à la
fin de la République romaine*, École française de Rome, 1981 ; pour l'Empire,
beaucoup de faits dans P.R.C. Weaver, *Familia Caesaris*, Cambridge University
Press, 1972.

56. Nous espérons revenir ailleurs sur cette datation, fondée sur les Pères de
l'Église et le *Digeste* lui-même, où les mentions de mariages serviles sont plus
fréquentes qu'on ne le supposerait.

57. Ces complications, bien connues des épigraphistes, sont illustrées par
B. Rawson, « Family Life among the Lower Classes at Rome in the First Two
Centuries », dans *Classical Philology*, LXI, 1966, p. 71. Père qui a pour esclave
son propre fils : *Digeste*, IX, 2, 33 ; XXXVII, 10, 1, 5 (cf. XXXVII, 14, 12) ; XL,
1, 19 ; XL, 2, 11, et 20, 3 ; XL, 5, 13, et 26, 1 ; XL, 12, 3 pr. On ne s'étonnera
donc pas d'*Année épigraphique*, 1969-1970, n° 160 (le père et le fils ont des
noms différents ; le père doit être un père naturel, le fils sera l'affranchi ou le
bâtard de sa propre mère) ; 1972, n° 17 bis, 106 et 116.

et une affranchie épousée en justes noces par son patron continuait à voir en lui un patron plutôt qu'un époux[58]. La grande raison des mœurs irrégulières des affranchies demeure le droit de cuissage que les Romains exerçaient sur leurs servantes, même si elles vivaient conjugalement avec un de leurs esclaves ; faisant de nécessité vertu, les servantes s'en consolaient par un proverbe : « Il n'y a pas de honte à faire ce que le maître commande[59]. »

Devenues libres, les servantes n'étaient respectées et ne se respectaient pas davantage ; l'habitude servile de la promiscuité demeurait aussi. Chez Plaute, un esclave organise une partie fine avec sa maîtresse et un ami commun : « Elle est notre maîtresse à lui et à moi, qui sommes donc comme qui dirait mitoyens[60]. » Nous avons vu que Properce était mitoyen, lui aussi, du fait de sa Cynthie ; il n'était ni le seul ni le premier. Trois siècles avant lui, deux riches Athéniens s'étaient mis d'accord, par contrat écrit, pour faire vivre une belle affranchie qui passerait alternativement chacune de ses nuits chez l'un et chez l'autre[61] ; ce concubinat d'une femme avec plusieurs hommes n'a pas été inconnu à Rome, semble-t-il : une ou deux inscriptions funéraires ont été élevées à une femme par « deux amants » qui, à l'aimer tous deux, devinrent aussi amis qu'Oreste et Pylade[62].

Ce qui explique beaucoup de choses est que les affranchis ne formaient par un groupe social proprement dit,

---

58. J'ai le souvenir de plusieurs inscriptions de Rome où un fils, affranchi de son propre père, lui élève un tombeau « comme à un père et à un patron » ; où une épouse élève un tombeau « comme à un mari et à un patron » ; au musée de Cortona, on voit l'épitaphe suivante : « D.M.P. Helvio Crescenti, Helvia Tigris, liberta et uxor, patrono b. m. fecit. » Voir Dessau, n° 1519, 2049, 8219.

59. Martial, IV, 66, 11 : *duri compressa est nupta coloni* ; Pétrone, LXXV, 11 : *nec turpe est quod dominus jubet.*

60. Plaute, *Stichus*, 431 ; mitoyens : *rivales.*

61. Pseudo-Démosthène, *Contre Néaira*, 45-48.

62. Épitaphe de Lesbia, *C.I.L.*, VI, 21200 ; Buecheler, 973. Et surtout épitaphe d'Allia Potestas, *Année épigraphique*, 1913, 88 ; Buecheler et Lommatzsch, *Supplementum*, 1988 ; la première interprétation correcte a été celle de E. Galletier, *Étude sur la poésie funéraire romaine*, Hachette, 1922, p. 168 ; voir Max Kaser, *Röm. Privatrecht, op. cit.*, vol. I, p. 329, n. 11 ; H. Häusle, *Das Denkmal als Garant des Nachruhms*, Munich, 1980, p. 97.

avide de transmettre ses privilèges à ses rejetons, mais un groupe tournant, composé de familles différentes à chaque génération ; en effet, un fils d'affranchi était citoyen à part entière, et non pas affranchi comme son père ou sa mère. Un affranchi n'a aucune perspective personnelle, aucune responsabilité non plus en ses enfants : lui ne sortira jamais de son statut et, devenu affranchi, le restera, tandis que ses enfants, automatiquement, seront citoyens ; aucun effort à faire, ni pour lui ni pour eux, ce qui explique sans doute la liberté des mœurs en ce groupe tournant ; le conformisme qui aligne la conduite personnelle sur les institutions en vigueur est cultivé dans les milieux qui se reproduisent à chaque génération, qui ont à peiner pour transmettre à leur descendance leurs privilèges. La liberté de mœurs des affranchis, en revanche, est assez comparable à celle des milieux littéraires ou artistiques : le talent n'étant pas un héritage, il est inutile de bien vivre pour être bien vu de la société globale.

Ce n'était pas ici le lieu d'expliquer pourquoi tant d'esclaves – du moins parmi les esclaves urbains (nous ne parlons pas des esclaves ruraux, qui étaient de loin les plus nombreux) – étaient affranchis par leur maître, dès la trentaine au plus tard[63] ; l'important pour nous est que les affranchies étaient de jeunes femmes. Ces anciennes esclaves formaient un milieu urbain qui avait servi dans la bonne société, qui en savait les manières, qui était composite, hardi, durci par la lutte pour la vie et la liberté, peu sensible aux valeurs communes. C'est parmi elles que devaient se recruter électivement les égéries (en d'autres siècles, elles sortiront de milieux cosmopolites ou déracinés) ; c'est parmi les anciennes esclaves que l'on pouvait trouver des femmes intelligentes qui ne seraient pas effarouchées par le ramage et le plumage particuliers à la gent

---

63. Voir une étude capitale, qui renouvelle notre vision de l'esclavage romain : Geza Alföldy, « Die Freilassung von Sklaven und die Struktur der Sklaverei in der röm. Kaiserzeit », dans *Rivista storica dell'antichità*, réimprimée avec des compléments dans *Sozial- und Wirtschaftsgeschichte der röm. Kaiserzeit*, publié par H. Schneider à Darmstadt, Wissenschaftliche Buchgesellschaft, 1981.

écrivassière et qui ne crieraient pas au scandale, au ridicule
ou au snobisme.

Et la société globale, de son côté, ne faisait pas aux affranchis un devoir d'être chastes, ou plutôt leur faisait celui d'être
complaisants pour leur patron. On accusait un affranchi de
l'avoir été ; son avocat répondit : « Chez un homme qui serait
né libre, la passivité *(impudicitia)*[64] serait un crime ; chez un
esclave, un devoir absolu ; chez un affranchi, c'est un devoir
moral[65]. » Si la morale des objets sexuels varie avec leur
statut, les agents, de leur côté, fauteront ou non selon l'objet
qu'ils éliront ; il n'y aura pas crime avec les femmes faites
pour cela et la vieille éthique romaine, celle de Caton, le pro-
clamait : « Personne ne t'interdit d'aller voir les femmes
vénales et d'acheter ce qui se vend publiquement. Le tout est
que tu ne passes pas dans le champ clos d'autrui ; aime qui tu
veux, pourvu que tu t'abstiennes de la femme mariée, de
celle qui l'a été, de la vierge, de l'adolescent et de l'enfant
qui sont de naissance libre[66]. » Si donc les choses étaient ce

---

64. Ce qui est honteux, c'est d'être passif (il faut sabrer et n'être pas sabré ; si
l'on sabre, on est un homme, quel que soit le sexe du sabré) ; ce qui est criminel
est de sabrer un adolescent de naissance libre : c'est ce seul stupre que punissait
la loi Scantinia, et non l'homosexualité comme telle ; la législation augustéenne
fait de même : il n'y a crime que si l'adolescent aimé est de naissance libre et son
cas est assimilé à celui de la vierge de naissance libre (*Digeste*, XLVII, 10, 9, 4,
et XLVIII, 5, 34, 1) ; un texte lumineux est la troisième des *Déclamations
majeures* de Quintilien ou du Pseudo-Quintilien.
65. Sénèque le Père, *Controverses*, IV, praef. 10 ; cf. G. Fabre, *Libertus :
Recherches sur les rapports patron-affranchi à la fin de la République romaine*,
op. cit., p. 260 ; cf. Sénèque le Philosophe, *Des bienfaits*, III, 18, 1, sur la tripar-
tition *beneficia-officia-ministeria*. Sur le devoir de ne pas faire violence à un
homme libre, voir le fragment de Caton cité par Aulu-Gelle, IX, 12 ; ce sont les
tyrans qui osent toucher aux vierges et aux adolescents non esclaves : à Capri,
Tibère souillait de jeunes ingénus (Tacite, *Annales*, VI, 1) ; Néron commit les
trois grands sacrilèges : il avait pour pages des ingénus, il couchait avec des
matrones et il déflora une vestale (Suétone, *Néron*, 28).
66. Plaute, *Curculio*, 23-28 ; cf. un bon mot de Caton chez Horace, *satires*, I,
2, 31 ; c'était aussi la morale des Cyniques : mieux vaut fréquenter les prostituées
que séduire les matrones, car la nature n'en exige pas tant (Diogène Laërce, VI,
88-89). Un texte important pour la transformation de la morale est Dion de Pruse,
VII, 138 : il ne faut pas fréquenter même les courtisanes ; loin d'être un exutoire
qui détournera des matrones, cela habitue au contraire au vice et prépare à séduire
les matrones. Cf. chap. X, n. 30.

qu'elles devraient être, les poètes élégiaques n'auraient eu
d'autres maîtresses que des affranchies.

En fait, le dernier siècle avant notre ère et le premier siècle
après ont été, pour l'aristocratie, des siècles de liberté des
mœurs ; entre cette liberté et la morale sévère, le choix était
individuel ou de tradition familiale et la conduite des dames
ou leur inconduite ne le cédait en rien aux hommes. Il s'agissait de savoir qui couchait avec qui et d'en faire un bon mot ;
Plancus était l'amant de Maevia, qui était mariée, et la fille
de Sylla avait deux amants[67]. Il en résultait chez certains
l'illusion opposée à celle de normalité : « Néron était profondément persuadé que personne n'était chaste et que la plupart
des gens déguisaient leurs vices par calcul[68]. » La politique y
était intéressée, ainsi que la littérature. « Parmi les femmes
réputées à Rome pour leur beauté et leur charme, il y avait
une certaine Praecia ; elle ne se conduisait guère mieux
qu'une courtisane, mais savait se servir de ses relations et fré-
quentations pour favoriser les ambitions politiques de ses
amis ; elle joignait à ses attraits le renom d'une femme
dévouée à son entourage et efficace, si bien que son influence
était considérable[69]. » Trop de dames s'intéressaient aussi à la
culture « non pour acquérir de la sagesse philosophique, mais
pour se dévergonder[70] ». La propre fille de l'empereur, Julie,
avait beaucoup de galanteries et on s'étonnait devant elle que
ses enfants ressemblassent à son mari. « Je ne prends de pas-
sagers que lorsque la barque est remplie », expliqua-t-elle[71].
Le mot de courtisane flétrissait cette hardiesse de propos et
de conduite[72], quoique sans vénalité.

Le plus important pour nous est ailleurs ; le *Manuel
d'amour* d'Ovide se rapporte à un milieu qui, quoique

---

67. Macrobe, *Saturnales*, II, 2, 6 et 9.

68. Suétone, *Néron*, 29.

69. Plutarque, *Lucullus*, VI, 2.

70. Sénèque, *Ad Helviam*, XVII, 4.

71. Macrobe, *Saturnales*, II, 5, 9. Qu'on se rassure : d'autres moyens de
contraception étaient connus.

72. Pour *meretrix* désignant la conduite immorale et l'air effronté, et non la
vénalité, voir Cicéron, *Pro Caelio*, XX, 49 ; pour Aurélius Victor, *De viris illus-
tribus*, 86, Cléopâtre se prostitua, en ce sens qu'elle eut beaucoup d'amants.

imprécis, ne saurait être l'aristocratie et pas davantage le peuple ; milieu élégant, en tout cas[73], dont le poète parle sans trace de condescendance. Sans doute Ovide n'est-il pas Tibulle, il n'a pas de dédain ni de phobie à l'endroit des femmes, il voit volontiers les choses par leurs yeux, il va jusqu'à aimer le plaisir féminin[74] ; néanmoins, le ton du *Manuel* dépasse ce féminisme spontané : le poète et ses belles proies appartiennent à la même société, encore que les proies soient plus intéressées, sinon vénales, qu'on aurait pu le penser[75]. Ovide a posé en principe que ces femmes ne portent pas la robe des matrones[76] : un poète raconte ce qu'il veut, mais il faut convenir qu'on ne trompe pas de maris en son *Manuel*, soit que les maris y aient été passés sous silence[77], qu'ils n'y en ait pas eu ou qu'ils aient été tolérants.

Il s'agit soit d'adultère mondain, malgré les dénégations d'Ovide, soit de riches oisives sans mari, vivant librement et, qui plus est, sans le dissimuler ; il s'agit d'un milieu caractérisé par une liberté de mœurs prise comme un droit. L'amant n'y a pour rival qu'un autre amant[78] ; on n'hésite pas à y porter en public un toast à une dame « et à celui avec qui elle dort[79] ». L'amant fréquente la maison de sa maîtresse[80], sans que la discrétion lui fasse connaître à son tour la grande difficulté des amours clandestines à Rome, qui était de trouver un endroit où se rencontrer ; impossible

---

73. Ovide, *Ars amatoria*, I, 97 *(cultissima femina)* ; I, 367 (à la toilette) ; II, 1257 (beaucoup d'esclaves) ; I, 486 (en litière) ; 562 (dîner en société) ; II, 282 (la culture comme distinction mondaine) ; *Remedia*, 628 (mêmes devoirs de mondanité).

74. Les *Héroïdes* voient les problèmes amoureux par les yeux des femmes ; sur le plaisir féminin, dont on ne voit guère qu'il soit question ailleurs dans la littérature latine, *Ars amatoria*, II, 683 et 721.

75. *Ibid.*, I, 403 *sq.* ; II, 161 ; III, 553 *sq.*

76. *Ibid.*, II, 600, et III, 483.

77. Les maris ne sont plus passés sous silence, quand Ovide entreprend d'enseigner aux affranchies, et à elles seules, l'art de tromper leur époux, bien que l'enseignement soit bon aussi pour les ingénues : *ibid.*, III, 615-658.

78. *Ibid.*, II, 539, cf. 600.

79. *Ibid.*, I, 419 *sq.*

80. *Ibid.*, I, 599.

de recevoir sa maîtresse chez soi : les domestiques jase-
raient ; les amoureux non ovidiens se retrouvaient seul à
seule dans la maison d'un ami complaisant, ou bien ils
louaient la cellule d'un sacristain[81] (car les gardiens des
temples étaient, de leur état, des hommes de confiance, à
qui on pouvait confier un secret[82]).

Avant de prétendre identifier ce milieu, demandons-
nous si l'identification aurait un sens ; la peinture d'Ovide
est vague, composite (l'adultère clandestin y coexiste avec
l'union libre), prudente, idéalisée aussi ; si Ovide avait
voulu cerner les contours, il aurait aisément prononcé
quelques mots précis qui auraient balisé socialement ses
tableaux. Milieu riche et mondain, sans doute, milieu élégant, mais ce peut être là une pente de l'imagination
d'Ovide et un goût de faire beau, d'idéaliser les choses. Il
semble pourtant que notre enquête ait un sens ; Ovide
n'est pas Properce ou Tibulle et son art vise à amuser en
mimant la réalité, au prix de quelques embellissements,
plutôt que de créer une convention de rêve : le *Manuel*
n'est pas une bucolique ; tout l'esprit d'Ovide perdrait son
sel, si le lecteur ne le rapportait à la réalité en se disant,
amusé, que de telles choses existent et se pratiquent : cette
peinture tire son charme du sentiment de l'existence d'un
modèle. Peu importe que ce dernier soit inconnu du narrataire : il sera inféré du tableau, qui prendra tout son sens
du choc en retour ; art mimétique, ce que n'est pas celui
des autres élégiaques.

Où découvrir, à Rome, le prosaïque modèle de ces jolies
scènes de mœurs ? Laissons les épouses infidèles, car il s'en
trouve partout, et les maris complaisants, car il s'en trouvait[83]. L'ostentation d'inconduite de la part des femmes est

81. Catulle, LXVIII B, 69 et 158 ; Tacite, *Annales*, XI, 4 ; *Digeste*, IV, 4, 37,
1 ; XLVII, 11, 1, 2 ; XLVIII, 2, 3, 3 ; XLVIII, 5, 8-10, et 32, 1. Agrippine prêtait
à Néron son propre appartement pour les amours de son fils et d'Acté (Tacite,
Annales, XIII, 13).
82. Pour le sacristain ou *Aedituus*, Minucius Félix, XXV, 11 ; il cache aussi
des agents politiques dans sa chambre (Tacite, *Histoires*, III, 74 ; cf. Suétone,
Domitien, 1).
83. Sénèque, *De beneficiis*, I, 9, 3 ; Ovide, *Ars amatoria*, II, 372.

historiquement attestée, on l'a vu ; quelques considérations permettront de préciser. La fréquence des divorces l'est aussi : la divorcée est un type de l'époque ; la jeune veuve en est un autre : on sait ce qu'est la démographie avant Pasteur, et Rome a sûrement eu ses Célimènes. Le problème de la dot : la femme qui en a une est toute-puissante et vit à sa guise, celle qui n'en a pas ne sera pas épousée et se fera entretenir pour vivre. La puissance paternelle, enfin ; en droit romain, les enfants dépendent de leur père tant qu'il est vivant et sont leur propre maître dès l'âge de quatorze ans s'il est mort. Serait-on consul, on peut être fouetté sur l'ordre de son père ; aurait-on la quarantaine, on sera une sorte de mineur, si l'on a encore son père ; en revanche, un adolescent de dix-huit ans, mais orphelin, fera de sa maîtresse son héritière avant de mourir précocement[84].

Une fille orpheline, riche héritière, sera non moins maîtresse de sa conduite, sauf à sauver les apparences, et il convenait d'ignorer cette conduite, si elle la laissait ignorer. Encore faut-il que cette fille ne retombe pas sous une nouvelle autorité ; dans son Ode III, 12, Horace plaint les filles qui n'ont pu se soustraire à l'autorité de leur nouveau maître, à savoir leur oncle paternel, dont le rôle était de se montrer sévère (l'oncle maternel ayant la fonction opposée) : ce méchant leur interdit les amants, prétend maintenir la vieille interdiction du vin pour les femmes et leur impose cette prison sans barreaux qui consistait à occuper les filles aux travaux forcés traditionnels de la quenouille et du fuseau, ces gages de vertu.

Mais si la fille n'avait pas d'oncle aussi redoutable ? Que se passait-il en ce cas-là ? Ce qui était vrai des garçons l'était aussi des filles : à la mort de son père, une femme est seule maîtresse de sa personne et de ses biens. Nous parions donc que le large vivier où il y avait tant de femmes disponibles à pêcher, s'il faut en croire Ovide, comprenait surtout des divorcées, des veuves et des filles sans dot[85].

---

84. Quintilien, VI, 3, 25 ; Suétone, *Tibère*, 15 ; Quintilien, VIII, 5, 17-19.
85. Cf. J. Griffin, *Journal of Roman studies*, LXVI, 1976, p. 103 ; R. Syme, *History in Ovid, op. cit.*, p. 200.

Beaucoup plus relevées que des affranchies, ces femmes
leur ressemblent sur un point : elles se font payer, voire
pensionner, même si elles accordent leurs faveurs par
amour, et les dames de l'aristocratie en font autant. Dans la
poésie amoureuse du temps, on parle aussi souvent de
donner de l'argent qu'on parlera de faire sa cour au Grand
Siècle ; si la belle se montre cruelle, on offre davantage.
L'argent est plus qu'un moyen de convaincre les dames,
c'est un droit qu'elles acquièrent par leurs faveurs et la plus
amoureuse sera la mieux payée ; l'empereur Vespasien, qui
avait le goût de la munificence, céda aux avances d'une
femme qui le trouvait à son goût et, le lendemain, lui fit
verser quelques centaines de millions de nos centimes par
son ministre des finances ; « À quel titre porter cette somme
en compte ? », demanda le ministre. « À celui-ci : Vespasien comblé, tant », répondit le souverain[86]. D'autres
constituaient une pension annuelle à la matrone du grand
monde qui était secrètement leur maîtresse[87] ; la coutume
était si répandue que les juristes en connaissaient[88]. Des
mufles, après rupture, réclamaient leurs cadeaux par-devant
les tribunaux[89]. Pas de plus bel éloge d'une femme que son
incorruptibilité ; pour consoler un veuf qui était son
mécène, le poète Stace lui fait l'éloge de sa chère défunte,
sans passer sous silence le chapitre de sa fidélité : elle
n'aurait pas trompé son mari, même si on lui avait offert
une très grosse somme[90]. Et Properce dit de même.

Dans la poésie de l'époque, la limite est incertaine entre
la femme libre, la femme intéressée, la femme entretenue et
la femme vénale ; les poètes écrivent pour toutes et chacune

---

86. Suétone, *Vespasien*, 22.
87. Sur ces *annua*, Sénèque, *De beneficiis*, I, 9, 4 ; Martial, IX, 10.
88. La présomption mucienne (*Digeste*, XXIV, 1, 51) présupposait par principe que les biens d'une femme lui venaient de son mari, pour ne pas supposer
sans preuve qu'ils lui venaient d'un adultère ; voir Max Kaser, *Ausgewählte
Schriften*, vol. I, p. 223 (qui y reconnaît en outre une trace de mariage *cum
manu*) ; chez une femme adultère, on trouve des lettres d'amour et « de l'argent
dont elle ne peut expliquer la provenance » (Quintilien, VII, 2, 52).
89. Expliquer ainsi Ovide, *Remedia*, 663-672 ; Valère-Maxime, VIII, 2, 2.
90. Stace, *Silves*, V, 1, 57 ; Properce, III, 12, 19.

choisira sa morale personnelle ; les galants savaient de
chacune si elle avait la jambe ou la poitrine bien faite et si
elle demandait de gros ou de petits cadeaux[91]. Celles qui
n'étaient pas à vendre se faisaient néanmoins payer par
l'élu de leur cœur, car l'amour méritait salaire ; ne pensons
pas qu'un plus grand nombre de femmes étaient vénales : il
s'agirait plutôt d'une sorte de salariat de toutes. Il était donc
possible, à Rome, d'obtenir contre paiement les faveurs
d'une femme ou d'un garçon de la meilleure société[92] ;
cette forme de prostitution était partout, puisque la vénalité
proprement dite se réduisait à quelque indélicatesse :
coucher parce qu'on a été payée, au lieu de se faire payer
parce qu'on a couché ; promettre ses faveurs par écrit, en
une véritable reconnaissance de dettes[93], négocier ses faveurs
en écoutant les conseils commerciaux de son entremetteuse.

Les femmes sont de petits êtres qu'on ne respecte pas et
qui ne se respectent pas ; innocentes comme les enfants,
elles font ce que les grandes personnes leur font faire, sauf
à désobéir ; elles se font payer sans plus de gêne qu'un
enfant qui demande un gros jouet. Ce ne sont pas des partenaires, mais des enfants gâtées ; un soir, elles se laissent
fléchir, ouvrent leur porte à l'homme qui les sollicite, lui
demandent le lendemain un gros cadeau, mais ce caprice
n'établit pas de liaison durable : le lendemain, le vent aura
tourné et la fillette fermera sa porte au galant ; comme les
enfants, elles ne connaissent que les instants de leur
humeur. On n'a pas de liaison suivie avec beaucoup d'entre
elles ; rien que des caprices d'une nuit. Sans les conseils
d'Ovide, elles apprennent toutes seules qu'elles ont beaucoup à gagner à ce rythme puéril : la faveur unique se vend
plus cher et le favori, s'il y en a un, n'en sera que davantage

---

91. Ovide, *Remedia*, 317-322.

92. Tacite, *Annales*, IV, 1 ; Suétone, *Auguste*, 68 ; d'où les « nuits d'adolescents de la noblesse », promises aux jurés de Clodius, dans une lettre fameuse de
Cicéron, *Ad Atticum*, I, 16, 5.

93. Suétone, *Domitien*, 1. Cet état de choses existe de nos jours dans tel pays
d'Orient, où les rejetons d'un ministre ne seront pas inaccessibles aux promesses
chiffrées. On ne l'était pas non plus à la cour de Louis XIV. Pour l'entremetteuse,
Properce, IV, 5 ; Tibulle, I, 5, 47 ; I, 6 ; II, 6 ; Ovide, *Amores*, I, 8.

fou d'amour[94]. La stratégie de la femme-enfant et la vénalité voulaient l'une et l'autre que les irrégulières imposent à
leur troupeau de solliciteurs ce régime des nuits concédées
une à une qui faisait tant souffrir l'Ego de Properce. Une
femme intéressée sait tenir en main son troupeau avec autorité, répartir ses faveurs, refuser d'être trop complaisante,
céder une nuit pour ne pas décourager un malheureux qui
finirait par fuir.

Mais négligeons ces nuances et que les arbres ne nous
cachent pas la forêt ; Ovide nous montre moins de l'adultère ou des degrés de promiscuité et de prostitution qu'une
structure originale de sociologie sexuelle : la vie en
« réseau ». Chacune de ces femmes a fait choix d'un certain
nombre d'amis et chacun de ces amis fréquente de son côté
un certain nombre d'autres femmes ; le rythme de ces
amours sérielles est d'une nuit : « Tu pourras venir me voir
aujourd'hui, nous aurons tout notre temps tous les deux,
l'Amour t'offre l'hospitalité pour toute la nuit[95]. » Il y a
choix des partenaires potentiels, mais ce choix est pluriel.

En outre, ces femmes ne sont pas vénales, mais elles sont
intéressées. Parce qu'elles étaient des Romaines et que la
société romaine était si intéressée que les antisémites
auraient pu prendre Rome plutôt que les juifs comme thème
obsessionnel ; ce qui veut dire simplement que les activités
économiques n'étaient ni spécialisation de quelques profes-
sionnels ni caractéristique d'une classe sociale déterminée :
à Rome, tout riche faisait commerce de tout, tout sénateur
prêtait à usure et l'affairisme noble était encore plus répandu
qu'à la fin de notre Ancien Régime, sauf qu'il ne se cachait
pas. Cette omniprésence multiforme du gain remplaçait
l'absence d'une classe bourgeoise. Les dames en réseau,
avides de cadeaux, faisaient des affaires, elles aussi ; elles
couraient les présents, pendant que les hommes couraient
les dots.

---

94. Ovide, *Ars amatoria*, III, 579.
95. Properce, III, 23, 15.

6

De la sociologie à la sémiotique

Si nos poètes étaient leurs propres historiens et que Délie ou Cynthie soient des portraits, il faudrait chercher à quelle catégorie de « déviantes » elles appartenaient ; si l'on ne parvenait pas à le déterminer, il faudrait s'en désoler. Mais, puisque l'élégie est une fiction, nous savons tout, tout ce que l'auteur a jugé bon de nous faire connaître et qui est assez : que ce ne sont pas des femmes « normales » et qu'elles se définissent en s'opposant à un monde normal que le narrataire, s'il veut entrer dans le jeu élégiaque, est invité à considérer comme le sien ; il est impossible et inutile d'aller au-delà de cette définition négative, qui suffit pour l'effet d'art recherché. Les élégiaques ne situent pas leur Ego chez les marginales pour la simple raison que ce milieu a existé, qu'ils y ont sans doute vécu et peut-être aimé et que leurs vers en seraient le miroir, mais afin de produire cet effet ; si les irrégulières n'avaient pas existé, ils les auraient inventées, ou alors l'élégie n'aurait pas été l'élégie. Il est nécessaire que Délie et Cynthie soient des irrégulières ; elles ne le sont pas par quelque hasard, parce que le poète, par exemple, aurait, en sa vie, connu la femme à travers ces femmes. Même nécessité, quoique inversée, chez les troubadours ; ceux-ci, écrit Leo Spitzer, aiment une dame mariée et ce n'est là ni un souvenir biographique ni même un lieu commun du temps, mais « un fait pour ainsi dire nécessaire, car il fait l'inutilité de cet amour qui se veut sans issue[1] ».

---

1. Leo Spitzer, *Études de style, op. cit.*, p. 102.

Qu'était-ce donc que l'élégie romaine ? Une fiction non
moins systématique que la lyrique érotique des troubadours
ou que la poésie pétrarquiste ; à la contingence d'événements peut-être autobiographiques se substituent les nécessités
internes d'une certaine création, la cohérence d'une contre-
vérité, la logique d'un anti-monde que nous appellerons la
pastorale en costume de ville. Précisons-le tout de suite :
une pastorale, mais douloureuse, une bucolique où la destinée est de souffrir et où « ce n'est pas l'idylle », comme
on dit familièrement. Ce n'est pas tout : seul le poète est
censé avoir ses entrées dans cette alléchante mauvaise
société imaginaire, réplique idéalisée de la vraie ; il ne fait
pas partager son rêve à ses narrataires ; au contraire, il les
tire de ce rêve pour qu'ils jugent ce monde irrégulier, le
tiennent pour autre que le monde normal, s'étonnent de
l'aveuglement où est censé être plongé le poète, dont le
malheur est le fruit de cette irrégularité. Finalement (et c'est
la grande différence avec Pétrarque et les troubadours) le
rêve s'effondre, l'élégie est mensonge plaisant, tout y est
simulacre humoristique, sans trace d'ironie ou d'âpreté, y
compris les chagrins d'amour et les mauvaises fréquenta-
tions. Il y a, à la base, un fait de civilisation : de même que,
chez les troubadours, la sémiotique de l'amour inaccessible
repose sur l'idéal chrétien de chasteté, chez les élégiaques
l'amour douloureux avec des femmes faciles repose sur
l'idée grecque et romaine que la passion est un esclavage.

La poésie amoureuse païenne chantera le malheur d'aimer,
car le bonheur manque d'ambition, à moins d'être un
instant de triomphe ; les nantis ne sont pas poétiques.
L'élégie étant une pastorale où l'on souffre, certains en ont
inféré que « Properce » était un virtuose de la jalousie ou
qu'il y a du « masochisme » dans son cas. Ce qui n'est pas
même vrai de son Ego poétique ; c'est confondre masochisme et ambition. Les hommes ne cherchent pas le
bonheur, mais la puissance, c'est-à-dire, généralement, leur
malheur. Mais où trouver une illustre défaite dans le monde
réel où l'élégie est censée se passer ? Les poètes païens
n'avaient pas la ressource d'adorer en vain une dame
mariée, car personne n'y aurait cru. L'adultère n'était pas le

péché et les flammes de l'enfer ne l'éclairaient pas ; c'était tout au plus une faute contre l'ordre bourgeois, ou plutôt civique. Un amour impossible pour la femme d'autrui n'aurait pas été beaucoup plus poétique que la cupidité pour le bien d'autrui ; en outre, le lecteur païen n'aurait pu s'empêcher de penser que le chat ne résisterait pas longtemps à la tentation de croquer l'oiseau qu'il guettait dans sa cage dorée ; il aurait trouvé ridicule la poésie des troubadours. À Rome, le seul moyen de souffrir poétiquement en amour était d'aimer une femme indigne qu'on l'épouse. Mais alors, il n'était plus possible de décrire cette fatale passion pour une grue comme une véritable tragédie ; il ne restera plus qu'à chanter l'amour malheureux pour les irrégulières sur un ton humoristique.

Il était essentiel que l'élégie ait la mauvaise société pour théâtre, afin que les poètes puissent être esclaves et plaintifs ; aimer en étant maître et seigneur était le privilège de l'amour conjugal. C'était essentiel pour une autre raison encore : le lecteur idéal était invité à ne pas voir les choses du point de vue d'Ego et à trouver humoristique ce dernier ; c'est là une autre différence avec le pétrarquisme, où l'amant pousse au sublime des sentiments et des vertus qu'il partage avec tout homme et tout chrétien. Le monde des femmes faciles ne saurait, en revanche, être proposé en exemple, même si on les aime difficilement. Ces femmes faciles, le lecteur, quoi qu'il puisse en penser à titre individuel, doit les réputer pour non normales, s'il veut être un bon narrataire : leur société doit être à ses yeux une société « autre ». Le narrataire aura avec elles la relation qu'on a avec ce qui n'est pas soi ; cela ira, *ad libitum*, du refus horrifié à l'attrait de l'interdit et au pittoresque, mais, en tout cas, ce monde ne sera pas exemplaire ; il ne parlera pas au narrataire du narrataire, celui-ci ne s'y trouvera pas « entre gens du même monde » ; bref, ce monde ne va pas sans dire et ne va pas de soi. Car, en ce monde, on ne fait pas comme tout le monde : on y aime hors mariage, on y transgresse les interdits sexuels et les femmes y sont de mauvaise vie. Attrait ou horreur, il n'importe : ce monde autre est magnifié par son irrégularité même et l'on comprend que, par un contresens qui n'est que partiel, la postérité, méconnaissant l'humour, ait salué en l'élégie érotique le modèle de la poésie qui exalte l'amour.

Les charmes de la transgression vont de la curiosité à l'attrait du fruit défendu et à une haute image de la loi du cœur et des corps, qui se moque bien des lois civiques. On ne doit pas attendre, hélas, de nos élégiaques un érotisme bien hardi : les Romains étaient aussi pudibonds dans leurs vers que dans leurs gestes ; les élégiaques vont même moins loin que Lucrèce ou Virgile, qui ont fait des peintures plus farouches ou puissantes de l'union des corps. Virgile avait l'excuse de peindre une union conjugale, qu'il était permis et même prescrit de vanter en paroles audacieuses. Properce, qui n'avait pas cette excuse, ne s'est risqué qu'une fois à dire les gestes de l'amour et c'est dans la seule élégie où il nous découvre ses vraies pensées. Tibulle ? Il touche à l'amour du bout des doigts et l'on connaît déjà en partie l'allusion charnelle la plus précise à laquelle il se soit jamais risqué : « Quel plaisir d'entendre de son lit le vent inclément, en tenant sa maîtresse tendrement enlacée ou, quand le vent d'hiver versera sa pluie froide, de suivre la voie du sommeil, à la garde d'un bon feu ! » (I, 1.) Je me trompe : il y a chez lui de redoutables précisions, des contacts, de longs baisers, des morsures, une bouche humide et haletante, poitrine contre poitrine, cuisse contre cuisse (1, 8) ; mais ces plaisirs ne sont pas ceux d'Ego, ce sont ceux qu'éprouve un joli garçon, Marathus, pour qui Ego tantôt brûle à petit feu, tantôt intercède auprès d'une capricieuse qui se donne et se refuse. L'Ego de Tibulle et même celui de Properce préfèrent contourner l'obstacle trop consistant des corps féminins, qui lesteraient redoutablement la muse légère et joconde ; seul Ovide, en son *Art d'aimer*, qui demeure un livre très plaisant à lire, pourra réjouir le lecteur moderne, mais Ovide est étranger au grand jeu élégiaque.

L'érotisme, nos poètes se contentent de l'indiquer, au sens où un tailleur « indique » les hardiesses de la mode du jour sur un vêtement classique, et l'érotisme qu'ils indiquent se borne à des traits négatifs qui violent autant d'interdits : faire l'amour sans aucun vêtement, pendant la journée, sans établir l'obscurité complète ; c'était très mal et c'était à ces hardiesses que l'on reconnaissait les vrais libertins. *L'Art d'aimer* va encore plus loin : Ovide tolère les caresses qui sont des attouchements, pourvu que ce soit de la main gauche, ignorée de la droite[2]. Corinne vient voir en plein midi Ovide qui la prie d'amour (I, 5) ; elle dit oui bien avant la nuit et finit par se laisser arracher son dernier vêtement. Cynthie se laisse arracher le sien, mais exige que Properce éteigne la lampe (II, 15) ; seuls les libertins de *l'Anthologie grecque* prennent à témoin de l'excès de leurs plaisirs leur lampe qui est demeurée allumée[3]. « Chloé à la blanche épaule, blanche comme la mer sous la lune », écrit Horace ; car, à ne s'aimer que de nuit et sans lampe, la seule chance d'entrevoir la nudité de l'aimée était que la lune vienne à passer par-devant les fenêtres et fasse entrevoir l'épaule nue de la dormeuse blottie sous les couettes[4]. Le sentiment des interdits était si profond et si naïf qu'Ovide lui-même semble devenu lourdaud, lorsqu'il parle de la pudeur et de ses gestes[5] : les interdits étaient reçus docilement, comme des règles venues de l'extérieur, si bien qu'on y obéissait comme à des réalités naturelles, sans les intérioriser sous

---

2. Ovide, *Ars amatoria*, II, 706, cf. 614, avec la note de l'édition Paul Brandt ; Martial, IX, 41 (42) ; XI, 58 et 73, avec les notes de l'édition Friedländer (on ne se masturbait que de la main gauche) ; Ovide dit aussi (II, 614) que c'était de la main gauche que se faisait le geste de la Vénus pudique ; tel est bien le geste de la Vénus du Capitole et de la Vénus Médicis, mais non de la Cnidienne, qui cache sa pudeur de la main droite.

3. Garder la lampe allumée pour l'amour est une conduite de prostituée ; voir Horace, *Satires*, II, 7, 48 : « une catin nue près d'une lampe qui éclaire » ; Martial, XI, 104, où une épouse refuse cette faveur au mari ; XIV, 39 ; XII, 43, 10. Par contraste, Plaute, *Asinaria*, 785-789. Il serait aisé de multiplier les références.

4. Sur le thème, érotique ou non, de la lune devant la fenêtre, Horace, *Odes*, II, 5, 18, que nous citons ; Properce, I, 3, 31 ; *Anthologie grecque*, V, 122 (123) ; *Énéide*, III, 149 ; Ovide, *Ars amatoria*, III, 807 ; *Amores*, I, 5 en entier ; *Pontiques*, III, 3, 5.

5. Ovide lourdaud, *Ars amatoria*, II, 584 et 613. – L'amour non conjugal, le plaisir pour lui-même, avait un autre caractère dont ils parlaient plus librement que nous : le sadisme au lit, les coups d'ongle, les cheveux tirés ; ce sont les « luttes de Vénus », où la fille se défend mollement (avec des ongles peu tenaces, *ungulo male pertinaci*, dit Horace) et où l'homme aime la battre et la forcer ; voir par exemple Tibulle, I, 10, 53-66.

forme de gênes ; on n'avait pas la pudeur de passer sous
silence ce qu'il était interdit de faire. Avec une docilité
toute militaire, on « appliquait le règlement ».

Les élégiaques n'auront donc pas de peine à signifier
qu'Ego n'a pas de morale et n'est qu'un libertin ; nous n'en
saurons guère davantage, sauf à apprendre sans surprise qu'il
vit dans une petite société où ses semblables se rassemblent :
« Je t'ai vu de mes yeux », écrit Properce à un ami, « je t'ai
vu défaillir, enchaîné dans les bras de la belle, verser des
larmes de joie dans ses longues étreintes, vouloir rendre son
dernier souffle en des mots d'amour ; et puis j'ai vu, ô ami,
ce que la pudeur m'empêchera de rapporter » (I, 13).

Nous n'en apprendrons pas davantage sur la complice
d'Ego ; ni vierge, ni matrone, elle est une de ces femmes
qu'on n'épouse pas, sauf quand Properce, pour magnifier
Cynthie, laisse croire qu'elle est de la race de celles qui
n'épousent pas. On s'est beaucoup demandé ce qu'était
Cynthie ; il est plus simple de remarquer que Properce n'a pas
daigné nous éclaircir d'un mot. Jeune veuve ? Divorcée ?
Héritière libre de mœurs ? Affranchie ? Courtisane ? Un flou
artistique enveloppe ces précisions prosaïques ; nous voyons
bien que ce n'est pas une honnête femme, mais les contours
sont inachevés, le poète ne se souciant pas de pittoresque et
préférant idéaliser les figures : Cynthie accorde au poète ses
nuits une à une et il nous demeure loisible de supposer que
c'est là l'arbitraire d'une souveraine, plutôt que le caprice
d'une femme-enfant ou le calcul d'une femme intéressée. Elle
a plusieurs amants, les quitte pour un conquérant plus riche[6],
accepte et sollicite l'argent et, de l'autre côté, elle est adorée,
belle, fière, éclatante, cultivée, autoritaire, cruelle, souveraine.

6. Chez Properce, I, 8, Cynthie est sur le point de quitter son poète pour suivre
dans une province un gouverneur riche et puissant ; Gallus avait déjà traité le
thème, comme il ressort de Virgile, *Bucoliques*, X, 22-23 ; cf. Tibulle, I, 2, 65. Le
lecteur pressé qui veut voir rapidement en quoi la conduite de Cynthie est intéressée
ou même vénale peut parcourir, par exemple, Properce, II, 4, 8, 14, 16 et 20. Je ne
reprends pas une étude textuelle souvent faite, en particulier par J.-P. Boucher,
Études sur Properce, op. cit., S. Lilja, *The Roman Elegists Attitude to Women, op.
cit.*, et par Butler et Barber dans la préface de leur édition. Pour les nuits une à une,
Keith Preston, *Sermo Amatorius in Roman Comedy*, Chicago, 1916, p. 25.

Tibulle, portraitiste moins ambitieux et moins féministe que Properce, préfère, pour sa part, l'incohérence négligée au flou idéalisé : Délie est une épouse adultère dans la pièce I, 2, et une affranchie qui n'a pas droit à la robe en I, 6. Le milieu social varie tout autant : tantôt Tibulle et Délie sont du même monde, qui semble brillant et lettré, tantôt Délie est le but d'aventures où le poète, tel Barnabooth, va s'encanailler chez de petites gens de condition affranchie. Chez Properce aussi, Cynthie et son milieu varient d'une pièce à l'autre ; ou plutôt la peinture varie d'une élégie à l'autre, de l'image idéalisée à la silhouette d'un réalisme satirique, car nos poètes développent chaque situation pour elle-même, sans se soucier de la cohérence de leurs recueils. Aussi leurs propres sentiments sont-ils variables : tantôt jaloux, tantôt tolérants pour les rivaux et amis. La seule précision qu'ait donnée Properce au lecteur, pour situer Cynthie, fut, modestement, de la repérer par rapport à la Lesbie de Catulle et cet axe est purement littéraire : avant Cynthie, Lesbie, déjà, a mal vécu et a pu le faire impunément (II, 32) ; entendons que Properce n'est pas le premier à chanter l'amour libre, que la censure de l'opinion est et doit rester indulgente à la poésie légère ; enfin, que Properce ne s'estime pas inégal au plus fameux poète du demi-siècle précédent.

L'endogamie est un excellent critère social, tous les sociologues vous le diront ; or Properce écrit quelque part ceci :

> L'abolition de la loi qui nous a fait naguère tant pleurer, toi et moi, ô Cynthie, a dû te faire plaisir, car cette loi voulait nous séparer... Mais j'aimerais mieux me faire couper le cou que de gâcher des torches d'hyménée, comme tout le monde ; de revêtir le personnage de mari pour passer en pleurant devant ta porte que j'aurais trahie et qui ne s'ouvrirait plus (II, 7).

On veut que les clauses de cette loi éphémère[7] aient produit deux effets : faire à Properce un devoir de se marier,

---

7. Sur la date probable de ce projet éphémère, P. A. Brunt, *Italian Manpower 225 BC-AD 14*. Clarendon Press, Oxford, 1971, p. 558. Sur les nombreuses discussions juridiques soulevées par cette élégie, voir J.-M. André, cité plus haut, chap. v, n. 3.

ce qui est sûrement vrai (de fait, les lois d'Auguste feront tout pour multiplier les mariages), et lui interdire toute union avec Cynthie, ce qui est faux : Properce n'a jamais pensé à épouser Cynthie et n'a pas besoin qu'une loi prohibe les intermariages entre nobles romains et dames de petite vertu. *Il allait de soi*, pour le poète et pour Cynthie elle-même, que Cynthie n'était pas épousable, parce qu'elle n'était pas de son milieu ; elle n'était pas épousable non plus pour une deuxième raison, qui n'allait pas de soi et que Properce va développer : un poète a bien d'autres soucis que de donner des citoyens à la patrie ; son seul souci est de vivre en poète élégiaque, c'est-à-dire en amoureux (cela passait pour être la même chose, comme nous verrons). Ce qui veut dire, d'abord, qu'Ego, qui se prend comme centre du monde, situe sans même avoir à le dire le monde élégiaque comme irrégulier par rapport à lui, sans discussion possible ; ensuite que l'élégie est poésie passionnelle, car l'amour ne fait pas bon ménage avec le mariage, sauf à la fin des contes de fées, tous les sémioticiens vous le diront. Cynthie a le double attrait de l'irrégularité et de la passion, l'élégie a le double attrait de la poésie légère et de la poésie amoureuse.

Si Ego ne fréquente que des femmes inépousables, ce n'est pas par goût ou par autobiographie, mais parce que le mariage serait un épilogue trop bourgeois. La passion a un chant répétitif qui interdit toute évolution vers un épilogue : Properce n'épousera pas Cynthie ; la poésie élégiaque a choisi de donner au lecteur le plaisir de la transgression et de le promener parmi les femmes légères : Properce ne pourrait épouser une Cynthie. Une tradition poétique qui remonte au moins à Archiloque ordonnait de ne chanter que des femmes qu'on n'épouse pas et elle ne s'explique pas seulement par le respect de la moralité, par la peur de la censure, par des raisons sociales, par l'histoire de la condition féminine ; c'est moins Properce qui refuse Cynthie que la passion qui refuse de se soumettre aux impératifs de la tribu. On inventera un jour de chanter l'amour conjugal et cet exploit sera senti comme un paradoxe esthétique. Dans la meilleure des hypothèses, le lien du mariage fait double emploi avec le lien passionnel, et, esthétiquement, les doubles emplois sont fâcheux. Seuls les contes de fées poussent la naïveté jusqu'à considérer le mariage et les nombreux enfants comme un épilogue idyllique ; et surtout les contes de fées sont un type de narration où il est nécessaire que l'épilogue soit un retour à la normalité, puisque le conte débute par une rupture, une dissonance à résoudre. L'élégie, elle, ne commence ni ne finit, mais se répète et se roule sur elle-même. La passion n'a pas le mariage pour épilogue et la poésie passionnelle ne comporte pas d'épilogue du tout, car le temps n'y coule pas.

Il est donc aussi inutile d'expliquer par la société ou l'idéologie ce que disent les écrivains que de l'expliquer par l'Homme ; ce n'est même pas faux, c'est sans intérêt. Il est un type de narration qui finit toujours sur un épilogue édifiant où le héros se rachète de ses errements en se faisant bon chrétien ou bon bouddhiste : romans picaresques, *Manon Lescaut, Vie d'une courtisane* d'Ihara Saikaku ; on ne saurait en inférer les intentions de l'œuvre, les convictions de l'auteur ou la religiosité de son milieu : la fin conformiste sert à ramener au zéro une narration engendrée par un écart initial. C'est une première raison, et la plus sommaire, de ne pas croire à la sociologie de la littérature. Certes, on ne peut boucler un récit sur un retour à l'ordre chrétien que dans une société encore chrétienne. De même, Balzac ne peut écrire une épopée en redingote et mettre des gants jaunes aux mains de ses corsaires de finances que parce qu'il vit dans une société capitaliste (plus précisément, dans une société non capitaliste, où il y a des paysans et des usuriers, mais pas encore de vrais banquiers ni de chemins de fer ou de sociétés anonymes) ; seulement, en rappelant ce fait matériel, on ne fait pas de sociologie de la littérature : on fait la sociologie de la société française vers 1830.

Par-dessus le marché, un écrivain n'écrit pas ce qu'il veut, mais ce qu'il peut ; il aura beau être très opposé à la guerre au Vietnam, peut-être n'aura-t-il pas à sa lyre de corde qui lui permette de s'engager harmonieusement en ce combat. Chacun n'exploite que les mines qu'il peut, car la littérature ne repose pas sur la société, mais autour de filons

de beauté. Ainsi la poésie exploite par définition les mauvaises mœurs, car celles-ci sont esthétiquement une mine,
doublement : d'abord, l'art et le nu, même artistique, sont
moins chastes qu'on ne le prétend et la beauté fait bon
ménage avec tout ce qui est attirant ou même alléchant,
mauvais lieux compris. Ensuite, tous les lieux sont bons
pour l'art, quand ils sont ailleurs, loin des normes et habi-
tudes : l'altérité, à elle seule, sans autre qualification, est
une carrière à exploiter, elle aussi, pour les artistes. Même
l'altérité peu alléchante ; par exemple, les paysans des Le
Nain...[8].

Parce que leur monde est autre, parce qu'il est anormal et
parce qu'elles ne sont pas des portraits, les figures de
Cynthie ou de Délie ne comportent que des traits négatifs,
on l'a vu ; les élégiaques ne se soucient nullement de faire
le portrait de quelque femme qu'ils auraient bien connue,
mais seulement de faire fonctionner la fiction élégiaque, à
laquelle trop de précision serait néfaste. Sauf que Properce,
sur un point, est allé un peu trop loin, mais pas dans la voie
de la précision : on aperçoit, dans un coin de son tableau, le
visage de Cynthie ; seulement ce visage est idéalisé : il
saute aux yeux que ce n'est pas un portrait ; comment n'a-
t-on pas vu cette évidence ? Comme si la littérature amoureuse n'était pas peuplée de femmes de rêve ! Tibulle n'est
pas allé aussi loin : Délie est gentillette et il n'en faut pas
plus, tant qu'on rêve de chaumière. Properce, lui, crée un

---

8. Le monde paysan des Le Nain, pour le public d'amateurs du XVIIe siècle,
était « autre », et rien de plus ; il n'était pas pittoresque, il n'était pas populiste.
Les paysans ne sont pas en haillons : ni pauvres ni riches ; ils ne sont pas poétiques, pas prosaïques non plus : simplement sérieux. Ils ne sont pas pittoresques :
ils se laissent voir et il leur arrive de regarder, amusés, le peintre ou le spectateur
(qui est donc un spectateur et ne se moque ni ne participe). Dans les *Paysans
dans un paysage* de la National Gallery de Washington, qu'on a vu à Paris, au
Grand Palais, en 1982, un certain nombre de représentants de ce peuple sont
debout, qui s'intéressent – ou se désintéressent –, chacun pour leur compte, à la
présence d'un témoin : mais ils ne font rien entre eux, ils sont debout et solitaires,
ils ne s'occupent pas pittoresquement, ils ne vivent pas non plus entre eux pour
leur compte ; tout se passe comme si le regard du spectateur avait saisi un par un
chacun des représentants de cette race autre, puis les avait juxtaposés sur la toile
après examen.

mythe de femme indépendante et facile qui réunit les attraits les moins conciliables et qui doit sa grandeur à son improbabilité ; où trouver, dans la mauvaise société réelle, une pareille Sanseverina, duchesse mais courtisane, forte personnalité sur laquelle on serait fier de régner et pour laquelle un poète est fier de souffrir et de montrer en souffrant quelle est la hauteur de ses ambitions ? Et cette femme si autonome est pourtant intéressée, sinon vénale, ce qui est un rêve édénique de liberté de mœurs et de promiscuité… Achetable ou inaccessible ? Les deux ; que rêver de plus ? Il est curieux de voir comment les sociétés les plus phallocrates ont rêvé d'images féminines souveraines. En cette image trop belle, Properce ne cherche pas la vérité d'un effet d'illusion, celui du portrait ; mais pas davantage la vérité d'un type qui nous semble, à tort ou à raison, buriné sur la réalité ; il cherche cette fois, pour parler comme André Chastel, à produire l'espèce d'évidence que prend à nos yeux ce qui est conforme à l'idéal et aux lois de l'harmonie. À cet idéal de féminité, la poésie de l'époque opposait une noire image, une curiosité hostile et apeurée pour les étrangetés de la passion féminine, et c'est ce contre-idéal que nous retrouverons dans la Némésis de Tibulle.

Et Ego ? Nous allions l'oublier. Qui est-il ? Que sait-on de lui ? Avant tout, qu'Ego n'est pas quelqu'un comme nous ; en effet, il pose au libertin, il fait profession d'aimer hors mariage, de ne connaître d'autre devoir que d'aimer. Puisqu'il fait fanfaronnade de ses vices auprès de nous, les narrataires, il pose donc que nous ne sommes pas comme lui, que nous sommes des gens normaux et que, sur le vice et les filles, nous avons des opinions saines. Bien entendu, il ne s'agit pas ici de ce que le lecteur réel, une fois le livre refermé, pensait réellement des filles, ni de ce que le chevalier Properce, natif d'Assise, en pensait de son côté : le terreau des idées reçues ne sert qu'à soutenir un jeu de miroirs et de repoussoirs tels, que Joseph Prudhomme et Georges Lukács ne reconnaîtraient plus leurs vérités ni l'idéologie des autres.

L'élégie fait profession d'être la poésie des libertins, ce qu'elle sera encore pour le jeune Chénier. Or, s'il en est ainsi, Ego n'est pas, pour le narrataire, un semblable, un exemple, un interlocuteur valable, un sujet comme lui : c'est un objet à observer et à juger ; le narrataire le surprend en train de gémir, de se glorifier, de prendre à témoin ses compagnons de débauche. Ego a perdu le droit de dire, comme Hugo, au narrataire qui est son semblable et son frère : « Insensé, qui crois que je ne suis pas toi ! » ; il n'est plus l'Homme universel, englobant le narrataire, il ne doit pas l'être, pour que l'élégie soit. On commence à voir l'importance qu'a en cette affaire l'opposition entre « nous » et « les autres », c'est-à-dire entre normalité et irrégularité, entre ce qui va sans dire et ce dont on fanfaronne. Quand Hugo ou Eluard nous parlent d'eux-mêmes, nous les écoutons sérieusement : qu'ils pensent comme nous ou qu'ils veuillent nous convaincre que nos préjugés nous abusent, il y a, en tout cas, communauté de bonne volonté. Il n'y en a pas avec Ego, qui est un autre pour nous et que nous écoutons en n'en pensant pas moins ; aussi bien ce libertin se garde-t-il bien de s'adresser directement à nous, les narrataires : il adresse ses vers à ses compagnons ou à sa maîtresse elle-même et son livre est comme une correspondance que nous aurions surprise.

Encore faut-il que cette correspondance ait eu un éditeur… qui n'est autre qu'Ego ; il s'appelle Properce, comme lui. C'était prévisible. Quand nous ouvrons un recueil de vers légers ou un roman picaresque et qu'un fanfaron de vices ou de crimes y parle de lui-même tout au long et y donne son existence en spectacle, nous devinons aussitôt que cet Ego n'est qu'une marionnette et que, derrière la coulisse, le véritable Properce la fait remuer pour notre agrément. Les vrais libertins, les vrais bandits, s'ils prennent la parole, ne se donnent pas en spectacle, car ils ne sont pas autres à leurs propres yeux et ne se trouvent pas surprenants ; à moins qu'ils aient conscience de leur irrégularité à nos yeux : mais, en ce cas, ils militeront pour nous délivrer de ce préjugé. L'élégie, elle, ne se tait ni ne milite.

Properce aura donc deux voix : la sienne, comme éditeur d'Ego, et celle de ce libertin d'Ego. Le libertin en fait trop ; nous avons vu qu'il fait du monitorat d'amour et se donne en exemple aux candidats amoureux ; il se voit comme on le voit et, comme dit Brooks Otis, il maintient une pose devant une audience[9]. Il se laisse surprendre par le lecteur en train de gémir ; le spectacle d'un amoureux est comique, s'il n'est pas noble ; est-il noble de gémir dans la rue devant la porte qu'une cruelle n'ouvre pas ? De plus, il veut ignorer l'existence d'une humanité normale, sauf pour se réjouir de voir parfois un représentant de cette espèce se rallier au parti libertin (Properce, II, 34) ; il ne parle qu'à d'autres libertins, ses amis, rivaux, jaloux ou imprudents auxquels il écrit : « Je te l'avais bien dit » (I, 9) ; ces êtres n'ont pas d'autre réalité que d'être semblables à lui et de se définir par rapport à son amitié. La tradition voulait que les élégies soient autant de lettres ouvertes, destinées à un individu auquel le poète s'adresse au vocatif ; l'antique Théognis avait ainsi adressé ses leçons de sagesse en vers au jeune Cyrnos[10]. L'astuce de nos poètes est de remplacer le vertueux disciple par une maîtresse ou un compère de foire et d'enseigner autre chose que la vertu. Et, comme ces relations entre Ego et compères ont pour éditeur un Ego homonyme, l'élégie, « œuvre trompeuse », est faite de fausse naïveté. À une époque où le « je » n'avait le droit de parler de lui que pour redire ce que tous savaient, la ruse était de présenter l'irrégularité comme si c'était une norme

9. *Harvard Studies in Classical Philology*, LXX, 1965, p. 29.

10. Le poète adresse ses élégies amoureuses soit à sa maîtresse, soit à un ami dont souvent le nom n'apparaît qu'au cours du poème ; Properce, I, 9, commence ainsi : « Je te l'avais bien dit, ô moqueur, que l'amour viendrait aussi pour toi » ; vers la fin, on apprend son nom : « Une femme qui est à toi ne t'asservit, ô Ponticus, que plus encore. » Cette adresse s'appelle *Anrede* chez les philologues ; voir Wilamowitz. *Die hellenistische Dichtung, op. cit.*, vol. I, p. 232 ; W. Abel, *Die Anredeformen bei den röm. Elegikern*, Diss., Berlin, 1930 ; W. Kroll, *Studien zum Verständnis den röm. Literatur, op. cit.*, p. 233 ; B. Otis, dans *Harvard Studies in Classical Philology*, LXX, 1965, p. 41-42 ; P. Boyancé, dans *Fondation Hardt, Entretiens*, vol. II, 1953, p. 195. Dans la *Revue de philologie* de 1979, on trouvera une étude, moderne d'inspiration, sur l'*Anrede* chez Horace, par Mme Evrard-Gillis.

avérée. Afin de briser, de « distancier » le lien du narrataire et d'Ego : il fait partie du jeu élégiaque que le narrataire se sépare d'Ego et, au lieu d'être subordonné et bon public, le prenne de haut avec lui et le juge.

Il faut reconnaître qu'Ego est un faisceau de contradictions : il est de la bonne société et vit dans la mauvaise, il est seigneur et esclave. Pour savoir qui il est, consulterons-nous la biographie du chevalier Properce ? Il s'agit bien de cela ! Ego est caractérisé surtout par ce qu'il ne dit pas et qui, à ses yeux, va sans dire ; car il se trouve lui-même normal, représentant la simple humanité ; il a l'universalisme des égocentriques ; ceux qui ne sont pas de son monde sont « autres » et moindres. Le narrataire antique apprenait par les silences du texte tout ce qu'il avait besoin de savoir : Ego ne dit rien de lui, car il n'y a rien à redire à sa personne ; n'est-il pas noble, traitant de pair à compagnon avec les compères, dont il cite les noms qui fleurent la bonne société, dînant en ville, fréquentant des femmes coûteuses et n'ayant rien à faire de ses dix doigts que de vivre en oisif qui chante l'amour ? Invité à le prendre de haut avec Ego, le narrataire s'aperçoit que, comme lecteur, il n'est lui-même, dans le meilleur des cas, que l'égal d'Ego, s'il est riche et noble comme lui ; la majorité des lecteurs, à Pompéi (où on lisait Properce)[11], Vienne ou Lyon, se sentaient flattés, devenus narrataires, de voir un seigneur leur faire des confidences comme entre gens du même monde. Ainsi va la littérature.

Confier des secrets de mauvaise société à des gens qui sont réputés ne la fréquenter guère… Entré dans la confidence d'un noble auteur, le narrataire va avoir une deuxième surprise : cet Ego, au lieu de maintenir son rôle brillant, est l'esclave d'une irrégulière, tout Rome ne parle que de cela (comme le répète Properce avec satisfaction) et ce scandale amuse la galerie. Peinture d'un milieu ? Non, mais fantaisie auto-humoristique. D'une part, Ego appartient à la vraie

---

11. Sur les graffiti de vers de Properce trouvés à Pompéi, J.-P. Boucher, *Études sur Properce, op. cit.*, p. 480 ; M. Gigante, *Civiltà delle forme letterarie nell'antica Pompei, op. cit.*, p. 189 et 191.

société, à la bonne (ce qui n'est pas le cas de Cynthie ou Délie), et, l'autre, il s'encanaille dans la mauvaise ; le narrataire est convié à ne pas approuver ce mauvais choix ; il est également autorisé à trouver plaisant qu'Ego, en son insondable candeur, trouve que cet encaillement délibéré est un noble esclavage dont il serait la victime honorée. Seigneur esclave d'une grue et fier de l'être. Il y a là toute une dialectique de l'auteur et du lecteur où la société réelle servait seulement de prétexte à un jeu sémiotique. Décrété supérieur à Ego par sa moralité, le narrataire est ensuite discrètement rabaissé (Ego est du beau monde) et humilié (Ego fréquente des femmes alléchantes, lui), avant d'être relevé derechef bien au-dessus d'Ego, ce naïf… Mais qui donc organisait ce jeu où le narrataire en voyait de rudes avant son triomphe final ? C'était l'autre Ego, éditeur de lui-même. Le lecteur est-il donc le dindon de la farce ? Non, car il savait tout cela ; visitant la foire aux livres, il était entré dans ce Palais des glaces précisément pour y éprouver ces hauts et bas pour rire. Les élégiaques ne cherchent pas à snober le lecteur, à jouer les écrivains de la haute société.

Nous sommes à la foire. On y trouve, par exemple, des baraques de films de terreur et de romans noirs où l'on entre pour se faire peur. On n'y joue certes pas *l'Enfer* de Dante, qui est destiné, lui, à faire peur réellement ; dans ces baraques, on vous fait peur pour rire. Le Palais de l'élégie est fondé sur le même principe : Ego, en scène, vous y fait envie, mais envie pour rire ; vous y êtes entré pour que le poète vous rende jaloux et il faudra que vous le soyez un peu, si vous voulez être bon public. Car le poète fait tout pour vous faire envie ; il est moins occupé de ses propres sentiments que de faire admirer au public l'image de Cynthie ; voyez comment il en parle : sur le ton montreur de foire ; il la fait voir aux spectateurs.

Le comble est que nul autre que lui n'a décrété, par ailleurs, que cette femme n'était pas de son monde. Car Ego classe tout de son point de vue ; il y a des choses qui vont sans dire, celle-ci, par exemple : on ne peut songer un instant à épouser Cynthie. En littérature, la coupure entre

« nous » et « les autres » est souvent aussi impérieuse que
dans les sociétés de classes[12], mais elle ne correspond pas
nécessairement à ces classes (dans le Palais des prestiges
proustien, ceux qui fréquentent les duchesses peuvent difficilement passer pour une classe sociale) ; Ego, dès qu'il
ouvre la bouche, se met naturellement au centre du monde,
attire le narrataire dans son orbite et décide souverainement
qui sera de son monde et qui en sera exclu. L'idéologie
ambiante a beau tenir les femmes faciles pour des réprou-
vées, il demeure libre à Ego de conforter ce préjugé, de
l'attaquer ou de voir toutes choses par les yeux de la
réprouvée et de ses évidences à elle.

Le cas de l'élégie apparaît alors particulièrement compliqué
et nous enseigne que, si, dans la société, il ne peut y avoir
trois côtés à une barricade, cela peut se produire, en
revanche, dans les lettres et les arts. Ego, donc, adore une
femme indigne, mais comment saurions-nous qu'elle est
indigne, s'il ne nous le faisait savoir ? En d'autres termes,
l'éditeur, parlant par sa bouche, nous apprend négligem-
ment que Délie est adultère, que Cynthie change d'amant
chaque nuit, et, puisqu'il éprouve le besoin de le mentionner, c'est qu'il est contre ; le bon public doit donc être
contre, lui aussi. Voilà Ego devenu ridicule et vaguement
sordide, voilà ses amours démenties et son inconscience
devenue patente. Car il en a dit trop ou trop peu : il lui
fallait, ou trouver tout normal et ne rien voir ni dire, ou
attaquer de front l'idéologie régnante et prendre la défense
de la liberté de mœurs. Il n'a rien fait de tout cela. Résultat :

---

12. Sur l'opposition entre nous et les autres, voir T. Todorov, *Mikhail
Bakhtine : le principe dialogique, op. cit.*, p. 76 ; N. Frye, *Anatomie de la critique, op. cit.*, p. 47 ; Iouri Lotman, *La Structure du texte artistique, op. cit.*,
p. 331 ; H. R. Jauss, *Pour une esthétique de la réception*, Gallimard, 1978, p. 150.
Voici une illustration ingénieuse de cette opposition : « Un roman n'est plus dit
documentaire, dès qu'il concerne la bourgeoisie et les classes aisées : il devient
alors roman psychologique, ou roman romanesque, ou chronique de la société ;
on ne voit pas très bien pourquoi le tableau de la bourgeoisie appartient à un autre
genre de roman que le tableau du peuple » (A. Thibaudet, *Histoire de la littérature française de 1789 à nos jours*, Stock, 1936, p. 437). Cf. P. Bourdieu, *La
Distinction, critique sociale du jugement*, Paris, Éd. de Minuit, 1979, p. 558.

il n'y a plus de point de vue privilégié du tout et on ne sait plus ce qu'il faut penser du libertinage ; le poète est arrivé à ses fins. Ego, proclamant son amour, mais sans démentir les idées reçues, se dément lui-même ; ou plutôt, comme nous ne sommes pas chez les géomètres, on pourrait dire aussi bien que tout est vrai en même temps[13]. L'élégie nous laisse hésiter ou opter entre deux versions : Ego est attachant, car comment ne pas partager les soucis d'un amoureux ? Ego fait sourire, car un coureur de filles transi est un plaisant spectacle. Même double sens du côté des irrégulières ; la lectrice honnête femme n'aurait que dédain pour les courtisanes, les adultères, si elle ne soupçonnait que ces femmes sont peut-être plus intéressantes qu'elle.

Le recours calculé à l'idéologie en dit long. La coupure entre nous et les autres, là où elle est présente, peut être ce que décrète la fantaisie de l'auteur ; d'autres fois, elle est empruntée à la réalité ou aux idées reçues, comme ici. Mais, même en ce cas, l'œuvre n'est miroir du réel ou produit du social que dans ses matériaux et pour des fins à elle. Le recours à l'idéologie pour démenti n'est pas la trace d'un enracinement premier dans la société, le reste d'un cordon ombilical mal coupé. L'œuvre n'est pas nativement un miroir, que le poète pourrait fêler, fausser ou compliquer : elle ne représente le réel, ou ce qu'on appelle ainsi, que si l'auteur le décide et pour produire un effet esthétique à sa juste place, car tel est le rôle dévolu aux matériaux, appelés aussi matière ou causes matérielles. À plus forte raison ne peut-on toujours dire ce que l'écrivain pensait de la réalité : rien ne l'oblige à en penser quelque chose. Il serait ridicule de considérer l'élégie comme un repoussoir destiné à détourner des mauvaises mœurs et on ne peut pas y saluer non plus un manifeste libertaire : le ton et la conviction n'y sont pas (dans le seul poème où il ait excusé, n'osant faire plus, la liberté des

---

13. Iouri Lotman, *La Structure du texte artistique, op. cit.*, p. 345 : « En poésie, ce qui est réfuté ou démenti n'en subsiste pas moins ; il n'en est pas de l'art comme de la dialectique scientifique, où une des positions étant reconnue comme non vraie et rejetée, l'autre est victorieuse ; en art, ce qui nie n'élimine pas ce qui est né, mais entre avec lui en rapport d'inter-opposition. »

mœurs, Properce a changé complètement de ton). L'élégie n'idéalise pas des liaisons sordides, elle ne dément pas non plus, par pudeur ou prudence, une passion vraie ; un des moyens de maintenir cet équilibre était, on le comprend, de placer la scène chez les femmes de mauvaise vie.

Un autre moyen était de s'appuyer, pour l'effet contraire, sur la morale normale. Ce n'était pas l'approuver pour autant : se servir d'un matériau n'est pas le poser en thèse. En littérature, deux négations ne font pas une affirmation, mais seulement un vide très esthétique. En imposant sa règle du jeu au narrataire, l'auteur n'informe pas le lecteur de ce qu'il doit penser des femmes et de l'amour : il se borne à jouer avec ce qu'on en pense couramment (et que le narrataire sera convié à affecter un instant de penser), afin qu'en art le problème du vrai et du faux ne se pose plus. La poésie de Properce (je n'ai pas dit : l'opinion privée du chevalier Properce sur la question) demeure et doit demeurer indécidable, comme l'est un sourire à demi attendri, à demi sceptique. Mais seul ce sourire est ambigu : le monde et ses certitudes n'ont, en revanche, pas bougé. On voit quel abîme sépare ce maniérisme de celui des temps modernes, où le monde devient labyrinthe, énigme, ciel contradictoire, vérités écrites sur l'onde[14].

L'élégie est ambiguë : elle n'est pas sceptique, ni non plus énigmatique. On y savoure à la fois les plaisirs de la poésie amoureuse et ceux d'un pastiche humoristique de cette même poésie, et ces deux vérités ne s'annulent pas : vraies et contradictoires toutes deux. Il n'y a là énigme que si l'on prétend savoir la vraie pensée de l'auteur, ou plus exactement du chevalier Properce : estimait-il qu'on peut aimer passionnément une grue dont on se moque ? Mais ce qui est énigme en un homme est double lecture en un texte. L'élégie n'apparaîtrait comme contradictoire que si on y voyait un message personnel du chevalier, plutôt qu'une œuvre de son auteur.

Le sourire de cet auteur ne doit pas être confondu avec les opinions du chevalier. On ne doit pas non plus préjuger des

14. Voir les livres abondants et faciles de G. R. Hocke, *Die Welt als Labyrinth : Manier und Manie in der europ. Kunst*, 1957, et *Manierismus in der Literatur*, 1959.

véritables pensées du lecteur, derrière ses complaisances de narrataire ; il s'est montré bon public et n'en pense peut-être pas moins. Quand une secrétaire va voir un « film à téléphones blancs » ou ouvre la presse du cœur, cette lectrice ou spectatrice prend les yeux de la narrataire exigée par la loi du genre : les délices de l'imagination, du changement de régime de vérité, sont à ce prix ; elle oublie provisoirement ses convictions pour s'enchanter d'une fiction lénifiante et luxueuse. Dès que son magazine est refermé, elle se remet sur la longueur d'onde de vérité quotidienne et retrouve ses positions syndicales. En somme, elle fait exactement la même chose que les intellectuels. La sociologie est subordonnée à la sémiotique parce que tout énoncé littéraire suppose un pacte déterminé entre auteur et narrataire ; c'est sur ce point qu'il y a rupture entre Bakhtine, pour qui tout suppose ce pacte « performatif », et Jakobson, pour qui l'énoncé se bornait à un message et à un code[15].

Prenons le cas de Proust. Son narrateur demande aux lecteurs de devenir des narrataires aussi snobs que lui ; il rira avec eux de Mme Cottard, cette bourgeoise qui singe les duchesses (dont la supériorité incontestable règne, sans avoir à le dire, au centre du monde narré). Or la grande majorité des lecteurs de Proust sont des bourgeois comme Mme Cottard. Mais ils l'oublient en lisant le livre et le lisent comme il faut le faire, en gens qui sont du même monde que le narrateur ; ils ne se sentiront pas concernés par le dédain de Marcel pour Mme Cottard : les présents sont toujours exclus, comme on dit. Le narrateur désocialise ses lecteurs en les mettant dans sa confidence ; le narrataire est clivé, séparé de l'individu, qui restera aussi politisé ou petit-bourgeois qu'il voudra[16]. Proust ne fait pas de gaffe en se moquant des bourgeois devant lui ; au contraire, il le

---

15. T. Todorov, *Bakhtine le principe dialogique, op. cit.*, p. 87.
16. Sur la distinction du lecteur concret et du narrataire idéal, voir G. Genette, *Figures III.* Éd. du Seuil, 1972, p. 227 et 265 ; O. Ducrot, *Dire et ne pas dire, op. cit.*, p. 288 ; Ducrot et Todorov, *Dictionnaire encyclopédique des sciences du langage*, Paris, Éd. du Seuil, 1972, p. 413 ; Wolfgang Iser, *Der implizite Leser*, Munich, 1972.

flatte en lui parlant, il crée une complicité « performative »
d'information ; cet ennemi de classe crée, en dehors de la
société, une nouvelle classe, qui est d'information et qui
regroupe tous ses narrataires présents et à venir.

On n'a pas avec une représentation le même rapport de
crédulité, de sympathie, d'hostilité qu'avec la réalité censé-
ment représentée. Pour la bonne raison que l'art le plus
réaliste n'arrive jamais à faire réel : le réalisme sera hyper-
réalisme et le trompe-l'œil amusera sans tromper ; l'art n'est
pas miroir, mais information en vertu d'un pacte : un
homme a pris sur lui de nous montrer quelque chose.
L'image la plus exacte ne sera pas sentie comme identique à
son modèle et cela ne tient pas à une imperfection sensible à
nos yeux : la désillusion commence dès que nous apprenons
que c'est une image : il y a donc un montreur par derrière ;
savoir cela nous gâte la ressemblance. Si nous voyons dans
le miroir un morceau du monde, c'est parce que le montreur
l'a choisi et a voulu ainsi. Nous ne voyons plus le monde
comme il est, mais comme quelqu'un nous le fait voir ; les
bourgeois ou les ouvriers apparaîtront comme nôtres ou
autres, comme exotiques ou bien comme attendrissants ; le
montreur fera soit du paupérisme, soit du misérabilisme[17], en
tout cas il fera quelque chose ; il ne montrera pas les
ouvriers « tels qu'ils sont », c'est-à-dire eux-mêmes pour
eux-mêmes, parce que, s'il les montrait ainsi, ce serait un
choix de sa part, celui de les voir avec l'œil glacé de l'entomologiste regardant des insectes humains.

Ce n'est pas tout. Si on nous les montre, c'est que le
montreur tient ce spectacle pour intéressant ; en vertu du
pacte de la littérature et de tout ce qu'on lit pour le plaisir,
il s'engage à intéresser ses lecteurs à un titre quelconque.
Car, si ce n'était pas intéressant, pourquoi en parler ? Seuls
les prêtres et les professeurs ont le droit d'ennuyer, mais
c'est pour le bon motif, pour dire le Bien ou le Vrai, qui

---

17. Sur l'antinomie insoluble du populisme et du misérabilisme, qui confirme
l'impossibilité d'un langage neutre, voir J.-C. Passeron, préface à *la Communica-
tion inégale* de F. Chevaldonné, Centre national de la recherche scientifique,
1981.

sont toujours bons à dire[18]. Si l'on fait un film sur Hitler, il ne pourra donc être neutre comme la réalité ; si le scénariste, dissipant toute équivoque, n'est pas expressément contre, le film sera pour : car pourquoi parler de Hitler, s'il n'était intéressant, fascinant ?

La question est moins : « Qu'en dit-il ? », que : « Pourquoi en parle-t-il ? » Properce aurait pu peindre un milieu libertin pour le plaisir de le peindre ; Tibulle se complaît, lui, dans cette peinture de mœurs, nous dit comment les matrones s'y prennent pour déserter discrètement le logis conjugal pendant la nuit et Ovide ne fera que cette peinture-là. Properce, qui n'aime guère le pittoresque, ne fait appel aux réalités du libertinage que pour pimenter ses vers d'un peu d'altérité et d'irrégularité et pour enclencher ses miroirs et repoussoirs. Mais, pour le principal, il veut intéresser le lecteur à une rêverie ambiguë ; il substitue donc, sans le dire, à la mauvaise société réelle une autre qui, sous le même nom, est peuplée d'amants poètes qui pleurent à la porte de grues admirables. Le livre une fois refermé, le lecteur peut croire en un premier temps qu'on vient de lui parler des libertins et des femmes faciles des quartiers de plaisir que contenait la Rome antique ; en un second temps, il devine qu'on l'a poétiquement abusé et il éclate de rire, comprenant enfin qu'aux viveurs et aux femmes faciles Properce a substitué des héros de pastorale.

D'où vient que le sourire de l'élégie soit ambigu et que cette poésie ait pu être méconnue si longtemps ? Voici le mot de ce mystère : les élégiaques sourient de ce dont ils parlent, amours, héroïnes et Ego, mais restent d'un sérieux absolu dès qu'il s'agit des règles du genre ; il n'y a pas trace de « second degré » chez eux. Leur humour est le contraire de celui des modernes, qui porte sur les conventions plutôt que sur le contenu. Songeons à Sterne et aux romanciers anglais du XVIIIe siècle, dont l'humour souligne la convention en termes exprès, pour s'en moquer ; ces romanciers font la grève du zèle, comme les douaniers : ils appliquent la

---

18. O. Ducrot, *Dire et ne pas dire, op. cit.,* p. 9.

convention jusqu'au bout, en le disant si lourdement que nous avons aussitôt compris qu'ils ne la prennent pas au sérieux ; tel ce scénariste qui annonce, vers la fin du film : « Et voici le *happy end*, comme au cinéma, si souvent. » C'est ce que les formalistes russes appellent « dénudation[19] ». Les élégiaques faisaient le contraire : ils « motivaient » les lois du genre en faisant passer leur application pour un effet de la psychologie des personnages ou du déroulement de l'intrigue ; puisque le genre voulait que l'amour soit souffrance et remplisse l'existence, ils vont s'attribuer des peines de cœur et refuser de servir la patrie. Bref, les élégiaques se bornent à plaisanter ; ils n'ajoutent pas charitablement : « Je plaisante. » De plus, ce qu'ils écrivent en plaisantant était, pris à la lettre, touchant, car nous avons vu que l'humour est extérieur à la lettre d'un texte et qu'on peut toujours ne pas voir la plaisanterie. Il n'en est pas des textes comme des hommes, dont le oui doit être un oui et le non, un non.

Car un texte littéraire a le droit d'avoir plusieurs sens contradictoires en même temps. Il n'est écrit que pour plaire

---

19. Sur l'opposition que font les formalistes russes entre dénudation et motivation, voir T. Todorov, *Théorie de la littérature, op. cit.*, p. 98 et 284. Brooks Otis, dans les *Harvard Studies in Classical Philology*, LXX, 1965, p. 32, rend bien l'impression de sincérité que produisent les élégiaques, grâce à leur motivation du procédé ; il en a été dupe, mais n'importe, l'effet est bien rendu : « C'est par son *irony* que Properce devient presque sérieux ; Allen approche de la vérité, je crois, quand il écrit que la supériorité de Properce est de rendre vivantes et personnelles les conventions du genre ; ce qu'il écrit est conventionnel ; nous n'y sentons pas moins un effet d'immédiateté personnelle. » En même temps, Otis a bien senti que cette motivation des procédés s'accompagnaient d'autodémenti et que le mot d'*irony* s'imposait. Il essaie tant bien que mal de résoudre la contradiction prétendue en écrivant : « Toutefois, cette constatation ne me satisfait pas complètement, car Properce ne se borne pas à galvaniser des conventions, à les vivifier par des procédés de langue et de style : c'est dans l'ambiguïté presque délibérée de son *irony* que réside son immédiateté, ou plutôt, dirai-je, son sérieux poétique ; d'un côté, Properce joue un rôle conventionnel et il insinue même que ni lui ni Cynthie ne peuvent prendre ce rôle au sérieux ; et pourtant il y a une espèce de profonde solidarité entre les deux amants, quand ils comprennent si bien l'un l'autre leur mutuelle *irony*. » L'idée est compliquée, mais la sensation est juste ; il suffit de voir que, Cynthie et Ego n'ayant jamais existé que sur le papier, ces sentiments amphigouriques, cette préciosité de la passion, ce phébus, psychologiquement invraisemblables s'il fallait les attribuer à des êtres de chair, n'ont rien que de plausibles s'il s'agit de créations littéraires : c'est du maniérisme, tout simplement.

et n'a pas conclu avec les narrataires le pacte d'avoir une parole nette, pour que ceux-ci sachent à quoi s'en tenir. S'il donne ainsi des informations inutilisables sur la biographie amoureuse de son auteur et ses opinions sur les femmes, ce n'est pas une lacune. En d'autres termes, l'ambiguïté ou l'obscurité d'un texte ne doit pas être appréciée par rapport au message ou au code, mais par rapport au pacte : un message obscur ne fera un mauvais énoncé que si le pacte de cet énoncé exigeait que le lecteur soit informé plutôt que charmé.

On connaît le débat : le langage se réduit-il à un code et à un message, à la façon des télégrammes Morse, et n'est-il qu'informatif ? Si oui, il sera neutre (dire « la bourse ou la vie » ne sera pas menacer, mais informer d'une menace) ; honneur des hommes, saint langage, saint et pur, neutre comme les parlementaires munis du drapeau blanc ! Ou bien (comme on le pense de plus en plus) le langage ne contient-il pas quelque chose de plus, qui fait la différence entre, par exemple, informer d'un ordre et ordonner ? Oswald Ducrot me pardonnera de parler si vaguement de ces problèmes qui ont atteint aujourd'hui une précision admirable. Disons que ce quelque chose de plus fait qu'une information n'est ni un souhait (le fait de souhaiter consiste à dire : « je souhaite » et ce verbe n'est donc pas une information), ni un ordre, ni une interrogation, ni un poème. Un poète n'est pas tenu envers nous d'avoir la cohérence de la réalité ni la loyauté d'un homme envers sa parole. Comme l'écrivait le jeune Nietzsche, « l'homme n'exige la vérité et n'en fait prestation que dans le commerce de moralité avec les autres hommes et c'est le fondement de la vie en commun : on prévient les suites funestes de mensonges mutuels ; on peut en revanche permettre le mensonge au poète : là où les mensonges sont agréables, ils sont permis[20] ». Prêtres et philosophes grecs ont vécu le droit au mensonge : le devoir de dire vrai en toute matière est une exigence plus récente, qui a tué le mythe. S'ils avaient le droit de mentir, pourquoi pas celui de se contredire ?

---

20. Nietzsche, *Philosophenbuch*, I, 70 (éd. Kröner, vol. X) ; « en fait prestation », car tel est le sens de « leistet sie ».

7

La pastorale en costume de ville

Plaisir esthétique d'un triomphe ludique sur la lourdeur, sur le goût pour la sentimentalité et l'*human interest*. L'élégie ne retient, de notre réalité, que des données banales et vagues (un noble libertin, une irrégulière) et les transforme en êtres de fiction qui mènent une vie de rêve ; la logique interne de ce monde qui n'est pas le nôtre est qu'on n'y vive que pour chanter l'amour et souffrir d'amour ; faute d'être à la campagne, il arrive, à ces bergers sans l'habit, de soupirer de n'y être pas. L'élégie ne chante nullement la passion, mais la fiction d'une vie exclusivement poétique et amoureuse ; comme dit Fränkel, « le principal postulat de ces poètes est le suivant : l'amour n'est pas simplement un épisode dans une existence par ailleurs normale, mais revendique pour lui un être tout entier, donne une nouvelle configuration spécifique à l'existence de sa victime et le place dans une nouvelle sphère qui est à part, le sépare du reste des humains, le situe dans un nouvel horizon et un nouveau climat[1] ». La victime de la passion ne voudra plus connaître désormais d'autre devoir que d'aimer, d'autre milice qu'amoureuse.

Choix d'un genre de vie, refus d'embrasser la carrière des affaires publiques ? Non pas, mais changement de nature ou plutôt passage de la réalité à la fiction. Que devient-on, une fois qu'on est dans ce monde autre ? On devient amoureux poète, ce qui est plus que d'être l'hybride d'un poète et d'un amoureux comme il en est parmi nous ; l'amoureux poète est

---

1. H. Fränkel, *Ovid. ein Dichter zwischen zwei Welten, op. cit.*, p. 25.

une espèce vivante qu'on ne trouve que dans ce monde-là,
comme on verra. L'élégie a beau avoir pour théâtre les rues
de Rome, Tivoli, les petits ports du Latium ou la côte napolitaine, elle se passe en réalité hors du monde, tout comme la
bucolique. Mais, tandis que la fiction pastorale n'a jamais
trompé personne, la fiction élégiaque ne compte plus ses
victimes.

Ce qui est injuste : la bucolique antique aurait dû faire
davantage de dupes, car elle est différente des mièvres bergeries des modernes, *Bocage royal* de Ronsard, *Astrée* ou
Pastor fido ; elle en est même l'inverse ; s'il fallait une
comparaison, elle serait plutôt avec *Porgy and Bess*, avec
les opérettes américaines qui se passent dans le petit monde
des Noirs avec leur accent et leur langage. Si personne ne
prenait la bucolique au sérieux, c'est parce qu'elle se
passait dans un monde non moins subalterne et puéril, celui
des esclaves ; monde si subalterne qu'il en devient innocent
et idyllique. Esclavagiste ou raciste, pareille coupure entre
« nous » et « ces autres » a servi de matériau esthétique. La
pastorale moderne prend des seigneurs et les travestit en
bergers ; l'opérette nègre et la bucolique antique prennent
des Noirs ou des esclaves, leur laissent leur rudesse, leurs
plaisanteries, leur promiscuité sexuelle, mais les transforment en amoureux de profession (qui, dans la bucolique,
sont en outre poètes).

Dans la bucolique, donc, des bergers esclaves deviennent
consubstantiellement amoureux poètes ; dans l'élégie, des
chevaliers romains le deviennent non moins consubstantiellement. Si bien qu'il suffirait, ou presque, qu'un chevalier
d'élégie se fasse berger pour qu'il devienne un personnage
de bucolique. Telle est précisément l'expérience littéraire
que, par jeu de lettré, Virgile a tentée et admirablement
réussie dans la dixième et dernière de ses *Bucoliques*.

Ce texte au second degré, ce palimpseste, comme
l'appellerait Genette, serait de loin la plus belle des élégies
romaines, si elle était écrite dans le rythme élégiaque, au
lieu d'être en hexamètres, rythme de la bucolique, et si, précisément, elle n'était élégie qu'au second degré seulement ;
Virgile s'y amuse lui-même d'avoir écrit une élégie en

hexamètres[2]. À la transposition rythmique s'ajoute un double transfert de contenu : un poète élégiaque alors célèbre, Gallus, y devient poète bucolique par le fait de Virgile, qui imagine ce que deviendrait l'Ego de Gallus, s'il quittait la ville et ses chagrins pour se réfugier dans les solitudes pastorales : il y deviendrait chasseur et berger, en en prenant l'habit. Sur un point, la métamorphose ne serait pas complète : fidèle au rôle élégiaque, Gallus continuerait, dans ces solitudes, à souffrir d'amour, à chanter des chagrins. Il resterait le poète qu'il a été.

Texte écrit sur un autre texte ou plus exactement sur un autre genre littéraire[3], la dixième *Bucolique* est un poème éblouissant (des salves d'applaudissements éclatent dans la tête du lecteur à chaque vers), mais, comme l'écrit Jacques Perret, moins pathétique qu'il ne paraît d'abord ; ce tour de force d'un jeune virtuose sur un autre virtuose pratique cette « dénudation » des règles du jeu que l'élégie évite soigneusement. Gallus était à cette époque un auteur consacré et le père de l'élégie romaine ; le jeune Virgile, qui pressentait que ses propres *Bucoliques* le feraient rentrer dans la postérité comme un boulet de canon, a osé pasticher son prédécesseur et, sous couleur de lui rendre hommage, se poser comme son égal en un genre différent. On se souvient que Gallus avait eu pour maîtresse cette belle Volumnia Cythéris avec qui Cicéron était fier et effarouché de dîner ; dans ses élégies, Gallus chantait les souffrances qu'une certaine Lycoris infligeait à son Ego. J'ignore, comme tout le monde, si Cythéris avait fait souffrir Gallus et, comme on le verra, il est très douteux qu'à Rome la coutume des lecteurs ait été de prendre la poésie légère assez au sérieux pour prêter à un poète le ridicule de publier ses déconvenues intimes. Lycoris fait souffrir Ego parce que l'élégie

---

2. *Bucoliques*, X, 50-51 ; le poète sicilien doit être le bucolique Théocrite, celui de Chalcis, l'élégiaque Euphorion.

3. Comme l'écrit G. Genette, *Palimpsestes : la littérature au second degré*, Paris, Éd. du Seuil, 1982, coll. « Poétique », p. 89, on ne pastiche, parodie ou imite jamais un texte, mais seulement le genre ou le style auquel se rattache ce texte.

aime porter des habits de deuil et a normalement les larmes
aux yeux.

Précisément, le désespoir de Gallus a des raisons très élégiaques : sa Lycoris, qui vit dans les hautes sphères, a
accepté d'accompagner un de ses amants dans la province
qu'il s'en va gouverner ; par la force des choses, elle sera
toute à ce rival ; pareille malchance échoira à Properce et à
Tibulle. Ego, qui est la délicatesse même, plaint l'exilée
dont les pieds sensibles fouleront, sur les frontières de
l'Empire, les neiges du pays des Barbares. Et, quittant la
ville, ses pompes et ses œuvres, Ego s'enfonce dans les collines et les maquis, pour y partager la vie des êtres qui
hantent ces solitudes, bergers, chasseurs et dieux rustiques.
Tous viennent le consoler à tour de rôle. Ego, lui, garde un
troupeau de chèvres ; mais ne rougit-il pas d'une occupation aussi servile ? Virgile le conjure de n'avoir pas cette
honte, puis, quelques vers plus loin, lui prête une autre activité plus convenable à un chevalier, la chasse (qui supposait
une longue immersion en pleine nature, comme plus tard la
chasse à courre). Et Gallus rêve vainement que Lycoris,
devenue fidèle (seule la ville fait les irrégulières), vient le
rejoindre et qu'ils vieilliront ensemble. Tibulle fera un jour
le même rêve rustique pour sa Délie.

Le monde bucolique ne connaît de malheurs que légers et
innocents ; la douleur fêlerait le cristal de ce rêve. Gallus
voit bien qu'en ces campagnes il trouverait peu de cruels et
de cruelles : Philis est prête à lui tresser des chapeaux de
fleurs et le brun Amyntas à lui jouer de la musique ; car la
promiscuité servile était un rêve de facilité paradisiaque.
Mais un amoureux ne renonce pas si vite à sa délectation
morose et un poète à ses formules : Gallus redira, parmi les
pasteurs, ses souffrances élégiaques d'autrefois ; il reste
l'esclave de l'amour et la campagne ne suffit pas à le
consoler. Virgile n'a plus qu'à clore son poème et à
ramener à la ferme son propre troupeau, maintenant que la
journée de travaux poétiques est finie : « Au logis ! La coupe
est pleine, le soir descend ; allons, mes chèvres ! » Je ne
crois pas un instant que Virgile ait voulu, par cet épilogue,
nous délivrer un « message », conclure mélancoliquement à

« l'échec final de la poésie, impuissante à purger les passions » ; quel lecteur s'aviserait de prendre une fiction poétique pour une recette de moraliste et d'en tirer une leçon aussi évidente ? L'épilogue signifie tout simplement que, le pastiche terminé, les deux poètes redeviennent tels que l'éternité les changera ; Gallus redevient l'élégiaque qu'il est à jamais ; la confusion des genres n'aura été que le jeu d'un instant : le troupeau peut rentrer au bercail.

Virgile est donc lui-même gardien de troupeau ? Oui, puisqu'un poète passait pour être ce qu'il chantait ; s'il chantait les pasteurs, il était lui-même l'un d'eux[4]. Le principal souci des pasteurs eux-mêmes n'était-il pas de chanter ? Ils reprennent leur troupeau le soir, au moment de quitter la poésie. Le cas de Tibulle ou de Properce est à peu près le même ; leur Ego est un chevalier qui ne pense pas beaucoup à sa carrière ou à la culture de ses terres ; il ne songe guère qu'à vivre d'amour et de poésie.

Puisque, selon eux, l'homme reflétait le poète (à nos yeux, c'est le contraire qui est vrai), un poète amoureux ne fera pas de politique, ne sera pas non plus homme d'affaires ; ce qui ne veut pas dire qu'en pratique un individu ne puisse faire tout cela à la fois, mais simplement que les thématiques sont différentes : la poésie érotique n'est pas la poésie patriotique. La bucolique, par exemple, ignorait la richesse et les honneurs publics. Il est vrai que la bucolique s'abstrait du réel ; l'élégie, qui fait semblant de s'y rattacher, doit donc refuser expressément ce que la pastorale se borne à passer sous silence. Seulement, elle le refuse avec tant d'insistance, elle développe si volontiers le thème de la milice d'amour[5] que, de toute évidence, elle trouve du plaisir à ce refus ; plaisir de fronder les convenances, de braver les

---

4. G. Williams, *Tradition and Originality...*, *op. cit.*, p. 237 : « What Virgil does in *Buc.* 10 is to maintain the ambiguity between *writing bucolic poetry* and *being a shepherd.* »

5. Sur le thème littéraire de la milice d'amour, voir le répertoire d'A. Spies, *Militat omnis amans : ein Beitrag zur Bildersprache der antiken Erotik*, Tübingen, 1930 ; cf. N. Zagagi, *Tradition and Originality in Plautus : Studies in the Amatory Motifs*, Göttingen, 1980, p. 109*sq.* Sur le mode de vie réel qui a pu correspondre à ce *topos*, J.-P. Boucher, *Études sur Properce, op. cit.*, p. 17-23.

impératifs, de renverser les valeurs. De les renverser pour rire : l'instrument élégiaque n'a pas de corde pour rendre des sons plus graves ; dans les comédies du théâtre hellénistique, la vie des oisifs libertins procurait déjà des assouvissements d'imagination aux honnêtes spectateurs.

Quels étaient les impératifs à braver ? L'Ego élégiaque est visiblement un membre de la bonne société, un chevalier ; or c'est dans la noblesse des chevaliers que se recrute l'équipe gouvernante, c'est-à-dire, pratiquement, le Sénat[6]. Tout jeune chevalier se trouvait donc devant un choix : vivre de ses revenus sans rien faire ou entrer dans la carrière des fonctions publiques et des honneurs ; s'il optait pour le second terme, il deviendrait chef d'armée, juge, gouverneur de province et surtout il siégerait au Sénat, qui était à la fois un Exécutif suprême, un Grand Conseil et une sorte d'Académie et Conservatoire des arts politiques ; il s'y enrichirait énormément, sinon honnêtement. Tous les chevaliers n'entraient pas dans la carrière, loin de là : il n'y avait pas de postes pour tout le monde ; mais c'est une chose que de rester en dehors, comme faisaient la majorité d'entre eux ; c'en est une autre que de se refuser à y entrer et de le crier sur les toits.

Les élégiaques crient qu'aucun service militaire n'est aussi dur que le service d'amour, où il faut veiller, être actif, obéir aveuglément à sa maîtresse, lui tenir son ombrelle ou son miroir, la servir comme un esclave[7], livrer de nocturnes combats : c'est là que l'on conquiert de la gloire[8] ; comme le soldat, l'amant vit au jour le jour et n'est jamais sûr de ses lendemains. Ils crient encore plus haut qu'ils ne connaissent d'autre service que celui d'amour. Car « Amour est dieu de paix et nous, les amants, vénérons la paix » (Properce, III, 5). Le civisme est bon pour les autres :

---

6. « Sénateurs et chevaliers forment deux corps, mais une seule classe » (R. Syme, *History in Ovid, op. cit.*, p. 114).

7. Ovide, *Ars amatoria*, II, 233, cf. 216 ; *Amores*, I, 9 en entier.

8. Horace, *Odes*, III, 26 : « Ma vocation était le service des filles et mes états de service ne sont pas sans gloire ; comme ex-voto, voici mes armes de vétéran, c'est-à-dire ma lyre. » Ici encore, faire l'amour et chanter l'amour sont confondus.

Travaille, ô ami, à t'avancer dans la carrière plus loin encore
que ton oncle le consul, rétablis dans leurs privilèges nos vassaux
qui n'osaient plus y songer[9] ; car, de ta vie, tu n'as eu le temps
d'aimer, tu n'as jamais pensé qu'à ta patrie et à la guerre. Laisse-
moi suivre la basse fortune qui est mon lot de toujours et mourir
comme un bon à rien ; beaucoup sont morts satisfaits d'avoir aimé
longtemps ; puissé-je les rejoindre dans le tombeau ! Je ne suis pas
fait pour la guerre et la gloire, ma vocation est de m'engager dans
l'armée de l'amour (I, 6).

Je ne suis pas de la race qui engendre des militaires (II, 7).

Malgré cette hautaine stérilité, le poète peut connaître un
soir de gloire :

Les autres avaient beau frapper à la porte de Cynthie et se dire
ses esclaves, elle n'était pas pressée de leur ouvrir et a laissé sa
tête posée à côté de la mienne ; voilà une victoire comme je les
préfère ; j'aurais été moins heureux de mettre en déroute la Barbarie (II, 14).

J'ai oublié de dire que toute carrière politique était obli-
gatoirement mixte : on était tour à tour général et
administrateur ; les élégiaques, pour refuser le tout de la
carrière la désignent par sa partie la plus marquante, qui
est la partie militaire.

À défaut de carrière, la morale noble admettait qu'une autre
option était louable, s'enrichir (car l'aristocratie romaine avait
des attitudes économiques que l'on aurait tort de croire spé-
ciales à la bourgeoisie) ; « si un jeune noble est propre à
quelque chose, à défaut de servir la cité, il accroîtra le patrimoine de sa famille[10] ». Et voilà pourquoi Tibulle se targue de
sa pauvreté autant que de son service d'amour. Pauvreté ? Il

9. On pourrait comprendre aussi : « Fais rentrer dans le devoir nos vassaux qui
l'avaient oublié » ; mais cette image de chef sévère serait moins flatteuse que
celle d'un chef juste et clément envers les sujets de l'Empire ; les indications de
Dion Cassius, LIII, 14, 6, vont dans le même sens.

10. Cicéron, *De oratore*, II, 55, 224.

faut s'entendre ; dans notre langue, ce mot se rapporte à l'ensemble de la société, où il y a une minorité de riches et une majorité de pauvres ; en latin, le mot se rapportait à cette minorité privilégiée seulement, pour en désigner les membres ordinaires, par opposition aux quelques richissimes ; la majorité de la population, que nous-mêmes appellerions les pauvres, formait une espèce vivante étrangère. Tibulle, ou plutôt son Ego, est pauvre au sens où l'on sera vigneron et simple propriétaire au temps de Paul-Louis Courier, c'est-à-dire qu'il vit de ses rentes ; il est pauvre pour une autre raison également : il n'a pas fait carrière, du moins dans ses vers, il n'a pas pratiqué la « manière sénatoriale de faire fortune[11] », qui était de piller les administrés : « L'or fauve par monceaux, les arpents de belle campagne, je les laisse à d'autres, que la peur tienne en éveil quand l'ennemi n'est pas loin d'eux et qui se réveillent au son des trompettes. Que ma pauvreté me laisse traverser l'existence paresseusement ! Il me suffit que le feu ne meure pas dans mon âtre » (Tibulle, I, 1). La pauvreté est la même chose que la milice d'amour.

Rien de plus glorieux que ce renversement des valeurs ; les élégiaques sont des fanfarons de vice, ils sont fiers de vivre autrement que le reste des humains. Il faut dire plus : l'amant est sacro-saint comme les poètes ; « Personne n'ose toucher à ceux qui aiment ; ils sont inviolables et pourraient ainsi traverser des pays de brigands… La lune leur sert d'éclaireur, les étoiles leur font voir les fondrières, Amour en personne secoue sa torche au-devant d'eux pour en attiser la flamme et les chiens enragés tournent ailleurs leur gueule grande ouverte » (Properce, III, 16). Un autre poète, Horace, professait que l'homme intègre, l'homme qui n'a rien à se reprocher, traverserait sain et sauf les déserts et les montagnes, mais, malgré ce langage, il pensait peut-être davantage à un poète amoureux qu'à un homme juste[12]. Car, se citant lui-même en exemple (avec le sourire de

---

11. Cicéron, *Verrines*, III, 96, 224 : *genus cogendae pecuniae senatorium*. Chez Properce, III, 12, Postumus abandonne sa jeune épouse par vanité et par avidité aussi, pour aller faire carrière dans quelque province.

12. Horace, *Odes*, I, 22 ; cf. Eduard Fraenkel, *Horace*, p. 186.

rigueur), il nous raconte qu'il a rencontré une fois un loup au cours d'une promenade, un loup gros comme un lion, à un moment où il rêvait à des vers d'amour, et que la bête ne lui a rien fait ; l'anecdote doit être authentique et Horace a dû penser qu'il devait cette protection miraculeuse à son talent, car le poème finit autrement qu'il n'a commencé : « Que je sois en plein désert, sur l'équateur ou au pôle », écrit à peu près Horace, « je n'en serai pas moins un amoureux. » Il y a des époques où le talent a un orgueil superstitieux et, comme Bonaparte, croit à son étoile.

Un poète se sent différent des autres hommes et le même Horace nous le laisse entendre :

> Il en est dont le plaisir est de soulever de la poussière dans le stade olympique et de ne pas heurter la borne de leurs roues brûlantes (ceux-là, la palme de la victoire est leur apothéose) ; à d'autres, il faut que la foule inconstante des électeurs les élève triomphalement aux plus hautes dignités ; un autre voudra amasser dans son grenier particulier le blé de toute une province... Moi, je me sens au septième ciel, si j'ai la couronne des poètes[13].

Saluons : avec leur « moi, je... » qui s'oppose à tous les autres, ces vers se rattachent à une des structures textuelles les plus universelles qui soient, de l'Inde archaïque et de la Chine à... Victor Hugo[14] ; les philologues l'appellent le

---

13. Horace, *Odes*, I, 1.
14. *Rig-Veda*, IX, 112 (trad. Renou) : « En des sens divers vont nos pensées : le charron souhaite un dommage à réparer, le médecin, une fracture, le prêtre, quelqu'un qui presse le soma... » ; Tchouang-tseu, trad. Kia Hway, Gallimard, 1969, XXIV, p. 197 : « L'homme qui sait séduire ses contemporains aura la faveur de la cour, l'homme qui donne satisfaction au peuple sera administrateur, le soldat aimera la guerre, les légistes étendront leur pouvoir de gouvernement... En résumé, tous les gens ont leurs occupations particulières et ne peuvent pas ne pas agir. » Du Bellay, *Regrets*, VI : « Ceux qui sont amoureux, leur amour chanteront... Ceux qui aiment les arts, les sciences diront... Moi qui suis malheureux, je plaindrai mon malheur. » Hugo, *Les Rayons et les Ombres*, XVI : « Matelots, matelots ! Vous déploierez les voiles !... Envieux, vous mordrez la base des statues... Moi, je contemplerai le Dieu, père du monde... » Solon, fragment 1, 44, des *Élégies* : « Chacun s'agite de son côté... »

Priamel[15]. Structure qui servait à un individu à se replacer, avec sa différence, dans la liste des autres différences individuelles, pour prendre du recul sur lui-même[16] ; selon les cas, il exaltait sa différence, se donnait au contraire une leçon de modestie[17], ou encore, comme ici, s'autorisait à revendiquer sa particularité, puisque les autres avaient les leurs, et ramenait la sienne à la taille de celle des autres, afin de ne pas heurter l'orgueil de ces autres et d'être toléré par eux.

Précisément, Properce a recouru plusieurs fois au *Priamel*, pour dire sa particularité d'amoureux qui est le poète de son amour : « Le marin raconte les vents, le laboureur, ses bœufs, le soldat énumère ses blessures et le berger, ses moutons ; moi, c'est plutôt les vicissitudes des combats dans un lit étroit » (II, 1) ; car chacun dit ce qu'il est. Or Properce est un cœur sensible : « Tu me demandes, ô Démophon, pourquoi je ne peux résister à aucune femme ? Mauvaise question : en amour il n'y a jamais de pourquoi. N'y a-t-il pas des gens pour se taillader les bras à coups de couteau sacré et se mutiler au son de rythmes de Phrygie ? La nature assigne à chacun son travers et ma destinée est d'avoir toujours quelque amour en tête » (II, 22). La fatalité veut aussi que le poète ne dise que l'amour : un Properce

---

15. U. Schmid, *Der Priamel der Werte im Griechischen von Homer bis Paulus*, Wiesbaden, 1964 ; Hermann Fränkel, *Early Greek Poetry and Philosophy, op. cit.*, p. 459, 471, 487 ; *Wege und Formen frühgriech. Denkens*, Munich, Beck, 1960, 2ᵉ éd., p. 90, cf. 68 ; E. Bréguet, « Le Thème "alius-ego" chez les poètes latins », *Revue des études latines*, XL, 1962, p. 128. Je n'ai pas lu W. Kröhling, *Die Priamel (Beispielreihurg) als Stilmittel in der griech. – röm. Dichtung*, 1935. On distinguera, du Priamel, un questionnaire cher à la vieille poésie grecque : « Quelle est la chose la plus belle, la plus juste, la plus grande, etc., du monde ? »

16. G. Williams, *Tradition and Originality..., op. cit.*, p. 763 : « Le Priamel est un moyen de faire le point sur soi-même, en considérant les opinions très différentes du reste des humains. »

17. Dans la Neuvième Olympique de Pindare, à la fin, le Priamel est une leçon de modestie : les humains ne sont pas tous appelés à la même vocation, mais en chaque vocation la perfection est difficile. Dans la Première Pythique, rappeler les excellences de tous les hommes (les victoires médiques d'Athènes, de Sparte, la victoire étrusque de Cumes) est un moyen de ne pas faire de jaloux quand on prononce l'éloge.

n'est pas fait pour l'épopée, sa vocation est l'élégie amoureuse ou nationale (III, 9).

Nous le subodorions : les élégiaques se soucient davantage
de leurs vers que de leur maîtresse ; Properce polémique avec
d'autres poètes, défend l'élégie contre l'impérialisme des
grands genres. Ses différents poèmes sont adressés à des
camarades de plaisir et à d'autres poètes, quand ils ne le
sont pas à Cynthie ou à quelque inconnue. Peinture d'un
milieu ? Non : l'Amoureux poète n'est pas un type social :
c'est un genre littéraire personnifié ; « c'est pour toi, ô
Ponticus, qu'existe l'épopée », écrit Properce à un ami (I, 7),

> et qu'on chante Thèbes et sa guerre fratricide ; et là, que je
> meure si le seul rival qu'il te reste à remonter n'est pas Homère !
> Moi, pendant ce temps-là, selon ma vieille habitude, je ne
> m'occupe que de mes amours (ou : de mes *Amours*), je cherche
> des mots qui touchent mon inflexible maîtresse. Je n'ai pas le
> choix : je suis moins au service de mon talent que de ma passion
> malheureuse et je déplore d'être à l'âge le plus cruel de la vie ;
> c'est la voie que je suis, c'est mon titre à la célébrité et j'entends
> que ma poésie en tire son nom ; que l'on me reconnaisse le mérite
> d'avoir su plaire à une fille lettrée, d'avoir subi souvent ses repro-
> ches injustes[18], et c'est assez[19] ! Que, plus tard, les amants
> dédaignés ne quittent plus mon livre et qu'ils s'instruisent à lire
> mon malheur !

Properce vit l'amour et Ponticus écrit une *Thébaïde* ; être
amoureux, cela s'oppose à écrire l'épopée... On devine une
pointe de dédain pour ce genre artificiel et pompeux : alors
que chanter l'amour, c'est le faire, chanter les Achilles n'est
pas devenir soi-même un Achille ; le cancre de la classe est

---

18. Équivoques très calculées : « plaire à une lectrice », « plaire à une
amante » ; l'amante, en outre, est à la fois la lectrice et le livre lui-même (Cynthie
lit la *Cynthie* qui parle de Cynthie) ; cette activité littéraire (lecture et écriture à la
fois) est mise sur le même plan que l'amour : écrire ou lire l'amour ne se distingue pas de le faire. Amour malheureux : aimer se confond avec souffrir et être
esclave. Faire l'amour, c'est être esclave et c'est être poète : voilà le système
complet des relations propperciennes.

19. *Solum* doit être ici un adverbe, au sens de *tantum*, comme en II, 34, 26 (cf.
chap. I, n. 8).

un poète, bourreau des cœurs, et le pauvre Ponticus n'est qu'un fort en thème[20].

Aimer, c'est être poète élégiaque et non épique ; cela ne veut pas dire nécessairement choisir d'être un pur littérateur et refuser le service public ; rien n'empêchait de mener de front les deux activités : Gallus et Tibulle l'ont fait[21] ; il n'est pas dit que Properce soit entré dans la carrière ; il n'aura fait alors que suivre l'exemple de la majorité de ses pairs : seule une petite fraction des chevaliers parvenaient aux affaires. Parmi les chevaliers, carriéristes ou pas, se recrutait aussi une jeunesse dorée, qui prolongeait indûment la période d'inconduite que l'indulgente morale romaine concédait aux adolescents ; ceux-ci, dépucelés à quatorze ou quinze ans[22], couraient la gueuse dans les rues chaudes,

---

20. Voici la fin de l'élégie, capitale pour bien voir le jeu perpétuel de Properce sur parler d'amour et être amoureux : si toi-même, ô Ponticus, devenais amoureux (ce que je ne te souhaite pas, car l'amour est une plaie), tu aurais vite oublié Thèbes (c'est-à-dire ta *Thébaïde*, poème épique sur Thèbes : un poème ne se distingue pas de ce dont il parle) ; tu voudrais alors écrire des vers d'amour, trop tard : l'âge d'apprendre (ou d'aimer ?) serait passé pour toi ; tu me jalouserais alors ; comme amant ? Properce ne le dit pas ; il dit : comme poète de l'amour. Car on m'admirera et la jeunesse dira devant mon tombeau : tu as été le poète de nos propres passions. Ne méprise donc pas mes vers, sinon l'Amour me vengera en te faisant souffrir d'amour avec usure : qui aime tard aime davantage.

21. Gallus a été un des grands politiciens du règne d'Auguste ; sur la carrière de Tibulle (*Aquitanico bello militaribus donis donatus*, dit sa *Vita*, ce qui veut dire qu'il fut général, et général de talent), voir par exemple Gordon Williams, *Tradition and Originality...*, *op. cit.*, p. 559 ; F. Cairns, *Tibullus...*, *op. cit.*, p. 145. Dans ses vers, Tibulle, tout en professant la milice d'amour, n'est pas fâché de laisser entendre que, désobéissant aux lois d'Amour, il a eu le tort de faire carrière. Entre le thème de la milice amoureuse et la réalité biographique, il n'y a pas de rapport.

22. La coutume était que les garçons de quatorze ou quinze ans, sitôt revêtus de leurs habits d'hommes (la « toge virile »), aillent tout droit dans les mauvais quartiers (Suburre) ; ainsi Properce lui-même, III, 15, 3-4 ; Martial, XI, 78, 11 ; Perse, V, 30. Les médecins identifient tout naturellement l'âge de la puberté et celui des premiers rapports sexuels (Rufus d'Éphèse chez Oribase, VI, 38), si bien que pour Celse, *De medicina*, III, 23, le premier rapport sexuel chez les garçons est mis en parallélisme avec les premières règles chez les filles. Pas pour longtemps : dès l'époque de Sénèque se met en place une sorte de croisade des enfants, pour retarder l'âge du dépucelage des garçons (cf. Sénèque, *Ad Marciam*, XXIV, 3) ; Marc Aurèle, I, 17, se loue d'avoir fait acte de virilité le plus tard possible ; sur ces éloges de la *sera Venus*, de l'amour tardif, voir A.D. Nock, *Essays*, Oxford, Clarendon Press 1972, vol. I,

rossaient les bourgeois qu'ils rencontraient la nuit, pour rire un peu[23], ou, toujours en bandes, enfonçaient la porte d'une femme de mauvaise vie pour la violer collectivement[24] ; vers vingt ans, tout rentrait dans l'ordre ou entrait dans la carrière, sauf pour une poignée de libertins qui avaient des maîtresses nombreuses et subalternes, ou une seule maîtresse, mais tapageuse[25].

Les élégiaques ont-ils fait partie de ces *happy few* ? C'est possible, mais ce n'est pas de cela qu'ils parlent : ils se peignent sous des traits où se mêlent l'amour et l'idéal du poète et, quand ils nomment l'amour, on peut toujours entendre en même temps, par ce mot, la poésie amoureuse ; le double sens, très délibéré, se suit à chaque vers dans l'élégie à Ponticus et dans bien d'autres ; c'est un des

---

p. 479. Les Germains de Tacite, ces types épatants, ne connaissent ainsi Vénus que tardivement (Tacite, *Germanie*, XX, 4). Les médecins conseillent la gymnastique pour les jeunes gens impatients (Soranos, *Maladies des femmes*, chap. XCII, p. 209 Dietz), car les rapports sexuels prématurés entravent les progrès de l'âme et du corps (Athénaios chez Oribase, vol. III, p. 165 Bussemaker-Daremberg). D'où la coutume de l'*infibulatio*, bien connue par Martial ou Celse. Petite histoire, mais qui illustre en son domaine ce passage de l'*homo politicus* à l'*homo interior* (comme dit Pierre Hadot) qui caractérise les années 50-300 de notre ère, et dont le christianisme n'est qu'un des aspects (et nullement la cause).

23. Sur ces violences folkloriques, cf. mon article dans *Latomus*, 1983. Elles se terminaient sans doute par un viol collectif.

24. La bucolique hellénistique, l'ode romaine et l'élégie font souvent allusion à la coutume des jeunes gens d'attaquer nuitamment la porte d'une courtisane, de forcer l'entrée ; probablement pas pour aller lui faire leurs compliments. On rapprochera ces violences folkloriques, traditionnelles et tolérées chez les jeunes, de la coutume du viol collectif, par les jeunes compagnons, d'une femme de mauvaise vie ou d'une fille qui a un amant : celle qui s'est souillée peut être souillée impunément. Coutume qui existe encore aujourd'hui dans le Liban (par exemple) et qui est bien connue dans l'ancienne France (J. Rossiaud dans *Communications*, n° 35, 1982, p. 75). Cette attaque des maisons déshonnêtes existait à Rome : Aulu-Gelle, IV, 14 ; *Digeste*, XLVII, 2, 39 (40).

25. Sur la maîtresse tapageuse, cf. tout le *Pro Caelio* de Cicéron ; sur l'idée qu'il faut que jeunesse se passe, voir même *Pro Caelio*, XII, 28, et Tacite, *Annales*, XIII, 12-13, où l'on voit Sénèque favoriser l'adultère de Néron avec Acté, car mieux vaut que l'empereur adolescent trompe sa femme Octavie avec une affranchie qu'avec la femme de quelque sénateur. Sur la *delicata juventus* au temps de Cicéron, voir J. Griffin dans le *Journal of Roman Studies*, LXVI, 1976, p. 89, qui écrit qu'aux yeux de Cicéron ces jeunes libertins, prêts aux violences politiques, « formaient presque un parti politique », à tort ou à raison.

caractères les plus constants et les plus remarquables de
Properce. Et qu'est-ce qu'un poète ? Ce n'est pas un
homme qui, entre autres choses, s'est mis un jour à faire
des vers, mais quelqu'un qui est né poète comme on naît
roi, qui porte à la ville ce costume de scène et qui subit cette
dignité comme une fatalité extérieure. Properce et Tibulle
n'affirment pas, positivement et à l'impératif : « Dédaignons
le pouvoir et l'argent, préférons la poésie et l'amour » : ils
constatent, négativement et à l'indicatif, que les poètes ne
font pas carrière : ils sont comme ça ; découverte d'une destinée d'exception, plutôt que choix d'un art de vivre.

La distance qui sépare l'élégie du réel apparaît alors aussi
grande que celle qui en sépare la bucolique ; dans les milieux
littéraires de Rome, on trouvait aussi peu de poètes qui le
soient comme Ego qu'on ne trouvait, dans les campagnes ita-
liennes, de bergers qui soient poètes comme on l'est dans les
bucoliques. Car la combinaison d'un poète de l'amour et
d'un homme amoureux est le produit d'une alchimie de fiction ; Ego poète est censé être amoureux par la même logique
qui veut, dans les vers qu'on va lire, que l'auteur de *Pantagruel*, pour avoir tant parlé de boire, ait vécu en ivrogne, s'il
faut en croire l'épitaphe, due à Ronsard,

> Du bon Rabelais, qui buvait
> Toujours, cependant qu'il vivait ;
> Jamais le soleil ne l'a vu,
> Tant fût-il matin, qu'il n'eût bu
> Et jamais au soir la nuit noire,
> Tant fût tard, ne l'a vu sans boire[26].

L'arbitraire avec lequel élégie et bucolique recomposent
en fiction des morceaux de réel est aussi complet.

Aussi longtemps que Ronsard pensait à Rabelais comme à
un de ses contemporains, il savait pertinemment que le
médecin tourangeau n'avait rien d'un ivrogne ; en revanche,
dès qu'il devait parler de Rabelais comme d'un écrivain, il

---

26. L'épitaphe de Rabelais fait partie des pièces plus tard supprimées du
Bocage royal de 1544.

perdait le nord et retombait dans le *topos* qui voulait que l'homme reflétât l'écrivain. Quand même quelque sens du réel ou de la cohérence l'aurait tiré de ce rêve, Ronsard, mal à l'aise, n'aurait pas su pour autant en quels autres termes s'exprimer sur l'auteur du *Pantagruel* pour le saluer en l'immortalité. Il en était de même à Rome ; quand on y songeait à un écrivain et, plus particulièrement, à un auteur de poésies amoureuses, on s'en faisait deux idées opposées et, en dépit des apparences, aussi peu réalistes l'une que l'autre. Nous connaissons la première : un poète, considéré du point de vue de l'éternité, a nécessairement été un amoureux, s'il a chanté l'amour. Mais le même poète, considéré comme homme et citoyen, ne sera pas tenu pour responsable des péchés de libertinage dont il se vante dans ses poésies légères ; il sera présumé avoir parlé pour rire et n'avoir pas aimé.

Le poète est censé avoir menti, en vertu d'une décision de la conscience publique, décidée à ne pas vouloir savoir ; la question de fait n'est pas posée, qui serait de savoir si un poète s'est inspiré ou non de son expérience vécue. La présomption d'innocence ne s'imposa pas tout de suite ; au temps de Catulle, un accusé parvint à se faire absoudre en lisant aux jurés des vers où son accusateur, « par jeu poétique, se vantait d'avoir séduit un garçon de naissance libre et une fille de bonne famille[27] » ; les jurés n'avaient certainement pas cru à la réalité de ces monstruosités, mais ont dû estimer que l'auteur de vers aussi légers ne méritait pas d'être pris au sérieux. Catulle lui-même essayait de prévenir ce mépris pour la poésie légère, en proclamant qu'il « suffisait qu'un poète vive chastement : ses vers, eux, pouvaient fort bien n'être pas chastes » ; il demandait pour eux la même présomption d'innocence que pour leur auteur[28].

Soupçon de conduite immorale ou simple délit d'obscénité littéraire ? Ovide affecte de confondre les deux griefs en se défendant contre l'un et l'autre, afin de faire oublier

27. Valère-Maxime, VIII, 1, Abs. 8.
28. Catulle, XVI, 4 ; cf. Martial, XI, 15 ; Apulée, *Apologie*, XI ; Pline, *Lettres*, IV, 14, 3 ; Ovide, *Tristes*, II, 354.

le délit d'expression en se justifiant du délit bien plus grave
d'inconduite[29]. Le délit d'expression n'en était d'ailleurs
pas un. Sous l'Empire, outre l'élégie, un autre rythme,
appelé hendécasyllabe, sera traditionnellement réservé à la
poésie légère[30] ; les plus hauts personnages, les sénateurs,
dont le plus grave d'entre eux, Pline le Jeune, écriront de
ces vers brûlants et légers, pour se délasser du souci du bien
public et de plus doctes travaux, et nul n'y songera à mal ;
Pline était fier de ses hendécasyllabes et avoue volontiers
qu'ils étaient osés, semés de plaisanteries, d'amours, de
douleurs, de plaintes. Ce recueil avait eu du succès et on
avait mis les vers de Pline en musique[31]. Pline, qui sait que
personne ne prendra ses aveux poétiques au sérieux, n'avait
fait que suivre l'exemple de Cicéron, qui chantait les
baisers qu'il cueillait sur la bouche de son esclave et secrétaire Tiron[32]. Pour protester pudiquement qu'un auteur aussi
classique n'a pu commettre d'horreur pareille, il faudrait
pousser un peu loin l'ignorance des réalités antiques[33] ;
mais, pour jurer que Cicéron l'a fait sur la seule foi de ces
vers, il faudrait pousser aussi loin l'ignorance des conventions littéraires du temps : le lecteur n'avait pas le droit de
savoir, car être poète, c'était se déguiser : ce n'était pas
s'exprimer. Tel était le principe ; comme dit Genette, l'imitation, la fameuse mimésis, ne passait pas pour une
reproduction, mais pour une fiction ; imiter, c'était faire
semblant[34].

Le principe est susceptible de deux interprétations. Ou
bien l'habit de poète n'est qu'un beau masque qui n'est pas
l'homme véritable, et Pline sera innocent de ses vers légers ;

29. Ovide, *Tristes*, II, 421*sq.* ; II, 339*sq.* ; le principe d'Ovide est que son exil
est fondé sur un malentendu : on a censuré sa vie sur la foi douteuse de ses vers
(*Tristes*, II, 7).

30. Quintilien, I, 8, 6.

31. Pline, *Lettres*, IV, 14, 5 ; VII, 4, 6 ; VII, 26, 2 ; sur les vers légers d'Arrun-
tius, voir Pline, IV, 3, 3-4 ; IV, 18 ; V, 15 ; Stace, *Silves*, I, 2, 100 et 197.

32. Cicéron, cité par Pline, *Lettres*, VII, 4, 6.

33. On l'a poussée.

34. *Introduction à l'architexte*. Paris, Éd. du Seuil, 1979, coll. « Poétique »,
p. 42.

ou bien l'habit fait le poète et il n'y a plus d'individu : l'homme n'est plus que poète, à la manière du prêtre et du roi. L'idée moderne de sincérité n'a ici aucun sens ou plutôt l'inverse est vrai : l'individu se découpe sur le patron du rôle de poète, ne le dépasse pas et devient aussi ample que lui. L'individu et l'œuvre ne sont pas deux instances distinctes que réunit un rapport de causalité, comme lorsqu'on est présumé poétiser ses expériences ou, inversement, devenir, par « mal du siècle », ce que l'on chante. Il y a indistinction : à la ville, le comédien des Muses continue à se produire en costume de scène. Ou plutôt, comme l'élégie est une plaisanterie, nos poètes font semblant de prendre au sérieux leur rôle de prêtres des Muses, sachant bien qu'on ne les prendra pas au mot. D'où leur air pompeux : ils font leur entrée dans leurs vers en manteau de poète. « Les poètes sacrés sont façonnés par leur art à son image : nous ignorons l'ambition et la cupidité, nous préférons l'obscurité d'un lit à l'éclat de la vie publique ; mais aussi nous ne répugnons pas à nous attacher et nous aimons longtemps et sincèrement[35] » ; rien de plus intime et inséparable, en effet, que l'adhésion d'un recueil d'élégies à la belle qui y est chantée.

Être poète n'est pas un métier, mais une appartenance à une espèce vivante un peu particulière ; Ego est poète comme un cygne est cygne, depuis toujours et pour toujours. Il serait vain de se demander depuis quand il est devenu poète et quels furent ses premiers vers : Ego n'est pas poète parce qu'il a écrit des vers ; au contraire, il écrit des vers puisqu'il est poète. De même qu'un triangle a trois angles par définition ; être poète est une essence ; c'est donc une abstraction aussi : « Ne le mets pas sur le même pied que les nobles, que les riches », dit Properce (II, 24). Un poète ne pouvait-il donc être fortuné, bien né, chevalier romain ? Oui, concrètement, mais pas dans son rôle de poète : le rôle de noble était différent ; le chevalier Properce, en ce bas monde, a probablement donné de l'argent à plus d'une Cynthie ; le poète Properce paie sa Cynthie en l'immortalisant.

---

35. Ovide, *Ars amatoria*, III, 539.

Voilà pourquoi la poésie ne se distinguait pas de ce qu'elle chantait : le poète, ce comédien de la mimésis, ce *mime* qui « fait semblant », s'identifie à son rôle, vit son personnage. Il est amoureux comme il est poète : par essence et hors du temps[36] ; Ego n'est pas un homme qui, tombé amoureux un beau jour, en serait devenu poète ; ce n'est pas non plus un poète qui, devenu amoureux, aurait pris sa flamme pour sujet de ses chants nouveaux : amoureux, il l'est éternellement, comme une orthodoxie. On n'est pas poète de l'amour pour avoir écrit des vers érotiques ; au contraire, on en écrit parce qu'on est poète amoureux et on n'écrit que cela, de même qu'un pommier donne des pommes.

L'amour et la poésie ne se distinguent pas, non pas seulement parce que l'une accompagne l'autre, mais en cela que le poète semble brouiller ces idées dans sa tête, qu'il dit de l'amour des choses qui ne peuvent être vraies que de la poésie et réciproquement. Un devin prédit à Properce sa destinée et la lui annonce à l'impératif, comme fatalité qu'il ne saurait fuir et vocation qu'il doit suivre :

> Forge des élégies, œuvre trompeuse – ce seront là tes états de service militaire –, pour que la cohue des autres poètes suive ton exemple ; tu connaîtras[37] les blandices guerrières de Vénus, tu serviras sous elle et tu seras une cible idéale pour les Amours, ses enfants (IV, 1).

À cette époque où les routes servaient de cimetières et où les voyageurs, à la sortie des villes, défilaient entre deux rangées de tombeaux, l'orgueilleux poète ne veut pas de la voie commune :

---

36. Properce (II, 22), qui semble par là faussement infidèle à Cynthie, dit qu'il a sans cesse quelque amour en tête ; comprenons qu'il est amoureux éternellement, de même qu'un triangle est, par définition, éternellement triangle.

37. « Tu connaîtras la milice d'amour », *militiam Veneris patiere* ; mot à mot : « ton sort sera de servir sous Vénus ». *Patior* veut dire : « il m'arrive ceci ou cela », comme le grec *paschein* (chez Aristote, l'accident que subit la substance est ce qui lui « arrive ») ; *kakôs paschô* veut dire : « il m'arrive un malheur », et *miranda patior* : « il m'arrive quelque chose d'extraordinaire ».

Mon Dieu, pourvu que ma Cynthie (ou : ma *Cynthie*) ne mette pas mes cendres en un endroit fréquenté où la foule passe sans cesse ! Quand un amant est sous terre, c'est là pour lui le déshonneur ; mieux vaut être enseveli au pied d'un arbre, loin de la route, ou même sous la protection anonyme d'un amas de terre ; je ne veux pas avoir un nom pour grands chemins (III, 16).

Le poète raffiné ne veut pas d'une gloire vulgaire ; de la part de l'amant qu'il dit être, ce souhait n'aurait pas beaucoup de sens : c'est un souhait de poète orgueilleux, qui ne croit pas à une immortalité sur le grand chemin des versificateurs.

Cynthie est un livre ; aimer, c'est écrire et être aimé, c'est être lu ; à la fin, Cynthie est à la fois le livre, celle dont parle le livre et la lectrice ; le poète s'immortalise en l'immortalisant et *Cynthie* lui survivra[38]. Deux thèmes ressassés par les élégiaques sont superposables, la milice d'amour, par laquelle le poète refuse toute autre carrière que d'aimer, et le refus d'écrire l'épopée ou *recusatio*, par lequel il ne veut écrire que des vers d'amour ; tout amant milite à sa manière et peine pour sa belle, dit Ovide (I, 9), mais tout poète aussi : il est trop occupé par ses vers pour militer au service de l'État (I, 15). Ce qui veut dire que l'élégie n'a d'autre référent qu'elle-même ; le poète est amoureux parce que l'amour dont il parle n'existe que dans ses vers[39].

« Ni marbre, ni les ors des mausolées princiers, ne vivront plus longtemps que mes rimes hautaines » : Shakespeare promettait par là l'immortalité à son jeune aimé et

38. Nous avons déjà relevé ce confusionnisme ci-dessus, n. 18, à propos de Properce, I, 7 ; voir aussi II, 11 ; II, 13 ; II, 26 B. C'est le thème de Cynthie, fille lettrée.

39. La confusion était facilitée par la manière antique d'intituler les livres ; souvent le titre n'était que la désignation du contenu, comme quand une bouteille de vin porte sur l'étiquette le mot « vin ». À cette époque, un « traité de physique » s'intitulait *la Nature, De natura rerum* ; un traité d'acoustique s'intitulait *Sur les sons*, car « étudier l'acoustique », c'était « étudier les sons ». Quand on racontait ses amours, le recueil s'intitulait *Amours*.

voudrait croire immortelle sa grâce fragile ; Ronsard promettait l'immortalité à des femmes de chair parce que la
chair est sensible à la célébrité et parce que l'immortalité
fait penser à la mort qui vient en peu d'espace et dont la
pensée incite à savourer la vie. Properce, lui, en de beaux
vers, promet l'immortalité à sa Cynthie et se vante d'avoir
élevé un monument impérissable à la beauté de celle-ci et
en fin de compte à son propre talent :

> Heureuse celle qu'a pu célébrer mon livre ! Ces vers seront
> pour ta beauté autant de monuments. Car ni les Pyramides qui
> élèvent leur coût jusqu'aux astres, ni le temple de Jupiter Olym-
> pien qui plafonne comme le ciel, ni le luxe cossu du tombeau de
> Mausole ne sont dispensés de l'obligation finale de mourir ; le feu
> ou la pluie effacent leur gloire, le choc des années abattra leur
> masse trop lourde. Mais un grand nom acquis par le talent ne
> tombera pas hors de la durée[40] : la gloire réservée au talent ne
> meurt pas (III, 2).

En mettant Cynthie au nombre des héroïnes littéraires,
avec la Lesbie de Catulle ou la Lycoris de Gallus, Properce
se « range glorieusement à côté de ces poètes » (II, 34).

Amours d'écritoire, qui prennent fin lorsque le poète se
hisse à une plus haute espèce ; pour Properce, qui rêvait
d'Empédocle ou de Lucrèce plus que d'Homère, ce genre
supérieur n'est pas l'épopée, mais la philosophie, la « physique[41] » : « Quand le poids des ans me retranchera le
plaisir et que la grise vieillesse jonchera mes cheveux noirs,
que mon propos soit d'étudier les mœurs de la Nature et
comment[42] le dieu peut gouverner la maisonnée du cosmos »
(III, 5). Vers la fin du livre III, la décision d'abandonner
Cynthie et la poésie légère pour des ambitions intellec-
tuelles plus élevées semble prise : « Il me faut faire le grand

---

40. Sens douteux ; on peut comprendre aussi : « ne tombera pas sous l'effet de
la durée ».
41. De même, l'auteur de la *Ciris*, dans son prologue, avoue de futures ambitions philosophiques.
42. « Comment le dieu », et non pas « quel dieu » ; sur cette valeur de *quis*,
voir *Revue de philologie*, LIV, 1980, p. 274, n. 32 et 34.

voyage à Athènes la docte, pour que la longue route me
délivre du poids de l'amour » ; là-bas il écoutera les leçons
des successeurs de Platon, étudiera Démosthène et Ménandre,
admirera statues et peintures (III, 21). Cynthie, qui n'existait que par l'amour et par les vers de Properce, retombera
à son néant : « Tu as tort, femme, de trop compter sur ta
beauté et d'être devenue depuis longtemps orgueilleuse,
pour t'être vue avec mes yeux[43] ; c'était de ma passion,
Cynthie, que te venaient tes mérites ; tu n'aimes pas penser
que ta célébrité te vient de mes vers » ; car Cynthie n'avait
sur son visage qu'un éclat emprunté (III, 24).

L'amour a la poésie pour référent. Entendons-nous : les
élégiaques ne sont pas dupes et s'amusent de leur confusionnisme ; un de leurs prédécesseurs, un poète hellénistique,
avait poussé la plaisanterie encore plus loin : il feignait
qu'Homère avait été amoureux de Pénélope, pour avoir si
bien chanté cette héroïne et sa fidélité[44]. Mais ces jeux
d'esprit ne faisaient qu'exagérer agréablement l'idée que
tout le monde se faisait d'un auteur et des rapports de
l'homme et de son œuvre.

Une œuvre ne ressemble pas à son auteur : c'est
l'inverse, selon eux. Quand donc on pensait à un écrivain, à
Homère, à Properce et plus tard à Rabelais, on ne se représentait pas un individu en chair et en os, ayant toutes les
faiblesses humaines si chères à Sainte-Beuve et entretenant,
comme tout artisan, une relation plus ou moins lointaine et
compliquée avec ses productions ; mais on se représentait
un poète en grand costume, qui était en scène et qui portait
les attributs de son rôle, la tasse de l'ivrogne pantagruélique
ou les larmes et brûlures de l'amour. On n'inférait pas de
l'œuvre, au nom d'une théorie de l'expression, que l'auteur
avait dû être amoureux : on avait directement sous les yeux
un amoureux qui chantait.

Par une coïncidence trompeuse, les Anciens et les
modernes semblent convaincus pareillement que les élégiaques ont chanté leurs sentiments ; fausse unanimité :

---

43. Tel me semble être le sens de ce vers.
44. Hermésianax, *Élégies*, chez Athénée, XIII, 597 EF.

leurs raisons respectives de le croire sont opposées ; les
modernes trouveraient saugrenue l'idée qu'Homère a
aimé Pénélope puisqu'il la chante, mais ils admettent que
Properce chante Cynthie parce qu'il l'a aimée (croient-
ils). La conception antique et celle des modernes ont beau
se rencontrer sur ce point, elles proviennent de deux
directions opposées. Les Anciens partent de la mimésis ;
comme un roi, l'individu ne se distingue pas de son rôle
public et ils prennent son déguisement pour l'homme
même ; les modernes partent de l'idée romantique de sincérité : loin de se déguiser, l'individu exprime sa vérité à
travers son œuvre.

Anciens et modernes lisent donc deux vérités opposées
dans une notice fameuse que la philologie antique enseignait sur les élégiaques ; selon cette antique clé[45], « Catulle
a employé le pseudonyme de Lesbie pour le vrai nom de
Clodia, Properce a donné Cynthie pour pseudonyme à une
Hostia et Tibulle pensait à une certaine Plania quand il écrivait le nom de Délie dans ses vers ». Pour eux, Cynthie fut
cette Hostia ; pour les modernes, une certaine Hostia a
donné lieu à la création poétique de Cynthie. Ils pensaient à
une équivalence immédiate et n'allaient pas chercher plus
loin ; pour les modernes, le passage d'Hostia à Cynthie
implique toute une élaboration, pleine de tous les mystères
de la création et de l'expression ; il ne suffit pas de remplir,
en face du pseudonyme de Cynthie, la case encore vide
d'un questionnaire et de dire quel fut le « vrai nom ». Ce
qui importe aux modernes est d'avoir confirmation (croient-
ils) que Properce nous a ouvert son cœur, grâce à la
connaissance de l'existence d'un modèle de Cynthie ; les
Anciens ne voyaient pas si loin ; quand ils nous apprennent
que Lesbie était une certaine Clodia, ils nous livrent une clé
comparable aux nombreuses clés que le XVIIᵉ siècle nous a
laissées pour La Bruyère : qui était le véritable Distrait ? le
véritable collectionneur d'oiseaux ? Cela nous fait sourire :
nous nous écrions qu'un artiste tel que La Bruyère a synthé-

45. Apulée, *Apologie*, X, 2.

tisé, stylisé ou imaginé plus qu'il n'a copié la nature ; dans les ateliers de peintres ou de sculpteurs, le « modèle » ne sert guère que d'aide-mémoire. Bref, la « clé » est à nos yeux un point de départ ; pour les Anciens, elle était le dernier mot du savoir, la clé de l'énigme : ce qui importait à leur goût de l'érudition était de savoir quel avait été le vrai nom de Cynthie ; car on avait compris une œuvre quand on savait *de quoi elle parlait* ; comme dit Riffaterre, « tout l'effort de la philologie était de reconstituer les réalités disparues » ou d'en perpétuer la mémoire, « de crainte que le poème ne meure avec son référent[46] ».

Tandis que, pour nous, un poète est un homme qui en vient à s'exprimer, les Anciens télescopaient les deux instances et c'est pour cela que Catulle, Properce et Tibulle donnent à leur Ego leur véritable nom ; « tu vas donc mourir d'amour, ô Properce ? », se dit à lui-même l'amant de Cynthie, qui porte à la scène son nom de ville ; alors qu'un poète moderne est un homme qui utilise la commodité d'une scène publique pour venir raconter à tous sa vérité humaine. Properce ou Ronsard jouent les poètes amoureux[47], Hugo ou Shelley sont des amoureux qui s'expriment sincèrement. Chaque société voit la littérature à travers sa conception de l'auteur ; les Anciens ont cru que Properce ou même Homère avaient aimé Cynthie ou même Pénélope. Nous-mêmes avons cru qu'Aragon avait adoré Elsa pendant quarante années, sans se lasser, mais pour la raison opposée : loin de confondre le masque avec le visage, nous estimons qu'une poésie qui ne serait que masque, une poésie insincère, serait si peu sérieuse qu'elle ne peut être ; l'hypothèse d'une poésie insincère serait insupportable à notre sensibilité. Nous sentions bien quelque chose de faux dans le cas d'Aragon et Ronsard devait être aussi un peu

---

46. M. Riffaterre, *La Production du texte*, Paris, Éd. du Seuil, 1979, coll. « Poétique », p. 176.
47. On comparera aussi les quelques autobiographies qui nous restent de poètes antiques : ils n'y racontent pas leur vie privée, ni même leur carrière poétique, mais la manière avec laquelle ils ont soutenu le rôle de poètes ; voir G. Misch, *Geschichte der Autobiographie*, vol. I, 1, 3ᵉ éd. Berne, 1949, p. 299 *sq.*

gêné à l'idée d'un Rabelais ivrogne, mais cette idée, faute de cadre où la penser, restait ensevelie dans notre inconscient. Quand la mort d'Elsa ne fut nullement suivie du déluge d'alexandrins que chacun attendait en se protégeant déjà, certaines natures frustes en voulurent personnellement à Aragon d'avoir été si longtemps ses dupes, ou plutôt de s'être dupées elles-mêmes.

Un dernier mot, rapidement, sur une question qui ne saurait passionner le lecteur honnête homme, celle des origines de l'élégie romaine. Ou bien on se pose un problème superficiel : qui a inventé de dire *je* sur un rythme élégiaque pour parler d'amour ? Ou bien on se demande d'où vient ce qui est essentiel à cette élégie, à savoir toute la sémiotique décrite dans les deux chapitres qu'on vient de lire : pastorale en costume de ville, identification de l'homme à son métier de poète, jeux de miroir et de démenti avec le lecteur, passion plaisamment pathétique pour une irrégulière, etc. En ce second cas, la réponse est formelle : cette sémiotique si particulière et ingénieuse a été une création hellénistique. Pour une bonne raison : on la trouve déjà, armée de pied en cap, avant Properce et Tibulle, chez un de leurs aînés de vingt ans, le poète Horace, qui la met en scène sur des rythmes lyriques ou iambiques, en ses *Épodes* et ses *Odes* ; autrement dit, cette sémiotique était, pour un poète romain, un clavier consacré, traditionnel. Or, pour un Romain, la culture grecque allait de soi : elle était la culture tout court. C'est le même clavier sémiotique que Virgile a pastiché en sa dixième bucolique ; or Properce était alors âgé de dix ans. On peut préciser davantage : cette sémiotique est déjà esquissée chez les poètes érotiques les plus anciens de l'*Anthologie grecque*, un ou deux siècles avant nos Romains : la brièveté de leurs petits poèmes, souvent élégiaques, leur interdisait de déployer pleinement toute la structure, mais l'essentiel y est : l'ostentation de libertinage et l'humour. Et aussi l'emploi assez particulier de la mythologie, que Properce reprendra, comme on va voir.

8

Nature et usage de la mythologie

Une fois qu'on a compris que Properce ne s'épanche pas et ne peint pas le cœur humain, on n'a plus à se torturer l'esprit pour minimiser une particularité d'une bonne moitié de ses poèmes : ce sont des tableautins où héros et héroïnes de la mythologie sont sur le même plan que les vulgaires humains, contemporains du narrataire, que sont Cynthie, Ego et ses compagnons de plaisir ; le poète ne semble pas sentir la différence entre les êtres fabuleux et ces êtres de chair ; par exemple, Ego allègue des précédents empruntés à la mythologie ou réfléchit sur des cas mythiques comme il réfléchirait à ce qui vient d'arriver à un de ses amis et connaissances. C'est aussi bizarre que si, chez nous, un monsieur qui vient d'être plaqué se disait amèrement que Lancelot du Lac ou l'enchanteur Merlin ont eu plus de chance que lui. Si de semblables tableautins ne se situent pas exactement au ciel, en tout cas ils ne se déroulent pas tout à fait sur la terre. Et comme les lecteurs antiques ne croyaient pas plus à leur mythologie que nous n'y croyons nous-mêmes aujourd'hui, ces élégies leur apparaissaient comme ce qu'elles sont : de hautes et doctes fantaisies. Il y manque seulement l'émotion : ce petit oiseau a pris peur et n'est pas sorti ; il est vrai qu'il n'était pas attendu.

L'élégie ressemble à quelque madrigal du temps des *Précieuses ridicules*, plein de mythologie galante ; mesuré à l'aune de la sincérité, ce mélange aurait paru aussi glacial il y a deux millénaires qu'il l'aurait été il y a trois siècles et le serait de nos jours. Glacial et pédantesque, car il y a vraiment beaucoup de mythologie chez Properce, ainsi que chez Ovide,

cet amuseur résolu à plaire ; si Properce veut fléchir Cynthie,
il se rappelle comment le héros Milanion a fini par fléchir
Atalante ; s'il lui reproche de se farder, il lui représente que
Leucippis et Hilaira ont pu séduire Castor et Pollux sans
aucun ornement ; ou bien que Calypso, Hypsipyle et Evadné
ont négligé, au milieu de leur douleur, le soin de leur toilette ;
il compare Cynthie à Andromaque, Andromède, Antiope,
Ariane, Hermione et Briséis. Notre souci n'est pas de persuader le lecteur qui s'ennuie, qu'en réalité il ne s'ennuie pas ;
il n'est pas non plus de prétendre que, chez Properce, la
mythologie faisait bon ménage avec la sincérité, car c'est
faux ; il est d'expliquer que Properce voulait faire autre chose
que de la poésie romantique. On a dit peu après : « Sur trois
vers de Properce, deux parlent de la Fable et le troisième des
sentiments du poète ; coupez les deux premiers, qui sont d'un
pédant, ne gardez que le dernier, qui est d'un cœur vraiment
épris, et vous aurez un poème sincère » ; on ne saurait mieux
avouer que le poème, tel qu'il se présente, n'est pas sincère.
D'autres ont dit : « La mythologie, il faut la comprendre : elle
ne sonnait pas aux oreilles des Anciens aussi faussement
qu'aux nôtres » ; erreur : le son qu'elle rendait, pour être
moins ennuyeux, était encore plus artificiel et pédantesque,
s'il est possible. Et c'est la clé de l'énigme : la mythologie
était une *science plaisante*, un jeu de cuistrerie entre initiés, et
ce jeu les amusait beaucoup.

Il est un autre lieu commun dont il faut tordre le cou : les
mythes devraient à leur beauté leur place dans la littérature ;
ne sont-ce pas de beaux contes, où rayonne la splendeur de la
vieille Hellade et qui sont aussi beaux que les noms de leurs
héroïnes ? Il faut convenir que la mythologie grecque est
pleine de beaux récits qui ne le cèdent guère qu'à la légende
arthurienne ; mais, dans l'usage qu'en font les élégiaques et
toute la poésie hellénistique de langue grecque ou latine, ils ne
sont pas beaux. Ils sont rarement racontés et leur trame se
réduit souvent à une quasi-narration, elliptique jusqu'à l'obscurité ; plus souvent encore, la connaissance du mythe est
condensée en un dicton, une sorte de proverbe qui sous-
entend une narration justificative que les lecteurs infèrent du
dicton ; nous devinons de même qu'une anecdote oubliée doit

être à l'origine du dicton sur le chien de Jean de Nivelle qui s'enfuit quand on l'appelle. Chez Properce, on chasse les fauves comme Milanion, on repousse des amants comme Atalante et la mythologie se réduit à de doctes allusions, comme chez nous les citations latines ; le contenu de l'allusion ou de la citation importe moins que l'hommage qu'elle rend à la Fable ou aux Humanités. Du reste, beaucoup de ces mythes étaient répétitifs et insignifiants comme des faits divers : telle princesse fut violée par tel dieu au bord de tel fleuve et en conçut tel héros, car la couche d'un dieu n'est jamais infécondé ; seuls changent les noms du dieu, du fleuve, de la mortelle et de son rejeton à demi divin.

La Fable n'est pas belle parce qu'elle est pleine de beaux récits, mais parce qu'elle est fabuleuse : il n'en faut pas plus pour faire rêver. Fabuleuse, et non pas merveilleuse et surnaturelle, ni féerique et magique ; elle a pour essence de susciter une temporalité onirique, située « avant » notre histoire et dépourvue d'épaisseur (il serait absurde de se demander si Atalante se place avant ou après Antiope ou Evadné) : ce temps sans consistance se situe à une distance inappréciable de nos années, car l'unité de mesure n'est pas la même : nous sentons obscurément que nous en sommes séparés moins par une durée que par un changement d'être et de vérité ; une nostalgie nous gagne à l'idée de ce cosmos, si semblable au nôtre, mais secrètement si différent et plus inaccessible que les étoiles. Son étrangeté est encore plus grande, si les lieux qui furent le théâtre d'un mythe existent réellement et si le Pélion ou le Pinde sont des montagnes que nos yeux peuvent voir : en quel siècle de rêve notre Pélion fut-il parcouru par les centaures et quel fantôme de montagne faut-il qu'il ait été lui-même pour avoir pu participer aussi à cette autre temporalité ?

Le moindre sujet, le fait divers le plus insignifiant, à peine plongés dans cette durée fabuleuse, y prennent une irisation onirique. Une simple existence, celle d'un seigneur dont on ne sait rien que le nom, vaut tout un poème ; « le magnanime Étion, Étion qui habitait au pied du Placos boisé, à Thèbes-sous-le-Placos, commandant aux guerriers ciliciens » : voilà bien quarante ans que, « pareille aux fables incertaines », la pensée de cet Étion me fatigue « ainsi qu'un tympanon » par sa mystérieuse inutilité ; Étion a existé, comme quelque ilôt perdu on ne sait où, en un océan de temps sans mesure et sans forme.

Poésie fabuleuse : un nom imaginaire a traversé l'abîme des temps comme un aérolithe et fait du mont Placos (à droite de la route nationale d'Edremit à Balikesir) une espèce de demeure hantée ; la vraie poésie de la Fable grecque est là. C'est aussi une poésie des noms propres (on la prend à tort pour une poésie des sonorités et on l'impute à quelque harmonie qu'aurait eue éminemment la langue grecque). Il faut en dire un mot, car la poésie des noms d'hommes et de lieux est un des ressorts de la poétique gréco-romaine ; quand un poète narre une légende, quand il la résume, quand il y fait simplement allusion, il est au moins une précision qu'il n'omet jamais : le nom des personnages et du lieu de l'action. Les poètes modernes dédaignent cette ressource ; dans les traductions, les beaux noms ne sont plus que de l'étoupe ; l'épithète géographique nous ennuie et nous préférerions que, dans la poésie antique, tout arc ne soit pas scythe et tout lion, numide[1].

---

1. La poésie, dit M. Riffaterre, est moins nuancée que la prose : l'épithète y est soit tautologie (brillant soleil), soit oxymore (soleil noir), sans plus entrer dans les détails (*la Production du texte, op. cit.*, p. 186). La poésie antique ignore l'oxymore et ne dira jamais que le ciel est bleu comme une orange ; elle dira seulement qu'une orange est orange. Mais elle pratique en revanche une troisième chose, qui n'est, ni « orange orange », ni « orange bleue », mais « orange d'Andalousie » : elle pratique avec délectation l'épithète géographique, tigresse d'Hyrcanie ou arc de Scythie. De quoi une autre remarque de Riffaterre permet de rendre compte : « *Tigresse d'Hyrcanie* ne dénomme pas une espèce localisée géographiquement ; c'est l'hyperbole de la cruauté féminine, en vertu d'une loi générale de style que je formulerai ainsi : toute particularisation d'un signifiant par rapport aux autres membres d'un paradigme de synonymes fonctionne, sur l'axe syntagmatique, comme hyperbole de son signifié métaphorique » (*ibid.*, p. 183) ; de même, *galet*, parmi les synonymes de *pierre*, est une hyperbole de la dureté dans les *Fêtes de la faim* de Rimbaud. « Ce n'est pas que le galet réel soit nécessairement plus dur ; mais, plus le signifiant est particularisé dans un syntagme, plus il met en relief les qualités qui définissent la classe d'objets signifiés par les mots du paradigme. Si la dureté est un des traits qui définissent la pierre, *granit, caillou* ou *galet* et tout nom de roche un peu technique mettra cette dureté en relief » (*ibid.*, p. 228). Bref, la poésie antique dira *tigre cruel* ou *tigre d'Hyrcanie*, qui sont des tautologies, avec particularisation dans le second cas. Elle se répète ; or la répétition, le pléonasme, « fait effet, en transgressant la loi qui veut que la phrase progresse par différenciation sémantique d'un mot à l'autre.

Et pourtant, Villon et Flora, la belle Romaine, Archipiada et Thaïs, et Jeanne la bonne Lorraine… Proust et les noms de pays, Vitré, Lannion et Pontorson… Et, au-delà d'un abîme de temps,

> Argos et Ptéléon, ville des hécatombes,
> Et Messa la divine, agréable aux colombes,
> Et le front chevelu du Pélion changeant
> Et le bleu Titarèse et le golfe d'argent
> Qui montre dans les eaux où le cygne se mire
> La blanche Oloossone à la blanche Camyre.

Harmonie des sons ? Étant issu d'une ethnie où « Vendôme » se prononce à peu près comme « vin d'homme », je suis congénitalement vacciné contre la tentation d'attribuer aux sonorités la poésie (à laquelle je suis aussi sensible qu'un autre) d'

> Orléans, Beaugency,
> Notre-Dame de Cléry,
> Vendôme, Vendôme !

Au reste, la lecture de n'importe quelle carte géographique suffit à plonger en une rêverie sans fond, si on s'en récite comme une litanie les noms de villages inconnus. Les noms propres font sur notre esprit un effet non conceptuel (et pour cause), si bien que nous sommes sensibles à leur matérialité ; un mot semble sonore dès qu'il ne s'absorbe pas dans ce qu'il signifie. Un nom commun, champignon ou mandoline, évoque la grisaille d'une idée générale d'ailleurs floue ; si un champignon nous tombe sous les yeux, nous vérifierons mentalement s'il correspond à peu près à cette grisaille et mérite d'entrer dans l'espèce des cryptogames ; mais le nom de Florence n'a pas cette grise auréole : il fait voir la ville elle-même, avec ses campaniles

---

C'est un exemple de cette hyperbole par répétition du sème définitoire, dont l'épithète de nature et la *figura etymologica* sont des cas particuliers » (p. 14). La répétition est une hyperbole et vaut une intensité : en poésie grecque archaïque, on ne disait pas : « il gémit beaucoup », mais : « il gémit à trois reprises ».

et ses dômes. D'un côté, la ville, de l'autre, les syllabes de
son nom ; entre les deux, point de brouillard d'idée[2]. À
moins que je ne prononce de ces faux noms propres qui
sont laids comme des noms génériques : Médor, Tartarin.
Grâce à la Fable, avec ses noms de héros, d'héroïnes, de
montagnes et d'antiques cités, la poésie gréco-romaine était
trouée de taches euphoniques éclatantes. De plus, l'arbitraire du signe, comme disent les linguistes, y était comme
une allégorie de l'arbitraire du mensonge et de l'Être ; si
Étion a pu s'appeler ainsi et non autrement, pourquoi
n'aurait-il pas existé, plutôt que de n'être pas, et pourquoi
n'inventerait-on pas aisément son existence ?

Ce n'est pas tout ; au mystère du temps et de l'existence,
la rêverie fabuleuse adjoignait une autre splendeur encore :
la qualité de demi-dieux. Les êtres qui peuplent ce temps
jadis furent plus beaux et prestigieux que nous. Parce qu'ils
étaient meilleurs et plus puissants ? Pas exactement ; leur
supériorité vient moins d'eux-mêmes que de leur appartenance à ce monde de rêve enfantin, de même que chez
Proust la supériorité d'une duchesse sur les simples mortelles est moins personnelle que de race. Les héroïnes furent
plus belles et de plus grande taille qu'on ne l'est de notre
temps ; Properce se refait une âme d'enfant pour leur égaler
Cynthie et Ovide s'amuse de ces contes, lui qui aime les
femmes de taille moyenne, mais aussi les *grandi maestose*,
car il les aime toutes : « Tu es si longue que tu égale les
héroïnes de jadis et que tu occupes toute la longueur du
lit[3]. »

Cette âme enfantine, hélas, les élégiaques se la refont très
rarement ; pour parler mythologie, ils conservent une âme
scolarisée dans l'immense majorité des cas ; car la Fable
était devenue une matière qu'on apprenait à l'école ; on l'y
apprendra jusqu'en plein XIXe siècle. Pendant plus de deux
millénaires, la mythologie aura joué à peu près les mêmes

---

2. Si je comprends bien, les linguistes enseignent que les noms propres sont
des désignations et non des « descriptions » au sens de Russell.

3. Ovide, *Amores*, II, 4, 33 : « *Tu, quia tam longa es, veteres heroidas aequas
et potes in toto multa jacere toro.* »

fonctions dans son emploi littéraire et, deux siècles avant le Christ, on ne croyait déjà pas plus à ces légendes qu'on y croit de nos jours ; si l'on avait demandé à Properce s'il croyait à l'historicité d'Antiope ou Evadné, il aurait répondu : « Ce sont des contes puérils » (mot à mot : des *aniles fabulae*, des contes pareils à ceux que les vieilles nourrices racontent aux enfants). La seule différence est qu'il aurait précisé : « Cela ne veut pas dire qu'il n'y ait pas un noyau historique dans la légende d'Antiope engrossée par Jupiter ; il est à croire que cette Antiope fut quelque princesse d'il y a un millénaire ou deux, qui se laissa faire un enfant par un inconnu de passage ; tout le reste est superstition. »

De ces innombrables contes dont on s'enchantait sans trop y croire, les poètes et philologues hellénistiques firent une matière qu'il convenait de connaître, si l'on voulait être cultivé, et qui donnait les délices d'un jeu érudit, comme les échecs ou le cricket[4] ; les mots de « docte poète », si fréquents chez les Romains, se rapportent avant tout à l'érudition mythologique. En écrivant ses *Amours*, Ovide était décidé à s'amuser ; or il y a versé beaucoup de mythologie ; donc la mythologie était amusante. Cette mythologie y arrive par vagues, par rafales, comme les proverbes de Sancho Pança ; donc c'était le plaisir de la citation. La Fable sert à l'argumentation plaisante (« J'ai porté la main sur ma vie, je l'ai frappée ! Mais quoi ? Ajax ou Oreste sont bien devenus, eux aussi, des fous meurtriers ») et l'argumentation tourne à l'énumération : mieux vaut alléguer quatre héros plutôt que trois[5].

Plaisir de la virtuosité érudite et non plus plaisir de s'entendre conter *Peau d'Âne*. Mais aussi, parfois, curiosité sincèrement étonnée devant les étrangetés de ce monde de rêves convenus ; on ne trouvera guère cet étonnement chez

---

4. Un bon exemple, entre cent autres, de ce jeu d'érudition qui compile les opinions, confronte les variantes, se nourrit de lui-même, est la *Ciris* virgilienne ou pseudo-virgilienne, 54*sq.* ; le *Culex* pseudo-virgilien, 123-156, avec son énumération de plantes, dont chacune est pourvue d'une origine mythologique, est un autre exemple de ce goût de la systématisation et de l'inventaire.

5. Ovide, *Amores*, I, 7, 7 ; I, 9, 33 ; *Pontiques*, III, 1, 49.

Ovide, qui est trop sensé et trop à fleur de plaisir pour l'avoir
fait sentir en ses *Métamorphoses*, ni chez Tibulle, qui a
d'autres jeux ; on le trouvera chez Properce, qui sait
embrasser les fictions. Sinon, à quoi rimerait son élégie III,
19, où il fait preuve d'une curiosité de tératologiste ? Il
commence par s'adresser à une inconnue et, à travers celle-
ci, à toute la gent féminine : « Tu me jettes si souvent au
visage notre libido comme un reproche ! Mais, crois-moi,
vous y êtes davantage sujettes que nous » ; car la psychologie
comparée du désir chez l'homme et chez la femme était une
question sur laquelle l'époque avait ses idées : il était admis
que la femme, plus timide en apparence, allait bien plus loin
à la dérive, une fois les amarres rompues. Properce ne
l'envoie pas dire à son inconnue et appelle en témoignage les
cas extrêmes que contient la Fable : témoin Pasiphaé qui se
déguisa en vache pour l'amour d'un taureau, « témoin Tyro,
amoureuse d'un fleuve, qui voulut offrir tout son corps à
l'étreinte du dieu liquide », témoin Myrrha, amoureuse de
son père, qui, de honte, fut métamorphosée en myrrhe… Et
Properce citera pareillement Médée, Clytemnestre, Scylla.

Faut-il y voir de la curiosité de moraliste pour les ressorts secrets de l'âme féminine ? La psychologie, au bout
de quelques vers, cède la place à l'énumération mythologique dont elle n'est que le prologue. La Fable n'est pas ici
illustration ou modèle de notre réalité, elle ne sert pas non
plus à faire argument contre les mortelles, mais elle vaut
pour elle-même. Comme matière à beaux récits ? C'est
ainsi que, chez Virgile ou Ovide[6], la légende de Pasiphaé
sert de matière à un tableau fantastique et morbide d'amour
et de jalousie entre une humaine et des animaux :

> Tu gémis sur l'Ida, mourante, échevelée,
> Ô reine, ô de Minos épouse désolée…

Mais Properce se borne à résumer en deux vers chacune
des légendes ; il ne cherche pas le pittoresque, ni l'humour

---

6. Ovide, *Ars amatoria*, I, 281*sq.* et 293*sq.* ; Virgile, *Bucoliques*, VI, 46 ; de là
Chénier : « Tu gémis sur l'Ida, mourante, échevelée… »

de Villon exemplifiant la toute-puissance de l'amour en tirant ses exemples d'une autre mythologie :

> Folles amours font les gens bêtes :
> Salmon en idolâtria,
> Samson en perdit ses lunettes ;
> David le roi, sage prophète,
> Crainte de Dieu en oublia,
> Voyant laver cuisses bien faites…

Ni argument, ni humour, ni plaisir de conter ; la Fable est prise au sérieux, étudiée pour elle-même. L'épilogue porte le fantastique à son comble : Minos, juge aux Enfers, a puni le désir monstrueux de Scylla ; le monde de la fable a ses lois et ses sanctions, l'arbitraire des imaginations n'y règne pas en maître… Properce rêve sur l'étrangeté de ce monde de légendes qui, différent de notre réalité, lui semble aussi réel à sa manière et, par là, digne d'étonnement.

Car il est à peu près certain que Properce et tous ses contemporains estimaient que, dans ces contes ridicules, il y avait un fond d'authenticité, de même que nous croyons volontiers à l'historicité de la guerre de Troie, tout en sachant que les dieux, merveilles et miracles de l'*Iliade* sont un ramassis de contes ; par exemple, on devait penser que la métamorphose de Myrrha en myrrhe n'était qu'une superstition naïve, mais que Myrrha n'en avait pas moins existé et qu'elle avait été amoureuse de son père : on le croira encore au temps de saint Jérôme… et au siècle de Bossuet (mais oui). Le fond de fait divers monstrueux de toutes les fables qu'il résume était authentique aux yeux de Properce ; c'est dire qu'en cette élégie il manifeste la même curiosité pour les prodiges et monstruosités de la nature que Léonard de Vinci peignant méditativement sa *Léda et le Cygne*. Plus précisément, il y a en outre, dans ces vers, le docte plaisir de manier des fiches, de faire des rapprochements, de résumer et cataloguer ; il y a la conviction qu'on épuise la connaissance d'un domaine de la réalité, faune, flore ou prodiges, lorsqu'on en dresse l'inventaire. Plutôt qu'à Léonard, ce poème énumératif ferait donc penser à

quelque tableau de l'École de Fontainebleau, maniériste et
maladroit, où l'artiste aurait juxtaposé sur la toile des say-
nètes dont chacune esquisserait l'histoire des plus fameuses
amours interdites, en une accumulation plus inquiétante
encore que didactique : il y a plus de merveilles et de
menaces dans la Nature et dans la Fable que ne le présume
le vulgaire ignorant. Quand Properce illustre sa psychologie
du désir féminin d'exemples pris à la Fable plutôt qu'à
l'histoire et cite Myrrha et Scylla plutôt que Tarpéia ou
Cléopâtre, il sert la poésie, puisque la mythologie était la
matière propre aux poètes, mais il pouvait estimer aussi
servir la vérité, puisque les mythes recelaient un noyau
d'historicité.

Bref, l'analyse stylistique suggère qu'en cette élégie
l'attitude de Properce devant la mythologie est différente de
celle de la presque totalité des poètes gréco-romains et de
lui-même dans le reste de son œuvre. Car, chez les Anciens
comme chez nous, il y avait, en tout lettré, deux attitudes à
la fois devant les mythes. L'une, qui était celle de tous les
jours, se contentait de ne pas croire à ces contes de bonne
femme et de s'en enchanter ; la seconde, celle de la
Science, cherchait le noyau de réalité qui avait été à l'origine de ces fables. Le plus souvent, les poètes n'avaient que
faire de l'attitude scientifique ; la Fable n'était pour eux
qu'érudition plaisante. C'était une science de mémoire,
composée d'anecdotes, de noms de personnes et de lieux,
de généalogies légendaires ; il était une autre science de
culture du même genre, mais moins consacrée, quoique très
utile pour comprendre les poètes ; c'était l'astronomie,
réduite à la liste des constellations et à leurs origines mythiques. Le lecteur était généralement présumé connaître la
légende dont parlait le poète, puisqu'un mythe était par
définition quelque chose qui « se savait » ; en fait, la
plupart des lecteurs ignoraient le détail de la Fable, exception faite de certains mythes très connus ; le poète s'arrangeait
pour leur enseigner l'essentiel du conte ; l'important était
que le lecteur qui entendait parler de Myrrha pour la première fois de sa vie reconnaisse qu'il avait affaire à une

héroïne de la mythologie : l'effet littéraire n'en exigeait pas
davantage.

Dès l'âge classique de la Grèce, le public athénien ignorait le détail des cycles légendaires[7] que les poètes mettaient
en scène pour lui ; il lui suffisait de savoir que c'étaient des
mythes, c'est-à-dire des histoires supposées connues parce
que considérées comme *dignes de l'être* : tout poète est jus-
tifié de parler, si c'est pour dire un mythe. En outre, la
connaissance du mythe est supposée commune au poète et
au public ; le poète ne snobe pas les spectateurs, ne fait pas
de la littérature savante. Tout le monde était censé connaître
les mythes sans les avoir appris et la mythologie n'était pas
encore ce qu'elle deviendra à l'époque hellénistique : une
culture que tout lecteur sera présumé avoir, mais pour une
autre raison : parce que l'auteur s'adresse exclusivement à
des lecteurs cultivés. Sans doute ceux-ci ne connaissent-ils
guère mieux les mythes que ne les savait le peuple athénien, mais la présomption ne fonctionne plus de la même
façon : la Fable n'est plus présumée connaissance commune,
mais docte savoir ; entre auteurs et lecteurs, il y a désormais
la complicité d'une culture qui sépare l'élite du vulgaire des
lecteurs. Désormais, quand un écrivain se référera à une
légende, ce sera pour ce que le mythe en question dit, mais
ce sera aussi pour « faire mythologique » ; lorsque Properce
parle de Cynthie comme d'une nouvelle Atalante, ce n'est
pas seulement pour nous informer de la beauté de sa
maîtresse, mais aussi pour la connotation docte de ce nom
d'héroïne. Le rôle littéraire de la mythologie est donc
celui d'une référence : on renvoie à certain trésor de
connaissances convenu et nul ne pouvait se dire cultivé s'il
l'ignorait ; il était mondainement déshonorant de ne pas
connaître les noms d'Ulysse, Achille ou Priam. Sénèque
ne cache pas son mépris philosophique pour un noble
romain qui les ignorait, personnage d'une telle vulgarité,

---

7. Aristote le dit en toutes lettres : *Poétiques*, IX, 8 ; cf. Antiphane, fr. 191 ;
W. Jaeger, *Paideia*, 4ᵉ éd., Berlin, 1959, vol. I, p. 319 et 324 ; J. Ferguson, *A
Companion to Greek Tragedy*, Londres, 1972, p. 24.

malgré son immense richesse, qu'on l'aurait pris pour un affranchi[8].

La mythologie est donc un savoir qui sert de référence à d'autres savoirs : une partie de la culture renvoie à l'autre, si bien que, pour accéder à une œuvre culturelle, il faut être déjà cultivé. La culture n'est plus ce qui se trouve être su et qu'on connaît à son insu, comme on fait de la prose : elle suppose une initiation, une volonté, un effort. Faut-il ajouter que la barrière culturelle ne se confond pas avec les barrières sociales ? Elle est issue des hasards de l'histoire littéraire et ne s'explique pas par la société, même si elle prend une fonction sociale d'appoint. Aussi bien, la « société » n'existe pas : c'est le nom qu'on donne à l'agrégat d'épaves de tout genre, déposées par les vagues de l'histoire ; la société romaine n'a pas suscité la culture mythologique, c'est plutôt la mythologie qui est une des composantes de ce qu'on appelle société romaine ; une société est comme l'auberge espagnole, on n'y trouve que ce qu'on y apporte et c'est prendre les choses à l'envers que d'expliquer les composantes par l'agrégat ainsi composé.

Au surplus, le choix de la Fable ressemble à tous les autres choix culturels à travers les siècles : il est arbitraire ; qu'il s'agisse de la Fable, d'Homère, du latin chez nous, du sumérien chez les Babyloniens ou du chinois dans l'ancien Japon, le choix n'a, sauf rare hasard, aucun rapport avec l'utilité pratique ni avec les « valeurs » de la société considérée (mais, bien entendu, les intéressés ne manquent pas de le rationaliser et de démontrer que rien n'est plus indispensable que le latin ou les mathématiques). Un autre des savoirs culturels, la rhétorique, était un jeu de société et ne servait pas les besoins ou les autres valeurs de la cité antique ; elle valait pour elle-même et était prestigieuse à leurs yeux. Et Homère ! Où a-t-on vu qu'il résumait la société grecque et que les enfants y découvraient les valeurs

---

8. Sénèque, *A Lucilius*, XXVII, 5 ; cf. Pétrone, XXXIX, 3-4 ; XLVIII, 7 ; LII, 1-2, sur la fausse culture de l'affranchi Trimalcion en matière de Fable. R. W. Daniel, « Liberal Education and Semiliteracy in Petronius », dans *Zeitschrift für Papyrologie und Epigraphik*, XL, 1980, p. 153.

de leur nation ? Homère n'enseignait pas les valeurs grecques : il était lui-même une des valeurs convenues et il
fallait l'avoir lu sous peine d'inculture, voilà tout. En un
mot, il faut nous habituer à une idée ridicule, incroyable,
révolutionnaire : la seule manière d'expliquer une chose
n'est pas de montrer ce que cette chose « apporte à la
société ».

Le choix des objets esthétiques est non moins arbitraire,
car il n'existe pas d'objet esthétique naturel ; il n'est ni plus
ni moins gratuit de vouloir faire du beau avec la mythologie
que de s'imaginer que le cœur humain ou bien la réalité
seraient la voie royale de l'œuvre d'art ; pourquoi la psychologie ou bien la société seraient-elles belles ? Comme
dit Boucher, « la mythologie est sujet normal de poésie
pour un Romain[9] ». N'allons donc pas réduire *a priori* la
Fable à un rôle sémiotique d'appoint, ne la cantonnons pas
exclusivement dans le rôle d'ornement, de référent, de mar-
queur, de figure de rhétorique, au service d'un autre objet
esthétique prétendument plus naturel. Elle n'est pas toujours non plus un simple moyen d'exprimer ce que le poète
avait à dire et qui relèverait de valeurs plus largement
humaines ; elle n'est pas réduite à faire double emploi.
Quand Properce compare Cynthie à Atalante, ce n'est pas
toujours une façon détournée de répéter qu'elle est belle et
cette référence mythologique ne se justifie pas toujours par
les sentiments naturels d'adoration dont elle serait grosse.
Les hommes sont de grands menteurs et, au lieu de répéter,
en les tarabiscotant un peu, la réalité et les valeurs, ils y
ajoutent des objets nouveaux. La vérité n'est pas une
meilleure explication que la société. Il était entendu, à
Rome, que, lorsqu'on employait la Fable, on faisait de la
littérature, de même qu'il sera entendu, au XVIe siècle, que,
lorsqu'on emploiera des colonnes et les ordres vitruviens,
on fera de la grande architecture et pas seulement de la
maçonnerie : c'était comme ça. On en dirait autant du nu
de convention dans la peinture classique ; il est objet

---

9. J.-P. Boucher, *Properce*, p. 235.

conventionnel de l'art (quel objet n'est pas de convention ?)
et ne se borne pas à être un comparant ou un déréalisateur.

La mythologie avait deux emplois littéraires bien différents. Dans l'épopée, la tragédie et une partie de la poésie
lyrique, les poètes racontaient tout au long les légendes des
dieux et des héros ; ces récits plaisaient beaucoup et les
mythes étaient considérés comme le sujet par excellence de
la poésie (voilà pourquoi les Grecs répétaient que les poètes
« mentent », voilà pourquoi Platon et Épicure se méfiaient
de la poésie). Les poètes pouvaient aussi faire de la Fable
un emploi, non plus thématique, mais référentiel, comparer
Cynthie à Vénus ou à Atalante ou appeler le vin un présent
de Bacchus ; pareil langage ne pouvait être que littéraire : la
référence mythologique n'appartenait pas à la langue de
tous les jours, mais au langage d'auteur. La Fable était un
monde tenu à la fois pour fictif et pour élevé ; parler mythologie, c'était faire acte de littérature et c'était parler en
grand style.

On trouve chez Properce deux élégies dont une légende
est le sujet principal (I, 20, et III, 15), mais l'usage thématique qu'il a fait de la mythologie est beaucoup plus raffiné,
comme on verra. Il a aussi abondamment recouru à l'usage
référentiel, mais il l'a fait d'une façon si originale qu'elle
ne semble pas avoir été encore clairement comprise. La
référence à la Fable, disions-nous, était propre au style
élevé et appartenait au langage d'auteur ; deux moyens
s'offraient donc de faire un emploi parodique, ironique ou
humoristique de la mythologie : on pouvait, avec une
emphase plaisante, parler en ce style élevé d'un objet qui ne
l'était guère et cela s'est fait mille fois ; mais on pouvait
également mettre ce langage d'auteur qu'était la Fable dans
une autre bouche que celle de l'auteur et c'est ce que Properce fait constamment : *le personnage d'Ego parle de lui-
même en style d'auteur, se compare lui-même à Mélampe
ou à Milanion, au lieu de laisser ce soin à son poète*, et
cette confusion des rôles est destinée à faire sourire.

La mythologie avait beau être tenue pour un ramassis de
contes puérils, son emploi n'en constituait pas pour autant
un démenti à lui tout seul et ne rendait pas automatique-

ment irréels des objets qu'on lui référait ; il n'y a pas de privilège de la vérité en art. Les vers d'Ovide exilé en sont le meilleur des « analyseurs ». Le malheureux poète ne songe plus du tout à amuser et plaisanter ; ses élégies ne sont plus que lamentations, supplications, malédictions, placets pour obtenir sa grâce. Ce n'en sont pas moins des poèmes aussi, car Ovide supposait que la poésie, par son innocence, était le meilleur des arguments ; qui dit poésie dit Fable et Ovide compare l'impératrice à Vénus pour sa beauté et à Junon pour sa chasteté ; lui-même, hélas, doit sa célébrité à son malheur, comme autrefois Capanée, Ulysse ou Philoctète ; il n'a guère de recours qu'en sa propre femme, restée à Rome pour gérer le patrimoine du poète et essayer de fléchir les puissants : qu'elle n'oublie pas l'exilé, et les vers de son mari la rendront aussi immortelle que les héroïnes de la Fable chantées par les poètes ! S'il lui envoie, de sa lointaine Dobroudja, un poème de souhaits d'anniversaire, il aura soin d'y jeter deux ou trois touches de mythologie, pour parler en poète autant qu'en mari[10].

Usage référentiel ? Il en était deux espèces ; l'une était sémiotique et l'autre pourrait être appelée pragmatique, si l'on entend par ce mot, un peu abusivement, ce qui a trait à la relation de l'auteur au lecteur, au pacte qui les unit. Nous avons vu dans un autre livre que l'emploi du mythe chez un Pindare était surtout pragmatique ; le vieux poète ne concevait pas de meilleure manière de célébrer un athlète vainqueur à Olympie que de lui raconter quelque légende. Parce que le mythe en question recelait quelque délicate allusion au vainqueur ou à ses ancêtres ? Parce qu'il avait la valeur d'une allégorie abstruse ? Parce que Pindare se souciait moins de célébrer un athlète que d'exprimer ses propres idées sous le voile du mythe ? Non pas, mais parce que la connaissance de la Fable était le privilège des poètes ; le monde héroïque était un salon où ils avaient leurs entrées. Par sa victoire, l'athlète s'est haussé jusqu'à la hauteur de ce beau monde et Pindare l'honore en l'élevant à sa propre

---

10. Ovide, *Pontiques*, III, 1, 117 et 49 ; *Tristes*, I, 6, 33 ; *Pontiques*, III, 1, 57 ; *Tristes*, V, 1, 11 et 53*sq.*

hauteur et en lui parlant de ce monde de privilégiés ; le
mythe sert de piédestal au poète en ses relations avec les
simples mortels.

Quant à l'usage sémiotique de la mythologie, il agit sur
le message lui-même. Dans la bouche des poètes, la Fable
faisait autorité ; elle servait donc d'argument ou bien
d'étalon de mesure : Ego a-t-il perdu la tête en un instant
d'égarement ? Il faut le lui pardonner, puisque Ajax lui-
même, ce héros, perdit l'esprit un moment ; Cynthie est-elle
majestueuse ? Oui, autant et plus qu'Andromaque en personne. D'où les mythes tiraient-ils leur autorité poétique ?
Du fait qu'on les alléguait ; leur autorité convenue était
confirmée par l'usage, de même que celle des proverbes,
qui, eux aussi, servent d'étalon et d'argument ; on n'en est
pas pour autant convaincu de l'historicité de Jean de
Nivelle ou de Gros-Jean comme devant. Aussi, quand
c'était un homme qui parlait, et non plus un auteur, ne
faisait-il plus des mythes qu'un emploi négatif, pour désigner ce qui n'était pas. Parmi ses élégies d'exil, Ovide en a
écrit une où il n'a pas la moindre envie de rire ; il essaie de
convaincre sa femme de tenter un grand coup : qu'elle
demande une entrevue à l'impératrice en personne, qu'elle
ose la supplier de lui permettre de revenir à Rome ; « ce
n'est pourtant pas la lune que je te demande », lui écrirait-
il, s'il écrivait en termes vulgaires, « et l'impératrice n'est
pas une ogresse ». Il écrit en substance : « Je ne te
demande pas de devenir une nouvelle Alceste, une nouvelle
Léodamie, et l'impératrice n'est pas une Médée ni une
Clytemnestre[11]. »

Il n'y a pas loin de l'emphase à l'hyperbole parodique.
La parodie du grand style mythologique est elle-même
« motivée » ou « dénudée » : l'imitateur ne vend pas la
mèche ou bien la vend. Sénèque commence ainsi une amusante satire qu'il a faite de l'empereur Claude : « Déjà le
dieu du soleil avait raccourci son trajet, déjà le Sommeil
voyait augmenter son horaire et la Lune accroissait son

---

11. Ovide, *Pontiques*, III, 1, 105-128.

royaume » ; s'il s'en était tenu là, ce serait un pastiche du style noble ; mais il ajoute : « En d'autres termes, c'était déjà octobre » et cet humour au second degré aura beaucoup d'imitateurs[12]. Si l'on évite de dénuder la parodie, le glissement est aisé de l'emphase au madrigal, à la complicité d'humour et de flatterie, qui ouvre la voie à des complicités plus substantielles ; au Grand Siècle, poètes et marquis font leur cour en citant la Fable. Les Romains ne faisaient guère la cour, nous le savons ; la mythologie galante ne leur était pas inconnue, Properce sait dire à Cynthie qu'elle est mieux coiffée que Briséis ou a de plus beaux yeux que Minerve ; la différence, qui n'est pas petite, est que ces doux propos sont destinés à amuser le lecteur et non pas à faire sourire une destinatrice[13] ; à Rome, l'amoureux poète pose pour son public et lui exhibe sa maîtresse.

On a plus d'une fois étudié l'emploi de la Fable chez Properce, soit pour déplorer son érudition pédantesque en la matière, soit pour le laver de ce reproche ; on est malheureusement passé à côté de l'essentiel : l'emploi qu'il fait de la mythologie est toujours parodique. Ni pédant ni passionné : Properce est un pasticheur qui a dû être amusant. Je ne prétends pas qu'il nous amuse encore, mais il n'en reste pas moins pasticheur.

Parodie référentielle, d'abord. En quelque siècle que vive le lecteur, le narrataire, lui, doit considérer Ego et Cynthie comme ses contemporains : ce sont des Romains de son temps ; l'élégie se passe ici et maintenant, et non pas dans le passé, à une époque et dans une civilisation autres. Or Ego semble l'ignorer ; il raisonne sur Cynthie et lui-même

---

12. Sénèque, *Apocolocyntose*, II, 1-2, cité par O. Weinrich, *Ausgewählte Schriften*, III, p. 5 : *Ueber eine Doppelform der epischen Zeitbestimmung* ; comparer les toutes premières lignes du *Roman comique* de Scarron.

13. Exemple entre mille de mythologie érotique à l'usage des lecteurs : « La jolie Athénion a été mon cheval de Troie : Troie fut incendiée et moi je brûle comme elle » (Dioscoride, *Anthologie*, V, 137-138). L'incendie en question n'est pas celui du désir qui brûlerait le cœur du poète (comme en IX, 429, et XI, 195) : c'est celui du plaisir de toute une nuit, car une seule nuit suffit pour brûler Troie et faire vivre le poète en un vrai incendie ; comparer une épigramme d'Asclépiade, *Anthologie*, VII, 217.

en s'appuyant sur l'exemple ou les précédents des héroïnes du temps jadis. On n'avait pourtant pas coutume, parmi ses contemporains, de prendre la Fable pour une réalité, que dis-je, pour une chose d'actualité ; seuls le faisaient les écrivains, par convention littéraire. Nous le savons déjà : l'auteur, qui manie pour notre agrément les ficelles de cette marionnette qu'est Ego, le fait aussi parler avec sa voix ; comme auteur, Properce aurait eu le droit d'écrire : « Le malheureux Ego, moins chanceux que Mélanion, ne put fléchir sa belle, qui avait pourtant d'aussi jolies jambes qu'Atalante » ; mais qu'Ego, ce chevalier en toge, le dise de lui-même, cela est parodique, doublement : parce qu'Ego a une voix qui n'est pas la sienne et parce qu'il dit des choses emphatiques. Il est plaisant de remarquer qu'Ovide, lui, a presque fait l'inverse dans un de ses recueils d'élégies, intitulé *Héroïdes*, et pour cause : ces élégies-là se donnent pour des lettres écrites par des héroïnes en personne, par Pénélope, Briséis, Hypsipyle ou Médée ; il est normal que les dames de la Fable parlent d'Achille, Thésée ou Jupiter comme de leurs contemporains et familiers ; mais le plaisant est qu'elles parlent sur le ton qu'employaient les contemporaines d'Ovide quand elles écrivaient à leurs amis et amies ; on leur aurait supposé un style plus héroïque.

Parodie thématique, enfin ; voilà pourquoi Properce a la manie de l'allusion mythologique ; dès qu'il nous dit le geste d'un humain, il énumère les dieux ou les héros qui ont fait le même geste et cette façon de prendre la Fable au sérieux était humoristique. Elle l'était depuis l'âge hellénistique, qui a inventé de recueillir les légendes pour en faire une science plaisamment menteuse ; l'âge hellénistique, prolongeant sur le mode ludique la vieille pensée mythique, avait imaginé aussi de traiter sur un pied d'égalité la réalité quotidienne et le fabuleux. Depuis de longs siècles, les poètes avaient dressé des catalogues versifiés de faits divers mythologiques, de métamorphoses, de héros qui avaient eu des aventures comparables ; parfois le cas personnel du poète fournissait une entrée en matière appropriée ; Antimaque de Colophon, ayant perdu sa femme Lydé, écrivit une *Lydé* où il énumérait toutes les infortunes légendaires des héros pour se consoler de son deuil[14]. En somme, les éléments sont les mêmes que chez Properce et les proportions sont inverses ; le sort d'Ego sert de prétexte à cataloguer des légendes tout au long. Les poètes avaient leurs entrées dans le monde mythique, nous le savons, et traitaient volontiers de pair à compagnon avec les héros. Quand les mythes ne furent plus que de doctes contes, il en sortit un humour réversible ; Properce plaisante, quand, par sa bouche, un noble libertin compare ses malheurs à ceux du héros Milanion : ce seigneur n'est qu'une figure poétique ; mais il serait non moins plaisant d'assimiler les malheurs de Milanion à ceux des seigneurs nos contemporains : ce serait affecter de croire à la Fable.

Si l'on méconnaît ce que les énumérations légendaires avaient d'humoristique, l'économie de beaucoup d'élégies properciennes demeurera incompréhensible ; pourquoi tant de légendes et pourquoi les cataloguer si brièvement ? L'œuvre de Properce est assez variée et on y trouve bon nombre de pièces qui ne comportent guère d'allusions mythologiques ; mais les élégies où Cynthie est nommée se situent presque toutes à mi-chemin entre notre monde et la Fable. Ego commence par y parler d'amour à Cynthie ou par se confier à ses amis et cela remplit le premier quart de la pièce ; au dixième ou au quinzième vers, changement complet : « De même Milanion... » (I, 1) ; « Non, ce n'est pas ainsi que Phébé enflamma Castor... » (I, 2) ; « Telle Ariane, telle Andromède, ainsi Cynthie... » (I, 3) ; « Tu peux rappeler et vanter la beauté d'Antiope » (I, 4). Et nous voilà transportés chez ces « dames des âges de beauté » dont parle notre poète[15], version littéraire des âges d'or ou d'argent ; nous reviendrons parmi nos contemporains au bout de quelques vers et l'oscillation se poursuivra jusqu'à

---

14. Sur les élégies d'Antimaque, voir A. A. Day, *The Origins of Latin Love Elegy*, Blackwell, 1938, p. 10.

15. Properce, I, 4, 7 : « *quascumque tulit formosi temporis aetas* » ; cf. Catulle, LXIV, 22 : « *o nimis optato saeclorum tempore nati heroes* ». Faut-il citer aussi Lygdamus (Tibulle, III, 4, 25) ? Mais on ne sait même pas si « Lygdamus » n'est pas quelque pasticheur du Bas-Empire (R. Hooper, 1975).

la fin de la pièce. Où est le comparant, où est le comparé ?
Est-ce Ariane qui est comparée à Cynthie ou est-ce le
contraire ? Properce hésiterait-il entre deux partis, celui de
l'élégie mythologique, à la grecque, et celui de l'élégie érotique à la première personne ? Nullement : il édifie une
scène élevée où Ego et Cynthie sont de plain-pied avec les
héros et les héroïnes et où notre libertin transi, ressassant
ses griefs et sa vengeance (« Cynthie m'a bientôt donné un
successeur, mais qui sera chassé à son tour »), pourra soupirer, avec un sérieux impayable : « Pénélope, elle, était
capable de rester vingt ans avec le même homme » (II, 9).

Cette poétique est toute d'équilibre et dose savamment le
réalisme dans le fabuleux et le fabuleux dans le réalisme ;
car la métamorphose de la mythologie au contact de l'autobiographie simulée est non moins impayable. Il faut cesser
de se figurer que les allusions mythologiques sont au
service de la « confidence » initiale et ont le tort d'être trop
longues pour un second membre de comparaison. L'élégie
forme un tout, comme un collier sur lequel sont enfilées
alternativement des pierres de couleurs complémentaires
qui échangent leurs reflets ; la confidence initiale d'Ego en
est le fil.

On a vu plus haut Properce raisonner sur des légendes
comme nous alléguerions les mythes des primitifs pour y
trouver l'illustration de quelque constante de l'esprit humain
(III, 19). Mais, ici, le poète ne s'interroge plus sur une idée
générale ; il ne s'agit plus que d'Ego et les mythes redeviennent de simples contes. Seulement, à mêler çà et là des
morceaux de Fable à ses vers d'amour, Properce leur fait
subir de ces transformations subtiles dont les lettrés se
délectaient, car ils adoraient les jeux savants sur un savoir
ludique ; de quoi on pourrait citer des équivalents contemporains, qu'on trouverait chez… Raymond Queneau.
Properce, donc, résume chaque légende, sans raconter,
car, entre initiés, une simple allusion suffit pour se faire
comprendre et la Fable n'est évoquée que pour qu'elle
échange des reflets avec le contexte amoureux. Non content
de résumer, le poète énumère plusieurs légendes de suite,
comme si la multiplication de témoignages mythiques avait

la vertu d'ajouter du poids à la vérité ; par une drôlerie sup-
plémentaire, cette mise en catalogue suffit à faire sentir que
ces différents témoignages légendaires ne sont que les
variantes d'un seul et même schéma mythique et qu'on
pourrait en fabriquer d'autres à volonté. Le poète n'enre-
gistre pas moins chaque version avec la gravité d'un
bibliothécaire ou d'un officier de l'état-civil.

Et chaque mythe qu'il enfile sur son collier change de
couleur ; sa transparence de vaine fable emprunte à la
réalité une fausse irisation. Nous nous surprenons à penser
avec un sérieux attendri qu'une femme comme Pénélope, à
y réfléchir, a eu décidément bien du mérite… Properce, lui,
en bon Romain, est moins féministe que nous ; il éprouve
pour les héroïnes une commisération dédaigneuse ; « la
pauvrette ! », répète-t-il de ces éternelles mineures[16]. Il
confond héroïnes et vraies mortelles en une même condescendance ; car tel est le ton sur lequel il parle de la Fable.
La manière qu'il a de traiter Cynthie ne vaut guère mieux ;
la compare-t-il à Diane pour l'exalter ou pour se moquer
d'elle ? Comment prendre au sérieux ce ton emphatique,
qui n'est pas de mise dans une poésie en costume de ville ?
Le propre de l'élégie est que nous ne saurons jamais si Properce plaisante lorsqu'il embouche la trompette épique et
que cette question n'a même pas de sens.

Le triomphe de la poésie hellénistique est de mettre en
lumière que l'art n'est ni vrai ni faux ; on a trop longtemps
imposé à l'élégie le dilemme de la sincérité ou du lieu
commun. L'élégie est proprement une création. Au lecteur
lassé de trop de mythologie, offrons pour finir la lecture
d'une pièce où il n'en trouvera pas trace et qui est *superbe*,
comme on le dit d'un bronze ou d'une médaille, objets
froids.

Beauté, mon unique et plus beau souci, toi qui es née pour que
je souffre, eh bien, puisque ma destinée exclut que tu dises

---

16. Pour le ton minorisant pour parler des Héroïnes, voir par exemple Properce, II, 18, 7*sq.* ; II, 28, 17*sq.* ; III, 15, 11*sq.* Le mythe n'est plus qu'un conte
sentimental.

« reviens donc souvent », au moins mes vers rendront-ils fameuse
ta beauté. Avec ta permission, Calvus, sauf ton respect, Catulle.
Le soldat chargé d'ans quitte les armes et va se coucher dans son
coin, les bœufs trop vieux refusent de tirer encore la charrue, le
bateau aux bois pourris reste là sur la plage déserte et la vieille
rondache de guerre ne fait plus rien dans le temple[17]. Moi, non : il
n'est de vieillesse qui puisse me donner congé de t'aimer. Dur
esclavage, n'est-ce pas ? Mieux eût encore valu servir sous un
tyran, hurler[18] sur le bûcher comme un autre Phalaris, être dévoré
vivant par les vautours, être pétrifié par la Gorgone. Tant pis : je
ne me découragerai pas. La rouille vient à bout des poignards
aiguisés, la goutte d'eau use le rocher, mais rien ne peut user
l'amour : il fait le pied de grue à la porte de l'aimée, il ne répond
rien aux injustes reproches qui lui timbrent aux oreilles ; on ignore
sa présence ? Il se fait quémandeur. On lui fait du mal ? Il dira que
c'était de sa faute. Il part ? Ses pas le ramèneront à son insu. La
leçon vaut aussi pour toi, qui prends de grands airs d'amant
comblé : apprends, naïf, qu'une femme ne reste jamais longtemps
au même endroit. Est-ce qu'on s'avise de rendre grâce aux dieux
au plus fort de la tempête, alors que tant de navires se perdent dès
le port, ou de réclamer le prix en pleine course, quand les roues
n'ont pas encore frôlé sept fois la borne de la piste ? En amour, le
bon vent n'est qu'un piège et, plus la chute vient tard, plus dure
elle est. Alors, en attendant, même si elle t'aime beaucoup, garde
pour toi le secret de ton bonheur : quand on a l'amour de son côté,
il ne faut pas trop parler, sinon on s'attire la pire malchance, Dieu
sait pourquoi[19]. Quand elle t'inviterait mille fois, souviens-toi de
n'y aller qu'une : bonheur qui fait des jaloux point ne dure. Ah, si
le siècle était aux femmes d'autrefois, c'est moi qui serais maintenant ce que tu es ; je suis une victime de l'époque. Je ne changerai
pourtant pas ma façon d'être à cause de ce siècle de fer : chacun
doit rester dans la voie qui est la sienne. Quant à vous, mes yeux[20],
qui me dites de porter plutôt mes hommages à mille autres, quel
supplice est-ce là ! Vous voyez une femme au teint blanc, à la
peau veloutée, vous en voyez une brune, et une couleur vous attire

---

17. Où elle a été offerte en ex-voto par le vétéran.
18. Pour *gemitus*, hurlement, cf. Sénèque, *Hercule sur l'Oeta*, 802.
19. Tel est du moins le sens que je crois comprendre ou deviner.
20. C'est ainsi que je crois comprendre. Je crois que *lumina nostra* est au
vocatif.

autant que l'autre ; vous en voyez venir une qui a un air grec, vous en voyez venir une autre bien de chez nous, et un profil vous enflamme autant que l'autre. Robe de servante, robe de dame, tous les chemins mènent droit au cœur, car il suffit d'une femme pour que des yeux perdent le sommeil et pour tout homme il est une femme qui lui vaudra mille maux (II, 25).

Properce a su imposer si superbement toute cette thématique que le lecteur en épouse docilement les méandres, de la déclaration initiale de passion exclusive au donjuanisme final ; le lecteur ne pense pas un instant à l'improbabilité psychologique de cet humoristique parcours et, de cette improbabilité, il ne conclut pas davantage au lieu commun.

9

L'illustre esclavage et la Dame noire

Nous avons bien lu : « Ma destinée exclut que tu dises les mots "reviens donc souvent". » Mais que se passe-t-il donc entre Ego et sa maîtresse, quelle qu'elle soit ? Sont-ils amants ou pas ? Soupire-t-il en vain ? Il lui arrive aussi d'être comblé ; le malheur perpétuel d'Ego ne semble toutefois guère dépendre des intermittences du cœur et du lit de Cynthie : Ego souffre par définition, pour ainsi dire. Et pourquoi Cynthie semble-t-elle se complaire à le faire souffrir ? Nous ne le saurons pas davantage ; elle le traite cruellement parce qu'elle est une cruelle, voilà tout. Ego n'explique pas : il se plaint, il subit, il ne répond rien à d'injustes accusations ; ainsi agit et doit agir un esclave. L'amour est un esclavage et Cynthie mérite pleinement son titre de « maîtresse » ; sa dureté et le malheur d'Ego découlent de cette définition de la passion comme servitude.

Il y a la passion et il y a aussi le plaisir ; entre les deux, rien : on ne peut pas vraiment dire qu'Ego et Cynthie ont une « liaison ». De temps à autre, Cynthie se donne à lui ; de temps à autre, on entend Ego célébrer une nuit de triomphe, mais il la considère comme un sommet qui, isolé, se suffit et qui ne s'inscrit pas dans la durée d'une relation entre deux êtres. Depuis longtemps, la poésie grecque célébrait ces triomphes : « J'ai possédé Doris que l'amour écartèle, Doris à la croupe de rose », « Par les cheveux bouclés de la belle amoureuse, le parfum de sa peau qui trompe le sommeil…[1]. » Nous sentons quelle a été notre

---

1. *Anthologie palatine*, V, 55 et 197.

erreur : nous avons pris deux thèmes distincts pour l'histoire d'une liaison ; le thème de l'esclavage passionnel et celui du triomphe érotique sont chacun trop étroits pour qu'à eux deux ils puissent recomposer la vie d'un couple ; de là l'impression déconcertante que laisse la liaison de Cynthie et de son amant quand on essaie d'en cerner la réalité. À relire le recueil de Properce, on vérifie aisément qu'il n'a pas chanté l'amour pour Cynthie, mais deux autres choses : l'adoration servile, qui est un sentiment, indépendamment des événements d'une liaison, et la nuit d'amour, événement qui ne s'inscrit pas dans l'histoire d'un sentiment ; quand il triomphe, Ego ne conquiert pas durablement un être. Si Cynthie n'accorde ses nuits qu'au compte-gouttes, c'est parce qu'elle est cruelle, mais c'est aussi parce que Properce ne chante de triomphes qu'un à un. Poésie de la passion et poésie de la possession restent séparées.

D'autant plus séparées que leurs pôles sont opposés ; la passion est un esclavage somptueux, mais honteux, et le poète en a, comme ses contemporains, une idée négative ; le plaisir, en revanche, inquiétait moins la morale de l'époque et Properce, dans une pièce (II, 15) singulière à plusieurs égards, a osé s'en faire l'apologiste. Le plaisir n'en est pas moins un thème un peu court à ses yeux et il n'a pas écrit le nom de Cynthie dans les deux élégies où il chante victoire (II, 14 et 15). En revanche, la passion glorifie l'aimée, puisqu'elle est un illustre malheur pour l'amant ; elle est un échange inégal et, puisque l'homme est prêt à tout donner et à s'asservir, c'est donc que la femme qu'il convoite est sans prix ; la servitude amoureuse comportera l'exaltation de Cynthie. Sur cette exaltation s'ouvre l'œuvre de Properce et le nom de Cynthie en est le premier mot ; l'élégie initiale est le programme de tout le recueil. Il faut nous arrêter longuement sur cette première pièce, qui dit tout, mais qui offre des résistances considérables à ses interprètes, même s'ils se sont dépris de l'illusion biographique[2].

---

2. Ceux qui ne s'en sont pas dépris se demandent si, quand Properce écrit cette pièce, il est déjà devenu l'amant de Cynthie ; ils pensent que non et ce serait pour cela que le poète s'est mis à haïr les filles honnêtes, comme il le dit au vers 6 ; ces

« Cynthie, la première, me prit, l'infortuné, par ses doux yeux, moi que n'avait encore effleuré aucun désir » ; ainsi commence, ou semble commencer, le recueil de Properce, car ces deux vers doivent en réalité être traduits en ces termes : « Cynthie me fit prisonnier, l'infortuné, de ses doux yeux, moi qu'aucun désir n'avait encore atteint[3] ; *tout commença par là* » ; le malheur de Properce a commencé avec Cynthie et se confond avec l'histoire de sa passion : tel est l'événement initial, fondateur, ou, comme disent les philologues, l'aitiologie de son histoire. Ce qui signifie qu'Ego ne va pas nous raconter sa vie ; il ne prétend pas que Cynthie a été « la première[4] » femme qu'il ait aimée ou possédée : ce n'est pas son sujet et il serait naïf de lui opposer une autre pièce où il nous confie que sa première maîtresse eut nom Lycinna (III, 15) : comme si Properce se souciait d'établir à Ego une biographie cohérente et pouvant résister à tout interrogatoire !

filles chastes seraient Cynthie, qui, par ses vertueux refus, a fait le malheur du poète ; voir en particulier A. W. Allen, *Yale Classical Studies*, XI, 1950, p. 255 ; B. Otis, *Harvard Studies*, LXX, 1965, p. 40, n. 14 ; J.-P. Sullivan, *Propertius. A Critical Introduction*, Cambridge, 1976, p. 101-106.

3. *Contactus* se dit également de celui qui a été atteint par une arme (P. Fedeli) et par la contagion d'une maladie ou d'une folie (on sait que les Anciens se représentaient certaines « démences », en particulier politiques et religieuses, comme épidémiques).

4. Tel est le sens trop méconnu de *primus* ; quand Flavius Josèphe, *Bellum Judaicum*, V, 3, 99, écrit que le jour des Azymes est l'anniversaire du jour « où les Juifs ont pu sortir d'Égypte la première fois », il veut dire que ce jour est initial, fait date et on pourrait traduire « ont pu *enfin* sortir d'Égypte » ; de même, on pourrait traduire « Cynthie enfin me fit prisonnier » : depuis cette date, tout est fini, tout est joué, mon univers est devenu définitivement ce qu'il est. Ce *primus* « aitiologique » est celui, discuté depuis Servius, du premier vers de *l'Énéide* : « Je vais chanter la guerre et celui qui, fugitif prédestiné, vint *enfin* en Italie » ; mot à mot : « vint le premier ». Ce qui ne veut pas dire qu'Énée est un Christophe Colomb qui, avant tout autre explorateur, a découvert l'Italie, ni qu'il a ouvert la voie à toute une série d'émigrants ! Il est impossible que *primus* veuille dire « premier », ici. En ce sens aitiologique, il arrive que « premier » fasse pléonasme avec un verbe lui-même initial, par exemple avec le verbe « fonder, créer, établir, instaurer » : ainsi Lysias, XXXIII, *Olympikos*, 1 : « Héraclès a fondé le premier les concours olympiques » ; Aristote, *Politique*, 1271 B 31 : « Minos a établi le premier leur législation. » Cet emploi de *premier*, comme celui d'*enfin* en français, exprime une espèce de soulagement : enfin les choses importantes commencent.

Ce que veut dire le poète est que tout ce qui précède l'ère de Cynthie est étranger au sujet qu'il donne à ses vers ; en d'autres termes, Ego veut dire que, pour son cœur, rien ne compte qui se situe avant Cynthie. Properce prend la plume d'un historien, d'un philosophe, voire de la *Genèse*, il raconte ses propres Origines et elles ont pour nom Cynthie. De même que les Origines de Rome ont nom Énée ; « Je vais chanter des guerres et celui qui, fugitif prédestiné, vint le premier en Italie à Lavinium, sur le rivage » : tel est, ou semble être, le premier vers de *l'Énéide*, qu'il vaudrait mieux rendre ainsi : « celui qui[5], fugitif prédestiné, vint en Italie : tout commença par là. » Voilà de quel œil il faut lire ce début du recueil de Properce : d'un œil amusé par tant d'emphase humoristique ; le poète entonne la trompette épique pour raconter ses peines de cœur.

Il embouche aussi la trompette sacrée : Cynthie me fit prisonnier,

> tout commença par là, et alors Amour fit baisser mes yeux
> résolument orgueilleux, posa son pied sur ma tête[6] et me foula en
> vainqueur ; il finit par m'apprendre à être contre les filles honnêtes
> et à vivre au jour le jour, comme un bon à rien[7]. Et depuis toute
> une année cette rage ne me quitte pas un instant, sans que j'aie pu
> cesser d'avoir le ciel contre moi.

---

5. *Arma virumque cano, qui primus...* Il faut traduire : « Je célèbre (ou mieux : je vais célébrer) la guerre et celui qui... » ; et non pas « l'homme qui... » ni « le héros qui... ». L'anaphorique *is, eum* était banni de la poésie élevée, comme mot prosaïque ; en cas de besoin, on le remplaçait par *vir*. Voilà pourquoi il y a tant d'« hommes » ou de « héros » dans certaines traductions académiciennes de *l'Énéide* ; en fait, *virum occidit* ne veut pas dire « il tua le guerrier », mais, tout simplement, « il le tua » ; en prose, on dirait : *eum interfecit*. Ici, *cano virum qui* veut dire tout simplement *cano eum qui*, avec le tour banal *is qui*. D'ordinaire, on dit d'un navire qu'il *s'éloigne* du rivage et qu'il arrivera *au port*. Le malheur d'Énée, ce banni, est de n'arriver qu'à un rivage.

6. Vieux geste de triomphe, que l'empereur byzantin fera encore au Cirque de Constantinople.

7. Dans *improbus et*, je pense que *et* est enclitique, comme si souvent chez les élégiaques (et déjà au vers 12 de cette pièce I, 1 : *ibat et* au sens de *et ibat*) ; je construis donc *et improbus* ; sans doute s'agit-il d'un proverbe : « le bon à rien vit sans projet d'avenir, au jour le jour ».

Cette emphase comiquement pieuse est un témoignage
rendu à la toute-puissance du dieu Amour : c'est une aréta-
logie de l'Amour, comme disent les historiens de la religion.
Les dieux aiment à punir l'orgueil de ceux qui croient
pouvoir braver leur puissance et ils veulent pouvoir s'écrier[8] :
« J'ai fait prisonnier l'orgueilleux, je foule aux pieds celui
qui se prenait pour le trône de la maîtrise de soi » ; on paie
par la folie d'aimer la folie d'avoir refusé d'aimer. Amour
est-il un dieu juste et les dieux pourraient-ils être injustes ?
Vaine question ; les hommes ont avec les différents dieux
des relations semblables aux relations internationales, qui
sont des relations de puissances ; chaque puissance a sa
souveraineté et il serait creux de la juger, comme si des
gendarmes étaient là pour faire appliquer les jugements
moraux. Properce pose au héros tragique : un dieu l'a fait
fauter, l'a rendu fou. Criminel malgré lui, innocemment
coupable : un poète élégiaque n'est pas prêt à soumettre
l'amour à un jugement moral (comme il y sera soumis dans
le théâtre de Sénèque, qui, oubliant le vieux sens du tragique, fait de la faute un défaut moral et fonde le théâtre
des modernes[9]).

On est coupable ou plutôt dément, si l'on aime, mais
l'orgueil de refuser cet esclavage était non moins insensé ;
l'amour est à la fois un fléau et une nécessité évidente et cette
ambivalence se retrouve dans toute la fiction élégiaque de
l'amour : cette poésie joue sur les deux tableaux, celui des
catastrophes et celui des gloires, et se donne en outre le mali-
cieux plaisir très esthète de laisser voir qu'elle triche…
Pourquoi avoir voulu refuser l'amour ? Par orgueil : entre
l'Amour et les hommes, c'est une guerre[10] où l'Amour veut
rendre esclaves les humains ; car on est ou maître ou
esclave : pas de milieu. Cette guerre d'amour, loin d'être une

---

8. Comme Amour lui-même le dit dans une épigramme de Méléagre, *Anthologie*, XII, 101.

9. Sur la faute tragique avant et après Sénèque, voir l'article de Kurt von Fritz
dans *Studium generale*, 1955, ou le chapitre i de son *Antike und moderne Tra-
gödie*, Berlin, 1962.

10. Sur la guerre d'Amour, voir par exemple Ovide, *Amores*, I, 2, et les
pages 11-27 d'A. Spies, *Militat omnis amans*, Tübingen, 1930.

métaphore éculée, était une fantaisie sur une idée que la
morale du temps prenait très au sérieux, celle d'assurer
l'autarcie de l'individu, comme on verra. Mais l'ambivalence
de l'Amour frappe aussi cette servitude, car elle s'appelle
aussi éducation : l'Amour enseigne à Properce vaincu l'art
d'aimer élégiaque. Car les dieux éduquaient volontiers les
humains ; Cérès leur avait enseigné le blé et Bacchus, la
vigne : ce dieu mena jusqu'au bout du monde un cortège
triomphal et ce pacifique triomphe imposa à la terre entière la
civilisation ; le dieu enivrant sut « dompter » les hommes,
c'est-à-dire aussi les « apprivoiser », les civiliser. Amour
remporte pareillement un triomphe culturel, mais ce qu'il a
appris à Properce est plutôt une contre-culture ; le poète,
cessant d'être farouche, devient un bon à rien qui milite
amoureusement sous le commandement de l'irrégulière
Cynthie. Et qui n'a rien de plus pressé que de le dire à tout le
monde, car c'est une mauvaise et une bonne nouvelle. Le
dieu a fait miracle et la piété voulait que l'on « confesse »
hautement les bienfaits des divinités et aussi les punitions
qu'elles infligeaient aux impies ; le monitorat d'amour voulait
aussi que la victime mette en garde les autres hommes devant
le danger d'asservissement et c'est ce que fait Properce dans
le reste de ce poème ; il invite à ne pas suivre son exemple et
pose en victime d'une enviable catastrophe. Par une emphase
très consciemment plaisante, Properce affecte d'écrire pour
remplir une haute mission.

   « Les beaux yeux de Cynthie me firent enfin prisonnier,
moi que les Désirs n'avaient jamais atteint » : à la différence de Tibulle, qui ne chante pas la seule Délie et n'a
jamais promis de le faire, Properce, imité par Ovide,
prétend élever par son livre un monument à l'unique Cynthie ; D. F. Bright a dit finement que, loin d'être un
pseudonyme imposé par la discrétion, Cynthie existait par
son nom, à la manière des déesses ; loin de la cacher, le
poète la crée en la nommant[11]. Poète ambitieux, Properce
veut dresser une haute et unique image et donner à son livre

---

11. D. F. Bright, *Haec mihi fingebam, op. cit.*, p. 103.

la grandeur de la statuaire : monothéisme de Cynthie. Si tous les écrits étaient semblables à celui-ci, il y aurait lieu de considérer qu'il existe un monde de grandes choses graves dont on voit l'image dès qu'on ouvre un livre ; Properce donne-t-il une haute image de Cynthie ou une haute image de son œuvre, qui est la trace d'un grand événement ? Le poète est malheureusement desservi par des insuffisances et des imprécisions d'exécution qui gâtent la puissance de ses conceptions. Pétrarque ou Scève sauront tenir leur vœu de consacrer leur œuvre à Laure la Vauclusienne ou Délie ; Properce n'a pu soutenir son ambition cynthienne ; son recueil est beaucoup plus varié et au livre III Cynthie est à peu près oubliée par son créateur. Il est à craindre que cette infidélité à ses promesses soit moins à mettre au compte d'une curiosité, d'un goût de la variété, d'un désir de se renouveler, que d'une inventivité insuffisante ; Properce en est réduit à chercher des sujets de tout côté et il suffit de lire dix vers de lui pour sentir combien son souffle est haletant.

Ne nous laissons d'ailleurs pas duper sur cette haute statue de Cynthie : cette dernière est moins une femme qu'une situation, celle de l'amoureux souffrant. Elle est le nom de son malheur, elle joue les utilités ; puisqu'il souffre, il faut une coupable. Être malheureux amène ordinairement à ne s'intéresser qu'à soi et Ego semble peu curieux de sa partenaire ; cette poésie consacrée à une femme est en réalité très égocentrique. Le poète relate à peu près exclusivement les actions, passions, douleurs et paroles d'Ego, qui ne parle que de lui-même ; nous n'ignorons rien de ses opinions sur les femmes ou contre le maquillage. De Cynthie, nous ne saurons que deux choses : elle a tous les attraits à la fois, y compris les moins compatibles, et semble faite pour combler les vœux, d'une part ; de l'autre, elle fait souffrir son poète. Tragique contradiction qui est le drame de bien des liaisons ? Non pas, mais juxtaposition de deux thèmes sensationnels, issus de deux partis sémiotiques différents : monumentaliser l'œuvre en en faisant le socle d'une image féminine idéale, développer une thématique répétitive où rien n'arrive de nouveau ; or les gens heureux se taisent et seuls les malheureux sont intarissables. Les créations littéraires ne sont pas des manuels de psychologie ; dans ces œuvres, le sensationnel des thèmes ou des situations l'emporte de beaucoup sur la motivation psychologiquement plausible[12] et la prétendue psychologie, loin d'être une vérité de l'homme, n'est que les idées que chaque siècle se fait sur les motivations humaines[13] ; si on méconnaissait tout cela, il suffirait, pour commencer à y voir plus clair, de se poser cette simple question : « Mais enfin, de quoi Ego souffre-t-il, au juste ? »

Ego lui-même prétend nous l'apprendre, toujours dans cette première élégie du premier livre :

---

12. Wellek et Warren, *Théorie littéraire*, Paris, Éd. du Seuil, 1971, coll. « Poétique », p. 123. Nietzsche, *Humain trop humain*, n° 160 : « Quand on dit que l'artiste crée des caractères, c'est là une belle illusion ; en fait, nous ne savons pas grand-chose des hommes réels et vivants ; c'est à cette situation très imparfaite vis-à-vis de l'homme que répond le poète, en faisant des esquisses d'hommes aussi superficielles que l'est notre connaissance de l'homme ; un ou deux traits souvent répétés, avec beaucoup de lumière dessus et beaucoup d'ombre et de demi-obscurité autour, satisfont complètement notre exigence. L'auteur part de l'ignorance naturelle de l'homme sur son être intérieur. » On songe aux interminables spéculations sur la psychologie d'Hamlet ; d'une part, il doit y avoir chez Hamlet les théories psychologiques du temps, où l'on parlait mélancolie autant que nous parlons Œdipe ; de l'autre, cette mélancolie, ses contradictions et sa bizarrerie suffisaient à autoriser Shakespeare à prêter à Hamlet les actions les moins cohérentes, les moins explicables, mais aussi les plus sensationnelles : du coup, la psychologie d'Hamlet nous semble mystérieuse et, par là, profonde, pénétrante. Cela réussit à tout coup, mais à deux conditions ; l'une est que l'incohérence d'Hamlet ne soit pas totale, mais se limite à deux ou trois thèmes : l'étroitesse du cercle thématique suffira à nous faire croire que la psychologie d'Hamlet a une cohérence secrète et donc profonde ; la seconde condition est la plus difficile : savoir créer des situations, écrire des scènes, qui soient sensationnelles... Properce, qui n'est pas Shakespeare, remplit la première condition, mais très peu la seconde. Il est à croire aussi que la tradition mondaine, puis scolaire et universitaire, d'expliquer la littérature par la psychologie vient de ce que le sens littéraire est moins généralement répandu que la capacité de parler du caractère de son prochain ; tout le monde ne sait pas dire d'un tableau autre chose que : « C'est ressemblant. » On le dit encore plus lorsqu'on ignore la réalité à laquelle le tableau est censé ressembler ; on songe à Bouvard et Pécuchet amateurs d'art : « Sans connaître les modèles, ils trouvaient ces peintures ressemblantes. »

13. La fin de *Madame Bovary*, endettement, ruine, glissement vers la vénalité (au moins en intention), tout cela est sensationnel, disent les uns, ou du moins mélo

Voilà une année entière[14] que ma folie ne me quitte pas, et pourtant j'ai beau faire : les dieux sont contre moi. Milanion, lui, a fini à force de travaux[15] par fatiguer l'insensibilité de la cruelle Atalante (détails) ; il a donc pu apprivoiser[16] la fille rapide à la course. Tant la dévotion et le dévouement ont d'efficacité en amour. Sauf dans mon cas : l'Amour ne réagit plus, ne cherche plus comment s'y prendre et semble même avoir oublié les voies qui l'avaient toujours mené au but.

Et le poète continue à gémir, moins sur les refus d'une femme trop vertueuse que sur l'esclavage où son cœur est tombé et auquel il essaie vainement de se soustraire. Fuir, ailleurs, n'importe où !

Restez donc, vous à qui ce dieu prête une oreille complaisante et soyez toujours à égalité de sentiments en un amour qui n'a rien à craindre : c'est sur moi que Vénus, notre déesse à vous et à moi, teste les insomnies chagrines, et Amour s'occupe de moi à plein temps.

Il est curieux de voir combien un texte peut être lu à contresens quand des siècles ont passé sur lui et si on ne le

dramatique, disent les autres ; mais en quoi est-ce psychologiquement plausible ? Quel rapport entre l'infidélité et le fait de souscrire des traites ? Celui-ci : le lieu commun sur l'adultère, au XIXe siècle, est que c'est le comble du crime féminin ; donc une femme adultère, qui ruine par là l'ordre familial, commettra aussi tous les autres crimes, en particulier ceux qui ruinent l'ordre patrimonial. Et *l'Éduction sentimentale* ! Est-il ou n'est-il pas psychologiquement possible qu'un homme aime platoniquement une femme pendant un demi-siècle ? À cette question, bien sûr, tout le monde restera coi ou parlera pour ne rien dire. Si, demain, un psychologue en découvre un cas, médicalement vérifié, le roman de Flaubert se mettra-t-il à prendre, depuis la publication de ce cas dans *l'Année psychologique*, une vérité humaine et, par là, une valeur littéraire dont on avait pu douter jusqu'à ce jour ? Frédéric deviendra-t-il un personnage « vivant » ? Laissons ces sottises : Frédéric doit sa valeur littéraire, qui me semble grande, à autre chose : à la peinture d'un monde inconsistant, ne menant à rien, n'ayant pas de réalité métaphysique ; c'est le monde de Queneau dans *Pierrot mon ami* et les personnages de l'*Éducation* ont autant de « vérité humaine » que Pierrot et ses comparses…

14. Durée conventionnelle ; de même Tibulle, II, 5, 109, et Properce, III, 16, 9.

15. Au sens où l'on parle des travaux d'Hercule : Milanion suivait partout la rapide Atalante dans ses chasses aux fauves.

16. Apprivoiser ou, aussi bien, dompter : c'est la même chose ; *the taming of the shrew*, c'est, au choix, la sauvage apprivoisée ou la virago domptée. La femme est une ennemie et, séduire, c'est réduire une résistance.

remet pas dans le contexte de tout le reste de l'œuvre et des
autres livres du temps. Ego ne dit pas que Cynthie n'a jamais
voulu être à lui ; tel n'est pas le sujet de ses plaintes et au
surplus il allait de soi, dans l'Antiquité, qu'on ne soupirait pas
platoniquement ; il va sans dire que Cynthie lui a appartenu
plus d'une fois. Seulement Cynthie et lui ne sont pas à égalité
de sentiments et c'est de cela qu'il gémit ; sa passion ne
connaît pas la sécurité des lendemains, car Cynthie se prête et
ne se donne jamais. Properce gémit de cette inégalité, qui a
nom relation d'esclave à maîtresse ; l'idée d'adorer sans avoir
touché et la peur du péché d'impureté lui auraient été incompréhensibles. Oui, bien sûr, il lui est déjà arrivé de coucher
avec Cynthie et cela lui arrive encore de temps à autre ; et
après ? Il n'en est pas plus avancé.

Il en est ainsi depuis les origines et il en sera toujours ainsi :
cette élégie programmatique ne commémore pas les débuts
d'une liaison et n'est pas davantage antérieure à la première
nuit d'Ego et de Cynthie, comme d'autres biographes se le sont
imaginé : elle nous dit quels sont, en permanence, les rapports
de ces deux amants occasionnels et inégaux. La grande affaire
en amour n'était pas de parvenir à conquérir une femme, à la
séduire, à vaincre sa peur du péché ; c'était plutôt la moindre
des choses ; le poète élégiaque est toujours déjà en possession
de l'aimée, sauf à estimer plutôt qu'il ne la possède jamais
vraiment et que son malheur est là. Les modernes ont de la
peine à le comprendre, jusqu'à décréter que certains vers qui
les gênent ne sont pas de Properce, mais d'un faussaire ; au
comble du plaisir, voici quelle pensée se glisse dans l'âme
d'Ego : « Ah, si tu voulais bien nous enchaîner dans les bras
l'un de l'autre d'une chaîne qu'aucun avenir ne saurait
délier ! » (11, 15) : faute d'avoir compris que Properce ne
raconte pas une liaison, on a considéré ces vers comme une
interpolation, au nom de la vraisemblance psychologique[17]. Au

17. Ainsi fait G. Jachmann, « Eine Elegie des Properz : ein Uebelieferungs-
schichksal », dans *Rheinisches Museum*, LXXXIV, 1935, p. 193, approuvé par
Benedetto Croce, *Poesia antica e moderna, op. cit.*, p. 87 ; l'authenticité de ces
vers a été défendue, mais pour des raisons de psychologie quasi conjugale, par
E. Reitzenstein, « Wirklichkeitsbild und Gefühlsentwicklung bei Properz », dans
Philologus, Suppl. XXIX, 2, p. 71-93.

cours d'une autre nuit, Ego proclame : « Combien ai-je mois-
sonné de plaisir ! Qu'il me vienne une seconde nuit égale et ce
sera pour moi une apothéose » (II, 14).

Le thème du plaisir, nous le savons, n'est pas enclenché
sur celui de la passion et cette dernière est une souffrance ;
dans la milice d'amour, la gloire est de mourir (II, 1). Est-
ce là un « message » sur l'homme ou les valeurs, une
« conception de l'amour » ? C'est surtout la rencontre d'une
poétique de l'immobilité et d'une morale de l'autarcie, que
la conscience commune du temps partageait avec les différentes sectes (ou « écoles ») philosophiques, comme on
verra plus loin. Le tout servant à fabriquer un objet d'art.
Cette sémiotique et ces idées reçues sont communes à tous
les élégiaques, Ovide compris[18] ; leur exécution montre, en
revanche, des différences d'un poète à l'autre, qui sont
peut-être même des différences entre individus : alors que
Properce fait de l'esclavage d'Ego une gloire pour sa maîtresse, Tibulle oscille entre une image dédaigneuse de
Délie, une noire vision de l'amère Némésis et l'amour des
garçons.

Puisqu'il était entendu que l'amour est en pleurs dans
l'élégie[19] et puisque la chasteté n'était pas une vertu mascu-
line, reste à trouver une raison de souffrir pour une femme
qui ne se refuse pourtant pas ; les poètes en ont trouvé
mille, car l'important n'était pas de savoir pourquoi Ego
souffrait : quelle qu'en soit la raison, il n'en continuait pas
moins à aimer sa belle et, par conséquent, il était son
esclave. Tout est là. Les Anciens savaient, comme tout le
monde, que le désir est volonté de puissance et, puisque
Cynthie se refuse à son poète, elle a la grandeur d'être autonome ; seulement leur morale professait qu'aimer était se
mettre à la merci d'autrui, ce que Properce va illustrer sans

---

18. Renvoyons rapidement aux trois premières élégies du livre I des *Amours*
d'Ovide : elles sont une sorte de programme, où l'intégralité du système élégiaque se retrouve ; le recueil proprement dit commence avec I, 4, où Ego et son
aimée (le nom de Corinne est prononcé en I, 5) sont déjà amants (I, 4, 21, 39, 45,
64). On sait qu'en élégie la femme est « toujours déjà » conquise.

19. Virgile, pastichant l'élégie en sa Dixième Bucolique, sait bien que les
amours élégiaques sont tourmentés (solliciti ; *Bucoliques*, X, 6, cf. 46).

trop se soucier de clarté ni de cohérence, la psychologie étant le cadet de ses soucis, ou plutôt ses idées là-dessus n'étant pas les nôtres.

Ego aura donc été malheureux avec Cynthie ? C'est tout simplement parce que les femmes sont volages et que, les tiendrait-on sous clé, la moindre fente dans la muraille leur suffit pour se glisser dehors (IV, 1) ; cette explication, qui ne ressemble guère à ce que Properce a toujours écrit de Cynthie, a du moins le mérite d'être expéditive et plus facile que d'autres. À moins que les cruautés de Cynthie ne soient de royaux caprices dont il n'est pas permis de scruter les motifs, et Ego les scrute rarement ; Cynthie est cruelle, il faut sans cesse vaincre son humeur naturelle (I, 17), elle est si changeante qu'il a même oublié la date de ses premiers refus (I, 18) : les faits sont là. Les putains sont souvent sentimentales, dit-on ; en revanche, une « femme de classe » est trop en représentation pour avoir une sincérité avec elle-même ; elle est dure parce qu'elle n'a plus de vie privée. Serait-ce l'histoire de Cynthie, « dure fille » s'il en fut[20] ? Refuser ses faveurs est le meilleur moyen d'asservir l'amant, qui, comme un joueur, s'obstine et investit encore davantage, dans l'espoir de n'avoir pas perdu sans espoir ses mises précédentes[21] ; Properce serait-il comme ce joueur selon Ovide ? Comme l'amant selon Horace, qui hésite et ne peut se décider : « Voici qu'aujourd'hui elle me fait revenir ; comment ne pas y aller ? Il vaudrait pourtant mieux en finir avec mon supplice ; tantôt elle dit oui, tantôt non…[22]. »

À moins que, sans aucun calcul semi-professionnel, Cynthie ait un caractère difficile, coléreux, rancunier. Irritation (I, 10), reproches injustifiés (I, 7), ressentiment : « pour une seule faute, j'ai été exilé une année » (III, 16), pour finir par la mésentente : « Elle ne me reçoit jamais[23] chez elle, à moins de le lui demander cent fois pour une, et, si

---

20. *Dura puella*, Properce, III, 1, 78.
21. Ovide, *Ars amatoria*, I, 449 ; *Remedia*, 685.
22. Horace, *Satires*, II, 3, 259.
23. *Vix* équivaut à une négation (Rosthstein).

c'est elle qui vient chez moi, elle dort de l'autre côté du lit, sans même ôter son manteau[24] » (III, 21). Il était sûr d'avance que cela finirait ainsi, car Vénus est une déesse perverse qui, par un jeu cruel, attelle au même chariot de la vie les êtres les moins faits pour marcher d'un même pas[25]. Le fait est que Cynthie et Ego ne vont pas au même et Ego estime que la faute n'en est pas à lui : « En te quittant », lui écrit-il, « je pleurerai, mais tes mauvais procédés sont quand même les plus forts : nous étions faits pour former un bon attelage, mais tu l'empêches d'aller » (III, 25).

Attelage mal accordé ou couple inégal ? On peut rêver tendresse, affection, couple assorti, mais la relation amoureuse demeure celle de l'autorité féminine au besoin qu'un homme a de cette femme, qui n'éprouve pas de besoin de lui :

> Quels riches cadeaux n'ai-je pas faits, quels beaux vers n'ai-je pas écrits ! Jamais pourtant ce monstre de dureté n'a prononcé les mots : « Je t'aime. » Faut-il que j'aie eu peu de bon sens pour te supporter depuis tant d'années, toi et toute ta bande[26] ! Tu n'en valais guère la peine ! M'as-tu jamais considéré un seul instant comme un homme libre ? (II, 8).

Tous les reproches ci-dessus n'étaient que la petite monnaie de ce grief ultime et suprême, ou, pour parler plus rigoureusement, que les « motivations » psychologiques de l'idéologie de la servitude amoureuse ; la seule issue, du point de vue masculin, aurait été que Cynthie devienne l'esclave et Ego a cru une fois que c'était arrivé : « Et qu'on aille encore s'étonner qu'une aussi belle fille soit mon esclave ! » Ne suis-je pas poète, ne lui suis-je pas dévoué ? (II, 26 B). Illusion d'un instant : les femmes sont

---

24. Les maisons romaines étaient mal chauffées et, l'hiver, les gens vivaient à l'intérieur des maisons en étant aussi chaudement couverts qu'à l'extérieur.

25. Horace, *Odes*, I, 33. Précisément cette ode est dédiée à Tibulle…

26. « Ta bande » traduit *domum*, car je suppose qu'ici ce mot est employé idiomatiquement, en une généralisation faite sous l'effet de la colère, comme si nous disions en français : « toi, ton chien, ton chat et toute ta maisonnée ». Faut-il répéter que le latin est une langue très partiellement connue ?

des êtres aussi imprévisibles et incontrôlables que l'océan avec ses tempêtes :

> À mes ennemis, je souhaite d'aimer les femmes ; je souhaite à mes amis le goût des garçons, qui sont une rivière tranquille que ta barque descend tranquillement au fil de l'eau : quel mal pourrait te venir d'une étendue aquatique aussi étroite ? (II, 4).

Admettons : il fallait bien qu'un poète latin compare et oppose les deux amours et qu'un élégiaque dise une fois le contraire de ce qu'on attendait de lui, surtout s'il soutient le rôle d'un amant en colère. Il est en colère contre le sexe féminin tout entier parce que son esclavage ne tient pas à quelque méchanceté particulière à la femme qu'il aime, mais au lien d'amour en général. Car aimer, c'est « apprendre combien l'esclavage est pesant », comme Ego en prévient charitablement un de ses amis qui souhaitait entrer dans le réseau d'amants choisis qui entoure Cynthie (I, 5) ; « personne ne peut rester un homme libre, s'il veut aimer » (II, 23). Aussi « dans les débuts d'un amour, les hommes se cabrent farouchement, mais ensuite, une fois matés, ils se plient à tout commandement, juste ou pas » (II, 3 B). Faire la cour à une femme, la chausser[27], lui tenir son ombrelle ou son miroir[28], c'est plier à l'esclavage « la main d'un homme de naissance libre[29] ». Au Moyen Âge, les soupirants se diront les chevaliers de leur dame ; à Rome, ils se disaient leurs gladiateurs ; non qu'ils aient à combattre pour elle : c'est plutôt que les gladiateurs, même s'ils étaient nés libres, se liaient par un contrat exorbitant qui autorisait leur imprésario à exercer sur eux les ultimes sévices, à les battre, à les marquer au fer rouge, à les traiter comme de

---

27. Les riches se faisaient vêtir et chausser par un esclave (Pline, *Lettres*, III, 16, 8) ; une épouse rendait ce service à son mari, exilé et privé de domestiques (*ibid.*).

28. Sur les monuments figurés, on voit très souvent la défunte à sa toilette ; une esclave lui tend son miroir. L'ombrelle apparaît aussi sur des stèles funéraires grecques et romaines.

29. Ovide, *Ars amatoria*, II, 216 : « *ingenua manu* ».

véritables esclaves[30]. Une comparaison consacrée était celle de la passion avec la mer et ses tempêtes, qui sont imprévisibles, injustes et destructrices ; la femme est variable comme l'onde, ses caprices et ses colères font de toute liaison une traversée agitée et surtout tout homme se livre à l'amour comme à la mer : il n'est plus maître de son sort, il est le jouet d'un élément étranger sur lequel il ne peut rien[31].

Quand un homme a une passion, il n'est plus autarcique et rien ne pouvait être plus contraire à la morale antique. Celle-ci n'était pas puritaine ou kantienne : elle était recette de bonheur (de même qu'en Extrême-Orient on appelle philosophies ou sagesses des recettes d'auto-transfiguration) et le moyen présumé d'être heureux était de borner les ambitions et les désirs, afin d'offrir le moins de prises possible aux choses et aux autres. À quoi la morale courante ajoutait un impératif de civisme et de virilité ; devenir l'esclave d'une femme était le comble du malheur et de la honte.

Sans prétendre récrire à notre manière *l'Amour et l'Occident*, précisons que les chrétiens se cacheront les

---

30. Tibulle, I, 9, 21 (élégie à Marathus), avec la note de l'édition Heyne et Wunderlich, qui cite des parallèles et a bien vu l'allusion à l'*auctoratio* des gladiateurs non esclaves ; cf. G. Ville, *La Gladiature en Occident, op. cit.*, p. 246*sq.* Dans un fait divers rapporté par Tacite, *Annales*, XIII, 44, un noble, fou d'amour, « remet sa survie à la décision de sa maîtresse ». Pour comprendre cette offre, qui n'est pas un vain mot, on cherchera des analogies dans deux anecdotes rapportées par Suétone, *Caligula*, 27 et 35 : lors d'une maladie de Caligula, un homme offre de mourir pour que l'empereur guérisse ; cela veut dire qu'il offre aux dieux (qui feront ce qu'ils voudront) de le faire mourir de maladie à la place du prince ; un autre s'offre à devenir gladiateur (si l'empereur acceptait de le prendre en cet emploi) si le prince guérissait. Soit dit à titre anecdotique, Caligula, déjà paranoïaque, prit l'offre au mot et prétendit réduire le dévot à la condition de gladiateur après sa guérison ; il prit encore plus au mot la première offre et fit mourir le dévot, au lieu de laisser les dieux se charger d'une affaire qui les regardait exclusivement.

31. Sur les tempêtes de la passion, voir par exemple Sémonide d'Amorgos, fr. VII, 27 ; Plaute, *Cistellaria*, 221 ; Cercidas, dans les *Collectanea Alexandrina* de Powell, p. 206 ; Horace, *Odes*, I, 5 et 33 ; Tibulle, I, 5, 76, avec la note de l'édition J. André ; Properce, I, 15, 12 ; Ovide, *Amores*, II, 11, 12 ; *Remedia*, 635 (*littora tangere*, « avoir enfin oublié une passion » ; cf. 610).

réalités de la volonté de puissance en professant que l'amour est un sentiment désintéressé, où l'on est heureux du bonheur d'autrui[32] ; saint Augustin appellera amour et charité son goût de la domination intellectuelle et son autoritarisme de doctrinaire bilieux ; il persécutera les gens pour leur bien. Le mythe chrétien de l'amour fera de ce sentiment le plus noble des véhicules ; on s'ennoblira en servant une femme, en l'aimant en vain. Dante, qui était le désintéressement même, qui s'intéressait à tout et qui faisait une passion de tout, symbolisera en l'amour platonique pour Béatrice la somme et le sommet de toutes ses passions.

Pour les chrétiens, l'amour n'est pas un impérialisme ; pour les Anciens, l'impérialisme, passionnel ou non, n'est pas l'homme même, qui doit supprimer les désirs inutiles pour se borner au peu que la nature exige. Les épicuriens enseignaient à leur manière que tout le malheur de l'homme est de ne savoir rester assis sur une chaise dans son coin ; l'idée qu'en cette position il s'ennuierait rapidement ne les effleure pas. Le résultat en est l'impossibilité antique, je ne dis pas à éprouver la passion (c'est une autre affaire, qui n'est pas simple), mais à la magnifier, ou plutôt (car ceci non plus n'est pas simple) à la magnifier en termes exprès et à y saluer une dilatation. Ils feront de l'amour la naturelle affection pour les siens que diront les stoïciens, doctrinaires de l'amour conjugal ; car il est normal au stoïcisme d'ignorer les sentiments d'élection et de ne saluer que les sentiments induits par les institutions, en prenant l'effet pour la cause. Restent les poètes, qui ont bien senti la noire magnificence de l'impérialisme passionnel, l'ambition de l'esclave volontaire, le haut prix attaché à la maîtresse élue ; la poésie élégiaque, cet humour grave, cet esthé-tisme camouflé en sensibilité (nous avons déjà dit que cette poésie est l'inverse du sentimentalisme d'un Sterne, sensibilité travestie en humour) – la poésie élégiaque,

---

32. *Gaudere felicitate alterius* (Leibniz).

donc, malgré son humour, restera pour vingt siècles le modèle de toute poésie amoureuse.

Et ce sera encore plus vrai de la poésie de Tibulle, qui sera tenu pour l'élégiaque par excellence, que de celle de Properce. Le plaisant, en cette affaire, est que le chevalier Albius Tibullus n'aimait pas les femmes et que son goût allait aux garçons[33] ; il était même misogyne. Si le roman de Tibulle et de Délie auquel certains ont cru avait réellement existé, ce roman n'aurait été idyllique ni pour lui ni pour elle. Seulement Tibulle est un poète redoutablement adroit, ce qui suffit.

Tout poète gréco-romain chante l'un et l'autre amour, on le sait, mais chacun à sa manière. L'œuvre de Tibulle n'est pas dominée par une image féminine unique et souveraine ; on y trouve bien une femme qui ressemble curieusement à la Cynthie de Properce, mais Tibulle en a fait une noire femelle, qu'il a peu galamment baptisée Némésis, « le Guignon », « le Fléau ». Némésis fait souffrir Ego, mais le coût affectif élevé de cet amour ne les magnifie ni l'un ni l'autre, au contraire ; souffrir pour une femme n'a apparemment rien de glorieux. Quant à Délie, qu'Ego aime tendrement, à défaut de l'adorer ou de l'admirer, elle ne le rend pas malheureux, sauf s'il a le tort de la quitter pour aller faire carrière, et pas heureux non plus : Tibulle ne chante pas l'amour pour Délie, il chante un rêve de bonheur et de vertu.

Plus exactement, les cinq élégies déliennes sont si différentes entre elles à tous les égards, biographique, affectif et esthétique, que le nom de Délie ne désigne rien de substantiel et que Tibulle a abusé de la convention du cycle poétique mis sous le nom d'une inspiratrice, ou plutôt qu'il ne l'a pas prise au sérieux que ne faisaient ses

---

33. Le goût de Tibulle pour les garçons a été reconnu par S. Lilja, *The Roman Elegist'Attitude to Wowen*, *op. cit.*, p. 222. Bien entendu, c'était son droit et cela n'a rien à voir avec sa poésie ; ça n'a littérairement aucun intérêt. Mais précisément mon dessein est de montrer que la vie réelle des élégiaques n'a rien à voir avec leur poésie… Voir aussi M. Schuster, *Tibull-Studien*, *op. cit.*, p. 98-100, qui a des notations très fines sur la question : comme Virgile, Tibulle laisse apparaître son goût des garçons.

confrères. Laissons les détails[34] pour ne considérer qu'un
des cinq poèmes, celui-là même par lequel commence le
recueil (I, 1). C'est un rêve de loisir vertueux, pieux et
tendre, où pauvreté, milice d'amour et affection presque
maritale sont la même chose ; Délie n'est qu'une partie de
ce bonheur et ne vient qu'à sa place, vers le milieu du
poème. Tibulle, nous le savons, a une poétique de la tona-
lité et le ton de ce poème, qui hésite entre le souhait et le
regret, est mélancolique, élégiaque.

La musique élégiaque suggère faussement que l'amour
pour Délie est partout, alors que Délie est seulement présente. De cette Délie, Ego a peu de choses à dire, qui sont
vagues ; pas de portrait idéalisé et même pas de portrait du
tout. Délie remplit une place nécessaire dans un monde de
souhaits ; monde patriarcal, antérieur à la distinction entre
le mariage et l'union libre, comme au temps d'Adam et Ève
ou de Philémon et Baucis. Les habitants de ce petit monde
sont pieux comme l'est l'humanité première et leur religion
a cette antique simplicité que le siècle de Tibulle prêtait au
vieil âge d'or et dont il se faisait une espèce d'utopie sobre
et écologique[35].

On va voir ici combien notre poète est adroit. Voilà donc
un rêve de bonheur où l'élégie semble avoir échangé son
costume de ville contre l'habit pastoral ; le rêve d'Ego
réalise les vœux de Gallus, espérant chez Virgile que sa
Lycoris infidèle viendra le rejoindre dans les solitudes
bucoliques : « Ici, la vieillesse me consumerait à tes côtés »,

---

34. L'élégie I, 2, où Ego est malheureux, est un tableau de mœurs (Délie
épouse adultère) où la première ou seconde du singulier sont en réalité des troi-
sièmes du pluriel et qui est de la poésie légère dans le goût de *l'Art d'aimer*
d'Ovide. Quant à I, 6, que nous avons commentée au chapitre III, c'est une plaisanterie, pour ne pas dire une farce au lecteur, et une autre peinture de mœurs
légères. La pièce I, 3, a été également commentée plus haut. Quant à I, 5, où Ego
est jaloux, c'est une enfilade de lieux communs : la sorcière, l'idéal de la vie rustique, Délie fermière à Trianon, la méchante entremetteuse, l'amant aimant
préférable à l'amant riche : une anthologie des thèmes tibulliens. Délie, ici, n'est
pas une épouse adultère, mais une affranchie qui n'a pas droit à la *stola*, n'étant
ni épousée ni épousable, et le milieu social est beaucoup plus modeste que celui
de I, 2, et I, 6.
35. Comparer surtout Tibulle, I, 10, 19.

dit-il à l'absente[36]. En pareil songe, les pleurs de l'élégie ne
sont plus qu'un ton de voix alangui. Hélas, la peinture des
satisfactions du bonheur est toujours un peu plate, si le
poète ne sait pas en faire une félicité, une idylle, une féerie
comme le Tasse ou une rêverie ; Tibulle sut en faire
quelque chose de plus ingénieux. Car il est une question
qu'on se s'est guère posée : Ego vit-il ce bonheur ou ne
fait-il que le souhaiter ? Rêve ou réalité ? C'est ce qu'il est
impossible de dire, pour la raison que, dès qu'un mot, un
verbe, pourrait nous tirer du doute, le poète l'emploie au
subjonctif ; le procédé est un peu petit en son ingéniosité,
mais sensationnel. « Peu m'importe l'approbation, ô ma
Délie ; pourvu que je sois avec toi, je veux bien qu'on me
traite de paresseux et de lâche[37] » ; accepte-t-il par là le sort
qui est le sien ou aspire-t-il à un sort qu'il n'a pas ? Nous
ne le saurons jamais et, chose plaisante, nous ignorons que
nous ne le savons pas : nous acceptons ce flou, qui nous
semble un mode d'être spécifique et très poétique plutôt
qu'une lacune de notre information ; nous avons perdu à
notre insu le sens du réel.

Je ne dis pas que Tibulle file longuement l'équivoque, par
un jeu qui serait vite puéril, mais qu'en écrivant il prend pour
modèle une demi-irréalité, une absence de traits décisifs, si
bien que subjonctifs et futurs viennent naturellement sous sa
plume. Qu'un autre se batte et s'enrichisse, écrivait-il en
substance (I, 1) ; pour moi, que la pauvreté me laisse vivre de
loisir, pourvu que j'aie d'abondantes récoltes. L'éternel subjonctif de Tibulle maintiendra le flou jusqu'à la fin et les
seuls indicatifs nous montrent Ego en une activité différente :
J'honore tous les dieux et démons de la campagne, je leur
sacrifie. Les dieux l'ont-ils exaucé et a-t-il des récoltes
abondantes ? Nous l'ignorons, car le subjonctif fait place à

---

36. Virgile, *Bucoliques*, X, 42.
37. Tibulle, I, 1, 57 : « *non ego laudari curo, mea Delia : tecum dum modo
sim, quaeso segnis inersque vocer* ». Comparer tout le début de I, 1, ainsi que I,
2, 71 : « *ipse, si* (ou *sim*) *tecum modo... possim... et, dum liceat... sit mihi
somus* » : nous ne saurons jamais s'il a ce sommeil ou s'il regrette de ne pas
l'avoir.

un futur qui ne vaut pas mieux : J'honorerai Cérès. Et Ego
conclut : Puissé-je vivre content de peu ! Résignation, souhait
ou regret ? Les trois : Tibulle, si l'on ose dire, fait exister les
choses sur le mode optatif. Comme pour ne pas oublier que
l'élégie peint moins la réalité qu'une convention. En outre,
l'être le plus épais saurait parler à l'indicatif ; pour employer
l'optatif, il faut plus de réflexion ; il faut faire un retour sur
soi, sur ce qu'on est ou n'est pas. De la réflexion à la
rêverie, la différence n'est que de tension et une rêverie
alanguie s'appelle aussi mélancolie. L'élégie de Tibulle est
un rêve de pastorale.

Ce bonheur rêvé est fait de sentiments et de travaux qui
sont eux-mêmes sans accent et sans péril. Properce ne
voulait militer que pour l'amour, afin de servir une
femme ; Tibulle refuse d'entrer dans la carrière pour
mener une vie patriarcale paisible comme la belle nature.
Il a choisi le flou idéal, mais aussi l'humour, car le
patriarche, c'est lui-même ; or aucun lecteur ne pouvait
imaginer sans sourire qu'un chevalier adopte l'habit et le
métier de berger ; l'élégie devient un pastiche de bucolique à la première personne : que les autres aient le droit
d'aller se battre, s'illustrer et s'enrichir, écrit le poète,
« mais que je puisse, moi, atteler des bœufs, ô ma Délie,
pourvu que tu sois là, ou bien garder un troupeau sur les
hauteurs où on les mène paître[38] ». Ego se transforme lui-
même en pâtre de bucolique, au lieu de laisser le soin de
sa métamorphose aux poètes, qui ont tous les droits ; pour
sauver le voile de réalisme que l'élégie jette sur la
convention pastorale, il ne fait cette transformation qu'à
l'optatif : il lui suffit de « pouvoir » la faire, soit qu'il
revendique par là le droit de continuer, soit qu'il souhaite
commencer. Humour qui « motive » une convention et la
revêt d'une chair fictive. L'Ego de Properce ne laissait pas
non plus aux poètes le soin de parler mythologie à sa
place ; il y procédait lui-même, pour placer l'élégie à mi-
chemin entre le réalisme et la convention ; l'Ego de

---

38. Tibulle, I, 2, 71.

Tibulle l'y place en opérant lui-même sa métamorphose en berger. Le thème campagnard a ici le même rôle sémiotique que la mythologie chez Properce.

De la convention humoristique, il lui arrive de glisser à la plaisanterie mondaine. Voici mes souhaits, écrit-il quelque part[39] : « Je serai cultivateur et ma Délie sera là ; qu'elle soit fermière, qu'elle gouverne la maisonnée[40] ! » Et Messalla viendra les voir ; Messalla, le protecteur de Tibulle, appartenait à la plus grande noblesse et était à ce moment-là à peu près le troisième personnage de l'État ; grand écrivain, de surcroît, et s'entourant de poètes. « Mon vénéré Messalla viendra chez nous ; que Délie choisisse sur nos arbres de beaux fruits pour les lui cueillir, qu'elle salue humblement ce grand homme, ait tous les soins pour lui, soit à ses ordres et le serve à table de ses propres mains. » Quand Tibulle a donné lecture de ces vers à Messalla et à son salon de nobles lettrés, tout le monde a dû bien s'amuser de voir le patron transformé, encore qu'à l'optatif, en héros de la fiction ; on a dû sourire de voir Tibulle, qui n'était pas lui-même un homme du commun, faire délicatement sa cour en feignant d'être devenu le mari d'une fermière qui rend au patron les mêmes hommages que l'humble compagne d'un esclave régisseur rendait au maître quand il venait inspecter ses terres. C'est la poésie du snobisme esclavagiste.

Properce, lui, n'aurait sûrement pas transformé Cynthie en modeste fermière. Les relations avec sa Cynthie sont chez lui plus réalistes, plus détaillées aussi, mais plus douloureuses ; en quoi elles sont très comparables aux relations que Tibulle a avec un beau garçon, Marathus. Car, en ses heures de donjuanisme, Tibulle trouve des charmes à tous les garçons (I, 4), de même que Properce (II, 22 et 25) en trouvait à toutes les femmes ; il voit leur jeune poitrine, leur

---

39. Tibulle, I, 5, 31. On notera les subjonctifs et les futurs : réalité ou bien vœu irréel ?

40. Il faut savoir qu'un mari romain avait le choix entre deux politiques : être lui-même son propre maître d'hôtel ou confier à son épouse le gouvernement du ménage ; car les deux politiques étaient pratiquées. Voir Chariton, III, 7, et saint Jérôme, *Adversus Jovinianum*, I, 47, 314 (Migne, XXIII, 227).

attrait sportif, leurs charmes différents, leurs petites manies
d'adolescents. Comment les séduire ? Partager les jeux de
leur âge, faire semblant de s'intéresser à ce qui les intéresse. Il n'avait jamais eu tant d'idées à propos de Délie. Il
y joint un dédain non dissimulé pour les innombrables
Dupont et Durand qui sont pères de famille ; « Dupont » se
dit en latin « Titius[41] » et les bons conseils du poète ne sont
pas pour lui : « Titius a son épouse, qui l'empêche de
penser à des choses pareilles ; il n'a qu'à obéir conjugalement. Mon magistère n'est que pour vous, qui êtes
maltraités par un garçon qui sait s'y prendre ; suivez en
foule mes leçons » (I, 4). L'illustre esclavage d'amour fait
de Marathus le maître d'Ego, qui, comme un esclave,
comme un gladiateur[42], accepte d'avance tous les supplices
(I, 9). Marathus aime une fille et Ego a une complaisance
indifférente et agacée pour ces petites faiblesses ; il tient la
chandelle (I, 9) et il souhaite seulement que le garçon
n'aille pas trop se tourmenter pour cette petite créature (I,
8). Ego est très jaloux, en revanche, lorsqu'un riche séduit
Marathus par ses présents (I, 9) ; encore que la pièce soit
aussi froide qu'on peut l'attendre d'un élégiaque et qu'elle
ne fasse guère que développer à la première personne une
situation typique de l'amour.

L'idée qu'un poète fasse son autoportrait, qui nous est si
naturelle, aurait été moins compréhensible aux Anciens ; leur
littérature n'est pas aveu, mais artisanat, et les amours de
Marathus ne sont pas plus sincères que ceux de Cynthie ; tout
ce que Tibulle a emprunté à lui-même est d'avoir employé le
masculin de préférence au féminin et ce choix n'était pas une
rareté surprenante à cette époque ; l'artisan poète fait flèche
du bois dont il dispose. Un portrait fait voir comment était
fait son modèle : un coup d'œil suffit ; un objet d'art, non :
un poète moderne exprime ses sentiments, et il suffit de le
lire ; un poète antique les trahit malgré lui ; on ne les devine

---

41. Comme le sait quiconque a seulement entrouvert le *Digeste*.

42. Tibulle, I, 9, 21 ; sur le supplice de brûler un esclave au visage avec soufre
ou poix, cf. Plaute, *Captivi*, 597 ; cf. une effroyable inscription de Pouzzoles
(*Année épigraphique*, 1971, n° 88, II, 11-14) : *pix, cera, candelae*.

que par une inférence causale plus ou moins risquée, et non par simple lecture d'un aveu sincère. J'étais prêt à supposer que Tibulle avait pu faire des vers sur l'amour des garçons pour le principe, en utilisant les confidences de ses amis et par une curiosité pour des goûts qui n'étaient pas les siens ; si je conclus pourtant qu'il a bel et bien préféré les garçons, c'est parce que, dans son cas, les probabilités causales sont exceptionnellement convergentes : pour fabriquer, avec les amours de Némésis, une poésie du repoussant, il a puisé dans les mêmes matériaux que Shakespeare avec ses deux Amours et ses sonnets sur la Dame noire :

> J'ai deux amours, qui sont mon recours et ma rage,
> Toujours m'influençant ainsi que deux Esprits.
> Le bon ange est un homme au net et beau visage,
> Le mauvais, une femme au teint de maladie[43].

Il y a autant de raisons d'inférer que le chevalier Tibulle préférait les garçons que de penser que le chevalier Properce aimait les femmes. Non pas, hélas, que Tibulle se trahisse à des accents plus poignants, à une présentation plus engagée : nous en serons réduits à l'abduction causale, dont la crédibilité dépend de l'expérience psychologique de chacun d'entre nous. La Némésis de Tibulle est une forte personnalité, une autre Cynthie, avec laquelle Ego connaît l'habituel malheur des amours élégiaques : on lui préfère un riche rival, il est à la torture. Mais il n'y voit pas un illustre malheur qui prouve une haute ambition pour un grand objet ; au contraire, il déverse sur Némésis une thématique consacrée où le sarcasme se mêlait, depuis des siècles, au repoussant et aussi, curieusement, au macabre.

Esthétisation du repoussant : *Charogne* de Baudelaire, *Bœuf écorché* de Rembrandt, spectres et vieillardes, sorcières

---

43. Shakespeare, sonnet CXLIV. La Dame noire (ill coloured woman) reparaît dans le sonnet CXXXIX ; la loyauté du cœur masculin, en revanche, est exaltée dans le sonnet XX ; « masochisme » ? Voir les sonnets XCII-XCVI ; la femme froide qui se refuse est au sonnet CXXIX. Au sortir de l'élégie latine, c'est un vrai bain de sincérité que de feuilleter ces sonnets de Shakespeare qui sont peut-être les vers d'amour les plus sincères, les plus vrais qu'on ait jamais écrits.

et maquerelles, de Goya, et toute la veine misogyne de notre *Parnasse satyrique* et du courant qu'on pourrait appeler antipétrarquiste et qui découle des *Épodes* d'Horace[44]. C'est une poétique paradoxale et, en effet, les élégies de Tibulle sur Némésis, ce Guignon, cultivent tous les paradoxes[45] : la richesse vaut mieux que le bonheur dans une chaumière et la campagne est le lieu d'un véritable esclavage amoureux. Némésis a quitté la ville et Ego rêve d'aller la rejoindre bucoliquement (II, 3). Mais les femmes, hélas, exigent des cadeaux ; « eh bien, puisque Vénus veut être riche, que désormais l'argent vienne à moi, pour que mon Guignon s'ébroue dans le luxe et que toute la ville la voie passer couverte de mes présents ». Cynthie ou Délie préféraient parfois à Ego un seigneur encore plus grand que lui, un gouverneur de province ; mais l'homme qui règne sur Némésis est un ancien esclave, originaire de Barbarie, qui a souvent été remis en exposition sur l'estrade des esclaves à vendre, car ses maîtres successifs se résolvaient vite à se débarrasser de lui. Némésis est partie à la campagne avec lui et Ego couvre maintenant la ruralité de ses malédictions et lui souhaite d'être stérile. Il ira la rejoindre aux champs, non plus pour y vivre en patriarche, mais pour y subir un peu illustre esclavage : « Emmenez-moi : sur un ordre de ma maîtresse, je fendrai le sol de ma charrue ; je ne vais pas me refuser à être enchaîné et battu. » Némésis n'a que faire d'être payée en vers : il lui faut de l'argent, toujours de l'argent ; Ego la maudit, mais, avec une lucidité impuissante, se ruine pour elle (II, 4).

---

44. Antipétrarquisme : les deux épodes et la satire d'Horace sur les ensorcellements de Canidie, la laideur de la femme du sonnet CXXX de Shakespeare, la *Vénus anadyomène* de Rimbaud, les sonnets de Saint-Amant et de Théophile de Viau sur les vieilles et laides, les épigrammes de Martial ou les *Épodes* d'Horace sur les vieillardes lubriques et vénales, la *Vieille Heaulmière* de Villon. Sans oublier la frigidité, la « froide majesté de la femme stérile » dont parle Baudelaire, à un adjectif près ; d'où les « glaces » dont parlent trop souvent les *Sonnets pour Hélène* de Ronsard, ou le sonnet I, 171 du *Canzoniere* de Pétrarque lui-même... ou *la Princesse de Clèves*, hautaine démystification d'une femme froide et soucieuse surtout de sa tranquillité, en quoi des naïfs ont vu une exaltation cornélienne de la fidélité conjugale...

45. Comme dit très bien F. Cairns, *Tibullus... op. cit.*, p. 154*sq.*, dans l'« univers imaginaire » de Tibulle, Némésis est l'occasion de « paradoxes ».

Jusque-là, Tibulle n'a fait que renverser les thèmes du bonheur champêtre et de la milice amoureuse[46] ; il détaille des thèmes plus sombres qui, partout ailleurs, ne servaient qu'à faire ressortir les lumières de l'amour. Seulement ces lumières sont complètement absentes des pièces sur Némésis, qui sont de noirs paradoxes. Il y a plus : leur nuit est goyesque (II, 6) ; elle est peuplée d'entremetteuses, qui se plaisent à apporter de mauvaises nouvelles, et traversée de blasphèmes et de malédictions contre les dieux eux-mêmes. Et surtout Tibulle, aussi avare de précisions biographiques que ses confrères en élégie, nous apprend un détail, un seul, sur le passé de son guignon, et quel détail ! « Aie pitié de moi », s'écrie Ego,

> pitié, au nom des cendres de ta jeune sœur, morte avant l'âge ; qu'à ce prix cette enfant trouve sous terre la paix. Si tu fais fi de son âme, elle t'enverra des cauchemars : pendant que tu dormiras, ta sœur se dressera lugubrement devant ton lit, pareille à ce qu'elle était quand elle est tombée du haut d'une fenêtre et que, toute couverte de son sang, elle a gagné la rive de l'enfer (II, 6).

Il faut donc supposer que Némésis avait eu une sœur cadette, morte accidentellement avant son aînée. Pour les Anciens, il ne pouvait y avoir fantôme plus effrayant ; tout être qui avait été privé de son quotient légitime de vie culpabilisait ses proches, qui se partageaient les restes de sa part d'années, et voulait se venger d'eux ; les proches prévenaient son ressentiment en l'accusant dans son épitaphe de les avoir méchamment abandonnés[47]. Dans les règlements

---

46. Un poète est si bien présumé avoir pour vie ce qu'il chante que Tibulle écrit (II, 5, 109) : « Les armes de Cupidon ont fait mon malheur : je suis à terre depuis un an, blessé par Némésis ; je me complais à mon mal et la souffrance même me devient plaisir ; je ne fais que chanter Némésis, en effet, et, sans elle, je ne pourrais trouver les mots ni le rythme du moindre vers. »

47. Voir les études de F. Cumont et de P. Boyancé sur le *funus acerbum* (tel était le terme technique), citées dans *Revue des études anciennes*, LIV, 1952, p. 275. Sur les reproches des survivants au jeune mort, Veyne, *Revue des études anciennes*, XLVI, 1964, p. 51 ; *Annales de la faculté des lettres d'Aix*, XLIII, 1968, p. 192. L'indignation des morts précoces, privés injustement de leur part d'années, est la très simple explication du tout dernier vers de *l'Énéide*, qu'on traduit souvent avec un faux sens sur le dernier mot et dont la traduction exacte est celle-ci : « Et sa vie, avec un cri de révolte, s'enfuit au fond de l'Ombre » ; Turnus est indigné de mourir avant l'âge.

des pompes funèbres, les funérailles des jeunes morts
étaient soumises à des dispositions particulières[48].

On pense derechef aux poèmes fantomesques de notre
Parnasse satyrique[49]. Les affinités électives entre thèmes
ont quelquefois une logique secrète derrière leur gratuité
apparente ; quelle belle liaison entre la répulsion pour une
femme et la terreur de l'au-delà ! Cela correspond à une
réalité, à des secousses ou même à des heures de délire
observables, même en notre siècle, et je ne l'affirme pas sur
la foi de quelque psychanalyste. Par ailleurs, la mauvaise
femme et le macabre relèvent d'une même esthétique du
repoussant et, dans les épodes d'Horace, la maîtresse que
l'on vomit est aussi une redoutable magicienne[50]. En ce
chaudron de sorcières se mêlent bien d'autres thèmes peu
ragoûtants, dont la vénalité et le crime, car les sorcières
sont aussi des maquerelles et des empoisonneuses ; « tu
n'as pas peur, la nuit, couché à côté de ta magicienne, seul
avec elle dans ta chambre ? », écrit perfidement une épouse
abandonnée et jalouse à son mari[51]. Manque seulement,
chez Tibulle, l'esthétisation du hideux, les outrages que les
années infligent au corps féminin qui tant est tendre ; faire
du beau avec du laid était au-delà du courage du Tibulle,
qui n'a pas cultivé non plus cet autre thème repoussant
qu'est le désordre d'objets hétérogènes, l'entassement confus
où quelque chose de maléfique s'ajoute bizarrement au
déplaisir du fouillis.

---

48. Comme nous l'a appris l'inscription publiée dans *l'Année épigraphique*,
1971, n° 88, II, 19.

49. En particulier une ode admirable de Théophile de Viau, *Un corbeau
devant moi croasse*.

50. Sur la très réelle peur qu'on avait du surnaturel, un témoignage non
suspect de verbalisme est Horace, *Épitres*, II, 2, 208, qui donne d'amicaux
conseils sur les travers les plus courants dont chacun peut se corriger : avarice,
ambition, colère, peur de vieillir, manque d'indulgence pour ses proches, vieillis-
sement acariâtre, peur des cauchemars, des sorcières et des revenants.

51. Ovide, *Héroïdes*, VI, 95. Il faut savoir que certains époux laissaient un
esclave dormir dans la chambre conjugale, tandis que d'autres, par pudeur, en
laissaient un dehors, gardant la porte de leur chambre, mais à l'extérieur. Un
Romain est rarement seul : un esclave est toujours là, car il peut en avoir besoin,
ne serait-ce que pour lui « rattacher la courroie de sa sandale » (comme dit
l'Évangile), ce qu'il ne saurait évidemment faire lui-même.

Si Tibulle s'en était tenu au macabre et à la misogynie, on n'en pourrait rien inférer ; d'autres que lui ont développé la thématique antiféminine par goût pour la satire ou le verbalisme ou par ressentiment contre une cruelle, à la façon des *Sonnets de contr'amour* du grand Jodelle, peu suspect de n'avoir pas aimé les femmes. Mais Tibulle a aussi traité de l'amour des garçons avec plus de prédilection que la moyenne de ses contemporains et il n'aime Délie que vaguement et sur le mode optatif. Les présomptions deviennent fortes. Ou bien, avec Némésis, le chevalier Albius Tibullus s'est soulagé d'une sienne phobie des femmes ; ou bien il les aimait un peu, mais, comme on dit à Naples, *si, le ama, mà non è fanatico* ; une liaison féminine aura éveillé en lui un peu d'attirance mêlée à beaucoup de répulsion ; alors il aura transformé son propre rejet des femmes en l'infidélité d'une femelle assez vile pour lui préférer un parvenu sorti du ruisseau, un ancien esclave enrichi.

Seulement l'élégie n'est pas un confessionnal. Que Tibulle rêve de paix pastorale, traite du malheur d'aimer, de l'attrait des garçons ou du repoussant, il ne sort jamais des lieux communs, de la poétique de Callimaque, de sa politique de froideur ; il faut nous résigner à ne rien savoir de sa biographie et de ceux et celles qu'il a aimés. Peut-être même la véritable motivation des élégies sur Némésis est-elle moins la phobie que de la curiosité ; Properce s'interrogeait sur l'étrangeté du désir féminin et Tibulle scrute les tortures et les bassesses incompréhensibles de ceux qui aiment les femmes ; bien fait pour eux.

« Une seule chose me console de la mort de ma mère », disait Hippolyte envoyant Phèdre sur les roses, « c'est qu'il m'est désormais permis de haïr toutes les femmes sans exception[52]. » Si j'en crois mes propres écrits sur l'homosexualité romaine[53], elle comprenait deux groupes : une forte minorité de convaincus exclusifs, comme chez nous, dont cet Hippolyte et notre Tibulle ; et une large majorité de gens qui goûtaient aux deux amours, mais en ne prenant

52. Sénèque, *Phèdre*, 578. Je crois que Sénèque savait de quoi il parlait.
53. Dans *Communications*, n° 35, 1982, p. 26.

avec les garçons qu'un plaisir tout épidermique, sans passion ; parmi eux, Properce, dont on n'a pas oublié les fortes
paroles sur l'étroitesse et la tranquillité des amours masculines (II, 4). Il est arrivé à Properce de cultiver à son tour
l'esthétisation du repoussant ; le fantôme de Cynthie vient
une nuit se pencher sur le lit du poète : la robe qui couvre
son corps était calcinée et le feu avait même attaqué l'éme-
raude qu'elle portait au doigt (IV, 7). Les Romains
brûlaient leurs morts, la crémation avait la famille pour
témoins et il fallait disperser les cendres du bûcher pour
recueillir dans une urne les ossements calcinés. Properce est
plus doué pour le macabre que pour la misogynie ; la seule
femme dont il ait dit du mal est une hideuse maquerelle
qu'il accuse d'avoir contrarié ses amours poétiques et il en
a profité pour satisfaire son goût des tours de force : passer
en dix vers de l'exquis à l'horrifiant (IV, 5). Properce ne
possède pas la baguette magique qui fait scintiller les mots
et qui est le privilège des vrais grands poètes ; mais il en
approche presque en ces vers :

> Le printemps est encor la saison de ton sang, et ton année n'a
> pas encor de rides ; ne laisse pas perdre ce que demain sacrifiera
> de ton visage. Sache que j'ai vu les vives roseraies de Sorrente
> parfumée se flétrir et tomber au sirocco d'une autre aurore.

Ces vers d'anthologie, une maquerelle les cite en s'esclaf-
fant, comme échantillon des seuls cadeaux que les poètes
ont les moyens d'offrir aux femmes ; et Ego, qui, caché,
entendait tout, sentit la terreur lui coller la peau sur les os[54].
Mais à peine la vieille avait-elle blasphémé ainsi qu'une
apoplexie vengea les poètes : Ego la vit tout à coup s'étouffer,
porter à son cou ridé une main impuissante, tandis que des
bavures sanglantes coulaient entre les brèches de ses dents ;
son galetas au foyer éteint en fut rempli d'épouvante ;
puisse la vieille amphore décapitée qui sera le tombeau
de la maquerelle servir de cible aux cailloux et aux
malédictions.

---

54. Je suis l'interprétation de Rothstein.

Chez Properce, le repoussant n'est qu'une esthétisation paradoxale ; Tibulle, lui, y déverse ses phobies et ses phantasmes ; Némésis n'a peut-être jamais été qu'un produit de son inconscient. On voit ici quels sont les vrais liens entre la poésie élégiaque et la personnalité de ses auteurs ; on le voit encore mieux, si on se livre à une expérience décisive, celle du pastiche. Nous proposons au lecteur le jeu que voici : qu'il choisisse un souvenir qui lui demeure particulièrement cher ou douloureux et qu'il entreprenne d'en faire une page de littérature ; mais à une condition absolue : cette page ne tirera pas son prix de sa sincérité et d'un effort pour rendre sensible à autrui ce que fut l'expérience vécue ; notre lecteur devra pasticher au contraire un genre plus traditionnel ; élégie, lied, sonnet pétrarquiste : la page devra « tenir » formellement et ne pas avoir pour seule beauté une transparence émouvante.

La tentative n'aura pas besoin d'être poussée très loin pour que se produisent certaines choses. *Primo*, des nécessités formelles font que, sans scrupule aucun, on altérera l'historicité du souvenir, jusqu'à le transformer de pied en cap (telle liaison amoureuse aura pour épilogue ce qui fut en réalité son commencement, selon qu'on préfère faire voir en une partenaire une conquête ou une initiatrice) ; *secundo*, une simplification et des répétitions réduiront l'histoire à quelques thèmes qu'on répétera[55] « structuralement » et ces entrelacs auront vertu décorative ; *tertio*, ces thèmes seront souvent étrangers à l'historicité : le pasticheur verra affluer à lui, à l'occasion de ce jeu, des idées qu'il ne se connaissait pas, où il se complaira et pour lesquelles il aura la plume facile. Finalement, la page n'aura plus rien en commun avec le souvenir initial. N'empêche que, *quarto*, le pasticheur, tout en mentant sur son souvenir, n'en a pas moins le gorge serrée d'une émotion douce ou douloureuse, dont seul le distrait un peu le plaisir de

---

55. On les répétera si bien que cela permettra au structuralisme de s'exercer ; certains textes ou contes, avec la systématique un peu simpliste des arts primitifs, jouent, en effet, sur une thématique faite de couples d'opposition (haut et bas, ciel et terre, etc.).

fabriquer un bel objet ; sans doute a-t-il renoncé à commémorer son souvenir en en traçant un portrait fidèle, mais
il a fait bien mieux : il lui a élevé en hommage un monument très décoratif. Il a maintenant un nouveau métier :
architecte.

Ce petit jeu suffit à faire comprendre, ma foi, Dante et
Pétrarque ; en arrachant à l'ornière autobiographique, les
contraintes sémiotiques rendent possible l'invention d'une
thématique. La Laure de Pétrarque a réellement existé, mais
ce qu'en dit le poète n'a rien de commun avec les sentiments qu'il eut quelque temps pour elle, ni avec aucun
sentiment humainement plausible ; cette Laure ne sera
jamais identifiée, puisque Pétrarque ne parle d'elle que dans
les termes les plus vagues et, s'il en parle ainsi, c'est parce
que le narrateur n'a pas besoin d'en savoir davantage :
l'ignorance est un fait sémiotique positif, comme chez les
élégiaques. Mais, à la différence des poètes romains,
Pétrarque a pieusement conservé, ou embaumé, le souvenir
de l'émotion amoureuse initiale, modeste prétexte à une
haute fiction, et il n'a nullement tu cet épisode autobiographique ; il se sentait le droit de raconter sa vie privée, que
les élégiaques n'avaient pas.

10

Le paradoxe amusant et le procès du plaisir

Un poète n'est jamais sincère, puisqu'il est poète. Son âme est meublée d'un certain nombre de sentiments, comme celles des autres hommes ; en outre, dans ce mobilier, il y a aussi un miroir, qui reflète le reste du mobilier. Si bien que nous ne pensons qu'à ce reste et que nous oublions que le miroir est lui-même un meuble de plus ; l'âme qui contient ce meuble de Narcisse ou d'exhibitionniste n'est pas la même que celle qui aurait le même mobilier, à l'exception du miroir.

Par-dessus le marché, ce miroir fabrique ce qu'il est présumé représenter. Quand l'homme cesse d'être fruste, il se complique, il a de nouveaux centres d'intérêt. La poésie religieuse n'exprime pas l'individu, mais ce qui, en cet individu, a appris la religion ; la poésie pétrarquiste exprime la vie intérieure d'un poète qui cultive, la plume à la main, l'oraison amoureuse, à la façon des exercices spirituels : l'écriture n'est pas une manière plus faible d'aimer, une image affaiblie de la réalité. Nous avons des univers, dits imaginaires, que nous exploitons avec autant de passion et de profit que la réalité et cet enrichissement des rapports entre l'homme et l'œuvre est le lot de tous ceux qui s'intéressent à quelque chose, serait-ce à la littérature romaine. Mais l'auteur, plus homme de lettres que riche personnalité, peut n'avoir d'autre richesse qu'un verbiage par lequel il croit penser ? La belle affaire ! « Le génie du lyrisme est le génie de l'inexpérience ; le poète sait peu de choses du monde, mais les mots qui jaillissent de lui forment de beaux assemblages qui sont définitifs comme le cristal ; le poète

n'est pas un homme mûr et pourtant ses vers ont l'accent
d'une prophétie devant laquelle il reste lui-même interdit[1]. »
Et puis il est très difficile de savoir si un homme pense ou
parle ; je sais des têtes philosophiques de premier ordre, et
pas précisément vieux jeu, qui ne sont pas encore arrivées à
décider si Lacan et même parfois Heidegger pensaient ou
parlaient. Il en est du pétrarquisme comme d'un parti politique ou d'un programme : chacun y met ce qu'il peut,
verbalisme ou états d'oraison ; le propre d'un parti et de
tout « esprit objectif » est du réunir en une ligue ou en une
illusion d'unanimité des intérêts et des caractères très différents à leur insu. Il est arrivé à environ la moitié de nos
poètes du XVIᵉ siècle de pétrarquiser et, en même temps,
d'être amoureux d'une femme réelle.

La poésie amoureuse est exercices spirituels, mais l'amour
lui-même n'est pas autre chose ; c'est une création culturelle. L'art est très difficile à délimiter, car ses intérêts ne
sont pas chastement différents de ceux de la vie ; la conversation et les manières de table sont de l'art. Comme les
autres arts, frustes ou raffinés, la passion amoureuse n'intéresse qu'une minorité d'amateurs ; toutefois, par ses
conséquences éthiques, elle est davantage la cible de l'opinion publique que, par exemple, le piano ou le style des
gestes et de la physionomie. L'art amoureux a son histoire,
ses périodes rustres, brutales, raffinées, platoniques ; dans
toutes les sociétés, on voit le désir mettre certains individus
dans des états extrêmes, mais plus ou moins souvent et sous
des formes différentes : violer, enlever, battre, être un
sigisbée, faire la cour ou proposer de l'argent. L'apercep-
tion et la conceptualisation de ces faits varient au moins
autant que les faits eux-mêmes et n'ont souvent que peu de
rapports avec ce qu'ils sont ; la capacité des groupes
humains de se duper sur leur propre compte est presque
infinie et le nombre des conceptualisations possibles l'est
tout autant. En Chine, si un lettré perdait la tête pour une
petite femme, on considérait qu'il cédait à un accès de

---

1. Milan Kundera, *La vie est ailleurs*, Paris, Gallimard, 1973, p. 301.

« sensualité » ; à Rome, la seule idée qu'un esclave puisse être amoureux faisait rire[2] : les esclaves n'étaient-ils pas de grands enfants ? Comment prendre leurs passions au sérieux ?

Les rapports entre l'amour et la littérature varient, selon les époques, autant que ceux de deux autres arts, disons littérature et peinture, et on ne peut pas décréter une fois pour toutes que la littérature amoureuse est un miroir trompeur qui n'a jamais rien de commun avec les réalités amoureuses de l'époque. Un détail bien connu est que la littérature diffuse des modèles de conduite : en notre siècle, le flirt est le descendant lointain et direct de l'*amour de loin* des troubadours[3]. On voit à Rome un sénateur fou d'amour, ne sachant plus qu'offrir à sa maîtresse, lui donner droit de vie et de mort sur lui[4] ; pareille conduite suppose un modèle culturel, sinon proprement littéraire. Les poètes élégiaques ont eu beaucoup de succès, ont été très lus et sont devenus aussitôt des classiques, ce qui n'a pas pu ne pas influencer leurs lecteurs. D'autres modèles étaient proposés par les chansons, qui parlaient beaucoup d'amour ; les chansons d'Horace, que nous appelons ses *Odes* et dont il composait lui-même la musique, ont été très populaires et valurent à leur auteur une réputation de compositeur aussi flatteuse que sa réputation de poète[5]. Un autre auteur à succès, Martial, qu'on lisait jusqu'à Vienne et Lyon, au bout du monde, parle souvent d'amour sur le mode normatif, comme présumant que les lecteurs prenaient spontanément des leçons chez les poètes. Ce n'est jamais tout à fait en vain qu'on fait flotter dans l'air des idées non prosaïques. Car la réalité vécue est elle-même une sorte d'art.

La poésie élégiaque est-elle allée jusqu'à caractériser un mode de vie, à la façon du romantisme ou de l'existentialisme, un milieu littéraire ou au moins un groupe, à la manière des surréalistes ? J'ai peine à le croire. Ces poètes

---

2. Cf. *Latomus*, XL, 1981, p. 254.
3. Leo Spitzer, *Études de style, op. cit.*, p. 105.
4. Tacite, *Annales*, XIII, 44.
5. G. Wille, *Musica Romana*, Amsterdam, P. Schippers, 1967, p. 234-253.

fréquentent plus volontiers d'autres poètes, mais ils sont solidaires d'un milieu noble, où la culture était tenue pour une distinction et était largement répandue ; le plaisir était une matière de choix individuel, de vie privée, comme dans le milieu que peint Saint-Simon (qui omet rarement de mentionner si tel seigneur ou telle dame ont été « galants » pendant leur jeunesse ou s'ils ont vécu honnêtement). Ni bohème, ni monde de la noce, ni milieu littéraire expérimentant une nouvelle manière de vivre qui soit conforme à la doctrine[6] ; on ne voit pas s'opérer, autour de l'amour et de la femme, cette espèce de densification des idées, d'échauffement innovateur, à la manière des platoniciens lyonnais au temps de Maurice Scève ou des expériences d'amour romantique dans le petit groupe de George Sand et Musset. Les arts de vivre n'étaient pas élaborés à Rome par des groupes littéraires, politiques ou religieux, mais par les sectes philosophiques, comme en Chine ancienne ; la « philosophie » n'avait rien d'une matière académique et ne se réduisait pas plus à l'étude de quelques idées abstraites que la vie religieuse ne se réduit à l'étude de la théologie : elle était une méthode de sagesse, de bonheur, dont la partie théorique fournissait et démontrait les recettes.

En dehors de leurs propres vers, les élégiaques nous apparaissent sous leur aspect quotidien dans une jolie épître qu'Horace a adressée à son ami Tibulle (I, 4), et qu'y trouvons-nous ? Un viveur ? Non, mais un homme encore jeune et comblé de tous les dons : richesse, bonne réputation, maîtrise de soi, conversation brillante ; il suit, « pensif, les détours des sentiers des collines », car il a fait retraite à la campagne quand Horace lui écrit, et il « s'y forme à la sagesse et au bien », faisant des exercices spirituels laïques (si l'on peut dire) pour habituer sa pensée à voir toutes

6. À l'époque romantique, la vie de certains écrivains (Byron) devint « une littérature orale apocryphe », aussi importante que leur œuvre ; cf. Tynjanov dans Todorov, *Théorie littéraire, op. cit.*, p. 133, ou dans Stempel, *Texte der russischen Formalisten, op. cit.*, vol. I, p. 455. Ce qui jouait ce rôle dans l'Antiquité était la façon de vivre de personnages en vue (Caton, Mécène) et surtout de philosophes.

choses d'une certaine manière ; car cet homme n'a « jamais été un corps sans âme », il a de l'intériorité et il sait réfléchir sur soi ; il lui faudra aussi s'habituer à l'idée que la mort n'est rien. Horace n'écrit pas là des vœux pieux : il nous montre ce qu'était la philosophie (si l'on appartenait à une secte déterminée) ou la « sagesse » ; à la génération suivante, ces pratiques aboutiront à répandre dans l'aristocratie romaine une habituation au suicide. Voilà ce qu'était personnellement ce Tibulle dont les vers humoristiques décrivent les plaisirs faciles, trahissent des phobies, affectent une voix négligente et cultivent des mouvements artificiels ; rien ne montre aussi bien combien l'élégie était un genre plaisant, un jeu littéraire. Pensons aussi à la précision et à la subtilité de l'écriture de Tibulle et nous nous représenterons alors le poète comme un artiste probe et minutieux, un artisan dont l'activité s'enferme en un laborieux atelier et demeure séparée du reste de son existence.

L'élégie était une plaisanterie, disions-nous. On s'est demandé comment le régime impérial a pu tolérer cette poésie de l'amour libre ; la réponse sera que seules certaines tyrannies très particulières n'admettent pas qu'on plaisante. Armand de Richelieu et Louis XIII, en pleine guerre contre l'Espagnol, ont-ils sévi contre Vion d'Alibray écrivant :

> Je ne vais point aux coups exposer ma bedaine,
> Moi qui ne suis connu ni d'Armand ni du Roi.
> Je veux savoir combien un poltron tel que moi
> Peut vivre, n'étant point soldat ni capitaine.
> Je mourrais, s'il fallait qu'au milieu d'une plaine
> Je fusse estropié de ce bras dont je bois…[7].

---

7. Ne privons pas le lecteur de la fin du sonnet :
> Ne me conte donc plus qu'on meurt autant chez soi,
> À table, entre les pots, qu'où ta valeur te mène.
> Ne me conte donc plus qu'en l'ardeur des combats
> On se rend immortel par un noble trépas :
> Cela ne fera point que j'aille à l'escarmouche.
> Je veux mourir entier et sans gloire et sans nom,
> Et crois-moi, cher Clindor, si je meurs par la bouche,
> Que ce ne sera pas par celle du canon.

L'élégie érotique romaine, apologie du plaisir et de la
milice d'amour, n'était rien de plus qu'un plaisant paradoxe : j'aurais pu ne pas infliger au lecteur tout ce livre et
m'en tenir à cette dernière phrase. Tibulle n'est pas chaud,
lui non plus, pour courir au champ d'honneur (I, 10) : « Si
j'avais vécu sous l'âge d'or ! Je ne connaîtrais pas les
guerres sinistres, je n'aurais pas le cœur qui palpite quand
sonne le clairon. Voilà qu'on me traîne aux combats et
l'arme qui se fichera dans mon corps est peut-être déjà dans
les mains de quelque ennemi ; protégez-moi donc, génies
du foyer de mes ancêtres ! » Au lieu de servir la patrie, Properce (I, 1) a appris de l'Amour « à être contre les filles
honnêtes et à vivre au hasard, comme fait le bon à rien ».

L'élégie ne recèle pas la moindre trace d'ironie contre les
faux préjugés, contre la guerre, contre le puritanisme ; au
contraire, elle fait de l'humour à partir des évidences
communes à tous, aux dépens de libertins imaginaires qui
ne les partagent pas. Seule une orthodoxie politique ou religieuse aurait pu trouver là un chat à fouetter. Mais il y a
une exception : en une élégie restée célèbre pour son caractère très érotique (II, 15), Properce, parlant sérieusement et
en son nom personnel, a osé, sinon vanter le plaisir, du
moins essayer de l'excuser ; comme son plaidoyer met en
jeu toutes les idées du bon sens de son époque, nous allons
nous y attarder. Les élégiaques étaient pleins d'une gra-
cieuse indulgence[8] pour toutes les faiblesses : l'humanisme
hellénistique le voulait ainsi ; Properce, lui, passe de
l'indulgence à l'apologie et à la ratiocination.

Les élégiaques, donc, exaltent plaisamment le plaisir
d'une part, et le refus de faire carrière, de l'autre. Parce
qu'aux yeux de tous les deux choses n'en faisaient qu'une,
ayant une seule et même cause, la « mollesse », mère du
farniente ou *otium* et cause des faiblesses amoureuses. La
mollesse ! C'était un des péchés capitaux de l'époque, une

---

8. Cette grâce, cette indulgence, s'appelaient *humanitas* et *venustas* ; voir un
texte éclairant de Pline le Jeune, IV, 3, 4, vantant ces qualités dans les *Mimes*
d'Hérodas, avec le commentaire de S. Luria, « Herondas'Kampf für die veris-
tische Kunst », dans *Miscellanea di studi alessandrini a A. Rostagni*, p. 413.

des évidences du sens commun ; c'était aussi central pour
eux que l'Œdipe pour nous. Celui qui est mou est un
mauvais militant du civisme et, par paresse, il ne servira pas
la cité ; la même mollesse le laissera sans défense contre les
attaques du microbe de l'amour. Comme disait Michel Foucault écrivant son livre sur l'amour antique, selon eux, plus
on est mou, plus on fait l'amour. Souvenons-nous de
Catulle (LI) atteint par un coup de foudre et se disant :
« L'*otium* te rend malade[9], Catulle, le même *otium* qui a
déjà causé la perte de bien des cités. » Chanter l'amour et
sa milice, c'était vanter paradoxalement l'effet du farniente
et le farniente lui-même[10], ces petits-fils et fils de la mollesse. Mais, heureusement pour Properce, il existait une
deuxième vérité du sens commun : tous les maux de l'individu et de la cité (en particulier les guerres civiles, dont
Rome sortait à peine au moment où les élégiaques écrivaient) viennent d'un trait pervers de la nature humaine, qui
pousse ses désirs au-delà du minimum qu'exige l'autarcie ;
les hommes sont cupides et ambitieux pour rien et la
sagesse est d'apprendre à ne plus l'être. Properce va donc
excuser la mollesse amoureuse sur cette deuxième doctrine : celui qui fait l'amour a au moins le mérite de ne pas
faire la guerre civile. Son élégie II, 15, nous fera ainsi voir
en radioscopie tout ce que les hommes avaient dans la tête
en ce temps-là et qui, malgré quelques trompeuses ren-
contres de vocabulaire, ne ressemble pas à ce que nous
pensons. On connaît l'ambition de Properce, qui voit grand
et qui a une haute idée de son génie ; il va prendre au
sérieux les paradoxes plaisants des élégiaques[11], glisser vers
l'utopie et faire du citoyen mou un citoyen paisible. Il va

---

9. « Te rend malade », *tibi molestum est* ; cf. Cicéron, *Fam.*, VII, 26, 1 ;
Horace, *Épîtres*, I, 1, 108 ; en un autre sens, *Pro Caelio*, XIX, 43. Sur l'idéologie
de la mollesse en cette pièce LI de Catulle, voir Eduard Fraenkel, *Horace, op.
cit.*, p. 212. L'idée est d'origine hellénistique.

10. D'où le plaisant paradoxe d'Ovide, *Amores*, I, 9 : rien n'est moins oisif,
nuit et jour, qu'un amant.

11. Sur le sérieux de Properce en II, 15, voir Boucher, *Études sur Properce,
op. cit.*, p. 13 *sq.*, et E. Burck, *Römische Wesenszüge der Liebeselegie*, dans
Hermes, LXXX, 1952, p. 163.

nous peindre, comme il était de règle, un triomphe ponc-
tuel, ou plutôt la nuit d'amour typique avec une inconnue
interchangeable :

> Quel bonheur fut le mien, ô nuit ma bonne étoile[12], ô lit que
> mon plaisir a béatifié ! Que de choses nous nous sommes dites à la
> lueur de la lampe et, la lumière ôtée, quel corps à corps ce fut ! Oui,
> je l'ai vue m'assaillir, les seins nus, je l'ai vue aussi, dans son
> dernier vêtement, tenter de me retarder. Ce furent ses lèvres qui ont
> fait se rouvrir mes yeux fatigués et qui ont dit : « Alors, paresseux,
> on dort ? » Que de variété dans les étreintes qu'essayaient nos bras,
> que de constance dans nos baisers qui s'attardaient sur tes lèvres ! Il
> est désagréable de gâter le plaisir en gestes à l'aveuglette : le désir a
> les yeux pour guides, au cas où tu l'ignorerais ; Pâris, oui, Pâris vit
> Hélène toute nue sortir de la couche de Ménélas et, à ce qu'on
> raconte, ce fut sa perte[13] ; Endymion était nu quand il devint, dit-on,
> l'amant de la sœur du Soleil et il coucha avec une déesse nue. Si tu
> fais l'entêtée et gardes des vêtements au lit, ton linge déchiré
> connaîtra la force de mon bras ; ce n'est pas tout : si tu me pousses
> davantage à bout, tu pourras aller montrer à ta mère les bras que je
> t'aurai meurtris. Tes seins ne tombent pas encore, que tu doives
> t'interdire ces fantaisies : laisse cela à celles qui ont la honte de
> leurs maternités. Tant que la vie nous le permet, comblons de plaisir
> nos yeux : ce qui t'attend est une longue nuit, avec un jour qui ne se
> lèvera plus. Ah, si tu voulais bien nous enchaîner dans les bras l'un
> de l'autre, d'une chaîne qu'aucun avenir ne saurait détacher ! Vois
> plutôt les colombes, comment l'amour les enchaîne, mâle et
> femelle, le couple parfait. Ceux qui se demandent quand finit la
> démence d'amour ne savent pas ce qu'ils disent : une vraie passion
> ne connaît pas de fin. Si un jour la terre enfantait autre chose que ce
> qu'y avait semé le laboureur déçu, si un matin le Soleil faisait trotter
> des chevaux couleur de nuit, si les rivières faisaient remonter leurs
> eaux à leur source et que les poissons n'aient plus qu'à mourir dans

---

12. « Ô nuit ma bonne étoile » rend tant bien que mal *o nox mihi candida*. Une
nuit « candide » est évidemment une nuit scintillante des astres du plaisir et du
triomphe. Mais *candida* était aussi une épithète religieuse ; le *candidus deus* était
un dieu bon, favorable : la nuit a été une déesse qui a exaucé les vœux d'Ego. De
même, *beatus* (le lit béatifié) est un mot religieux. Cf. Catulle, 107, 6 : *o lucem
candidiore nota*.

13. Sur *pereo* ou *perdo* dans la langue amoureuse, cf. *Ciris*, 430.

le gouffre marin qu'elles ne rempliraient plus, ce jour-là il pourrait m'arriver de porter mon tourment chez une autre qu'elle. Ma vie, ma mort, tout lui appartient à jamais.

Si ce bulletin de victoire se terminait sur ces vers, le lecteur moderne pourrait y saluer, avec Croce et Ezra Pound, l'hymne de la sensualité païenne qui ignorait le péché et le remords, le christianisme n'ayant pas encore mis le ver dans le fruit défendu ; il lui suffirait, pour cela, d'ignorer que le paganisme a été en réalité un civisme très puritain ; il lui faudrait méconnaître que cet hymne est aussi typique et presque aussi didactique qu'un manuel de sexologie, avec des positions et des audaces classiques qui sont programmées et graduées. Il y a pire : l'anonymat de la partenaire, voire son absence ; nous n'apprenons rien d'elle, rien même de ses avantages physiques ; le poète parle de lui-même seulement, ou plutôt de ses plaisirs. Étrange plaisir dont la violence n'est pas la suite d'un long désir ou d'un enthousiasme pour la beauté de l'aimée : rien de moins psychologiquement motivé que cette séance d'amour qui fait penser à une séance de gymnastique. S'il fallait créditer ce poème de quelque crédibilité, il faudrait y voir la naïveté d'un adolescent qui découvre l'amour physique et qui s'émerveille moins de l'aimée que des étapes de l'amour qu'il vient d'atteindre et des interdits qu'il a enfin bravés. Il n'en est rien, bien entendu ; la vérité est que les élégiaques, comme nous savons, ne chantent ni une femme ni une liaison, mais deux thèmes qui demeurent séparés chez eux et qui sont la passion malheureuse en général et, comme ici, la volupté en général, sans ses préliminaires et indépendamment de la partenaire. Ne prenons pas cette thématique brisée pour un tableau fidèle de l'amour tel que les païens le faisaient.

Les millénaires enfuis ont conféré à ces vers un prestige trompeur et c'est pourquoi la suite de l'élégie est déconcertante pour les modernes. Pound a préféré en couper de longs passages dans sa traduction et Croce[14] a bien exprimé les réactions d'un moderne devant ce qu'on vient de lire ; partant de

---

14. Benedetto Croce, *Poesia antica e moderna, op. cit.*, p. 87.

l'idée d'un lyrisme éternel (mais la sémiologie comporte-t-elle
des universaux ? Y trouve-t-on le moindre invariant ?), le
grand esthéticien est choqué de certaines fautes de goût qui
rendent cet hymne sensuel glacial par endroits : « Dans cette
élégie, la joie délirante de la volupté amoureuse se contemple
elle-même [ou se met en scène à l'usage du lecteur ?], s'exalte
elle-même, affirme souverainement sa propre loi et la place
plus haut que tout autre mode de vie ; l'idée de la mort
l'exalte au lieu de la mortifier. » Mais, par endroits, « au
milieu de ce défilé de vives images sensuelles et lourdes de
réalité », que viennent faire des vers qui « interrompent le
cours d'une ardente sensibilité », pour faire place à des considérations contournées et banales, à des projets d'avenir : « Ah,
si nous pouvions former un couple comme deux colombes ! »
« L'élan poétique reprend aux vers suivants, qui revendiquent
hautement la *vesania amoris*, la démence d'amour, puis vient
une brûlante et emphatique profession d'éternelle fidélité,
dictée par la gratitude sensuelle. »

Mais la suite de l'élégie, qu'on va lire à l'instant, choque
Croce encore davantage : « Après cette déclaration de gratitude sensuelle », comment admettre certains vers plats,
contournés, où l'on voit arriver Rome, Actium, les guerres
civiles et l'affirmation de l'innocence des plaisirs ? Croce
en conclut que ces vers doivent être la forgerie de quelque
faussaire. Notre lecteur en jugera, en lisant toute la fin de
l'élégie :

> Ah, si elle acceptait de me laisser passer les nuits avec elle de
> cette façon-là, je vivrais toute une vie en une année ! Et, si elle devait
> m'en accorder beaucoup, ce serait une immortalité[15] : pour trans-
> former en dieu n'importe qui, une nuit suffit. Si tout le monde voulait
> bien vivre à notre manière, dormir enlacés après avoir beaucoup bu,
> eh bien, il n'y aurait plus de guerres, plus de combats navals et la
> mer d'Actium ne roulerait pas de cadavres romains ; Rome n'aurait

---

15. Sur l'immortalisation par le plaisir, cf. Eduard Fraenkel, *Elementi plautini in
Plauto, op. cit.*, p. 209. Les rois hellénistiques, auxquels leurs sujets rendaient un
culte comme aux dieux immortels, étalaient par ailleurs leur vie de plaisir, leurs
liaisons avec des courtisanes : vie enviable et donc admirable pour leurs sujets.

pas été tant de fois la victime de ses propres triomphes[16] et ne se
serait pas fatiguée à se refaire si souvent une coiffure de deuil. Il y a
au moins un mérite que la postérité devra nous reconnaître : nos bou-
teilles n'ont jamais attenté aux droits de personne, homme ou dieu.
Mais toi, tant que ton jour brille encore, ne laisse pas s'éteindre par
prescription l'usufruit de la vie[17] ; quand tu me verserais des millions
de baisers, ce serait encore trop peu. Des pétales se sont détachés de
la corolle séchée et tu les vois flotter çà et là sur le vase : nous
sommes aujourd'hui des amants ivres de leur triomphe, mais peut-
être que demain clôturera aussi notre destin (II, 15).

L'amour n'étant qu'un esclavage, à moins d'être affection
conjugale, Properce, en bon Gréco-Romain, ne conceptualise
la passion heureuse que comme instant de triomphe et
d'enthousiasme sensuels ; l'emplacement de ce qui serait pour
nous l'idée d'une liaison durable est occupé par la simple gratitude sensuelle dont parle Croce et qui ne conçoit la durée des
sentiments que comme l'éternité d'un instant exaltant ou
comme la répétition au coup par coup du triomphe d'une
nuit ; le passionnel n'est qu'une sensualité extrême[18] : l'Anti-

---

16. Il était entendu que les guerres civiles, terminées à Actium, avaient eu
pour cause le triomphe et la richesse de Rome, car luxe et ambition sont la cause
de tous les maux.

17. *Tu modo, dum lucet, fructum ne desere vitae* : cf. Gordon Williams, *Tradition and Orignality...*, *op. cit.*, p. 779. On ne s'étonnera pas de ces images
financières d'usufruit et de « versements » : c'est une fantaisie sur un poème de
Catulle (VI), faisant le compte des baisers dont Lesbie lui est débitrice ; et tout
Romain, surtout, est un grand usurier, un homme très intéressé ; tout le monde, chez
les riches, parlait affaires et faisait des affaires : la banque n'était pas le métier des
seuls banquiers. Précisément les mots *deserere usum fructum*, qu'on lit chez Properce, étaient un terme technique de la langue juridique (*Digeste*, XLIII, 16, 3, 14).

18. Bergson, *Les Deux Sources*, p. 39, ou Freud, *Trois Essais*, n'ont eu que le tort
de confondre la réalité de sentiments (qui restaient vécus, certes, mais non pensés ni
cultivés) avec leur conceptualisation (qui seule permet, il est vrai, leur culture et leur
droit à être étalés, montrés, publiés) ; ils ont bien dit, en tout cas, que l'extrême
poussée de la passion n'était conçue que comme excès de sensualité : « On se rappelle la description de Lucrèce : selon ce poète, les illusions des amoureux portent
seulement sur les qualités physiques de l'objet aimé et non pas, comme l'illusion
moderne, sur ce qu'on peut attendre de la passion » (Bergson). Selon Freud, les
modernes mettent l'accent sur l'objet aimé et ses mérites, tandis que les Anciens
mettent l'accent sur la pulsion elle-même. C'est moins simple, l'histoire de la
passion n'étant pas un montage d'invariants.

quité ne conçoit pas le romantisme de la passion ou plutôt ne sait la glorifier que comme un malheur fascinant, non comme une valeur positive. Cela ne veut pas dire, assurément, que, dans la réalité, les Romains n'éprouvaient pas des passions amoureuses qui allaient bien au-delà d'un caprice sensuel ; mais leur poésie ne leur apprenait à penser ce qu'ils éprouvaient là que comme un éclatant malheur ; car ce sont les livres qui enseignent à savoir parler de ce qu'on éprouve : chez nous, les drames passionnels perpétuels avec le père ou la mère, qui ont dû toujours exister, n'occupent de plein droit les esprits et les conversations que depuis que nous avons lu Freud.

Entre la première moitié de l'élégie, si didactique en sa gymnastique érotique, et la seconde, qui conceptualise l'amour avant d'excuser le plaisir au nom d'Actium, il n'y a pas le contraste, l'effet de chaud et froid dont parlait Croce ; au contraire, si l'on arrive à se placer à un point de vue où cette élégie cesse de sembler incohérente, on aura compris ce que fut la poésie élégiaque romaine : ce fut une peinture aussi impersonnelle quand Ego fait semblant de se confesser que lorsqu'il ratiocine. Ne nous étonnons pas non plus de voir Properce, pour une fois, parler ici en son nom propre pour justifier le droit à la volupté : par goût du tour de force, il a écrit ici des vers d'une hardiesse érotique exceptionnelle ; avant lui, aucun poète n'avait eu autant d'audace et, après lui, seule une pièce des *Amours* d'Ovide (I, 5) en imitera les précisions, mais non l'accent persuasif ; Properce a donc senti la nécessité de justifier ses audaces auprès des lecteurs ; par sa hardiesse, ce poème a probablement fait date. Un didactisme enthousiaste, une profession de foi dans le plaisir, voilà ce qu'est la pièce II, 15 ; à défaut d'être une confession lyrique, elle a une charge affective unique par sa conviction ; en cela, sa réputation n'est pas usurpée.

On voit donc mieux quel genre d'homme fut Properce et l'on retrouve dans son cas un syndrome classique, celui de l'intellectuel irresponsable qui préfère les femmes pour leur irresponsabilité même. Properce fut un extrémiste prêt à toutes les audaces de la pensée et de l'art, mauvais goût compris ; ce fut aussi un intellectuel, qui faisait une théorie de tout : sur quelque fonds qu'il se trouvât, il spéculait dessus, sans se soucier de l'étroitesse du domaine et des conséquences pour les fonds d'à côté. Et il n'est pas douteux qu'il ait trouvé les femmes plus intéressantes que son propre sexe ; l'illustre esclavage, la femme dure et rare qu'on aime exclusivement, toute cette thématique n'appartient qu'à lui seul. Les hommes sont ennuyeux et trop sérieux, ils veulent l'argent, l'autorité, le prestige, qui sont les moins philosophiques de tous les idéaux ; les femmes, qui sont privées de tout cela, sont le contraire ; le moindre geste féminin a de la grâce parce qu'il ne saurait rien avoir d'officiel. Properce trahit donc son sexe au profit des femmes parce qu'il a plus de goût pour ses idées et problèmes personnels que pour le principe tout masculin de réalité sociale. Tout compte fait, il y a un poète auquel il ressemble par sa quantité et sa qualité de talent et qui est notre Jodelle. Seul des élégiaques, Properce établit un double jeu perpétuel entre le nom de son aimée et le titre de son livre, entre son égérie et sa lectrice, j'allais dire sa lecture. Comme Dante quittant son guide pour Béatrice quand il arrive au Paradis, comme Goethe dans les tout derniers vers du *Second Faust*, Properce est quelqu'un pour qui le pôle de la féminité représente avant tout les antipodes de l'esprit de sérieux masculin et pour qui la poésie a un visage féminin. Ses vers eux-mêmes, avec leur ambition et leur maladresse, sont d'un auteur qui pense à se faire plaisir à lui-même plus qu'à plaire aux lecteurs, dont il prévoit mal les réactions. Un être solitaire, égocentrique, compliqué : il s'est mal entendu avec Horace et avec Tibulle, qu'il a dû tenir pour un rival ; Horace, tempérament heureux, s'accordait si bien avec la réalité qu'il n'avait pas besoin d'être ambitieux ou prétentieux : ses intérêts coïncidaient naturellement avec son éperdue bonne foi. Ajoutons, pour compléter le portrait, que Properce était, comme Tibulle, un seigneur ; aussi, selon une observation de Ronald Syme, sacrifie-t-il moins à l'idolâtrie obligée de l'empereur régnant, cet aristocrate plus heureux que ses rivaux, que ne le font un Horace ou un Virgile, poètes d'origine plébéienne qui encensent le maître en hommes du peuple et en fidèles sujets.

Si un poète romain était fait pour chanter une femme et
célébrer la passion, c'était bien Properce ; mais il est venu
trop tôt en un monde trop jeune. Il a su suggérer la sombre
fascination de la maladie d'amour, mais il n'a osé se faire
l'avocat convaincu que de la seule volupté. Mieux encore,
en d'autres élégies, nous allons le voir déclarer la guerre à
la servitude amoureuse au nom des mêmes principes qui lui
ont permis de défendre le plaisir et qui régnaient sur tous
les esprits depuis plusieurs siècles : la santé mentale de
l'individu et le salut de la cité.

Les sectes philosophiques, la littérature et le « bon sens »
enseignaient aux Romains amoureux à parler d'eux-mêmes
comme des malades. En des pages farouches, l'épicurien
Lucrèce montre que la passion est une forme pathologique
du désir et que la santé mentale est de se procurer sagement
les plaisirs de Vénus à droite et à gauche ; quelle étrange
fureur que d'exiger un seul objet, une femme déterminée !
La nature n'exige pas un pareil fétichisme. L'excès de désir
que l'on nomme amour passionnel est une conduite d'échec
qui se retourne contre elle-même ; Lucrèce pose une question bien simple : les amoureux veulent quoi, exactement ?
Que leur manque-t-il donc ? Ils ont tout ; ils veulent la
femme aimée ? La voilà dans leurs bras : cela ne leur suffit
pas, la possession n'éteint pas le désir qui les brûle, ils ne
savent plus comment combler la faim qui les dévore, ils
voudraient absorber cette femme en eux[19]. La passion est un
désir malade[20] que la satisfaction ne fait pas cesser : les
amants continuent à être hors d'eux-mêmes.

On ne pouvait donc songer à cultiver cette maladie
comme on cultive les perles : on ne pouvait songer à
l'esthétiser en la glorifiant ; on ne pouvait écrire les *Sonnets*
de Shakespeare. Ces admirables sonnets sont à peu près le
contraire de l'élégie romaine ; ils sont indubitablement la

---

19. Lucrèce, *De natura rerum*, IV, 1063*sq.*
20. L'amour comme maladie mentale (en grec, « être fou » est une manière
poétique de désigner l'amour, et pas simplement l'extrême amour) : voir Catulle,
76, 25, et 83, 4, avec la note de Kroll ; *insanire amores*, dit Properce, II, 34, 2 ;
on y voyait souvent l'effet d'une conjuration de magie noire (Apulée, *Apologie*).

chronique d'une passion ardemment vécue[21], mais, en même temps, ils disent bien plus de choses, et sous des formes bien plus esthétisées, qu'une passion qui n'aurait pas pris la plume. Insincérité ? Il faudrait alors taxer de faux dévot un homme pieux qui fait des exercices spirituels. Les Gréco-Romains n'ont jamais fait, eux, d'exercices passionnels : s'ils étaient de loisir et voulaient procéder à une culture de soi par soi, qu'on peut appeler de l'art, ils jetaient leur dévolu sur les belles-lettres, sur la sagesse, sur la philosophie et tout ce qu'on appelait déjà la *paideia*. En cette époque où l'astrologie avait une dignité philosophique égale à celle de la psychanalyse chez nous, un poète[22] nous dit quel destin attend ceux qui sont nés sous les Gémeaux : ils naissent mous, tout est là, ils vivent dans le farniente de l'*otium*, ils ne veulent pas entendre parler de carrière guerrière et ne se fatiguent qu'à la volupté. Voilà le *mollius studium*, le mol intérêt dominant, que leur vaut leur horoscope. À moins que leur inaction ne se tourne vers les activités culturelles, y compris, dit notre astronome, la plus élevée de toutes, l'étude du ciel (de quoi nous inférerons que lui-même était né sous les Gémeaux). Ou plaisir, ou culture : pas le service passionné des dames.

Properce, ayant pris le parti, en cette élégie II, 15, de défendre ce qui était défendable, ne fera pas l'apologie de la passion ; plus un mot sur Cynthie, sur l'esclavage amoureux : seuls demeurent les plaisirs de Vénus. La volupté ne fait pas des ravages ; la bataille d'Actium n'aurait pas eu

---

21. Peu de textes ont été aussi discutés que ces sonnets, je ne l'ignore pas ; il est également vrai que beaucoup d'interprètes, gênés, auraient souhaité minimiser la sincérité du grand poète en ses amours masculines, la réduire à une thématique de l'époque, à des lieux communs sur l'amitié… En fait, dit Jean Fuzier (*Les Sonnets de Shakespeare*, Paris, Armand Colin, 1970 p. 31 et 34), rien, dans la poésie de la Renaissance, ne ressemble à ces sonnets. On croirait même volontiers que l'ordre actuel de ces sonnets reflète encore l'ordre dans lequel ils ont été écrits : les douze premiers recommandent au jeune seigneur aimé de se marier, d'engendrer un fils, afin que sa fragile beauté ne meure pas tout entière ; conseiller le mariage à un rejeton de noble lignée étant un prétexte décent à lui parler de sa beauté, une adroite entrée en matière…

22. Manilius, IV, 152. Cf. Boll, Bezold et Gundel, *Sternglaube und Sterndeutung : die Geschichte und das Wesen der Astrologie*, 5ᵉ éd., 1966, p. 144.

lieu si les gens ne s'intéressaient qu'à des plaisirs, Properce
nous l'a dit ; il nous dit ailleurs qu'elle a eu lieu parce
qu'Antoine et Cléopâtre étaient devenus fous de passion
et il ne plaisante pas en cette autre élégie non plus. Au
moment où le poète écrivait ces vers, dix années ne
s'étaient pas écoulées depuis cette bataille sanglante où
celui qui devait devenir l'empereur régnant, Octave Auguste,
avait vaincu le chef romain Antoine et la reine grecque
Cléopâtre. Le poète commence par s'installer dans la
convention de l'Ego et dans le renversement humoristique
des valeurs : Tu ne comprends pas, dit Ego à un ami, qu'une
femme fasse de moi ce qu'elle veut et que je sois devenu
son esclave ? Properce rappelle alors, par la bouche d'Ego,
que pareille servitude n'est que trop fréquente, comme le
prouvent cent fables mythologiques (nous connaissons déjà
ce recours au noyau historique des mythes) ; « mais pourquoi aller chercher les héros et les dieux ? » N'a-t-on pas vu
une femme perdue de mœurs (Properce se refuse à écrire le
nom de Cléopâtre) vouloir régner sur Rome, notre patrie ?
Vive Auguste, qui nous a sauvés de cet esclavage ! (III, 11).
Il y a chez Properce une réflexion sérieuse sur la passion,
un étonnement tout philosophique : on avait pu constater,
en une tragédie politique encore toute fraîche, quelles énormes
forces incontrôlables l'amour était capable de déchaîner.
Ego, cet esclave de Cynthie, fait comprendre le destin
d'Antoine[23] ; en assimilant son personnage fictif à cet
ennemi de Rome, Properce confirme que le paradoxe élégiaque ne saurait être pris à la lettre et qu'Ego n'est pas son
porte-parole : on ne plaisantait pas avec le patriotisme.

La cause première de ces drames collectifs ou individuels
était la mollesse ; Antoine avait toujours eu la réputation
d'être un fêtard, un homme qui s'abandonnait à tous les

---

23. M. Griffin, « Propertius and Antony », dans *Journal of Roman Studies*,
LXVII, 1977, p. 18 : « Properce commet de propos délibéré la gaffe de s'identifier à Antoine. » Outre II, 15, et III, 11, Antoine est mentionné aussi en II, 16, le
temps d'un hommage intercalaire à l'empereur, et dans le même esprit : l'amour
est un esclavage honteux dont Ego dit lui-même : « Je devrais en rougir, mais la
passion ne connaît pas la vergogne : à preuve, Antoine. »

plaisirs, et on ne distinguait pas entre la sensualité et une douloureuse sensibilité passionnelle, puisque celle-ci et celle-là avaient pour cause le même manque de virilité ; chez nous, le roi Henri IV, amant éperdu et tourmenté, conquérant dont le cœur battait plus vite que celui de ses proies prétendues, passe pour un vert-galant. Et cela prouvait à ses sujets que leur roi avait au lit la même verdeur qu'on lui connaissait sur les champs de bataille et sur le trône.

Précisément les Gréco-Romains se sont fait de certains de leurs hommes publics, dont Antoine, une idée un peu semblable, mais en la tenant pour un paradoxe : c'était le paradoxe du mou énergique[24] ; ils s'en délectaient secrètement, tout en y voyant une exception qu'on ne saurait poser en règle et qui était civiquement suspecte, celle de l'homme d'action exemplaire dont la vie privée ne saurait être donnée en exemple et qui fait royalement ostentation de ses plaisirs. En Grèce, tyrans et rois faisaient étalage de leurs amours et le peuple les en admirait. À travers l'histoire romaine court le thème du sénateur qui mène une vie efféminée et qui se révèle plein de vigueur dès qu'il occupe une fonction publique : Scipion l'Africain, Sylla, César, Pétrone, Othon, ont la même audace dans leurs plaisirs et leur pouvoir, ce qui est le fait de seigneurs plus que de vrais magistrats[25]. Dans la réalité, le mou énergique a dû être un cas fréquent ou même typique de la noblesse romaine, qui tolérait la liberté de mœurs et était dressée au commandement. Mais, quand les mêmes nobles raisonnaient en politiques, ils trouvaient là quelque contradiction : comment pouvait-on être dur avec les autres quand on était mou envers soi-même ? N'empêche que cette contradiction les

---

24. Sur le paradoxe du mou énergique, M. Griffin, *ibid.*, p. 19 ; Veyne dans *Diogène*, n° 106, 1979, p. 21.

25. Cicéron dit, de Catilina : « Qui s'est plus souillé que lui dans les plaisirs ? Mais qui a mieux supporté fatigues et travaux ? » (*Pro Caelio*, VI, 13). Sur Sylla, Salluste, *Jugurtha*, XCV, 3. Sur Othon, Suétone, *Othon*, 3 et 11-12 ; Martial, VI, 32, lui rend hommage. Valère-Maxime, VI, 9, 2-6. La fable 113 de Phèdre est aussi une histoire de mou énergique, curieuse pour l'histoire des mœurs. Sur la jeunesse de Scipion, Aulu-Gelle, VII, 8, 5. Contre le plaisir, le texte canonique est l'*Hortensius* de Cicéron, cité par saint Augustin, *Contra Julianum*, IV, 13 (73).

délectait, et, quand le sénateur Tacite parle de gouverneurs
énergiques à la vie privée méprisable[26], il trahit une jouissance secrète, probablement parce que le paradoxe donnait
à quelques membres de leur élite des airs royaux et le
prestige d'être au-dessus des lois communes : ils étaient de
brillantes exceptions qui jetaient de l'éclat sur tous. La
vertu virile n'étant que le moyen d'avoir de l'autorité, on
fermait les yeux sur ceux qui atteignaient la même fin par
des moyens blâmables et flatteurs.

Le paradoxe était un secret entre initiés, que le vulgaire
ne devait pas connaître, et Properce ne pouvait fonder sa
défense du plaisir sur ce snobisme. D'autant plus que
l'exception du mou énergique n'amenait nullement à mettre
en cause le principe selon lequel le plaisir était enfant de la
mollesse ; au contraire, elle confirmait la règle : Tacite dit
qu'un mou ne se révèle énergique que successivement, quand
il accède à un commandement, ou bien par un dédouble-
ment de sa personnalité entre vie publique et vie privée,
dont la mollesse est séparée du reste par une cloison étanche.

Si l'on était trop porté sur les femmes, cela prouvait,
selon eux, qu'on était un efféminé. Nous voici devant un
des pièges que tend le plus ordinairement l'étude de l'Antiquité : nous croyons souvent reconnaître nos lieux communs,
nos évidences éternelles de bon sens, en des idées antiques
qui en sont implicitement très différentes ; l'amour naît du
farniente : comment ne pas « comprendre » une idée si évidente qu'elle en est même-pas-fausse ? Ignorons-nous donc
que les drames sentimentaux sont le fléau domestique des
riches oisifs ? Ne savons-nous pas qu'on est disponible à
l'amour, quand le temps et l'énergie ne sont pas occupés
par l'ambition ou par quelque autre intérêt, et que l'ambition tue l'amour, sauf quand elle ne le fait pas ? L'ennui est
que, quand les Anciens disent que l'*otium* produit la servitude amoureuse, c'est tout autre chose qu'ils ont dans
l'esprit. Leur idée est que c'est par faiblesse qu'on refuse
de militer pour le bien public ou pour le patrimoine de sa

---

26. Tacite, *Histoires*, I, 22, II, 11, (Othon) ; *Annales*, III, 30 (Mécène) ; XVI,
18 (Pétrone) ; XIII, 46 (Othon) ; *Histoires*, I, 10 (Lucinius Mucianus).

famille ; en tout cas, si l'on n'était pas faible, on le devient, par paresse et faute d'exercice. Or cette même mollesse fera qu'on attrapera l'amour comme une maladie : l'organisme trop faible ne pourra s'en défendre. C'est de la pathologie morale : ce n'est pas notre idée de disponibilité ; l'amour n'est pas quelque chose à quoi on prend intérêt quand on ne s'intéresse à rien d'autre, mais un ennemi qui vous surprend quand on ne vit pas dans cette tension perpétuelle où devait vivre tout homme, pour son salut et celui de tous.

Ovide se devait donc de compléter son *Manuel d'amour* par un contrepoison, qu'il a précisément intitulé *Médication de l'amour*. En quatre-vingts vers que je paraphrase en en respectant le vocabulaire[27], il montre que le remède principal de sa pharmacopée est d'éviter l'oisiveté, car c'est celle-ci qui est cause de l'amour : la nonchalance, la somnolence font perdre au caractère toute sa musculature, ses « nerfs » ; alors Amour s'introduit subrepticement en cette place forte sans vigilance. Que faire ? N'importe quoi qui occupe : toute occupation active est un préservatif ou une médication ; on peut entrer dans la carrière civile et militaire, car Amour suit la paresse à la trace ; s'occuper de ses terres ; chasser. Si rien n'y fait, fuir bien loin, partir pour un long voyage[28] : en cette guerre, la victoire est dans la fuite.

On voit le problème : comment assurer l'intégrité de l'homme citoyen, son autarcie ? L'amour n'était pas encore un péché en lui-même, mais c'était un plaisir dont une hygiène devait régler l'abus et l'usage. En somme, me disait Foucault, en vingt-cinq siècles on a traversé trois âges de l'amour : le plaisir, la chair et le sexe. Il en est des plaisirs de Vénus ou *aphrodisia* comme du vin : les déguster recelait un danger potentiel et il fallait en limiter l'usage à ce qu'exige la nature. Horace dit le peu qu'elle exige, dans les termes les plus crus et les moins voluptueux, et Lucrèce

---

27. Ovide, *Remedia*, 135-213.
28. Sur le départ en voyage, Ovide, *Remedia*, 214 ; de là Properce I, 1 et III, 21. Le thème était bien antérieur à Ovide : chez Properce, I, 1, 31, le *vos remanete*, qu'on n'a pas toujours bien compris, fait allusion au voyage comme remède à l'amour esclave.

précise que les positions de l'amour sont à laisser aux
femmes de métier : la nature n'exige que la position la plus
canonique, qui est... à quatre pattes, à l'exemple des animaux[29]. Car il ne faut pas compliquer la nature et on la
complique dès qu'on pose le plaisir comme un but réfléchi ;
spéculer pour le plaisir, enseigner l'amour, à la façon des
élégiaques, est un raffinement contre-nature ; la science
gastronomique ne prépare guère à l'usage minimal des plaisirs de la table.

Quelle est donc la règle d'emploi des plaisirs vénériens ?
Deux morales se sont succédé, plus restrictives l'une que
l'autre, celle des devoirs du service, qui est la vieille morale
de Caton, et celle du pilotage intérieur par la conscience,
qui sera l'éthique stoïcienne. La première régnait sans
partage au siècle des élégiaques. L'homme citoyen est semblable à un troupier qui, une fois le service terminé et les
enfants légitimes engendrés d'une femme épousée en justes
noces, a le droit d'aller soulager la nature où il lui plaît et,
comme les matelots au port, d'aller en bordée. Il faut seulement qu'il ne touche pas aux matrones (ce qui serait
contraire au service civique) et qu'il ne dépasse ni ne
complique la nature, ce qui serait indigne d'un viril troupier. Qu'il aille faire un tour au bordel, vite fait, bien fait[30],
le plaisir n'ayant rien de positif et n'étant qu'un soulagement, une évacuation. La route de l'homme est définie
comme un espace vide où se dressent de place en place des
étapes et des interdits délimités ; le parcours sera correct, si
l'homme atteint les premières et évite les seconds. Le
citoyen n'a pas besoin, pour cela, d'une vie intérieure très
riche ; il n'a qu'à se repérer machinalement sur ces signaux,
entre lesquels l'espace est neutre.

Un siècle après les élégiaques, le stoïcisme fera trium-
pher une conception bien différente du service : l'homme
est un combattant qui obéit à lui-même et se dirige de
l'intérieur, grâce à sa conscience raisonnable. Conscience
sans cesse en éveil, car, comme un bon gestionnaire ou un

---

29. Horace, *Satires*, I, 2, 111, et II, 7, 47. Lucrèce, IV, 1263*sq.*
30. Horace, *Satires*, I, 2, 31. Voir plus haut, chap. v, n. 66.

automobiliste attentif, elle doit à tout moment contrôler rationnellement chaque événement, chaque inflexion de la route ; elle rationalise tout et ne laisse rien au hasard. Ce bon conducteur ne quitte pas une seconde la route des yeux, car l'espace moral n'est jamais neutre, et cette attention incessante s'appelle *tasis*[31]. On ne le sait que trop : quand on commence à gérer et à rationaliser, on ne connaît plus de limite et tout y passe. Si l'alcool est un plaisir dangereux, le plus sûr est de s'en abstenir complètement. Ces administrateurs que sont les stoïciens interdiront bientôt tout amour hors mariage et, dans le mariage même, interdiront qu'on caresse sa femme trop voluptueusement[32], car on ne se marie que pour avoir des enfants. Ainsi commença ce renversement des valeurs païennes, dont la conversion du monde antique au christianisme n'est qu'un aspect, plus tardif que d'autres, et que Pierre Hadot appelle le passage de l'homme civique à l'homme intérieur. Le plaisir n'est plus évacuation naturelle : il n'existe pas d'autre nature que la raison et le devoir.

On voit sur quelle anthropologie implicite, très différente de la nôtre, reposent ces différentes morales. Properce ne pouvait se fonder ni sur l'une ni sur l'autre pour défendre le plaisir, pas même sur la vieille morale, car prendre expressément sa défense, le poser comme objectif, en parler, était déjà trop : on ne tient pas de cour d'amour dans les cours de caserne. Heureusement pour notre poète, il existait à son époque une deuxième doctrine du bon sens, que les modernes

---

31. La vie morale chrétienne, qu'on rapproche trop vite du stoïcisme, sera encore autre chose. L'âge de la chair et du péché ayant succédé à celui de la gestion des plaisirs, l'homme n'est plus un administrateur qui contrôle rationnellement chaque détail de ses affaires, ou un automobiliste qui organise au mieux, mètre par mètre, la trajectoire de son véhicule : c'est un voyageur, un pionnier, à travers une contrée sauvage ; cet explorateur doit être en état de vigilance contre des fauves qui peuvent, à tout instant, l'assaillir à l'improviste et qui s'appellent tentations de pécher. Un de ces fauves est *la lonza leggiera e presta molto*, à savoir la luxure, qui a failli dévorer le voyageur Dante au premier chant de *l'Enfer*.

32. Sénèque, fragment du *De matrimonio*, cité par saint Jérôme, *Contra Jovinianum*, I, 49. Montaigne aussi recommandera « de ne caresser sa femme trop curieusement », mais non par moralisme : seulement pour ne pas être cocu.

appellent la morale d'Horace et qu'ils prennent pour une
théorie du juste milieu ; se fondant sur elle, Properce dira
que les plaisirs vénériens ont le mérite de n'être pas de ces
excès qui ont causé Actium.

La théorie du juste milieu n'était pas une recette pratique, mais une anthropologie générale. Horace ne dit pas
qu'il faut se placer dans un juste milieu, mettre un coup de
yin et un coup de yang, n'avoir les cheveux ni trop longs,
ni trop courts : il dit que la quasi-totalité des hommes ne vit
pas comme on devrait vivre, qu'un impérialisme les pousse
toujours plus avant, sans limites, et que le spectacle de
l'humanité est celui d'un asile de fous, où ambition et cupidité produisent malheurs sur malheurs chez les individus et
les peuples. Les hommes font un excès de tout et, s'ils
cessent d'être trop cupides, c'est pour exagérer en l'autre
sens et devenir trop avares. Il y a en l'homme une vocation
au malheur, produit d'une fausseté fondamentale, qui a pour
seul remède les exercices spirituels laïques de la sagesse.
Cette anthropologie d'Horace, et aussi des épicuriens, des
stoïciens et de tout le monde, était donc une de ces doctrines qui, à travers l'histoire, ont été mécontentes du
monde comme il va, le trouvaient mal fait, vivaient en état
de chagrin et condamnaient la réalité.

Anthropologie de la mollesse ou anthropologie de l'excès ;
il faut bien voir quelle était la stature de l'une et l'autre
doctrine pour les gens de cette époque : c'étaient des évidences du sens commun et elles expliquaient tout. C'étaient
des sagesses orales, comme il existe des littératures orales,
et seule l'absence de traités techniques en fait méconnaître
la dignité historique ; on les retrouve bien dans les doctrines
philosophiques des sectes, mais par bribes, ou à l'état pré-
supposé, ou sous forme plus technique. Elles ont été le
« bon sens » de ce temps-là. Pour prendre une analogie
contemporaine, nous-mêmes avons un bon sens, ou plutôt
deux, et qui sont ennemis, encore qu'ils coexistent en partie
dans chaque cervelle. Le premier dit que tous les maux de
l'homme et de la société viennent de la société bourgeoise ;
le second, qu'ils viennent des idées socialistes, de l'individualisme moderne et du snobisme gauchiste. L'un et l'autre

expliqueront aussi bien le chômage que les chagrins d'amour (dus, soit à la bourgeoisie, soit aux idées modernes). Rarement explicités, ces bons sens n'apparaissent dans les écrits canoniques, Marx ou Tocqueville, que sous une forme plus élaborée ; ils n'en constituent pas moins nos évidences. Le passé est plein d'évidences de cet acabit, que l'histoire apporte et remporte sans fin ; si bien qu'il faudrait se décider, une bonne fois, à creuser l'idée que tout cela n'est ni vrai ni faux. Ce qui est bien moins aisé que de se dire que tout cela est faux.

La première de ces anthropologies rendait aisément compte des maux politiques et des guerres civiles[33] : l'énergie est la force principale des armées civiques et la mollesse laisse l'infection de cupidité et d'ambition gagner les citoyens, d'où la décadence, qui suit le luxe et la luxure ; la seconde en rendait compte aussi bien : les rivalités de l'ambition et la cupidité égoïste détruisent le civisme, d'où la décadence. La pensée politique des Anciens ignorait la dimension collective, la résultante inattendue d'agrégats individuels ; une cité était assimilée à un bataillon, à un équipage, à une cordée en montagne, où le salut de tous dépend directement d'une discipline concrète, face à face, et de la tenue morale de chaque individu : leur moralisme en politique est la suite de leur assimilation d'une société complexe à un petit groupe concret et homogène et de leur sociologie individualiste. Quant on condamnait le libertinage, ce n'était pas qu'on estimât pétainesquement que la famille est la cellule de la société : mais qu'un amateur de plaisirs ferait un mauvais militant. Properce rétorque qu'il ne fera pas un ambitieux ni une âme cupide et que le libertinage est politiquement inoffensif. Ce qui était déjà passablement paradoxal ; Cicéron aurait bondi, à le lire. Car Cicéron assimilait les jeunes sénateurs libertins de son temps, qui furent les ennemis politiques du vieux routier qu'il était, à un parti politique séditieux ; Catilina, Clodius, ses adversaires, étaient des viveurs ; qui ne respecte

---

33. Parmi les nombreux textes qui établissent cette liaison, pour eux évidente, entre la cupidité et les guerres civiles, citons l'ode III, 34, d'Horace.

pas la morale ne respectera pas non plus le Sénat. Properce
aurait rétorqué qu'un individu mou sera apolitique.

L'élégie romaine n'étant rien moins que contestataire,
la morale de suppression des excès est le sol ferme sur
lequel s'élève cette poésie, que le poète en tire des conséquences plaisamment paradoxales ou qu'il la prenne au
sérieux ; elle est la clé du thème campagnard, cher à
Tibulle. Oui, Properce plaisante quand il regrette les
mœurs de Sparte, où l'on pouvait voir sur les terrains de
sport les filles à moitié nues ; l'antique rudesse avait du
bon (III, 14) ; d'où vient le malheur d'Ego ? De ce que les
filles se font payer ; on a bien raison de dire que la cupidité
est mère de tous les maux : avant notre ère de décadence,
quelques fleurs, quelques fruits suffisaient à acheter les
faveurs (III, 13). La plaisanterie est, une fois, d'une hardiesse surprenante qui montre que Properce fut un
tempérament téméraire : si Rome ignorait les richesses, si
notre empereur lui-même avait une chaumière en guise de
palais, les filles ne seraient pas vénales (II, 16) ; vingt ans
plus tard seulement, aucun poète ne se serait risqué à des
familiarités aussi osées. Properce ne plaisante plus du
tout[34], en revanche, dans une élégie qui n'a rien d'érotique : c'est un chant funèbre où il gémit sur la mort d'un
ami que la cupidité, mère de tous les maux, a poussé à
naviguer pour s'enrichir et qui a fait naufrage ; Ego, ce
paresseux, ne mourra, lui, que d'amour (III, 7).

Tibulle plaisante parfois, lui aussi, mais, plus souvent, le
thème rustique est synonyme de suppression des excès et du
malheur. L'élégie n'est autre chose que le monde plaisamment renversé ; elle est la peinture peu édifiante d'un milieu
urbain décadent. L'Ego de Tibulle n'est pas à la campagne,
mais il rêve d'y être, parce que la campagne remet le paradoxe à l'endroit et en est le revers sérieux ; aux champs, les
choses se passent comme elles devraient se passer : vertueuse simplicité, bonheur quasi conjugal. En un mot, Ego
rêve paix champêtre, il voit les choses selon leur vérité, il

_____

34. Sur le sérieux de Properce, J.-P. Boucher, *Études sur Properce, op. cit.*,
p. 357.

se juge, lui et son libertinage, comme le narrataire le juge. En souhaitant la campagne, il avoue qu'il ne faut pas vivre comme il vit. Aux champs, l'amour cesse d'être un esclavage et n'est plus qu'une tendre amitié ; Properce lui-même (II, 19) ne l'ignorait pas : « Chaste est la campagne ; là-bas, pas de jeune séducteur dont les mots doux font qu'une femme ne peut rester sage. » Amour sans malheur, désintéressement, fin de tous les excès : la vie rustique est un art de vivre non conformiste que nous ne pratiquons pas[35].

Cette suppression des excès peut être appliquée au plaisir (c'est l'objet d'une satire d'Horace), mais non à la passion, par définition, car « on ne peut régler ni raisonner une chose qui ne comporte ni limite, ni prévision ; la passion est un sentiment aveugle et instable comme la mauvaise mer[36] ». Montrons, pour finir, comme le temps passe. Dix-huit siècles plus tard, un ministre du grand-duc de Weimar, ayant fui son Allemagne pour Rome et y ayant fait, à l'âge de quarante ans, la découverte de l'amour des corps dans les bras d'une irrégulière intéressée, sinon vénale, récrivait, mais à sa manière, la voluptueuse nuit d'amour selon Properce, et cette *Élégie romaine* de Goethe devait faire en Europe un scandale durable :

> Elle se meut dans son sommeil et plonge sur toute la largeur de la couche ; elle se détourne de moi, mais laisse sa main dans ma main. Il suffit de presser sa main pour voir ses yeux célestes ouverts à nouveau… Oh, non ! Laissez-moi me reposer sur l'image de son seul corps ! Restez clos ! Vous m'affolez, vous m'enivrez, vous me dérobez trop tôt le plaisir muet de la pure contemplation. Quelle majesté dans ces formes[37], quelle noblesse dans les inflexions de ce corps ! Belle comme Ariane endormie[38] !

---

35. Sur le thème rustique et ses implications de philosophie du sens commun, un texte très net est le *Culex*, 79-97.

36. Horace, *Satires*, II, 3, 268.

37. Ces formes, *Bild* : je dois cette traduction à l'amitié de Daniel Rocher.

38. Goethe s'inspire d'une autre élégie de Properce où le poète décrit Ariane endormie, d'après une statue ; voir K. Kreyssner, « Die bildende Kunst bei Properz », dans *Würzburger Studien*, XIII, 1938, p. 189 ; Boucher, *Études sur Properce, op. cit.*, p. 53. Et il a vu l'*Ariane endormie* du musée du Vatican.

Comment as-tu pu t'enfuir, ô Thésée ? Rien qu'un baiser sur ces
lèvres : va-t'en donc à présent, Thésée ! Vois ses yeux qui
s'éveillent : elle te tient pour toujours (*Römische Elegien*, XIII).

Properce essayait de faire croire à l'innocence politique
des plaisirs de Vénus, Goethe affirme de façon provocante
l'innocence et le vertige du péché de chair. Loin de cultiver
un paradoxe humoristique, il cherche le scandale :

> Honorez qui vous voulez ! Moi, me voici bien caché. Belles
> dames et messieurs du beau monde, demandez-vous des nouvelles
> de vos oncle et tante et, après ces propos obligés, passez à la table
> de jeu pour vous y ruiner. Bon voyage à vous aussi, salons grands
> et petits où j'ai failli souvent mourir à force de bâiller ; avec des
> airs de n'y pas toucher, colportez adroitement les on-dit scanda-
> lisés qui poursuivent le voyageur à travers l'Europe… Vous ne me
> découvrirez pas de sitôt dans l'asile que m'a accordé l'Amour, ce
> prince qui royalement me protège ; il m'y couvre de son aile : la
> bien-aimée, dont l'âme est vraiment romaine, ne craint pas les
> Gaulois… Elle se soucie fort peu du qu'en-dira-t-on et ne prête
> attention, avec quelle sollicitude, qu'aux désirs de l'homme à qui
> elle s'est donnée. Car elle prend plaisir à cet étranger vigoureux et
> peu gourmé qui lui parle d'un pays de montagnes, de neige, de
> maisons de bois. Elle brûle de la même flamme qu'elle allume
> dans son cœur et elle est contente qu'il soit moins regardant,
> quand il s'agit d'argent, que les Romains : elle a maintenant une
> table mieux garnie, elle ne manque pas de toilettes et elle a une
> voiture pour aller à l'Opéra. Mère et fille sont toutes deux fort
> contentes de leur hôte nordique et un Barbare règne ainsi sur un
> cœur et un corps romains (*Römische Elegien*, II).

Un poète antique n'aurait pas eu le droit de publier
ainsi sa vie privée ; mais la Bible et le Quatrième Évangile avaient fondé une légitimation nouvelle, celle du
témoin sincère.

Properce et les autres élégiaques, eux, ne sont témoins
qu'involontairement. Certes, à les lire, il nous restera toujours l'impression qu'il y a tout de même quelque chose
de personnel et de vrai dans leurs vers. Cette impression
n'est pas fausse, elle est seulement confuse. Pour *qu'il*

parle tant de l'amour, il faut sans doute que Properce se soit personnellement intéressé à l'amour et aux femmes ; mais *ce qu'il en dit* n'était pas ce qu'il avait vécu : c'était ce qu'en disaient la loi du genre, le pacte avec le lecteur et les idées reçues.

11

Pragmatique :
de quel droit publier sa vie privée ?

Si l'on est un homme public, on a le droit d'écrire ses
Mémoires : ils intéresseront tout le monde, car c'est de l'histoire ; ont droit aussi à quelque publicité les inconnus, s'ils
deviennent les héros d'un fait divers lui-même extraordinaire ;
les incidents les plus banals sont, eux aussi, intéressants, s'ils
arrivent à quelqu'un de connu. Mais tout le reste ? On peut en
faire de la littérature, à condition que ce qu'on raconte soit
réputé intéressant dans la société considérée.

L'élégie romaine était traitée comme un paradoxe humoristique et elle intéressait à ce titre. Car la passion était
tenue pour une maladie, une faiblesse, un esclavage. Or on
n'écrit pas pour publier ses erreurs, sauf dans le dessein
d'amuser ou encore d'édifier les autres pécheurs. Que dirait
la direction du *Journal des Savants*, si un philologue prétendait y publier, en la donnant comme fausse, une théorie
fausse qui lui avait un jour traversé l'esprit ? Seules les
vérités méritent publication. Le formidable dogmatisme de
la pensée antique ne connaît l'erreur et la faute que comme
choses négatives ; seuls comptent le vrai et le bien, le reste
s'annulant de soi-même. Les erreurs n'ont d'intérêt que
pour illustrer la vérité que l'on sait d'elles, à savoir qu'elles
sont erronées ; elles confirment que l'amour ou le péché sont
des maux. Mais le fait que ce malheur soit arrivé à Dupont
plutôt qu'à Durand n'a aucun intérêt, sauf pour le seul
Dupont ; que dirait-on d'un voyageur qui, débarquant à New
York en Boeing et considérant qu'il découvre l'Amérique,
rétorquerait, à ceux qui lui objecteraient l'existence d'un

certain Christophe Colomb : « L'Amérique avait peut-être
été déjà découverte, mais pas par moi. » Non, le lyrisme
n'est pas chose facile partout.

Car le problème de l'individualisme en littérature se pose
plus en termes de pragmatique que de contenu ; le romantisme n'a pas découvert des continents inconnus de l'âme
humaine : il a conquis le droit de parler de soi sans autre
titre que celui d'exprimer en son nom propre des vérités
peut-être déjà connues, en jetant dans la balance le poids de
son témoignage personnel, ce témoignage serait-il répétitif.
Ce qui suppose une civilisation où chaque âme sera réputée
intéressante, si elle est sans fard. La civilisation grecque,
elle, ignorait encore l'anxiété de la confession, du doute, de
l'exploration du moi[1] : les âmes grecques ne publiaient pas
leurs brouillons. Pour que l'erreur et la faute puissent être
publiées comme choses qui comptent, il faudra que, cessant
d'être néant, elles deviennent, comme le péché, parties inté-
grantes de l'humaine condition ; le *Journal des Savants*
publiera leurs erreurs, si la science cesse un jour d'être
corps des résultats pour devenir mouvement des recherches
et que la chasse soit plus intéressante que la prise.

Quel est donc l'écrivain qui, le premier, a inventé qu'on
pouvait exhiber son âme en public et en faire une littérature,
au lieu de se borner à en accabler ses amis ? Serait-ce Marc
Aurèle en son journal intime ? Non, puisque ce journal n'est
pas intime : Pierre Hadot a montré de façon lumineuse que,
loin d'être des confidences, les notations de l'empereur étaient
des exercices spirituels[2], réglés par une méthode aussi rigou-
reuse que celle d'Ignace de Loyola ; les *Pensées* de Marc
Aurèle sont un cahier d'exercices stoïciens. Serait-ce saint
Augustin en ses *Confessions* ? Pas davantage ; le même Hadot
a montré[3] que les événements de la vie d'Augustin valaient

1. Rostagni dans *Fondation Hardt, Entretiens sur l'Antiquité classique*, vol. II, p. 72.

2. P. Hadot, *Exercices spirituels et philosophie antique*, Études augusti-niennes, Paris, 1981, p. 135-172.

3. Hadot dans *Problèmes et méthodes d'histoire des religions*, École pratique des hautes études, 1968, p. 215*sq*.

comme autant de symboles où l'homme parle à Dieu avec la
parole même de Dieu ; « l'homme moderne fait un contresens
s'il croit découvrir déjà le Moi dans les *Confessions* » ; la psychologie du pécheur Augustin est typique et elle est construite
à partir de la psychologie idéale d'Adam. Il n'y a donc aucune
incohérence entre les chapitres autobiographiques des *Confessions* et les longues pages de théologie : l'autobiographie
n'était qu'une théologie à la première personne. On se souvient qu'il n'y avait pas non plus d'incohérence entre la
moitié amoureuse et la moitié doctrinale de certaine élégie très
érotique de Properce…

Alors, quand donc le Moi commença-t-il à être un vrai
Moi ? Nous en croirons Groethuysen : ce fut avec Pétrarque,
non certes le Pétrarque des vers d'amour, mais celui des
Lettres familières, qui s'étonne de lui-même comme individu et de la réalité humaine, avec ses erreurs et ses péchés,
telle qu'elle s'est manifestée en sa propre personne[4].

---

4. B. Groethuysen, *Anthropologie philosophique*, Gallimard, 1953 (traduction de
la *Philosophische Anthropologie* comprise dans la *Geschichte der Philosophie*
d'Ueberweg), p. 130-138. On va saisir aisément le contraste. Approchant du sommet
du Ventour (ou, comme il l'appelle, du Venteux), Pétrarque ouvre au hasard son
exemplaire des *Confessions* et tombe sur un passage où saint Augustin s'étonne que
les hommes aient plus souci d'explorer le sommet des montagnes que le fond de leur
cœur ; et Pétrarque écrit : « Cette phrase suffit à remplir mon esprit pour le reste de
l'escalade et il m'était impossible de supposer qu'elle m'était tombée sous les yeux
par hasard : tout ce que je venais de lire me semblait dit à mon intention, et non à
l'intention d'aucun autre homme *(quicquid ibi legeram, mihi et non alteri dictum
rebar)*. » L'anecdote est elle-même un décalque d'un autre passage de saint Augustin
(Confessions, VIII, 12) : c'est la scène fameuse du *tolle et lege*. Mais on voit aussi le
contraste entre Augustin et Pétrarque ; Augustin raconte « objectivement »
qu'ouvrant au hasard le livre de l'Apôtre il y lut l'ordre divin d'en finir avec le
péché ; il témoigne par son cas *que Dieu peut envoyer* un message à un homme par
cette voie ; Pétrarque, lui, témoigne *qu'un homme a le droit de supposer* que Dieu lui
envoie un message par cette voie. Augustin raconte un fait exemplaire, Pétrarque
donne un exemple de hardiesse personnelle. Augustin n'a pas un instant de doute ou
plutôt d'hésitation sur le sens et la destination du message ; il ne dit pas un mot des
sentiments qui furent les siens : ils vont de soi. Pétrarque se borne à dire qu'il n'a pas
pu s'empêcher de croire que le message lui était destiné, sans se prononcer expressément sur la réalité objective de cette sorte de miracle. Pour saint Augustin, le miracle
perdrait toute valeur, s'il n'avait été qu'illusion subjective ; pour Pétrarque, il reste
que cette illusion subjective a une réalité : celle d'avoir été crue. Augustin limite sa
part subjective à ce qu'elle recèle de vrai ; Pétrarque prend au contraire ses sentiments subjectifs comme exemple d'une vérité possible.

Pétrarque raconte à un de ses familiers (IV, 1) qu'il a fait
l'ascension du mont Ventoux, ou Ventour, et qu'il y a
constaté combien juste est l'idée de saint Augustin, que les
hommes s'épuisent en vaines fatigues, telles que celle
d'escalader les montagnes ; il n'illustre pas en son cas la
vanité des fils d'Adam (car la promenade l'a beaucoup intéressé) ; il ne tire pas non plus la morale de cette fable,
comme faisait Sénèque dans ses lettres à son disciple, où
l'anecdote sert à illustrer un précepte. Pétrarque, lui, montre
par son témoignage comment un individu qui est lui-même
a redécouvert et intériorisé la leçon de saint Augustin. Ni
type, ni exemple, mais homme parmi les hommes ; saint
Augustin était lui-même une leçon ; Pétrarque raconte qu'il
a pu apprendre cette leçon. La sincérité consiste à témoi-
gner qu'une chose est humainement possible, puisqu'un
homme quelconque l'a faite ou subie ; toute parole vraie est
une semence qui peut faire germer des idées en d'autres
hommes. La Vérité n'est plus enseignée par leçons : chaque
homme peut découvrir la sienne en écoutant l'histoire d'un
autre homme, aussi ingénu que lui. À l'antique dogmatisme
a succédé une pédagogie de tous par tous. Chacun peut
redécouvrir à son tour l'Amérique, puisque j'ai pu le faire.
Il est intéressant pour tous qu'une certaine chose me soit
arrivée à moi, homme quelconque ; elle pourra donc arriver
à tout autre.

Voilà un pacte qu'aucun poète gréco-romain n'a passé
avec ses lecteurs. Un poète antique ne narre pas ses expériences, ne raconte pas « quel effet cela fait » : il en tire des
idées générales ; s'il a eu des extases poétiques, il ne les
décrira pas ; il se bornera à énoncer : « Je suis un inspiré » ;
car l'inspiration surnaturelle des poètes était une réalité
connue et admise. Le poète Horace s'était fait, de son activité poétique, une espèce de religion athée, à la manière de
Mallarmé et de bien d'autres ; il lui est arrivé plusieurs fois
de dire, sans fard : « Une espèce de puissance surnaturelle
me traverse (appelons-la la Muse, Bacchus, Apollon ou la
lyre) et c'est à elle que revient tout le mérite de mes vers. »
Mais (Gordon Williams l'a finement montré) jamais Horace
n'a décrit le déroulement des effets de cette puissance ; les

deux odes (II, 19, et III, 25) où il décrit l'extase poétique ont beau être à la première personne, elles ne sont pas autobiographiques : le poète dément tout soupçon de mégalomanie par l'hyperbole humoristique ou l'antiphrase (« il faut m'en croire : je ne mens pas ») ; sa description outrée et fantaisiste dépasse, vers l'imaginaire, la réalité des espèces d'extases que, sans aucun doute, il lui arrivait d'éprouver. Ces hautes fantaisies sont très sérieuses, en cela qu'elles rappellent emphatiquement le fait bien connu que l'inspiration était supra-humaine ; mais elles nous laissent ignorer quel était le déroulement exact de ce phénomène.

Car une fantaisie remplit un rôle, celui de plaire et d'instruire le lecteur, tandis que le détail des états intimes d'Horace ne pouvait intéresser que lui-même et ceux qui le connaissaient personnellement. Dans ses satires et ses épîtres, Horace parle souvent de lui-même, mais pour se donner en exemple de sagesse ou, au contraire, en exemple à ne pas suivre. Et son prédécesseur, le satirique Lucilius, avait beau faire voir toute sa vie comme en un miroir : ce miroir avait les limites et la justification d'une complicité ; comme dit Ulrich Knoche, les poèmes de Lucilius ne peuvent se comprendre que comme l'expression, à usage interne et presque ésotérique, d'un cercle aristocratique cultivé ; leurs confidences sont du genre mondain.

Bref, toute littérature souscrit à un pacte spécifique, serait-il celui de la sincérité, et ce pacte commande la sémiotique ; cette sincérité littéraire n'a pas la même pragmatique que la sincérité entre amis : l'auteur s'engage à intéresser les inconnus et le moi qui parle demeure un moi littéraire, serait-il la sincérité même : la littérature étant une institution, celui qui y parle le fait en poète et, raconterait-il sa vie, ce serait moins pour la raconter que pour en faire un poème. Si bien qu'un clivage se produit dans la vision que nous avons de l'auteur : personne ne doutait, il y a un tiers de siècle, qu'Éluard chantait ses véritables aimées, sous leur véritable prénom, mais on se disait aussi que c'était là son affaire et que seule comptait la poésie qu'il en tirait ; chercher à en savoir plus aurait été de la futilité et de l'indiscrétion. Seule comptait la voix du poète, émouvante d'évidente sincérité ; n'empêche que cette voix vraie était celle du professionnel et non de l'homme privé, qui ne parlait pas en vers à ses amis. Nous ne sommes donc jamais absolument certains que le poète, serait-il romantique, nous parle vraiment de lui ; dans les *Contemplations*, Hugo, père de famille et pair de France, raconte à la première personne telle aventure fugitive et même expéditive avec une jolie campagnarde ; vérité ou fiction ? La décence voulait que le lecteur croie charitablement à la fiction et lui interdisait de s'interroger sur ce détail.

À quoi s'ajoute une convention mondaine, héritée des troubadours et dont on a usé de Pétrarque aux Précieuses, ou même au temps des romantiques encore : un homme (ou une femme : Louise Labbé, Gaspara Stampa) a le droit d'afficher une passion malheureuse pour une personne connue, qu'il désigne de son vrai nom. Ni celle-ci ni son conjoint n'ont à prendre ombrage d'un sentiment flatteur que tout le monde tiendra pour platonique, sous peine de n'être qu'une mauvaise langue. Soit dit en passant, la même convention s'imposait en Grèce antique au sujet des amours éphébiques. Ronsard pouvait encore moins compromettre Cassandre ou Hélène : il affirmait avoir soupiré en vain et surtout un poète de ce temps-là n'était pas censé amoureux, mais avait pour métier de jouer les amoureux. Et s'il écrit des vers légers, des hendécasyllabes libertins, comme le grave sénateur Pline, il se compromettra encore moins : nul n'est présumé dire du mal de lui-même, surtout s'il le fait sur un ton plaisant. Le cas des élégiaques est encore plus extrême, puisque leur poésie se donne pour un paradoxe qui se dément lui-même par l'humour.

Qu'est-ce donc que la sincérité moderne ? Une pragmatique du témoignage littéraire ; valeur chrétienne et éminemment protestante : elle aurait stupéfié les lecteurs antiques. La littérature gréco-romaine, à peu près tout entière, est glaciale comme une leçon *ex cathedra* ou comme une conversation entre individus remplissant leurs rôles sociaux ; le Moi, l'individu en sa nudité, n'y prend jamais la parole, à une exception près. La conversation en question est souvent âpre, car il est usuel, dans l'Antiquité, de prendre à témoin l'opinion publique, la conscience civique[5] ; Archiloque, Lucilius ou Catulle clouent au pilori leurs ennemis politiques ou littéraires, une mauvaise femme dont les vices seront exécrés de chacun ou un illustre inconnu dont nul ne doit ignorer les méfaits. Ils se font aussi un honneur de dire le nom de leurs amis, d'honorer les bons, de pleurer la mémoire d'un de leurs proches ; ils prennent à témoin la collectivité, ils lui rappellent aussi de grandes vérités que nul n'ignore et que tout le monde oublie. Mais lui parleront-ils de ce qui ne concerne que leur propre personne ? Diront-ils les émotions que le moi se donne à lui-même, avoueront-ils leurs hésitations ? Ils peuvent raconter leur vie privée de Romain parmi les Romains (les satires de Lucilius étaient un vrai tableau de la vie de leur auteur), mais ils ne la chanteront pas. Le lyrisme antique n'était pas un soliloque, mais s'adressait à autrui sur des choses qui avaient de l'importance pour autrui autant que pour le poète ; si le poète éprouve quelque chose, c'est à titre de type plutôt que d'individu ; s'il exprime un jugement, il répète ou enseigne ce que nous devons tous penser ou ressentir[6]. Quand Archiloque écrit : « Les richesses des rois de Lydie ne m'importent guère[7] », il ne prétend pas exprimer ses propres idées, mais saluer les valeurs authentiques ; les expériences du poète sont sans complication et ses émotions sont peintes exhaustivement par les simples mots de haine et d'amitié, d'estime ou de mépris, de joie ou de peine. Il est permis d'avoir de fortes émotions et c'est même obligatoire, mais en des circonstances définies : le fameux fragment, imité par Catulle, où Sappho décrit un coup de foudre d'amour est très probablement le débris d'un hymne nuptial[8].

Pour saisir intuitivement ce que fut le lyrisme gréco-romain, il suffit de penser, non à nos poètes, mais à nos

---

5. Cf. « Conduite individuelle et contrôle collectif », dans *Latomus*, 1983.

6. Hermann Fränkel, *Early Greek Poetry and Philosophy, op. cit.*, index, A, 2, 2, 5.

7. *Ibid.*, p. 150.

8. R. Merkelbach, « Sappho und ihr Kreis », dans *Philologus*, C., 1957, p. 1-29.

chanteurs. Quand un chanteur entre sur la scène d'un music-hall et commence à roucouler : « Le plus beau de tous les tangos du monde, c'est celui que j'ai dansé dans tes bras », nous savons parfaitement qu'il ne parle pas de lui-même ; mieux encore, nous lui refusons le droit de le faire : s'il le faisait, nous nous demanderions avec indignation si ce cabotin ne se prend pas pour Victor Hugo. Les chansons s'écrivent presque toujours à la première personne, mais leur Ego n'est ni l'interprète ni le parolier ; le chanteur n'est pas un amoureux : il joue les amoureux, il les « mime ». Même s'il chante sous son propre nom :

C'est un jardin extraordinaire
Il y a des canards qui parlent anglais
Je leur donne du pain ils remuent leur derrière
En m'disant : « Thank you very much, Monsieur Trenet. »

Comme l'écrit si bien Michel Perez dans un livre sur ce chanteur, homme de talent et noble caractère, « quand Trenet évoque ses propres voyages au Canada, allant jusqu'à citer son propre nom dans ses textes, il s'arrange pour que nous sachions bien que le Monsieur Trenet qui bavarde avec des canards n'est qu'une figure de théâtre dont les sentiments ne reflètent pas forcément les siens propres. Il rejoint par là les paroliers américains, qui ne parlent jamais en leur propre nom[9] ».

« Tu vas donc mourir à la fleur de l'âge, ô Properce », se dit à lui-même un élégiaque ; « mon pauvre Catulle, arrête tes sottises », se dit un autre poète romain. Et j'avoue que ledit Catulle pose un problème ardu. Nous ne nous redemandons pas si Catulle s'est inspiré de sa propre vie (la réponse est très probablement oui) et si sa poésie la reflète sincèrement au lieu de la styliser (la réponse est évidemment non), mais comment ses contemporains le voyaient : comme nous voyons Hugo ou comme nous voyons Charles Trenet ? Se disaient-ils : « Comme il a aimé cette Lesbie, dont je voudrais bien savoir le vrai nom, et quelle sincérité

9. M. Perez, *Charles Trenet*, Seghers, 1979, p. 33 et 43.

en ces vers », ou bien se disaient-ils : « Il mime parfaitement les amoureux, c'est très ressemblant ; mais, vous
savez, on raconte que, dans sa vie privée, il y a une certaine
Clodia qui lui donne de trop bonnes raisons de savoir si
bien imiter les jaloux » ? La réponse est difficile ; suffisait-
il d'un pseudonyme, celui de Lesbie (ou de *Lesbius*, pour le
frère de celle-ci[10]), pour dépersonnaliser le poète et sa maîtresse ? Ses amis, ses ennemis, son frère défunt, Catulle les
désigne de leurs vrais noms : en cette civilisation, le faire-
part de deuil, le charivari et les liens d'amitié étaient des
institutions reconnues. En dernier lieu la réponse est moins
à chercher dans les vers mêmes du poète que dans la
manière dont, à son époque, un poète était perçu. Un détail
me fait penser qu'on le percevait comme nous-mêmes per-
cevons un chanteur : Catulle s'interpelle lui-même sous le
nom de Catulle ; ce qui n'est qu'une fiction, car enfin, il ne
nous arrive guère, dans la réalité, de nous donner à nous-
mêmes notre nom et de nous dire : « Mon pauvre Veyne,
arrête tes sottises. » Catulle a pris, pour nom de théâtre, son
propre nom de Catulle.

L'Ego antique rappelle des vérités qui l'affectent : il ne
témoigne pas de la manière qu'ont les vérités d'affecter particulièrement Ego. Pour montrer ce qu'en conséquence la
poésie gréco-romaine ne pouvait pas dire, il est inutile
d'aller chercher bien loin des exemples ; quatre vers suffiront, qui n'auraient pu être écrits par un poète ancien et que
Pétrarque, déjà, aurait pu écrire au moins dans ses lettres :

> Maintenant que Paris, ses pavés et ses marbres
> Et sa brume et ses toits sont bien loin de mes yeux,
> Maintenant que je suis sous les branches des arbres
> Et que je puis songer à la beauté des cieux…

---

10. P. Moreau, *Clodiana religio, op. cit.*, p. 169. En revanche, les vers
d'amour pouvaient faire allusion à la véritable personne du poète ou de la poé-
tesse, s'il s'agissait d'une affection légitime pour une épouse ou pour un fiancé.
Il faudrait évoquer ici le cas de Sulpicia ou celui de la Périlla-Métella des *Tristes*
d'Ovide, II, 437 ; voir Gordon Williams, *Tradition and Originality…, op. cit.*,
p. 527.

Quel égocentrisme ! C'est Paris qui est loin du poète, et
non l'inverse. Au lieu de déplorer les vices ou la décadence,
Hugo éprouve une universelle mélancolie qui n'est qu'un
état d'humeur, un rhume de son âme, et croit que cela peut
nous intéresser. La « beauté des cieux » ? C'est prendre la
nature pour une peinture faite de main d'homme ; un poète
ancien parlerait plutôt, soit des agréments de la nature, de
ses *amoenitates*, ombre, calme et fraîcheur, soit de sa belle
ordonnance, où chaque chose est à son échelle :

> *Nox erat, et caelo fulgebat Luna sereno,*
> *inter minora sidera.*

Et surtout, lorsqu'un poète antique fuit la ville, c'est en
tant que poète, car l'individu en lui se réduit et s'identifie
au poète, comme on l'a vu au chapitre VII ; si bien que, dans
une épître d'Horace (II, 2, 78) qui dit à peu près les mêmes
choses que Hugo, le pluriel remplace la première personne
du singulier : « Le chœur des écrivains en entier aime les
monts et les bois et il fuit Rome, pour être pieusement
fidèle au dieu des poètes, qui n'aime que l'ombre et le
sommeil » :

> *Scriptorum chorus omnis amat nemus, et fugit Urbem,*
> *rite cliens Bacchi, somno gaudentis et umbra.*

Ce qui a la précision simple et l'objectivité sans bavures
d'un emblème ; car une chose est plus belle et vraie quand
le poète la fixe en son essence.

Le frisson intime que communique les choses à l'âme
d'un homme parmi les hommes n'avait donc, dans l'Antiquité, aucun intérêt pour ses frères. Sauf dans un cas, celui
de la religion. Nous savons déjà que tout fidèle se faisait un
mérite de publier les bienfaits d'un dieu et que tout impie
repenti avait le devoir de confesser sa faute et le châtiment
divin. L'ébranlement de l'âme prenait en ce cas un intérêt
pour les tiers ; il prouvait la puissance de la divinité, qui
met un homme hors de lui-même. Et voilà pourquoi il
arrive qu'à travers quinze ou vingt siècles nous entendions

parfois une voix antique nous parler d'individu à individu
pour nous dire son émotion :

> Depuis ma plus tendre jeunesse, je me suis senti attiré d'un
> désir infini vers les rayons du Dieu Soleil ; dès mon enfance, tout
> en moi s'élevait avec joie vers cette lumière éthérée ; en sorte que
> je ne désirais pas seulement la fixer du regard, mais que, lorsque
> je sortais dans la nuit pour contempler le ciel sans nuages et res-
> plendissant d'étoiles, j'oubliais tout autour de moi, je me perdais
> dans les splendeurs célestes. Si l'on m'adressait la parole, je
> n'entendais rien, je n'avais plus conscience de ce que je faisais.

Ces lignes de l'empereur Julien l'Apostat, que cite
P. Hadot, rendent un son inhabituel à l'oreille de quiconque
est habitué à l'écoute des textes antiques[11].

Et que dire de la page étonnante qu'on va lire, œuvre
d'un dévot païen, Aelius Aristide, qui fut, vers le temps de
Marc Aurèle, un orateur à succès, une espèce de ténor de la
rhétorique, mégalomane et hypocondre, païen à l'ancienne
manière malgré ses apparences « mystiques » (car le paganisme fut fervent depuis toujours) et d'un talent évident,
comme le prouve la première page de ses *Discours sacrés*,
où il nous dit tout : ses hésitations, ses adorations pour le
dieu Esculape qui l'a guéri de maux d'intestin qui n'en
finissaient pas, et la chronique de chacune de ses journées
et de ses nuits peuplées de songes et d'apparitions :

> Je ne sais comment m'y prendre pour dire tous les prodiges
> dont le dieu conservateur m'a fait bénéficier jusqu'à ce jour.
> Quand je posséderais plus de force, de voix, d'idées qu'il n'est
> humainement possible, je n'arriverais même pas à en approcher.
> Combien d'amis ont pu me demander ou m'inciter à en parler, à
> l'écrire ! Aucun n'a jamais pu m'y décider. Autant vaudrait, me
> disais-je, après avoir traversé, à demi submergé, toute l'étendue
> des mers, me voir obligé de rendre compte du nombre de vagues
> que j'aurais rencontrées, de l'état de la mer à chacune d'entre elles

---

11. P. Hadot, « De Tertullien à Boèce : le développement de la notion de personne » dans *Colloque de Royaumont sur la Personne*, Éditions de Minuit, 1960,
p. 132, citant Julien, *Discours*, IV, *Sur Hélios Roi*, 130 C.

et de ce qui m'avait sauvé. Chacune de mes journées et aussi bien
de mes nuits aurait son histoire, si l'on voulait écrire le détail de
ce qui m'arrivait ou raconter quelle était la providence du dieu,
qui faisait ses prescriptions tantôt en étant ouvertement présent,
tantôt en envoyant un rêve. Du moins lorsqu'il m'était possible de
trouver le sommeil ; mais c'était rare, à cause de mon corps en
tempête. Voilà les considérations qui me firent prendre le parti de
m'en remettre au dieu tout comme à un médecin, pour faire absolument ce qu'il voulait. Je vais maintenant vous indiquer quel était
alors l'état de mon bas-ventre ; je ferai le bilan jour par jour.

En lisant cette page, nous avons l'impression que, pour la
première fois, un Gréco-Romain nous parle réellement et
nous nous rendons compte que, jusqu'alors, nous avions
vécu avec les Anciens comme avec des étrangers que l'on
connaît assez pour échanger des idées ou des nouvelles personnelles, mais non des confidences.

Qu'il s'agisse, comme ici, de la « confession » d'un
païen fervent, qu'il s'agisse de la sincérité de Pétrarque ou
de la fausse sincérité des élégiaques, pour qui la passion ne
peut être exaltée qu'à titre de paradoxe, on voit tout ce que
la pragmatique littéraire doit à l'histoire ; elle n'est pas
tissée d'invariants, mais elle cristallise des états de civilisation, de religion, de mentalité. Il ne pourrait y avoir de
pragmatique ou de sémiotique théoriques ; la liste des
esthétiques possibles ne peut être qu'empirique et demeure
donc ouverte. Une expérience simple confirme l'infinité des
esthétiques, si nombreuses qu'il est suprêmement improbable que deux d'entre elles soient identiques : la longueur
d'un texte littéraire d'une certaine époque qu'on pourrait
attribuer à une autre époque ne dépasse pas quelques lignes
tout au plus ; l'erreur se dissipe très vite.

Parmi les pragmatiques que l'histoire a inventées, celle
de la poésie en ce XXᵉ siècle, avec son obscurité légendaire,
est une des plus curieuses. On se souvient du rapport que
l'art de Callimaque instituait avec le lecteur : ce dernier
restait libre de « voir la plaisanterie » ou de l'ignorer,
l'autonomie du sens littéral demeurant. C'est un tout autre
rapport qu'institue la poésie contemporaine ; on dit que le

sujet écrivant n'y est plus le moi empirique, car « je est un autre » ; on pourrait dire aussi bien que, depuis Rimbaud, le sens ne se situe plus entre le poème et le lecteur : il est dans le texte lui-même, qui parle pour lui seul et « se comprend ». Dès *les Illuminations*, le poète nous a prévenus : « J'ai seul la clef de cette parade sauvage » ; dès la *Saison en enfer*, plus aucun point d'appui biographique n'est fourni au lecteur. La poésie est un monologue qui parle pour lui-même[12]. Et, ce qui ne se comprend pas, ce où il n'y a peut-être rien à comprendre, ce qui ne veut rien dire, *a* pourtant du sens : le fait est là et la poésie de ce siècle ne se lasse pas d'explorer ce mystère, car c'en est un ; je ne comprends pas un mot aux *Cantos* LXXXI ou CX d'Ezra Pound, où il n'y a probablement pas plus à comprendre qu'à se demander ce que représente une peinture abstraite, et pourtant ces poèmes m'émeuvent jusqu'aux larmes ; s'il fallait leur faire une critique, ce serait de frôler le sentimentalisme... Non moins émouvants en leur joie, les grands paysages spiritualistes des acryliques abstraites de Paul Jenkins. Le triangle de l'auteur, du texte et du narrataire est brisé, le sens du poème est coupé en apparence de ces deux relations humaines ; la poésie est un langage qui parle sur le ton de l'évidence, sans toutefois en communiquer le contenu à qui que ce soit ; elle parle d'êtres, de lieux et de choses dont le lecteur ne connaît et ne connaîtra jamais rien.

Car, si cette poésie parlait au lecteur, au lieu de se parler, elle se fausserait, mentirait, deviendrait de la rhétorique : le *nec plus ultra* de la sincérité est de ne plus plier son langage à la compréhension d'autrui ; la pragmatique est déjà un mensonge... Dès qu'un montreur d'image laisse voir le bout de l'oreille derrière l'image, cette dernière devient suspecte ; le montreur nous fait voir ce qu'il veut et a pu truquer la représentation ; l'image seule, disant ce qu'elle a à dire, sans intermédiaire : il n'y a que cela de vrai. On fausse le sens, dès qu'on essaie de le faire comprendre ; cela va de l'écriture automatique à René Char, qui n'y a

---

12. Hugo Friedrich, *Structures de la poésie moderne*, Gonthier, 1976, trad. Demet, p. 89, 103, 109, 145, 155, 159, 219, 244.

jamais cru, de son propre aveu, qui est aux antipodes de
l'automatisme ; ses grands poèmes, exercices spirituels d'un
mystique athée de la poésie, sont parfaitement déchif-
frables (quoique difficilement), le moindre mot y a un sens
précis, profond et même, au sens quotidien du mot, intelligent ; n'empêche que les allusions personnelles et les
métaphores personnelles en rendront le déchiffrement
impossible à jamais, pour une part, si le poète ne daigne un
jour se gloser. Expérience de l'ineffable, de l'absolu, de la
fraîcheur de l'aurore du monde ? Non, mais exploration de
ce mystère qu'un texte a déjà du sens et se suffit, même s'il
demeure obscur pour tous, poète éventuellement compris.
Callimaque spéculait sur le sens indécidable, nous spécu-
lons sur le sens incompréhensible. Car « tout vrai langage
est incompréhensible », dit Antonin Artaud. Une fois de
plus, l'originalité d'une esthétique n'est pas dans ce dont
elle parle, mais du droit au nom duquel elle le fait.

Nous entrevoyons ainsi une infinité (car infinité il y a) de
pragmatiques et sémiotiques possibles que les hasards (oui)
de l'histoire ont inventées ou inventeront. Les historiens,
ceux de la littérature et les historiens tout court, sociologues
compris, n'expliquent pas les événements, quoi qu'ils pensent : ils les explicitent, ils les interprètent ; l'historicité est
invention. Comme dit Chastel, la société est un résultat et
pas une explication ; l'histoire littéraire n'est pas de l'histoire par la relation que les lettres auraient avec la société,
car cette dernière n'est qu'un mot dont on fait, depuis un
bon siècle, une hypostase ; elle est histoire parce qu'on ne
cesse d'inventer des sémiotiques inédites, des pragmatiques inattendues, où contribuent les hasards sociaux.
Inventivité signifie volonté de puissance et hasard se dit
aussi éternel retour.

Il est bien vrai que, comme le dit Bourdieu, dont on
comprend et partage la fureur devant l'arbitraire des choses
et l'esprit de sérieux, la parole n'est pas moyen de commu-
nication, mais instrument d'action. La parole littéraire, elle,
agit sur et par le narrataire et non pas sur ces êtres sociaux
que sont les lecteurs ; elle passe avec le narrataire un
certain pacte, d'où découle ce qu'on pourra dire et ne pas

dire. Narrataire et lecteur sont évidemment le même homme en deux personnes, mais, puisqu'elles sont deux, leur rapport n'est pas évident : le lecteur n'est pas nécessairement dupe du narrataire et de l'auteur. Toute parole se légitime à sa manière ; elle ne légitime pas toujours.

Si l'histoire des arts explicite des esthétiques imprévisibles, au lieu d'y retrouver l'Homme ou la Beauté, d'où vient que l'esthétique la plus inattendue soit tout de même une esthétique et que l'art demeure l'art ? Y aurait-il là un invariant, quelque essence transhistorique ? Il est à craindre que la prétendue essence se réduise à une simple modalité, prête à tout devenir, l'esthétisation. Or cette modalité n'est pas propre aux arts, mais s'applique à tout ; la limite est douteuse entre une théorie, une danse, une ascèse, un rituel, un roman et un livre d'histoire qui imposent le spectacle d'une « vérité » qui soit une, nette, sans bavures, sans lieux communs. L'esthétisation est au-delà du beau, du bien et du vrai, ou plutôt ceux-ci se réduisent à celle-là ; elle consiste à inventer souverainement une interprétation (cette dernière, en des cas convenus ou utiles, se prend comme vérité). « Souverainement » veut dire sans mitrailleuses ni à grand ahan. C'est le mot des taoïstes : vaincre toutes choses sans en blesser aucune. Ou celui de Nietzsche : donner aux choses cette unité *qu'elles n'ont pas*. L'art n'est pas désintéressé, chaste ni consolant et c'est de nos affects qu'il parle ; mais, serait-il humoristique comme l'élégie ou, au contraire, parlerait-il d'Auschwitz, il a toujours, comme chef-d'œuvre, qui impose sa vérité, quelque chose de triomphal.

ÉPILOGUE

Notre style intense
ou pourquoi l'ancienne poésie nous ennuie

Quiconque juge se fait juger ; essayons donc de sortir de notre égocentrisme ; essayons, nous, modernes, qui jugeons bonne ou médiocre une antique poésie, de nous voir comme nous serions vus nous-mêmes par un observateur qui nous verrait à des millénaires de distance. Nous nous en doutons bien, le lecteur a été déçu par les élégies que nous lui avons traduites ; il aura peut-être préféré la force maladroite de Properce à la subtilité de Tibulle, mais ni l'un ni l'autre ne répondent vraiment à ce qu'il appelle de la poésie ; leurs vers ne sont pas assez intenses ; nous avons connu des breuvages plus puissants. Et pour cause : depuis le romantisme, l'évolution de la poésie comme de la peinture a été une succession de surenchères.

Nous ne prétendons pas du tout guérir le lecteur de cette illusion, autrement dit, de cette vérité qui est la nôtre, à nous modernes ; nous préférons tirer, de cette déception, des conséquences pour notre vérité, autrement dit, pour notre illusion. Et nous verrons que notre esthétique moderne de l'intensité, sautant par-dessus la sémiotique ou loi du genre (avec laquelle plus d'un style serait compatible), est en relation avec cette même pragmatique du poète moderne que nous venons de décrire et d'opposer à la pragmatique élégiaque ; la relation de l'auteur, sincère ou pas, avec le lecteur dépend donc du choix d'une esthétique.

Les élégiaques romains nous ennuieraient-ils parce qu'ils sont « insincères » ? Mais Lamartine, élégiaque

sincère, ne nous passionne plus beaucoup ; il manque
d'accent. Quand nous pensons à un vrai poète, ce sont
Baudelaire, Rimbaud, Montale, Hölderlin ou Rilke qui
nous viennent à l'esprit. Scève nous semble plus proche
de l'essence de la poésie que Ronsard. Un vrai poète se
reconnaît, pour nous, à une certaine intensité qui passe
pour la marque propre du lyrisme ; la poésie que nous
aimons est un alcool fort et il en est ainsi depuis deux
siècles. L'esthétique moderne est une esthétique de
l'intensité ; les poètes que nous aimons sont ceux qui
auraient pu se dire à eux-mêmes, comme Char après sa
traversée du surréalisme : « Tu as dîné de levain. » Nous
avons aussi nos fantaisistes, mais eux aussi sont intenses,
ne serait-ce que parce qu'à leurs yeux être clair serait
pécher par prosaïsme, et aussi pour la simple raison
qu'ils n'écrivent pas des épopées plaisantes en vingt ou
quarante chants ; ils s'en tiennent à quelque *Chanson du
Mal-aimé* ou *Prose du transsibérien*. L'intensité est au-
delà des « styles » au sens courant du mot : il y a des
classicismes intenses (ce fut la ruse de Valéry).

Cette esthétique de l'intensité est chose bien particulière, de même qu'il est beaucoup d'autres cuisines
concevables que celle qui abuse des épices. Aperçus à
deux millénaires de distance (le point de vue de l'élégie
romaine en vaut un autre, en effet), les mouvements littéraires européens depuis deux siècles peuvent sembler
aussi différents que le romantisme et le surréalisme : ils
n'en ont pas moins une unité multiséculaire, tout comme
les siècles callimachéens ou pétrarquistes, et cette unité est
celle de l'intensité. Y compris dans la sensibilité populaire,
qui préfère maintenant Grünewald, ce Walt Disney de
l'art religieux, aux suaves madones de Murillo.

Cette révolution esthétique, dont les premiers symp-
tômes apparaissent dans la poésie anglaise dès 1730,
puis, sur le continent, avec Rousseau, est celle de la
sensibilité, des orages, du roman noir, du romantisme ;
celle de Baudelaire, avec « la force extraordinaire, inouïe
de son verbe, cent fois plus fort, malgré tout ce qu'on dit,
que celui de Hugo » (*dixit* Proust) ; et aussi, pourquoi

pas ? le style kitsch du dernier Hugo, où Satan et Dieu valent bien les images de Gustave Doré et ne valent sans doute pas beaucoup plus ; et le surréalisme, qui a porté le taux d'alcool de la poésie au degré que l'on sait. André Breton cultiva une préciosité intense et donc obscure.

De l'émotion intense, associée à un intense déploiement d'images : voilà ce qu'est la poésie de ces deux derniers siècles ; cela correspond aux couleurs et aux noirs intenses de toute la peinture depuis Delacroix. Notre conviction secrète est que l'intensité en poésie est gage de véracité. La violence des images en est le trait le plus précoce et c'est probablement leur pâleur dans la poésie gréco-romaine qui aura le plus déçu notre lecteur. Cette esthétique des modernes fait une apparition, encore modeste, avec huit mots de Rousseau qui devinrent aussitôt célèbres : « l'or des genêts et la pourpre des bruyères » ; jusqu'alors les poètes n'avaient pas osé brutaliser l'épithète de nature correspondante : « les bruyères empourprées ». Rousseau fait de l'adjectif un nom, pour épaissir en substance l'abstraction qu'est la couleur. Les poètes antiques osaient rarement violenter ainsi la langue ; Virgile s'y est risqué : « Ils allaient obscurs dans la nuit seule », mais cette hypallage, où le chassé-croisé des objectifs intensifie l'effet, devait rester sans postérité et a sans doute été sentie comme une audace maniériste. Rousseau, lui, nie, avec la force d'un acte, la noble généralité au nom de la violence de sa perception : l'intensité a fait son entrée et une spirale inflationniste va se déclencher. Cette identification de l'intensité avec la véracité sera la clé de la peinture impressionniste.

En Angleterre, l'intensité avait déjà fait irruption avec trois vers de Thomson, où se bousculent et se répètent des images extrêmes :

> Oh, emportez-moi donc aux hautes voûtes sombres,
> Aux bosquets obscurcis, aux vallons visionnaires,
> Aux cavernes en pleurs, aux prophétiques ombres...

Accumulation libre, sans plan ni symétrie. La poésie antique, elle, n'allait pas plus loin que la réduplication en écho, chère à Virgile (« une haute demeure au pied de l'Ida, à Lyrnesse, une haute demeure »). Les trois vers de Thomson sont bien au-delà de ce que la poésie antique pouvait dire ; ignorerait-on leur auteur, il suffirait de leur effet d'accumulation pour qu'on puisse être certain qu'ils ne sont pas l'œuvre d'un poète gréco-romain ; les accords trop prolongés de ces grandes orgues auraient effrayé le grêle orchestre antique. Pour nous, au contraire, la vraie poésie peut maintenant commencer.

Sensibilité, mal du siècle, confidences lyriques, sincérité, ces traits nouveaux, qui ne sont plus de forme, n'en répondent pas moins à la même exigence formelle. La poésie avait toujours parlé de la passion, mais n'avait pas connu d'orages aussi violents ni surtout désirés ; ou bien encore, les sentiments sont vus et confiés de l'intérieur, comme si le lecteur y était. Orages et sincérité sont à l'ordre du jour pour la simple raison qu'ils sont au service de la nouvelle esthétique de l'intense. Il a dépendu de choix individuels et de la contagion de l'exemple que ce style littéraire devienne chez certains, jeunes romantiques, groupe surréaliste, un style de vie intense. Pourquoi pas ? L'éthique, ou ce qu'on appelle ainsi, peut avoir un style, elle aussi ; qu'est-ce que l'ascèse, sinon une sorte d'esthétique ? Une esthétique du dépouillement, à la japonaise.

Notre esthétique si particulière nous a gâté le palais pour presque toute l'ancienne poésie ; il faut le poème osseux et laconique de Dante pour nous exciter un peu (à supposer que nous disposions de trois bons mois pour le lire). La révolution de l'intensité nous a rendu insipides des valeurs – le goût, la mollesse, la délectation, la délicatesse – et des œuvres – le Tasse ou *Télémaque* –, dont nous n'arrivons plus à croire que des générations ou des siècles aient pu faire leurs délices. Rares sont les œuvres antiques qui ne décevraient pas le goût moderne ; signalons pourtant aux amateurs que, dans une idylle de Théocrite, les *Thalysies*, et dans la sixième bucolique de

Virgile, ils retrouveront quelque chose de l'intensité immobile et suffocante que nous aimons chez Keats. Et sourions un instant à la constatation que le hasard a voulu que les deux siècles de l'intensité aient été aussi les deux siècles les plus bourgeois de l'histoire... Et vive la sociologie littéraire. Une des plus grandes époques de la poésie et de la peinture universelles aura donc été l'âge de la bourgeoisie.

L'intensité comme gage d'authenticité : dire « la pourpre des bruyères », au lieu de parler de bruyères empourprées, ce n'est rien ajouter à la vérité, puisque c'est dire la même chose, mais c'est intensifier et, par là, prouver sa sincérité ; c'est parler en homme qui a vu vraiment et non en poète qui manie l'épithète de nature. La poésie moderne nous semble non artificielle parce qu'elle parle fortement. Où nous retrouvons la pragmatique. L'intensité du cri prouve que l'on a vraiment reçu le choc des choses, mais cela exige aussi que, sous peine d'éveiller la suspicion, on ne songe plus guère à faire comprendre son cri aux lecteurs ; la relation de l'auteur à ses lecteurs est d'emblée menacée et il en est ainsi dès le début. Citons ce que Taine – mais oui – écrivait il y a plus d'un siècle d'un préromantique anglais, William Cowper : « Il n'a point l'air de songer qu'on l'écoute, il ne se parle qu'à lui-même. Il n'insiste pas sur ses idées, comme les classiques, pour les mettre en relief et en saillie ; il note la sensation et puis c'est tout. Ce ne sont plus des mots qu'on écoute, mais des émotions qu'on ressent. En cela consiste la grande révolution du style moderne ; l'esprit, dépassant les règles connues de la rhétorique et de l'éloquence, pénètre dans la psychologie profonde et n'emploie plus les mots que pour chiffrer les émotions. »

Laissons la profondeur où elle est ; son véritable nom serait l'isolement du poète d'avec ses lecteurs. Est profond, ici, ce que le poète a renoncé à mettre en commun avec les autres hommes ; la profondeur se confond donc avec le dédain des « règles connues de la rhétorique » ; cette dernière n'est pas nécessairement le prosaïsme, l'enflure ou l'artifice, mais elle est toujours un effort pour adapter son langage au lecteur, pour se faire comprendre. L'émotion profonde est l'émotion nue, le texte sans notes explicatives.

La renonciation à la clarté commence avec Rimbaud, et précisément avec Rimbaud, parce que c'est chez lui que la charge électrique du poème est la plus forte ; seuls Artaud et Char l'égaleront. Pareil brasier consume les derniers restes de prosaïsme et de redondance qui facilitaient la compréhension, mais délayaient le taux d'intensité. À trop vouloir être compris, on affirme moins intensément et, par là, on devient insincère. Il s'est passé quelque chose de grossièrement comparable en peinture ; c'est la recherche de l'intensité qui a mené à la densification insurpassable d'un Cézanne, à la simplification de la forme et, finalement, à l'abstraction, pour qu'aucun élément de paysage ou de figure ne vienne distraire le spectateur de la pure contemplation esthétique et ne vienne délayer l'intensité de la pure peinture. Dans le roman, le même dédain des vieilleries rhétoriques donna d'abord le réalisme bourgeois.

C'est logique, non ? C'est conforme à l'essence de l'art ? Il n'y a pas d'essence de l'art, mais une infinité de styles ; toutes les esthétiques se valent, s'excluent et se méjugent entre elles. Assurément on peut comprendre les esthétiques autres, comme on comprend historiquement les vérités d'autrefois ; les ressentir est une autre affaire, sauf cas individuels privilégiés. On a beau comprendre pareillement pourquoi les bons mots de Cicéron furent bons, on n'en éclate pas de rire pour autant. Le « musée imaginaire » est beaucoup moins « universel » qu'il ne se l'imagine et chacun peut imaginer un autre musée dont la clé serait, par exemple, que le Corrège y redeviendrait un grand peintre et que, corrélativement, les excès criards et la gaucherie maniériste du Greco retomberaient dans l'oubli, en dépit de leurs puissantes intentions. Le bon goût et la délectation de la féerie redeviendraient au goût du jour ; les « corsaires en gants jaunes » de Balzac, terribles par leur réalisme même, sembleraient alors vulgaires ; les charmes plus légers de la convention redevenant à la mode, on préférerait à ces banquiers des figures de rêve, brigands ou chevaliers selon le Tasse ou l'Arioste, ou des bergers de pastorale. Un Stendhal, authentique continuateur du Tasse, n'aurait plus à placer la féerie de la *Chartreuse* dans l'Italie réelle de 1830.

De nos jours, les rares amateurs qui, comme Pound, s'intéressent à un Properce le font pour des raisons qui sont celles de notre siècle et ne sont pas celles de l'ancienne poétique ; ils sont attirés par un paganisme sensuel dont les audaces tant vantées sont, on l'a vu, largement légendaires ; en tout cas, ils trouvent chez Properce un attrait « exotique », à la manière de touristes ravis que les Persans soient tellement persans et nous ressemblent si peu. La prétendue ouverture du goût moderne aux beautés du passé et d'ailleurs, depuis les débuts du romantisme, n'est qu'une illusion ; nous croyons tout aimer, mais nous trions partout. On a rejeté les vieilles étroitesses du bon goût pour s'enfermer dans d'autres ; on se donne le droit d'aller puiser n'importe où ce qui peut satisfaire notre passion moderne des liqueurs fortes.

Telle est donc la triple vérité de l'art et de la littérature modernes : voir plus large, faire plus fort, aller plus loin dans la beauté et la réalité. Nous estimons que le goût moderne s'est élargi de plus en plus. Les écoles se succèdent selon une loi de surenchère qui était tout à fait étrangère à la vie littéraire antique, où l'on supposait que les genres littéraires existaient aussi naturellement que les espèces vivantes ou que les *artes* ou techniques, qui ont un niveau absolu de perfection ; si bien que le génie d'un poète était d'avoir parfaitement appliqué les lois du genre, ce qui était très difficile, pensait-on, et d'avoir par là montré la perfection de l'art ou égalé les maîtres de l'art. Cela ne veut évidemment pas dire que les poètes n'étaient pas originaux ni même qu'ils l'étaient sans chercher à l'être ; ce que nous appellerions originalité était là, mais n'était pas nommé : l'antiquité conceptualisait le talent comme une virtuosité technique. Il serait évidemment très creux d'en conclure que le traditionalisme a étouffé peu à peu leur

littérature ou que notre course à l'originalité à tout prix
doit stériliser la nôtre.

Le goût pour l'intensité fait que, pour les modernes, la
surenchère semble être un approfondissement. Ce goût a
amené les poètes, les peintres et, depuis Joyce, les romanciers
à fracasser la vision banale des choses, afin de concentrer
leurs sucs ; leur rhétorique nouvelle leur fait déformer le
réel ou plutôt lui donner une nouvelle forme. Or cette
exigence esthétique suscite une vision nouvelle : une
vérité neuve naît de la beauté neuve ; les artistes, dit-on,
font voir et voient le monde sous un jour nouveau et c'est
pour cela, croit-on, qu'ils peignent ou écrivent autrement.
Illusion bien naturelle : la recherche de l'intensité faisant
informer la réalité d'une manière neuve, les artistes
croient écrire comme ils font pour rester fidèles à leur
vision neuve des choses, dont ils méconnaissent la vraie
racine, qui est le choix esthétique de l'intense. Tant il est
aisé de prendre un style pour une vérité quotidienne ou
métaphysique ; ou, pour mieux dire, tant il est impossible
et inutile de distinguer : esthétique et « vérité » sont l'une
et l'autre de l'interprétation, de l'*information* d'une
matière infinie. Aussi bien poètes et peintres modernes
sont-ils persuadés que, plus ils frappent fort, plus ils se
rapprochent de l'essence de l'art et, du même coup, vont
plus loin dans les profondeurs du réel ; la poésie méta-
physicienne de notre siècle pense nous révéler l'essence
dernière des choses. Nos poètes parlent souvent en prophètes et Heidegger imita en prose leur obscure vérité.

Car cette poésie dit ce qu'elle voit ou croit voir, sans
se plier à une rhétorique insincère. L'esthétique de
l'intensité, nous le savons, s'accompagne d'une pragmatique de la sincérité. Or l'une et l'autre récusent la
rhétorique et les lois des genres, qui faussent la sincérité
et délaient l'intensité. De l'une et de l'autre est issue la
conceptualisation moderne du talent comme *originalité* ;
un écrivain moderne n'exécute plus à la perfection les
règles de l'art élégiaque ou lyrique : il se dit lui-même
sincèrement et le dit fortement, ce qui ne peut que briser
les entraves et les artifices de la rhétorique. On ne peut

être fortement soi-même que contre les lois traditionnelles des genres, qui ligotent la puissance et font mentir
la véracité.

Ces considérations ne nous rendront pas la poésie ancienne
plus sensible, ni la nôtre, plus démodée ; elles servent
seulement à nous faire comprendre ce qui nous demeure
étranger, afin de nous rendre, très platoniquement d'ailleurs,
étrangers à nous-mêmes. L'esthétique moderne se résume
en un mot, qui est de Baudelaire : « Le beau est toujours
bizarre », car que serait-ce qu'un *beau banal* ? L'élégie
romaine nous ramène à une époque où ce mot n'aurait
pas été jugé vrai, ni davantage faux : il aurait été incompréhensible. L'avenir dira si le mouvement hippy en
Californie, le style *cool* et non ésotérique, qui a déjà ses
poètes, aura marqué la fin de l'intensité et l'invention
d'une nouvelle esthétique. L'histoire aime les paradoxes :
après l'intensité bourgeoise, un style *cool* pour l'âge
nucléaire... Comme de juste, le *cool* est à la fois une
vision du réel, une morale et une esthétique ; voyez
l'épistémologie anarchiste de Feyerabend : elle est *cool*.
Mai 1968 à Paris, mouvement politique eschatologique ?
Révolution *cool* dans les mœurs, oui bien. Prêtres, pen-
seurs, poètes, si vous voulez plaire, détendez-vous.

L'âge baroque a fini par finir, l'âge intense finira, lui
aussi. Pendant que les sociologues continuent à enquêter
sur la distribution des goûts en fonction des classes
sociales, le sol, de lui-même, se défait et se fait sous nos
pas et le ciel change. Or tout cela va nous donner la clé
de nos difficultés avec l'élégie antique. « L'amour et l'Occident... » Une chose nous sépare des élégiaques, ainsi que
des pétrarquistes : l'esthétique moderne de l'intensité a
imposé, à la figure de l'amour dans la littérature et aussi
dans la vie privée de maint littérateur, une éthique nouvelle de la passion qui aurait été surprenante pour
Properce ou Pétrarque : l'amour est apprécié pour lui-
même et non plus pour son objet ou par rapport au sujet
qui l'éprouve.

La grande idée des modernes est d'ordre révolutionnaire : les terrains extrêmes sont les plus vrais ; la
surenchère qu'a été la Révolution française de 1789 à
1794 a peut-être servi de schème à ce radicalisme. Que
sera-ce, par exemple, que le « mal du siècle » ? La nostalgie d'une expérience authentique, car extrême, qui
arrache enfin l'homme et l'artiste à l'ordinaire des jours ;
« levez-vous, orages désirés », « emportez-moi, orageux
aquilons », « wild west wind, lift me as a wave ». Shelley
et Byron ne trouveront d'intensité que dans la poésie,
l'amour et la politique militante ; avec cette trinité, ils
créeront un modèle de vie d'écrivain qui a encore son
actualité en notre fin de siècle.

Car un poète moderne ne doit jouer sur scène que ce
qu'il vit à la ville. C'est là une surprenante nouveauté.
Quand Properce écrivait : « Mon talent ne me vient que
de la fille que j'aime » (II, 1), il entendait plaisamment
que ses amours devaient être réputés *Amours* de papier et
qu'il se donnait en ses vers une biographie fictive
d'amoureux poète ; le poète était censé être ce qu'il chantait et, quand les grammairiens antiques révélaient que
Cynthie était une certaine Hostia, ils parlaient en cuistres
naïfs et pompeux : ils prenaient à la lettre le rôle de
théâtre et érigeaient la biographie fictive en biographie
réelle, car le seul vêtement dans lequel un poète puisse
dignement se draper est sont costume de théâtre. Avec le
romantisme, au contraire, le poète se met à jouer en
costume de ville et doit chanter ce qu'il est. Telle est
l'inspiration selon Lamartine :

> Pour tout peindre, il faut tout sentir…
> Et l'on accuse notre vie !
> Mais ce flambeau qu'on nous envie
> S'allume au feu des passions.

Mieux encore : le poète devient une vedette, un
exemple (alors qu'à Rome ce rôle était tenu par des
hommes politiques, un Caton ou quelque autre sénateur,
et par les philosophes) ; ce qu'on apprenait des amours et

de l'héroïsme de Byron, de la passion d'un Musset, devenait une sorte de littérature orale, parallèle à leurs œuvres
écrites. Aucun écrivain romain n'a eu de vie exemplaire
pareille.

La passion est, pour les modernes, une des expériences
les plus hautes qu'un homme puisse faire parce qu'elle
est une des plus intenses et que l'intensité est la valeur la
plus élevée de la vie et de l'art. Une « expérience » : la
passion est vécue pour elle-même et vaut par elle-même ;
elle ne s'explique ni ne se justifie par l'objet aimé auquel
elle tend. La femme aimée devient la partenaire de cette
expérience qu'il ne tient qu'à elle de partager et qui jus-
tifiera son inconduite. Saint Augustin avait beau dire
qu'adolescent il « était amoureux de l'amour » : il entendait par là qu'il aurait voulu pouvoir aimer et découvrir
pour cela un objet digne de son amour, mais qu'il n'avait
encore pu le découvrir ; ce sera Dieu. Fabrice del Dongo,
lui, passera sa jeunesse à essayer de tomber amoureux, afin
de se donner des émotions et dans l'espoir de connaître
enfin cette « sombre fureur » qu'on lui a tant vantée. Or
une intensité n'est connue que de l'intérieur : l'expérience qu'en fait chacun est une nouvelle découverte de
l'Amérique.

Pour Dante ou Pétrarque, au contraire, l'amour valait,
très classiquement, par l'objet auquel il tendait et il valait
ce que valait cet objet ; la passion était si peu une expérience à leurs yeux qu'elle restait platonique, comme
pour ne pas disperser la fascination exercée par l'objet
même. Ce qui importait était la femme aimée, dont la
valeur était si élevée que cette créature devenait aisément
le symbole de l'objet suprême de tout amour, Dieu, qui
« meut le soleil et les autres étoiles », ainsi que toutes les
âmes, par sa seule existence et par l'attirance que celle-ci
exerçait. Aussi bien la femme aimée était-elle une Dame,
respectable et respectée ; sa personne justifiait une
passion qu'elle inspirait sans la partager et qui ne l'aurait
pas justifiée. Les poètes, même quand ils étaient nobles,
purent soupirer en vain sans ridicule. Non moins que
l'attitude moderne, quoique d'une autre manière, voilà

une érotique qui va jusqu'au bout de ses affirmations et ne plaisante pas.

Il en va tout autrement en Grèce et à Rome : la passion n'y a pas de valeur éthique. Que Catulle écrive des vers sincères sur la mort de son frère est légitime, car la famille est sacrée ; on aurait tort d'en inférer que ses vers d'amour sont non moins autobiographiques ou du moins se donnent pour tels : il ne fait, aux yeux de ses lecteurs, qu'y imiter les jaloux et jouer leur rôle sous son propre nom. La passion amoureuse n'était conçue ni comme une expérience, ni par rapport à l'objet aimé, mais par rapport au sujet qui la subit. Et ce sujet doit s'en défendre, s'il a quelque « souci de soi », de sa tranquillité d'âme, de son autarcie ; la sagesse visait au bonheur par l'autarcie et à celle-ci par un amoindrissement. C'est pourquoi l'art antique a si peu d'abandon. Dans une belle étude sur le Corrège, Alois Riegl remarquait que l'art gréco-romain représentait l'individu en état de tension ou, tout au plus, de neutralité et qu'il ignorait le sourire, les gracieusetés, les délices et tous les beaux moments de la Renaissance ; l'élégie et presque toute la poésie amoureuse antique les ignorent également.

Dans sa lutte contre la tyrannie de la passion, si l'individu se laisse vaincre, il n'est plus qu'un esclave qui appellera « Maîtresse » l'irrégulière qui s'est imposée à lui. Donc, si ce malheur lui arrive, il ne va pas s'en vanter et publier sa honte sur les places publiques : l'élégie aurait été ridicule et absurde si elle avait été la confidence vraie que, depuis le pétrarquisme, on croit qu'elle a été. Mais elle est insincère, elle est écrite pour amuser, elle est un paradoxe plaisant qui parle d'un malheur comme d'une illustration et d'une irrégulière comme d'un être adorable. Fiction humoristique du monde renversé. La lisaient ceux qui aimaient entendre parler d'amour et de plaisir ; l'élégie exalte l'amour (sinon, pourquoi en parlerait-elle ?) et son humour lui permet à la fois d'assouvir les imaginations amoureuses et de cultiver le paradoxe ; ce qui explique le long contre-sens commis sur sa vraie nature. Tout s'éclaire, lorsqu'on

a compris que le seul moyen qu'ait eu le paganisme
d'exalter la passion et la volupté fut de feindre de le faire
par jeu et que les lecteurs antiques ne connaissaient
d'assouvissement, réel ou imaginaire, que timide et
comme honteux. L'imaginaire et le réel étaient pareillement mutilés ; et, comme dit Char, le réel étant non
moins imaginaire, arbitraire, que son image,

> *La plaie qui rampe au miroir*
> Est maîtresse des deux bouges.

Index des poèmes commentés

Table

Du même auteur

Comment on écrit l'histoire
Essai d'épistémologie
« *L'Univers historique* », 1971

Inventaire des différences
1976

Le Pain et le Cirque
Sociologie historique d'un pluralisme politique
« *L'Univers historique* », 1976
et « Points Histoire », 1995, n° 196

Comment on écrit l'histoire
Essai d'épistémologie
Abrégé suivi de Foucault révolutionne l'histoire
« *Points Histoire* », 1979, 1996, n° 226

Les Grecs ont-ils cru à leurs mythes ?
« *Des travaux* », 1983
et « Points Essais », 1992, n° 246

La Société romaine
« *Des travaux* », 1991
et « Points Histoire », 2001, n° 298

Histoire de la vie privée (tome 1)
sous la direction de Philippe Ariès et Georges Duby
Seuil, « L'Univers historique », 1985
et « Points Histoire », 1999, n° 260

COMPOSITION : NORD COMPO À VILLENEUVE-D'ASCQ
IMPRESSION : NOVOPRINT
DÉPÔT LÉGAL : NOVEMBRE 2003. N° 62171
IMPRIMÉ EN ESPAGNE

Collection Points

SÉRIE ESSAIS

DERNIERS TITRES PARUS